이경자

강원도 양양에서 태어나 1973년 서울신문 신춘문예에 소설 「확인」이 당선되어 작품 활동을 시작했다. 소설집 『절반의 실패』『살아남기』『꼽추네 사랑』, 장편소설로 『배반의 城』『혼자 눈뜨는 아침』『사랑과 상처』『情은 늙지도 않아』『천 개의 아침』『계화』『순이』『세 번째 집』, 중단편집 『건너편 섬』, 산문집으로 『반쪽 어깨에 내리는 비』『이경자, 모계사회를 찾다』『남자를 묻는다』『딸아, 너는 절반의 실패도 하지 마라』『시인 신경림』 등이 있다. 올해의여성상, 한무숙문학상, 고정희상, 제비꽃서민문학상, 민중문학상, 아름다운작가상, 현대불교문학상, 가톨릭문학상 등을 수상했다.

일러스트 이[   ]
디자인 이보나

절반의 실패

이경자 소설

『절반의 실패』로 상처받지 않길!

여성주의 연작소설 『절반의 실패』는 나에게 복잡한 영광과 오해를 안겨준 소설이다. 이 소설로 조롱과 응원을 한꺼번에 받던 날들의 느낌이 여전히 생생하다. 다 괜찮다. 인생이란 게 그럴 테니까. 어쨌든 응원은 내게 불안감을 주었고 조롱은 문학에 대한 강렬한 욕구를 북돋웠다. 이제 나는 일흔세 살에 이른 늙은 소설가로, 『절반의 실패』를 돌아보면 마치 평생 돌봐야 할 아픈 자식 같기도, 소설가로서 내게 중심이 돼준 기둥 같기도 하다.

잘 믿기지 않겠지만 1980년대 내내 아니, 1948년 딸로 태어나는 순간부터 내 삶은 '절반의 실패'를 향해 운명처럼 달리고 쓰러지고 다시 일어서고 또 쓰러지기를 반복했던 것 같다. 그래서 '절반의 실패'는 소설가 이경자, 자신이라고 할 수 있다.

젊은 세대는 내 이름을 모르고 『절반의 실패』란 소설의 존재도 알지 못한다. 그동안 내가 쓴 여러 소설이 절판(絶版)되었다. 소설의 절판이란 생명의 매장(埋葬)과 다르지 않다. 더러 누군가『절반의 실패』를 거론한다. 나도 이 책만큼은 되살려내고 싶다는, 그리움 같은 소망을 가지긴 했다.

그런데 하필, 아주 작은 출판사, 〈걷는사람〉이『절반의 실패』를 살려내겠다고 나섰다. 〈걷는사람〉은 내가 한없이 아끼고 무언가 돕고 싶은 후배들이 있는 곳. 새롭게 출간된 책이 독자들에게 어떻게 다가갈까, 실망을 안기게 될까, 염려돼 정말 잠을 설칠 지경이다.

소설 쓰는 일도, 책의 편집과 출판을 진행하는 일도 결국 사랑. 부디 그 사랑으로 상처받지 않길!

경자년에
길음동 집에서

이 경 자

차례

두 여자

춘천댁은 아들이 북엇국을 국물만 들이켜고 일어서자,

"아무래도 숙취엔 녹두죽이 그만인걸…… 녹두를…… 쯧쯧."

하고 볼 부은 소릴 내어놓았다. 눈꼬리의 가시가 등 돌리고 서 있
는 며느리의 등판에 꽂혔다. 아침에 눈떠서 부엌에 나오자마자 녹
두 타령인데, 며느리가 기억하기에도 세 번째 들먹이는 거였다. 춘
천댁은 며느리의 등판에 보이지 않는 가시나 꽂았지 지금 며느리가
입술을 깨물며 원한을 품는 건 느끼지도 못했다. 그리고 아들의 그
림자처럼 옷 입는 거, 넥타이 매는 거, 양말 신는 거, 현관에 나가 구
두를 꿰자 구두칼 들이대는 거를 도맡아 했다.

"얘야, 니 나이가 몇이냐. 맘 놓고 술 마실 때가 아니다. 속병이 만
병의 뿌리랬어!"

춘천댁이 입 안에서 슬슬 녹아 흐르는 말씨로 아들에게 당부했
다. 그러고도 맘이 놓이질 않아 인사하고 돌아서는 등 뒤에다, 일찍

오거라, 잘 챙겨 먹거라 등등 말했다.

　흥, 잘두 논다. 아주 자궁에다 집어넣구 살지!

　명희는 시어머니와 남편의 수작이 우스꽝스럽고 어처구니없어 이렇게 이죽거렸다.

　식탁 위엔 시어머니의 밥그릇이 먹는 둥 마는 둥 해서 아직 식사가 끝나지 않은 것도 같건만, 모르는 척 그릇들을 치웠다. 먹다 남은 반찬들은 랩을 씌워 냉장고에 넣었다. 냉장고 문을 열다가 명희는 낯을 있는 대로 찡그렸다. 냄새가 어찌나 역겨운지 쓸개가 뒤집힐 듯 헛구역질을 해댔다.

　확실히 임신이야.

　명희는 절망적인 기분으로 이런 생각을 했다.

　며느리가 냉장고 앞에서 이렇게 하고 있는 잠깐 사이에 춘천댁은 텅 빈 식탁을 건너보고 험악한 낯을 하였다. 무어라고 말마디나 해대려다 꾸욱 누르고 손자가 잠자고 있는 방으로 들어갔다. 섣달 그믐에 낳은 아이라 세 살이라고 해도 마냥 햇아이 티가 났다. 병약해 보이지는 않건만 걸핏하면 짰다.

　춘천댁은 자기가 길러낸 자식에는 짜는 아이가 없었다고 며느리 귀에 들리도록 큰소리로 나무라곤 했다. 생김도 외탁인 게 하는 짓도 그런 모양이라고 씹었다. 그러면서도 손자를 독차지하려 했다. 밤에도 아이를 업어서 재우다가 자기 옆에 뉘었다.

　며느리가 젖 먹일 생각 않고 분유를 먹이자 백일 뒤부터 떼어다 자기가 데리고 잤다.

명희는 뒷골이 뗑하니 아프고 눈앞이 팽팽 돌며 어지러웠다. 수면 부족 탓이었다. 어젯밤 남편이 늦는다고 했는데 시어머니는 밤 열한시가 넘자 아이처럼 보채며 들락거렸다. 열쇠를 가졌으니 어련히 따고 들어오겠냐고, 들어가 주무시라고 며느리가 당부했지만 노망든 고집처럼 일이십 분을 못 참고 현관 밖을 들락댔다.

그런 처지에 명희 혼자 방 안에서 잠잘 수가 없어 누웠어도 신경은 사뭇 날카로워져 결국, 남편이 돌아온 새벽 두시까지 골치만 앓았다.

아침에 명희는 무거운 몸을 겨우 추슬러 일어났는데, 부엌 쪽으로 나가자 벌써 골난 표정의 춘천댁이 도끼눈을 뜨고,

"야! 녹둔 어따 뒀나!"

하고 갈쿠리 목소릴 내었다.

"없어요. 지난번 아가씨 내외 왔을 때 녹두지짐 했잖아요."

말끝에 저절로 나온 하품을 터뜨리며 명희가 마땅찮은 소리로 대꾸했다. "아무리 자식이라지만 평생 함께 살 아내가 오죽 제 남편 잘 챙기겠습니까. 제발 수선 그만 피우고 들어가 더 주무시기나 하세요." 하는 말이 콩알 볶듯 속에서 튀는데 명희는 꼭꼭 눌러버렸다.

명희는 결혼해서 처음 얼마 동안은 아무것도 모르고 지냈었다. 시어머니와 한집에 산다는 사실만 알았지, 그 '함께'라는 사실이 명희가 알고 있는 신혼의 단꿈이라는 것을 변질시킬 수 있다는 사실엔 백치였던 것이다. 그래서 남편 출근 시중도 들고, 늦으면 라면도 끓이고 빵 한 쪽에 커피 한 잔을 내놓기도 했었다. 토요일엔 회사에

전화를 걸어 외식도 하고 영화도 보자고 졸랐고, 그럴 때면 남편이 먼저 혼자 남게 될 시어머니 걱정을 했다. 그러던 어느 날 시어머니는 "내가 아들 라면 먹여 내보내려고 장가들인 거 아니다! 난 아들 그렇게 안 길렀다!" 하고 얼굴 붉히며 모질게 소리쳤다. 외식하고 들어오면 기다렸다는 듯이, "신발 두 켤레일 때 돈 모아야 산다! 언제까지 철부지로 살 거냐!" 하고 심통을 감추지 못하고 나무랐다.

명희는 조금씩, 자신의 남편에게는, 그를 낳아서 길러낸 어머니라는 여자가 있음을 느끼기 시작했다. 그리고 이런 느낌은 명희를 은근히 주눅 들게 하고 아파트 스무 평 넓이가 답답하기 그지없게 했다.

남편이 출근하고 나서 시어머니와 둘이 남게 되면 갑갑증이 집 안을 연탄가스처럼 채웠다. 아침 일을 끝내고 제 방에 들어가 누워도 가시방석을 깔고 있는 기분이어서 불편한 정도가 아니었다. 신문도 읽히지 않고 즐겨 듣던 쇼팽도 들리지 않았다. 더군다나 느닷없이 언젠가 들었던 말—"요샌 혼수 농짝은 윤씨농방 거루 한다더라, 넌 이게 뭐냐?" 하던 시어머니의 트집이 생살처럼 돋아나곤 했다.

이때부터 아침밥은 시어머니가 아들과 겸상했다. 시어머니가 아들 앞에 나서면 며느리는 자연스레 뒷전으로 밀려야 했다.

명희는 가스 불 위에 주전자를 올렸다. 입 안이 깔깔해서 아침은 그냥 넘어가고 싶지만 굳이 빈속으로 지내기가 왠지 약이 올라서 커피라도 마시려는 속셈이었다.

"일어나 봐라. 오줌보에 오줌이 꽉 찼는데. 이것 봐라. 꼬치가 빳빳하게 섰다!"

방 안에서 춘천댁이 말했다.

순간, 명희의 몸이 굳었다. 시어머니의 목소리가 사뭇 의뭉스럽게 들렸을 뿐 아니라, 까딱 추켜선 사내아이의 고추와 그것을 만지작거리는 늙은 여자의 검고 주름진 손이 사진 한 장으로 눈앞에 보였던 것이다.

얼마나 이 사진 한 장에 마음을 붙였던지 와글와글 끓는 주전자 물을 까맣게 잊었다.

…… 그랬어. 옛날에 외할머니가 오시면 남동생 고추 따 먹겠다고, 샅에다 손을 대고 따는 시늉해서 입에 넣고 후루룩 소릴 내며 입맛까지 다시곤, 아이구 맛있다 하지 않았던가.

명희는 이렇게 생각하며 시어머니의 은근짜스런 목소리며, 불결하게 떠오른 사진 한 장의 느낌을 대수롭잖게 지우려 했다. 그런데 희한하게도 외할머니의 추억은 상큼하게 그리움으로 가시건만 시어머니의 그것은 여전히 시큼 떨떠름하게 남았다. 게다가 아들 대신 남편의 샅을 만지작거리는 시어머니의 모습이 뚱딴지같이 떠올랐다. 징그럽게 두려워서 머리를 흔들었다.

내 정신 좀 봐.

명희는 주전자의 물이 마구 끓는 걸 알고 급히 불을 껐다. 전화벨이 울렸다. 명희가 받았다.

"나야! 어머니 계시지?"

명희가 여보세요, 하니까 저쪽에서 싹둑싹둑 토막 치는 소리로 이렇게 말했다. 뭐라고 뒤를 댈 엄두도 못 내게 하는 말투였다. 명희는 저도 모르게 진저리를 쳤다.

"전화 받으세요."

명희가 말했다. 두어 달 전부터 가능하면 '어머님'이라는 지칭을 쓰지 않고 지냈다. 정도 우러나지 않는 어머니를 더욱이 '님'까지 붙여 부르는 건 상전 같은 느낌이 들어서였다. 그건 명희가 불만을 표시하는 방법이기도 했다.

"누구냐!"

춘천댁은 나오지 않고 물었다.

"아가씨요."

"어어, 그래애?"

춘천댁은 누구냐고 묻던 싸늘한 목소리와는 달리 아주 다른 노글노글한 말투로 수화기를 들었다.

명희는 시어머니의 얘기 소리를 듣지 않으려고 애썼다. 그러나 듣지 않으려 애쓸수록 귀가 그쪽으로 마냥 열렸다. 바압? 먹는지 마는지 했다. 애비 나가는 거 보고 왔더니 상을 싹 치웠더라. 누가 아냐. 대학교서 그런 거 배웠겠지. 난 년이다. 그래. 알았다. 알았대두. 그래. 그래…….

명희는 질겁해서 도망치듯 싱크대의 수돗물을 쏴아 틀어놓았다. 아무래도 무슨 일이 나고야 말 것 같은 예감이 스쳤다. 남편보다 두 살 위인 시누이는 바로 옆 동에 살았다. 상업고등학교 졸업하고 은

14

행에 다니다가 같은 행원과 결혼한 여자다. 남동생 학비 뒷바라지도 하고 지금 아파트 살 때 돈도 보탠, 이를테면 친정의 공로자라 그만큼 발언권도 셌다.

대학 못 간 것이 포원이 져서 결혼하고 나서 방송통신대학을 다녔는데, 그것도 성이 차지 않아 대학 다닌 올케가 들어오자, 옳다구나 원수 갚자 하는 기세로 다가들었다.

처음에 명희는 시누이의 기분을 알지 못했다. 자라난 환경이 다르고 경험이 다르기 때문이었다. 모르긴 지금도 마찬가지였다. 시누이가 시어머니를 조종하는 것 같고 남동생의 살림을 간섭하고 정신적으로 군림하려는 것 같은 느낌이 들어 밉고 거북할 뿐이었다.

작년 여름엔 명희가 고춧가루를 잘못 건사해서 벌레가 났다. 시어머니가 널어 말리라고 해서 볕에 내놓았다. 이게 빌미가 되어 춘천댁과 딸이 대학 공부가 살림에 하나도 써먹을 것 없다고 입에 거품을 물었던 것이다. 고춧가루는 그늘에 말려야 색이 바래지 않는다는 걸 시작해서 손자 녀석이 잘 자라지 않고 짜기만 하는 게 다 무슨 책만 보고 시간 맞춰 우유 먹이고 했기 때문이라고 마구 지난 일을 파 뒤집어 구박했다.

그때 시누이가, "학벌이 밥 먹여 주나요? 여자가 여자구실을 해야지!" 하고 쐐기를 박았는데 명희는 이 말만 생각하면 여태껏 가슴팍이 아렸다. 태어나서 이렇게 모멸감을 느끼긴 처음이었다.

그런데 지금, 또다시 밥상 문제로 어머니와 딸이 대학을 들먹인 거였다. 시누이는 친정어머니 편을 들고 나섰으며 거기다 시누이,

올케 사이의 문제가 생겨서 갈등이 겹친 꼴이었다. 명희는 커피를 타려던 주전자의 물이 식도록 그냥 서 있었다. 등 뒤에 눈이 붙은 듯, 바쁘게 뒤쪽을 살폈다. 아이는 기척이 없고 시어머니는 화장실에서 나와 자기 방으로 들어갔다. 곧 현관 쪽으로 나가는 발소리, 명희가 뒷골이 땡겨 고개를 돌리자 춘천댁은 싸늘하게 문을 열고 휙 나가서 문을 세게 닫았다. 철문이 꽈당 벽을 울리며 닫혔다. 명희의 가슴이 철렁 내려앉았다. 곧 무슨 큰일이 닥칠 것 같고, 일은 전부 나쁜 것뿐이며 그것은 자기 때문이라는 피해 의식에 가슴을 졸였다. 그러다가도 시집 식구를 모질게 욕하고 미워하며 마음에 독기가 찰 때면 궁지에 몰린 쥐새끼 같은 자신감이 생겼다.

아이가 문 닫는 소리에 깨서 킹킹 울며 일어난 신호를 보내다가 어머니가 나타나지 않자 으아앙 울음을 터뜨렸다.

"그으래애 성수야. 일어났어?"

명희가 달려가서 아이를 품에 안았다. 아이는 엄마 품에 안겨서도 불안감이 싹 가시지 않는 눈빛으로 분주히 두리번거렸다. 명희는 등을 토닥거리며 짙은 동질감을 느꼈다. 아이를 일으켜 세워 화장실로 데려갔다.

성수는 태어나서 곧장 먹고 입고 싸는 것을 어머니와 할머니의 서로 다른 생각과 방법 사이에 끼여 뒤흔들리며 해내야 했다.

할머니와 있을 땐 칭얼거릴 때마다 젖꼭지를 물었고 어머니와 있을 땐 엄격하게 세 시간 간격을 맞추어야 했었다. 육 개월 되기 전에 할머니는 오줌을 가리게 한다고 요강에 앉혀서 쉬이, 웅가를 반복했다. 어머니는 그런 방법은 아이를 불안하게 한다고 반대했다.

그러다가 할머니와 어머니가 싸울 때 혹은 아버지까지 곁들여 다툼이 시작되면 아이는 찬밥으로 내팽개쳐졌다. 우는 손자를 안고서서 달래다가 울음이 길다 싶으면, 할머니는 자기 자식 중에 울음 끝 긴 아이가 없었노라고 손자를 타박했다. 때때로 어머니는 말귀도 안 트인 자식을 부둥켜안고 소리 죽여 흐느낄 때가 있었다.

"밥 먹자, 성수야."

명희가 아이를 식탁 의자에 앉혔다.

"할머니이."

성수가 어리광 피우는 목소리를 냈다. 접시에 김을 담다가 아이를 어이없는 낯으로 바라보았다. 명희는 시어머니 없이 호젓이 모자가 남아 있는 게 감미롭고 또한 야릇한 비장감마저 드는데 아이는 할머니를 찾는 거였다. 핏줄이라 그럴까? 입장이 다르면 받아들이는 것도 다를까? 명희는 길게 생각하지 않고, 고모네 집에 갔다고 대답했다. 손톱만 한 크기로 김밥을 해서 아이에게 먹이고 자신도 먹었다. 이상하게 속이 가만있었다. 아침에, 냉장고 냄새에 속이 뒤집힐 것 같았던 건 무얼까. 생리가 두 달째 끊어졌으니 아이가 선 건 틀림없었다.

밥을 먹고 나서 아이 옷을 갈아입히고 장난감을 주고 놀게 했다. 남편 양말, 손수건, 와이셔츠 따위를 빨래통에 넣었다. 빨래를 하려다가 그만뒀다. 시어머니가 없는 시간에 호젓이 있고 싶었다. 여태

물을 타지 않은 커피잔에 물을 끓여 붓고 마루 의자에 앉았다. 마루가 좁아 새로 나온 부부용 의자를 달랑 놓았는데 두 사람이 앉으면 딱 붙어 앉게 되었다. 어쩌다 텔레비전을 그렇게 앉아 보다가도 시어머니의 눈치만 보이면 일어났다. 그 뒤론 시어머니가 있을 땐 그 의자에 앉지 않았다.

베란다에 볕이 세모꼴로 들어와 화분의 파란 풀잎을 비췄다. 길 건너편 아파트에 살고 있는 미경이 생각이 나서 전화를 걸까 망설이는데 벨이 울렸다.

"텔레파시가 통하는구나!"

명희가 소리쳤다. 퍼즐을 맞추려 애쓰던 성수가 놀라서 어머니를 쳐다보았다. 아이는 어머니가 흥분해서 떠드는 말씨—어머니 없어. 딸네 갔을 거야. 전화 받구 나갔거든. 아주 가서 살았으면 좋겠다야. '시' 자 들어간 건 다 없어졌으면. 누가 아니래…… 하는 말들을 이해할 수 없었으나 침울해서 말하지 않은 어머니보다는 들떠 수다한 편이 좋았다. 그래서 아이도 편안한 마음으로 기차를 만들기 시작했다.

미경이를 오라고 한 게 걸려서, 명희는 커피를 마시며 생각을 뒤채었다. 다시 전화해서 오지 말랠까? 미경이가 오기도 전에 시어머니가 온다면…… 얘기도 못 하고. 그렇지만 취소하기도 창피했다. 완전히 시집에 쥐여사는 꼴로 보일지 몰랐다.

명희는 다리를 꼬았다. 턱을 괴고 막연히 맞은편 벽을 쏘아보았다. 눈에 긴장이 번들거렸다. 결혼하고 반년도 되기 전부터 눈빛이 달라지기 시작했는데, 비유하자면 싹이 터서 자라면서 마음껏 뻗지 못하여 비비 꼬여, 이제 어딘가로 비집고 나가든지 아주 죽어버리든지 해야 할, 급박한 지경에 이른, 그런 기운이 눈에 가득 괸 것이었다.

그러다가 명희는 생각지도 않게, 바로 옆에 놓인 수화기의 단추를 누르고 있는 사실을 깨달았다. 미경이네 전화였다. 신호는 울리는데 받지를 않았다. 떠난 거였다.

도대체 내가 누구 눈치 보는 거야? 결혼해서 이 집에 와서 사니까 내가 주인 아닌가? 난 귀염받고 자란 소중한 딸이야. 대학 다녔구 중학교에서 영어도 가르쳤어. 내가 왜 이렇게 자신 없이 살아야 하지? 비굴하잖아…….

문득 이런 생각이 들었다. 그러자 마음이 한결 개운해졌다. 널브러진 신문지도 접어놓고 아이의 잠자리도 치웠다. 이때 벨이 한 번 울리는가 하더니 현관문이 열렸다.

"아니 벌써!"

명희는 미경이가 날아온 줄 알고 반가워 이렇게 소리치다가 그 자리에 굳어버렸다.

"아가씨…… 웬일이세요……?"

실망과 놀라움을 감추며 명희가 이렇게 말하였다. 반가움을 드러내 보이려 한 것이 오히려 낯을 찡그리게 되고 목소리가 떨렸다.

시누이 하는 짓이 싫어 아가씨란 호칭을 쓰지 않으려고 혼자서 작정했는데 엉겁결에 또 아가씨라고 부른 것도 화가 나서 지금 명희의 얼굴색이 시누이 눈엔 불쾌하기 짝이 없었다.

"왜 그래 올케. 내가 여기 못 올 데 왔어? 날 낳아준 어머니 있구 남동생 사는 집이야!"

"누가……."

기가 막혀 명희가 겨우 더듬거렸다.

"못 배웠다구 눈치도 먼 줄 알면 큰코다쳐!"

시누이는 씩씩하게 쳐들어와 식탁 위에 비닐 자루를 내려놓았다. 명희는 이를 악물고 하얗게 질린 얼굴로 붙박여 있었다.

"가재미 식혜야. 어머닌 이거 한 가지만 있으면 입맛 다시며 밥 한 그릇 비우신다구!"

시누이가 소리쳤다. 그는 건방지게만 보이는 올케에게 퍼붓고 싶은 게 가마니로 퍼 담자면 산을 이룰 지경이었다.

언젠가는 딸네로 와서, 외아들 둔 걸 한없이 서러워하며 늙은이의 눈에서 눈물이 하염없이 흘렀더랬다. 그리고 며느리가 해주는 음식이 느글거려 먹을 수가 없다고 했다. 생선도 기름에 튀기고 감자며 쑥갓까지 튀기는데 콩나물도 기름에 볶는다고 했다. 애 기르는 것도 책 펴놓고 하더니 반찬도 책 펴놓고 한다는 것이었다. 냉장고도 못 믿겠다고 버리고 생선 대가리도 버리고 아직도 쌀 대중을 못 해서 찬밥을 만드는데, 그것도 볶아서 시뻘건 케첩 비벼 내놓는데 욕지기가 치민다고 늙은 어머니가 거품을 물었다.

그뿐만이 아니었다. 아들 밥을 먼저 퍼서 놓고 반찬이나 찌개도 먼저 덜어놓으라고 그렇게 시키건만 먹다 남은 것 데워준다고 하였다. 이러한 행위는 한마디로 시어머니와 남편을 발가락 때만큼도 안 여기는 까닭이라고 모녀가 확실하게 결론지었었다. 시누이는 때가 되면 이런 말들을 따끔하게 퍼대 주려고 벼르는 중이나, 동생의 눈치도 보이고 시누값한다고 원망 사기도 꺼려져 참고 참는 중이었다.

"…… 어머니 거기 안 가셨어요?"

명희가 망설이다 이것만은 알아야겠어 물었다.

"내가 좀 오시라구 했어. 슈퍼에 왔다가……. 동생 들어오면 나한테 전화 좀 하든지…… 좀 들르라고 하든지."

시누이가 이렇게 말하고 신발을 신었다.

"아니야. 내가 회사루 전화할게!"

시누이가 고쳐 말했다. 명희의 가슴이 속절없이 쿵쾅거리기 시작했다. "무슨 일이 있으세요?" 하는 말이 목젖을 치받건만 참았다.

"성수 잘 있어라."

문밖으로 나가며 잊었다는 듯이 조카에게 인사했다. 명희는 어색하기 그지없는 웃음을 띄워 보였다. 문이 닫혔다.

무식한 년.

문이 닫히자마자, 철문보다 더 완강한 목소리로 부르짖었다. 그저 마음속으로.

개년!

내가 네 동생과 사는 값으로 너 같은 걸 시누이로 대접하는 거야, 겉으로만!

성수가 기죽은 불안한 얼굴로 엄마를 쳐다보며 불렀다. 아들이 명희의 눈에 잘 보이지 않았다.

시누이도 올케한테 품은 원망을 토해놓지 못하고 떠난 걸 명희는 알 수 없었다. 다만 꼬집어 낼 수는 없지만 밑뿌리부터 모욕받은 느낌에 치가 떨렸다. 그리고 황무지에 외톨로 서 있는 기분이 온몸에 소름을 돋우었다. 다들 한패야! 명희는 속으로 울부짖었다.

이때 미경이가 왔다. 아이는 어디 두고 혼자 온 것이었다.

"얘. 너 얼굴이 왜 그러니? 무슨 일 있었니?"

문이 뻐끔히 열려 있어 잡아당기고 쌩쌩하게 들어오다가 노랗게 뜬 명희를 보고 놀라서 물었다. 그 순간 명희의 가슴속으로 뭉클한 설움과 울분이 치솟아, 크으흐흑! 하고 느꼈으나 울지도 못하고 손아귀로 얼굴만 감쌌다.

"왜 그러니, 얘……."

미경은 아무래도 심상찮아 어깨를 잡고 물기 서린 목소리로 달랬다.

성수가 더는 참지 못하고 울기 시작했다. 명희는 습관처럼 아이를 들어 안고 의자에 앉았다. 미경이 그 옆에 앉았다. 울음을 그친 아이는 더 울까 그만둘까 눈치를 살폈다. 아줌마가 맘이 급해 그냥 왔단다, 이거 까까 사 먹어 하면서 미경이가 아이의 손에 오천 원짜리 한 장을 쥐어 줬다.

그걸 보고 말린다고 손을 내젓다가 명희는 울음을 터뜨렸다.

미경이는 어린 시절부터 이웃에서 시샘하던 친구로 대학을 달리

가서 떨어져 지냈는데, 인정 씀씀이 느껴지자 참고 있던 울음이 폭발한 것이었다.

"난 후회해! 괜히 결혼했어. 이게 지옥이지 뭐야. 사람 사는 환경이 아니라구. 날 완전히 자기네 비위나 맞추는 인형으로 생각하나봐. 나두 사람이란 말이야!"

미경이 울면서 소리쳤다. 미경이의 눈에서도 덩달아 눈물이 비죽이 비쳤다.

미경이는 수련의와 결혼해서 전문의 따자마자 친정 돈으로 병원을 차려주었는데 시집에선 일 원 한 푼 대지를 않아 맘이 몹시 언짢았다. 남편이 어떤 때는 오만하고 때로는 비굴해 보이고 시집은 모두 야비한 인간으로만 느껴져 정나미가 떨어졌다. 미경은 이런 것이 고민인 여자였다. 현대무용을 전공해서 그쪽으로 전문가가 되어 학교에라도 남고 싶었는데 미팅에서 만나 연애하다가 아이가 생겨 결혼했다.

딸아이는 파출부를 딸려 유치원에 보내고 명희네로 왔다. 늘 공부 잘하고 행실이 곧아 모범생으로 꼽혔던 명희가 이런 모습을 보이는 건 정말 놀라웠다. 결혼은 여자를 다 같은 성질로 혼합시키는 그릇인 모양이라고 생각했다.

명희는 아침에 일어난 일들을 철저하게 자기 입장에서 말했다.

"외아들이지? 홀시어머니구. 힘들어, 그러면. 그렇지만 그건 다 남이야. 남편이 어떤 생각을 가졌느냐가 중요해. 성수 아빠 어때?"

결혼 생활 경력이 명희의 곱절은 되는 미경이가 차분하고 어른스럽게 말했다. 명희는 생각의 갈피를 잡지 못해 안타까워하는 낯으로 한참 있다가 말했다.

"신혼 때 같지가 않아. 처음에는 둘이 열심히 살 생각이었어. 그랬는데 남편이 말야, 나하고는 분명히 맞지 않는 점이 있어. 그런데 자기의 누나나 엄마하고는 잘 맞는 거야. 남편과 내가 같이 합해지는 건 아이 낳는 것뿐…… 그래…… 그것도 남편도 왠지 어색해지는 거야. 날 보구 참으라구, 어머닐 어떻게 변화시키겠느냐구, 나만 무조건 참으래. 자기는 아침에 나갔다 밤에 들어오니 뭘 알겠어. 게다가 어머니가 입 안의 혀처럼 해주는데……."

명희는 외식해본 게 몇 달이 지났는지 모른다, 함께 외출하면 시어머니가 앓아 눕는다, 아들 옷을 따로 빨라고 참견한다, 아들이 결혼하고 몸이 마르는 건 식성을 맞추지 못하기 때문이다, 며느리는 남의 집에서 들어온 사람이다, 갈아입는 옷과 같다, 그러나 부모 형제는 수족 같아 없어지면 병신이 된다, 손님이 돌 땐 청바지를 입지 말라…….

명희는 줄줄이 떠오르는 대로 삼 분 이상 내뱉었다.

"……이렇게 살다간 내가 어느 날 지능지수 삼십 짜리가 되지 않을까 몰라."

명희가 처음과는 달리 한결 가벼워진 말소리로 내뱉었다.

미경이도 할 얘기가 많았다. 중소기업 사장 아들과 결혼한 무용과 친구가 견디다 못해 미국으로 이민 갔는데, 거기 가서 비로소 사람 사는 기분을 느꼈다 하고 엽서를 보냈던 것, 어머니와 아내 사이에서 어쩔 줄 몰라 정신병자가 된 어느 대학교수 이야기, 밤에 부부 관계를 갖다가 시어머니의 기침 소리만 나면 움츠러들고 마는 남편, 아들 못 낳으면 새 며느리 보겠다고 으름장 놓는 시어머니…….

미경이가 이런 얘기들을 늘어놓을 때 명희는 듣지 않았다. 제 설움이 북받쳐서 억울하거나 분한 기억을 마구 미친 듯이 떠벌리고 싶기만 했다.

"……산달이 되었는데 날 친정으로 내모는 거야. 친정에 가서 애를 낳으래, 자긴 며느리 산바라진 못하겠다는 거야. 자기 딸도 친정에 와서 애를 낳았대나, 난 그럴 생각이 없었거든. 왜 친정에 폐를 끼치니. 낳아주고 먹여주고 가르쳤잖아. 다 키워서 쓸 만한 때 남의 집에 보냈는데 귀찮은 일 가지고 가야겠어? 자기 친구 며느리는 태양열 주택을 혼수로 가져왔다면서…… 여자가 돈 없어서 팔리는 물건이야? 짐승이야? 자기네 일가친척 생일 쭉 적어주면서 인사 잘 챙기래. 그래야 시댁에서 귀염받는다구. 제까짓 것들은 새 며느리 생일이 언제인가 생각이나 해보겠어? 미친 것들. 큰집 작은집 다니며 무보수 파출부 노릇하는 거 어떻구…… 말끝마다 요새 며느리들은 너무 편해서 병이라구. 편하긴 뭐가 편해! 정신적으로 사람 취급을 못 받구 눈치 보며 사는데. 먹다 남은 음식은 나보구만 먹어치우라는 거야. 며느리 배 속은 쓰레기통인가? 무채를 채칼로 썬다구 시비야. 맛이 없다나. 화학조미료 먹구 아파트에 살아. 한겨울에 수박 먹구. 그런 시대야, 아는 게 겨우 구차하게 산 거밖에 없어서……."

미경은 친구를 위해, 가장 좋은 방법은 시어머니와 따로 사는 것이라고 말했다. 그러나 시어머니는 갈 데가 없고 다른 아파트를 구할 돈도 없으며, 가령 돈이 된다 해도 남편은 원하지 않을 것이었다. 그래서 다시 내린 해결 방법은 '적당히' '속은 딴 데 두고 겉으로는 최선을 다해' 사는 걸 택했다.

명희는 고개를 저었다. 그건 너무 야비했다, 사람을 비굴하게 만들고, 마침내 속과 겉이 찢겨서 미치게 될 것이라는 생각이 들었다.

결국 결론은 없고, 자신들의 현실이 비참하다는 사실만 확인했다. 더욱이 이때 명희의 시어머니가 돌아와서, 위태롭게 달궈진 분위기를 순식간에 식혀놓았다. 그리고 그들, 젊은 며느리 두 사람은 비참한 느낌조차 느낄 수 없는 현실로 제각기 돌아가야 했다.

춘천댁은 당황한 빛을 감추지 못하고 인사하는 미경에게 너그러운 웃음을 지어 보이며, 우리 에미 친구냐고 물었다. 미경은 명희의 불평과 영판 다른 춘천댁의 인상에 놀랐다. 춘천댁은, 우리 에미도 심심할 테니 서로 내왕하며 잘 지내라고, 여자란 결혼해 살면 여자끼리 통하는 맘이 있게 마련이라고 말했다.

미경은 죄짓다 들킨 기분으로 허둥지둥 인사하고 돌아갔다. 그러나 명희는 시어머니의 그런 태도를 더없는 내숭으로만 보았다. 무식하면 순박하기나 해야지! 명희는 속으로 욕했다. 그런데 성수가 할머니한테 매달리며 어리광을 부렸다. 어이구 내 강아지, 잘 잤어? 하며 손자를 끌어안고 볼따구니를 맞비볐다.

"저거 좀 갖다 비눗물에 담가라."

춘천댁이 말했다.

"뭐요?"

명희가 뜨악하게 묻고 두리번거렸다. 현관 턱에 보퉁이 하나가 있었다. 명희는 대뜸 그것이 무엇인지를 알았으며 화가 걷잡을 수 없이 솟구쳐 뒤로 발칵 나자빠질 뻔했다. 새하얗게 질려서 말없이 서 있기만 하였다. 까마득한 옛날 며느리의 시집살이에 대해, 벙어리 삼 년, 귀머거리 삼 년, 눈멀어 삼 년이랬던 전설이 얼핏 스쳤다. 그래, 벙어리다! 명희는 미칠 것 같아 지푸라기 잡듯 벙어리라는 전설에 매달렸다.

"게을러 터져서 겨울 홑청을 아직두 안 빨았더라."

춘천댁은 며느리의 눈치가 달리 느껴져서 이내 딸을 타박 잡아 이렇게 중얼거리다가,

"내가 빨 테니 넌 담가만 놔라!"

하고 소리쳤다.

명희는 홑청 보따리를 움켜잡았다. 기분 때문인지 천만 근 무게로 느껴졌다. 끌다시피 들어 다용도실로 옮겼다. 풀어 헤치는데 군덩내가 물컥 올라왔다. 냉장고 냄새보다 더 고약스러웠다. 이거야말로 시집 냄새라고 딱 잘라 믿었다. 고무 함지에 물을 받아 집어넣는데 고무장갑을 끼고 만졌다. 그다지 더럽지도 않건만 명희는 맨손으로 시누이 내외의 살갗 닿은 그것을 만지기가 역겨웠다.

이번엔 어떡할까. 아주 모른 척할까? 자기가 빨다고 했으니까. 올케가 시누이 빨래까지 해주며 살 수는 없잖아. 명희는 가루비누를

풀어 섞으며 궁리했다.

성수를 가져 만삭일 때도 시어머니가 시누이 이불 빨래를 뜯어 온 적이 있었다. 무겁고 괴로운 몸으로 빨고 푸새해서 다듬고 밟는 데 속으로 눈물 한 바가지는 흘렸다.

"두 몫으로 밟으니 잘 밟히겠다."

그때 시어머니가 농으로 한 이 말은 명희가 눈에 흙이 들어가기 전엔 잊지 않으리라 다짐했던 것이다.

"고모가 아까 왔었어요. 어디 아픈가요?"

명희가 생각지도 않던 말을 시어머니와 딱 마주치자 이렇게 저절로 내뱉었다.

"내가 빤다는데, 그래 그렇게 가슴이 아리냐?"

춘천댁이 며느리의 앙칼진 소가지가 걸려 갈쿠리를 잡아 소리쳤다.

"시어머니가 빨래하는데 가만히 보고 있을 며느리가 있겠어요?"

명희는 감정을 누르고 겨우 볼 부은 소리로 대꾸했다. 춘천댁은 혀를 찼다. 시어머니 똥오줌 받아내길 이 년이 다 되도록 했으며 젖은 빨래는 아침저녁으로 손금이 다 닳도록 했어도 눈 한 번 찡그리지 않고, 이게 며느리 노릇이겠거니 살아온 자신에 비유하자니 배웠다는 며느리 소갈머리 씀씀이가 도저히 참아줄 수 없었다. 그래도 춘천댁은 시대가 많이 달랐으니…… 늙어서 노망들어 고려장 당하기 전에 비상이라도 먹어야지…… 이렇게 생각했다.

나야 늙었으니 살날보다 죽을 날이 가깝지만 아들아이가 걱정이

야. 마누라는 게 제 서방을 동생 다루듯 하지 않나, 친구처럼 '야, 자'
하질 않나, 저러다 나중에 기죽어 어찌 살려는지……. 아무래도 며
느리를 따끔하게 혼을 내서 버릇을 가르쳐야 '내 집 사람'이 되겠다
고 춘천댁은 별렀다. 여자가 시집을 오면, 이제껏 살아오던 버릇은
다 버리고 시댁의 법도와 가풍을 눈썰미 좋게 따르고 익혀야 할 터
인데, 친정에서 하던 대로 사니, 어석버석 소리나고 물에 기름 뜨듯
한다고, 춘천댁은 믿었다.

그런데 춘천댁이 벼르던 날은 뜻밖에도 그날 밤으로 닥쳐서 일
이 크게 벌어졌다.

명희의 남편 김 과장은 무역 회사의 유럽 담당인데, 하청 업체에
서 인형 얼굴에 불량품이 이 할도 넘게 내었다. 납기는 늦고 짜증이
나서 온종일 비좁은 공장에 살며 닦달도 하고 거래를 끊겠다고 으
름장도 놓으며 씨름하다가 검불처럼 지쳐서 아홉시쯤 집으로 맨입
에 돌아왔다. 허우대 멀끔하고 재치 있고 영어 잘해서 회사에서도
빠르게 승진하는 남자였다.

어머니는 끙끙 앓는 소릴 내고 아내는 어구지상으로 맞는데, 집
안 공기가 먼지 날리듯 퍼석하고 을씨년스러웠다. 속이 확 뒤집히
는데, 오후 두시쯤 공장까지 찾아 전화한 누이의 말, 시어머니 식사
가 끝나기 전에 상 치워버렸다는 게 퍼뜩 떠올랐다. 그래도 내색은
하지 않고 방으로 들어가 웃저고리를 벗어 내던지고 넥타이도 내던
졌다. 그것은 뱀처럼 꿈트르르 얽히며 떨어졌다.

아내는 그런 것을 받아 걸지도 않고 상 차리러 나갔다. 보통 그런

친절을 보일 줄 모르는 여자임을 알면서도 부아가 났다. 그는 아내란, 남편을 기다렸다가 그의 기분을 살펴 요령껏 풀 줄 알아야 한다고 믿고 있었다.

명희보다 먼저 춘천댁이 나와서 상을 보았다.

"뚝배기 따로 안 떠놨나아?"

성깔이 빳빳하게 깔린 목소리로 춘천댁이 물었다. 명희는 들은 척도 않고 먹던 열무김치 그릇을 내려놓았다. 시어머니가 김치통을 꺼내 새로 퍼 담았다. 춘천댁은 겨울이면 양말을 가슴살로 데워서 아들에게 신겼던 여자다. 김 과장이 의자에 앉아 그런 실랑이를 똑바로 바라보고 있다가 벌떡 일어나 다가갔다.

"나아가앗!"

김 과장은 식탁을 주먹으로 내리치며 부르짖었다. 식탁 위에 놓여 있던 음식 그릇이 쏟아지고 국물이 넘쳐흘렀다.

"에이구머니!"

춘천댁이 더 질겁해서 이런 신음을 내고 상을 수습했다. 그러나 명희는 남편을 독사눈을 뜨고 노려봤다. 시누이 시어머니에게 당한 서러움과 치욕이 낱낱으로 살아나서 곤두섰다. 남편은 잠시 틈도 주지 않고 아내의 뺨을 후려쳤다. 금방 그쪽이 벌겋게 부어올랐다.

"뭐야! 내가 이 집에서 부엌데기 천덕꾸러긴 줄 알아?"

명희도, 얼얼해서 살점이 떨어져 나간 것 같은 뺨을 만지며 대들었다. 춘천댁이 가당찮다는 눈길로 흘깃 도도한 며느리를 쳐다봤다.

"나아가앗! 이 싸가지 없는 년아."

남편이 아내를 잡아당겼다. 명희는 버팅겼으나 역부족이었다. 남편이 이끄는 대로 아파트 바깥, 어두운 나무숲으로 갔다. 나무숲이라야 듬성듬성 정원수가 심겨 있는 뜰이었다.

남편은 아내의 배를 걸어차서, 아내가 꼬꾸라질 때까지 팼다. 그러면서 시어머니 구박한 내력들을 생각나는 대로 주워섬겼다. 명희는 마구 대꾸하였으나 김 과장은 거의 듣지 않았다.

시어머니는 손자를 싸안고 아들과 며느리를 찾아왔다. 이땐 대충 때리는 짓은 그만둔 뒤였다.

"남세 떤다. 들어가자."

시어머니가 아들에게 역겨운 소리로 말하였다. 곧 모자가 걸어갔다. 꼬꾸라졌던 명희가 고양이처럼 달려가 성수를 쳤다. 춘천댁은 어이가 없었으나 손자를 며느리 손에 내주고 생각 없이 집으로 갔다.

이날 밤 며느리는 손자와 함께 돌아오지 않았다. 손자는 아랫도리를 맨싸둥이로 내놓고 있었다. 새벽이 되도록 시어머니와 남편이 몇 번이나 드넓은 아파트 단지의 구석구석을 뒤지며 온갖 불길한 상상과 예감에 시달렸다.

밤 열시도 넘은 때에 명희가 웬일일까. 미경은 문을 열며 야릇한 호기심에 가슴까지 졸였다. 그러나 희미한 불빛에서나마 명희의 숭악한 얼굴과 활활 달아오른 목소리, 벗은 아이를 보자 이내 호기심 같은 것은 사라졌다.

"돈 좀 빌려줄래? 이만 원만 줘. 밤차 타구 친정에 가려구. 성수 입힐 바지 하나 하구. 타월 있으면 덮개루 좀 주렴."

명희는 미리 준비해두었던 것처럼 말했다. 웬일이냐고 이유를 물어도 명희는 대답하지 않았다. 들어오래도 현관에 버티고 서서 막무가내였다. 그 서슬에 압도되어 미경은 이만 원과 딸아이의 하얀 바지와 중형 타월 한 장을 주었다. 한쪽 뺨의 부기가 확실히 눈에 띄었으나 그걸 꼬집어 물어볼 수가 없었다.

명희는 고맙다고 인사하고는 돌아갔다. 계단을 내려가다가 돌아서서, 만약 누가 자기를 찾거든 친정에 갔다는 소린 말라고 당부했다.

완행의 밤 기차는 지저분하고 뒤숭숭했다. 기가 질려 숨도 크게 쉬지 않던 아이가 곧 잠이 들었다. 옆자리에 앉은 오십 대의 시골 신사는 끝없이 명희를 곁눈질하고 말을 트려고 넘성거렸다.

다행히 맞은편에 앉은 아주머니가 다리를 펴서 올리려고 신사의 비위를 사느라 먹을 걸 권해서 귀찮은 걸 피할 수 있었다.

잠든 아이를 살며시 눕히고, 딱히 누구에게랄 것 없이, 좀 부탁한다고 말하고 변소 표시 있는 쪽으로 나왔다. 변소 문 앞에 몇 사람이 서 있다가 명희를 보았다. 명희는 고개를 푹 수그려 얼굴을 감추고 이음매가 사납게 삐걱거리는 데까지 나왔다. 벌써 문은 열려 있었는지 밤바람이 확확 쳐들어왔다. 문짝 크기 바깥으로 빠르게 스치는 어두운 허공이 마치 밑 모를 늪처럼 보였다. 저건 아마 죽음일지 몰라. 죽음이 바로 눈앞에 있구나. 몸을 앞으로 내던지기만 하면……

명희는 숨을 헉 들이마셨다. 꼭 앞으로 몸을 내던질 것만 같아 뒤의 문기둥을 꽉 잡았다. 지금 내가 가는 곳이 어딘가. 차라리 이 기차가 지구 끝으로 간다면 나는 내리지 않겠다고 명희는 생각했다. 친정으로 간다는 사실이, 이제는 친정밖에 갈 데가 없다는 사실이 참혹하게 느껴졌다. 여자는 부모 곁을 떠나도록 은근히 길들여지고 한 번 떠난 후엔 다시 돌아갈 수 없다. 시집을 나온 여자는 결국 세상에서 떠돌이가 되는 것이다……. 대체 뭐라고 말해야 할까. 이웃들, 친척과 동생들……. 이건 패배인가, 실패인가, 지옥에서 나와 지옥 속으로 들어가긴가.

왜 친정이 지옥인가. 명희는 울면서도 자신이 운다는 사실을 깨닫지 못했다.

"이거 어이, 아줌만가 아가씬가. 여긴 위험합니다아."

등 뒤에서 고약한 술내를 풍기며 어떤 사내가 이렇게 지껄여 명희의 참혹한 기분이 불쾌감과 두려움으로 바뀌었다. 마침 변소에서 사람이 나오고 있었다. 명희는 얼른 그쪽으로 들어갔다.

동이 틀 때 고향 역에 내렸다. 밤을 어설프게 지낸 사람들이 꾸역꾸역 몰려나갔다. 명희는 성수를 둘러업고 사람들 틈에 끼어들었다.

얼마나 놀라실까. 그냥 돌아갈까. 명희는 택시를 타고 집으로 가서 대문에 기댈 때까지도 이 생각을 뿌리치지 못했다. 그냥 돌아가야지. 얼마나 놀라실까.

그런데 이상하게도 명희의 어머니는 담담하게 딸을 받아들였다.

그러나 아무 말도 하지 않음으로써 더욱 착잡하게 했다. 말이 없긴 아버지도 마찬가지였다. 체신부 공무원으로 이제 정년퇴직을 바라보고 있었다. 궁금증을 보이는 건 여동생뿐이었다.

배가 아파 산부인과엘 갔더니 유산되었다고 해서 곧 소파 수술을 했다. 동생이 수술비를 대줘서, 어쩔 수 없이 비밀을 지켜달라고 부탁한 다음 대충 얘기를 해주었다. 소파 수술을 하고 나자 신기하게 기분이 날아갈 듯했다. 성수가 외할머니와 외할아버지의 귀염에 이내 적응하고 명희는 묻지 않는 부모의 침묵을 이용해서 일부러 씩씩하고 희망에 찬 것 같은 티를 냈다.

사흘 뒤부터 친구도 만나고 지방의 여성 문제 상담 기관에도 놀러 갔다. 그곳에서 후배가 간사로 일하고 있었다. 대학을 갓 졸업한 후배는 결혼이 참 두렵게 느껴진다고 했다.

"여자들은 자꾸만 생각이 바뀌는데 남자들은 전혀 그대로인 것 같아요. 남자들에 의해 일어나는 여자 문제는 똑같다구요. 시부모의 학대, 남편의 외도, 뭐 달라지는 게 없어요."

그리고 언니의 느낌은 어떠냐고 물었다. 명희는 순간 까닭 모르게 얼굴이 붉어져 손바닥으로 가리며,

"글쎄……."

하고 주저했다.

"사실 우린 결혼이 어떤 의미의 제도인지 모른 체해버리잖니. 한참 미궁을 헤매다 지친 상태가 되면 늙어버리고, 그걸 안정되었다고 하는지 모르겠어."

명희는 눈을 가늘게 뜨고 이렇게 말했다.

후배는 가족제도의 발생에 대해, 남녀 불평등의 기원과 모계사회의 소멸 과정을 대충 들려주었다. 명희는 눈을 반짝이며 그 얘기를 들었다. 뭔가 희망이 느껴지고 문제의 해결이 이제 시작될 것도 같았다. 하지만 후배와 헤어져 돌아오면서, 그것은 너무 옛날 옛적의 일이라 까마득하고 그래서 한사코 비현실적으로 느껴졌다. 왠지 서글퍼졌다.

시외 통화용 공중전화통을 지나칠 땐 문득 기억에도 선명한 남편의 회사 전화번호가 떠올랐다. 남편은 명희가 내려온 다음 날 전화를 걸어 아내의 소재를 확인한 다음 전혀 연락이 없었다. 교직에 다시 들어가는 건 정말 하늘의 별 따기보다 어려운 일이었다. 닷새가 지났을 때 친정어머니가 사위의 난처한 입장을 변명했다.

"…… 너도 아들을 기르잖니? 자식이 늙으신 홀어머니를 가슴 아리게 해드릴 순 없단다…… 비위 맞추며 지내다 보면 물이 제 곳으로 흐르듯 니가 주도권 잡는 때가 온단다. 시어머니도 보나 마나 서러운 세월 사셨을 거다……."

"피, 지하구 나하구 같나아."

"시어머니 보구 지가 뭐냐, 죄 된다."

"여자들은 왜 죄받을 게 그렇게두 많아요?"

"그러니까 여자들이 딸을 안 낳으려구 하잖니."

"낡고 무지한 생각은 버려야죠. 엄마, 지금은 옛날이 아니라구요!"

"그래. 이겨봐라. 어떤 게 이기는지 잘 생각해보려무나. 나두 억울한 건 싫다!"

어머니가 단호하게 말했다. 명희는 눈을 크게 뜨고 어머니를 들여다보았다. 순간 뭉클한 동질감이 느껴지는데, 그것이 등 돌리고 온 시어머니에게까지 이어지는 야릇한 느낌에 사로잡혔다. 이 느낌은 아지랑이처럼 가물거리다 자취 없이 사라졌지만 인상이 오래도록 남았다. 일주일을 채우고 명희는 서울행 기차에 올랐다. 친정에서 보내는 토산품 선물 꾸러미와 성수의 옷을 싸 들고 친정어머니와 손을 흔들고 돌아서는데 눈물이 주르르 흐르는 걸 명희가 보았다. 명희는 목이 메어 입술을 피 터지게 깨물었다. 기차는 속도를 냈고 그리운 고향의 거리는 바람처럼 밀려났다. 명희는 아무것도 모르고 창밖을 바라보는 성수의 비좁은 가슴팍에 얼굴을 묻었다.

"엄마아, 엄마 왜 그래애."

아이가 심상찮은 기운을 느끼고는 불안해서 어머니의 머리칼을 쥐어뜯으며 얼굴을 들도록 졸랐다.

"아무것도 아냐. 성수가 좋아서. 엄마가 좋니? 이 세상에서 제일 좋아? 아빠보다? 할머니보다? 외할머니 좋지? 정말 좋은 분이란다아. 엄마를 낳아주셨으니까. 외할머니 안 계시면 엄마도 없고 엄마가 없으면 성수도 없지. 안 그래? 알겠지? 우리 성순 똑똑하니까……."

명희는 솟구치려는 눈물을 안간힘을 다해 속으로 잡아당기며 아이의 볼을 비벼대었다.

이기리라.

이겨야 한다. 반드시.

보란 듯이 이겨야 한다.

명희는 마치 주문을 외듯 자신에게 말했다.

춘천댁은 안사돈의 전화를 받아 며느리가 오는 시간을 알고 있었다. 그는 안사돈이 딸을 잘 부탁한다고, 제대로 가르치지 못하고 보내 죄송스럽다고 하는 인사를 받고 은근히 애태우던 가슴이 확 트이는지라 며느리가 나쁜 점만 있는 게 아니다. 이번 일은 정 들이는 몸살을 앓는 게 아니겠느냐고 대범하게 넘겼다.

춘천댁은 베란다에서 택시가 멈추는 거, 손주와 며느리가 내리는 걸 내려다보았다. 계단 오르는 발소리를 듣고서야 현관 밖으로 나갔다. 첫 대면을 어떻게 넘기나 걱정하던 명희는 수월하게, "어머니 안녕하셨어요?" 하고 인사했다.

"그래, 그쪽은 다들 무고하시데?"

"네."

명희는 짧게 대답했다. 자신의 눈길은 애써 피하며 뒤의 손자를 반기는 몸짓과 깊게 주름진 늙은 여자의 그늘진 표정에서 명희는, 결국 시어머니도 나와 똑같은 가련하고 고독한 여자가 아닌가! 하는 사실을 깨달았다. 딸을 보내고 눈물을 감추려던 어머니, 구박했으되 대접받지 못해 괘씸히 여기던 며느리에게 마냥 떳떳하지만은 않은 시어머니, 한 남자와 살기 위해 결혼 전의 삶을 무효로 하지 않으면 아니 되는 전직 영어 교사인 나……. 그래. 억울한 건 싫다!

명희는 친정어머니의 말을 새삼 되새기며 왠지 고즈넉이 주눅 들어 보이는 집 안으로 새바람을 일으키듯 들어갔다.

안팎 곱사등이

인호는 노 대리가 불쾌해하지 않도록 신경을 곤두세우고 그의 눈치를 살폈다. 노 대리는 여섯 시간이 지나도록 인호에게 눈길을 주지 않았다. 그러나 더는 말없이 지낼 수는 없었다. 급하게 대출 신청서를 작성할 일이 있기 때문이었다.

　노 대리는 담배 연기를 뿜어대며, 국민학교 동창들 모이는 날인데 못 가게 되었다고 투덜거렸다. 그는 행원 김병권이 화장실에서 돌아오자,

　"신혼인 거 아는데. 야, 미안하게 됐어. 혼자 저녁 드시라구, 어부인한테 전화드리라구."

　했다. 인호는 책상 밑에서 손을 맞잡고 아프게 비틀었다. 얼굴이 화끈 달아올랐다. 그러나 화장 때문에 남의 눈에 잘 띄지 않았다.

　'꼭 야근해야지!'

　이번 일은 순서로 보자면 인호가 맡아야 했다. 김병권은 아직 하

는 일거리가 있으나 인호는 일이 없었다.

"인호 언니 안 나가요?"

서무반 영희가 소리 없이 다가와 말했다. 임신 팔 개월인데 코트를 입어도 부른 배가 눈에 띄었다. 산부인과에 가서 정기 검진을 하고 왔더니 동료 남자 행원이, "미스 신 아이가 운동장에서 잘 논답니까." 했다고 분하고 창피하다며 탈의실에서 질금거린 여자였다. 친정 동생의 학비도 남편 몰래 대줘야 하고 집 장만도 해야 하기 때문에 직장을 그만둘 수 없었다.

"난 야근이야!"

인호는 일부러 큰소리로 말했다. 그 말이 끝나기 무섭게 노 대리가 인호를 건너봤다. 그는 사뭇 어처구니없다는 낯이었다.

"먼저 갈게, 언니. 수고해요."

영희는 인호의 어깨를 만지며 속삭여 말하고 나갔다. 그는 인호가 점심시간에 게거품을 물고 노 대리를 욕하던 모습을 기억했고 그것이 아직 삭지 않았음을 알아챘다.

인호는 노 대리가 무슨 말이든 하길 기다렸다. 일 분이 지나도록 그는 적대감을 드러낸 낯으로 인호를 바라보고 혼자서 콧방귀를 뀌고 담배를 태울 뿐 아무 말도 하지 않았다.

'노 대리님, 저두 야근하겠어요.'

인호는 속으로 말 연습을 하였다. 그러나 그것을 되풀이해도 입밖으론 나오지 않았다. 노 대리는 과장 자리로 가서 야근거리에 대해 얘기했다.

인호는 집으로 전화를 걸었다. 파출부 퇴근 시간이 여덟시였다. 야근이라 늦으니 열시까지 기다릴 수 있겠느냐고 물었다. 파출부는, 자기 아이가 아파서 학교도 못 가는 걸 보고 나와서 한 시간이라도 빨리 가야겠다는 거였다. 인호는 거만하고 싸늘하게, 알았다고 내쏘고 전화를 끊었다.

그냥 가버릴까?

이렇게 생각하면서 남편 직장으로 전화를 걸었다. 인호의 남편은 자리에 없었다. 그러나 그는 인호가 전화를 끊고 여러 가지 불길하고 켕기는 느낌들에 시달릴 때 전화를 걸어왔다.

"당신 집에 빨리 들어가줘요. 야근이거든."

"여자가 무슨 야근이야!"

남편은 짜증을 냈다. 인호는 말문이 막히는 느낌이었다.

"아줌마 있잖아. 좀 기다리라구 해!"

"애가 아파 일찍 가야 한다는데."

인호가 볼멘소리로 말했다. 이번에는 남편 쪽에서 입을 다물고 있었다.

"몇 시에 올 거야!"

그러다가 그가 퉁명스레 내뱉었다.

"끝나는 대루 가지 뭐……."

그쪽에선 인호가 끝나는 대루…… 할 때 수화기를 놓았다. 인호는 갑자기 수화기를 든 손이 쇠뭉치에 매달린 듯한 느낌을 느끼며 겨우 수화기를 내려놓았다. 누가 이런 자신을 알아챌까 걱정이 되어 본능처럼 뒤를 돌아봤다.

사무실은 이제 거의 비어 있었다. 바둑을 두고 고스톱을 치는 패가 남아 있고, 그냥 집으로 갈 수는 없어 무슨 비빌 거리 없나 두리번거리는 사람 한둘만이 남아 있었다.

김병권은 회사 자료들을 들척거리며 들리지 않는 말로 투덜거렸다. 집안일이 일단 해결된 인호는, 자리에서 일어나 맞은편 행원 책상 쪽으로 고개를 밀고,

"자료는 충분해요?"

하고 물었다.

"미스 김! 퇴근해요!"

고스톱 패거리를 돌아보던 노 대리가 어느 결에 와서 엄격한 말투로 소리쳤다. 인호는 저도 모르게 기겁해서, 제자리로 한껏 움츠러들었다. 무슨 말을 확 토해야겠는데 어디가 막혔는지 겉보기론 천치 같은 낯을 하고 노 대리를 바라봤다. 노 대리도 마주 보다가 먼저 눈길을 돌렸다. 그는 인호가 정말 싫었다. 왜 싫으냐고 따지면 유부녀라는 거 하나밖엔 이유를 댈 수 없으나, 심정적으로는 하나에서 열까지 모두 싫었다. 그런데 오늘 오전의 '전화 사건'은 그 막연한 싫음에 불을 댕긴 셈이었다.

열한시 반쯤 노 대리 찾는 전화를 인호가 받았다.

"노 대리님, 전화 받으세요."

인호가 말했다. 노 대리는 서른셋, 인호는 서른넷, 노 대리는 고졸, 인호는 대졸이었다.

노 대리는 김병권과 얘기하는 중이었다.

"노 대리님, 전화 받아요!"

인호가 다시 소리쳐도 그는 얘기만 하였다.

"노 대리! 전화 받아!"

인호가 이렇게 소리치자 그가 수화기를 들었다. 전화를 바꿔주고 인호는 곧장 점심 약속을 만들었다. 피자집과 김치찌개집이 엇갈려 일단 만나서 정하기로 했다.

"미스 김!"

갑자기 싸늘한 목소리로 노 대리가 불렀다. 그의 얼굴은 어찌나 화가 났는지 하얗게 질려 있었고 눈에서는 노르께한 빛살이 퍼지는 듯했다. 인호는 그의 기색에 더럭 겁부터 나서 대답도 제대로 못 한 채 그를 쳐다봤다.

"…… 내 친구가 낯이 뜨겁더래. 니가 어떻게 보였으면 여행원한테 명령받느냐는 거야!"

그는 말하고 담뱃갑을 들었다가 소리나게 책상을 쳤다.

"아니…… 노 대리님…… 뭐를…….."

처음 인호는 그의 분노가 도대체 무엇 때문인지 알아챌 수 없었다. 그러나 곧, 그를 '노 대리!' 하고 지칭한 것과 '전화 받아!' 했던 것을 기억했다.

노 대리는 미스 김이 일을 잘 해낸다고 인정했다. 그러나 여자에겐 일이 중요하지 않았다. 그는 여자란 일보다 우선 여자다워야 한다고 믿었다. 일이란 여자 없이도 얼마든지 남자가 해낼 수 있기 때문이었다. 일을 못 해도 여자다운 여자는 사랑받을 수 있지만, 여자답지 못하면서 일 욕심만 내고 또한 능력 있는 여자란 남자를 불쾌하고 불행하게 만드는 존재라고 믿었다.

"미스 김, 들어가라니까!"

노 대리가 역정을 냈다. 그는 담배를 입에 물고 질경질경 씹었다.

"바쁜 거잖아요. 전 괜찮아요. 같이 하죠. 노 대리님."

인호는 꿀꺽 침을 삼키고 이렇게 말했다. 침 한 번 꿀꺽 삼키면 이상하게 마음이 가라앉는데, 이것은 인호 자신도 느끼지 못하는 사이에 생긴 버릇이었다.

노 대리는 불쾌감을 삭이느라 담배를 빡빡 빨아서 담배 연기를 신경질적으로 후욱 내뱉곤 하다가 꽁초를 거칠게 비벼 껐다. 그가 그렇게 하는 동안, 그의 부하 직원인 김인호와 김병권은 침묵하고 있었다.

"좋아! 그거 이리 줘봐!"

노 대리가 김병권을 보고 말했다. 김병권은 그에게 자료 뭉치를 건넸다.

이날 야근은 밤 열한시 반까지 했다. 남자 둘은 입가심하러 포장마차에 들르고 여자 하나는 허둥지둥 빈 택시를 잡으려 했다. 십 분도 더 지나서야 겨우 합승을 했다.

아파트 경비원이 자정 넘어 들어오는 유부녀 인호를 미심쩍은 눈으로 구경했다. 춥지도 않은데 인호는 잔뜩 웅크렸다. 삼층이라 걸어 다녔으나 지금은 엘리베이터를 탔다.

아이들은…….

갑자기 가슴이 옥죄며 숨을 몰아쉬었다. 엘리베이터가 삼층에 닿는 그 짧은 동안, 인호는 수렁 같은 두려움에 휩싸였다.

남편이 와 있을 텐데 도무지 마음이 놓이지 않는 거였다. 아이들은, 한 달이면 스무 날 이상은 아버지 얼굴 못 보고 잠이 들었다. 그때마다 남편도 지금의 내 기분일까? 이런 두려움에 휩싸일까? 죄책감 같은.

인호는 시멘트 바닥에 울리는 신발 소리를 최대한으로 죽이며 걸어서 집 앞으로 왔다. 벨을 눌렀다. 그 소리는 터무니없이 컸다. 인호는 잠결에 다른 집 벨 소리에도 놀라 깨서 문턱에 나와 "당신? 당신이야?" 하던 때를 기억해냈다. 안에선 아무런 기척도 나지 않았다.

가방을 뒤졌다. 잡동사니 속에서 열쇠가 만져졌다. 문을 열었다. 집 안에 온갖 불이 모두 켜져 있으나 아주 고요했다. 덧저고리를 벗어 가방과 함께 의자에 놓고 방으로 갔다. 남편과 아이 둘이 입은 옷째로 잠들어 있었다. 세 살짜리는 머리를 아버지의 허리에 박아서, 그 모습이 희한했다.

인호는 잠깐, 가족들의 잠든 모습을 내려다봤다. 아내와 어머니가 빠져 있는 가족의 모습은 엉성하고 을씨년스럽고 쓸쓸했다.

인호는 살그머니 걸어 나왔다.

"지금 몇 시야!"

남편이 잠기에 휘감긴 목소리로 말했다. 인호는 뒤돌아서서 싱그레 웃었다.

"이제 왔어? 뭐야, 한시가 다 됐잖아!"

남편이 시계를 보면서 소리쳤다. 인호는 할 말이 없었다. 그는 세면대 거울 앞에 가서 클렌징 크림을 발라 얼굴 화장을 지웠다. 검은 눈썹은 희미해지고 입술은 허옇게 되었고 누리끼리하고 잡티 많은 얼굴이 맨살로 드러났다.

낯설기도 하고, 낯익기도 한 그 얼굴을 잠시 들여다보다가 세수를 했다. 시켜 먹은 짬뽕이 아직 배 속을 부듯하게 하는 느낌이었다. 손가락을 넣고 토할까 생각하다가 얼굴 살갗 땅기는 걸 깨닫고 화장수를 발랐다. 마사지까지 해둬야 아침에 화장이 제대로 되겠건만 도무지 힘이 나지 않아서 그만뒀다.

"어디 갔다 온 거야!"

남편이 화장실 문턱을 가로막고 서서 험악하게 소리쳤다.

"왜 이래. 남들 다 자는데."

인호는 귀찮고 짜증스러워 투덜댔다.

"무슨 야근을 이렇게 늦게까지 하나. 여자가!"

남편은 아내의 터무니없는 늦은 귀가를 이해할 수 없어 이렇게 말했다.

"말하구 싶지두 않어."

인호는 남편을 밀치고 나갔다.

"어머나, 이게 웬일이유? 왜 이렇게 어질러놨어? 저 식탁 좀 봐. 먹은 자리 그대로잖아."

인호는 주방으로 가서 마치 신기한 걸 구경한 것처럼 말했다. 식탁 위에 먹다 남은 반찬, 흘린 음식, 밥티, 국물이 말라붙은 수저 따위가 어지럽게 놓여 있고 의자는 앉았다 일어나느라 빠진 대로 있었다.

거실에는 아이들의 여러 가지 장난감이 늘어져 있었고 귤껍질과 과자 봉지, 부스러기 따위가 발 디딜 틈 없이 흩어져 있었다. 인호는 그런 것을 처음 집 안에 들어왔을 땐 보지 못했다.

인호는 그 거친 풍경에 엄두를 못 내는 사람처럼 한동안 서 있었다. 조금 전, 잠든 가족—그러나 어머니며 아내인 자기 자신이 빠졌으므로 엉성하고 쓸쓸하게 보이던 가족을 보았을 때의 가슴 아리는 연민과는 정반대인 느낌이 천천히 인호를 달궜다. 그것은 적대감과 배척감, 그리고 멸시받는, 그런 느낌이었다.

남편은 그사이 이빨을 닦고 잠옷으로 갈아입고 자리에 정식으로 누웠다.

"야아! 아이들 갖다 눕혀!"

방 안에서 남편이 소리쳤다. 그 소리를 듣는 순간 인호는 어떤 느낌을 느꼈는데 전혀 생소한 느낌이라 그것이 어떤 것인지 알 수도 없었다. 몸이 싸늘해진달까, 아니면 따돌림을 받을 때의 모멸감이랄까…….

그러나 인호는 아이들을 차례로 들어다 침대로 눕혔다. 아이들이 늘어져서 무거웠고 옷을 벗길 때 칭얼거렸다. 그리고 나서 식탁도 치우고 설거지도 했다. 아침밥을 먹자면 그렇게 해둬야 하기 때문이었다.

인호는 거실까지 치운 다음 방으로 들어갔다. 남편의 옆에 눕자 그는 자동 장치된 물체처럼 등 돌리고 돌아누웠다. 그가 돌아눕는 것이 처음은 아니었으나 인호는 뼈가 시렸다. 남편의 등은 한없이 크고, 자기 자신은 몹시 작게만 느껴졌다. 졸려서 감겨들던 눈에 웬일인지 잠기가 달아나서, 어두운 방을 둘러봤다.

노 대리. 지겨운 상대였다. 미워하는 것으로 싸우자면, 인호가 질 것이었다. 싸워보기도 전에 그렇게 되리라는 생각이 확신으로 드는 거였다. 지는 건 인호가 직장을 그만두는 상태였다. 인호는 고정적으로 지출되는 돈을 떠올렸다. 지난 연말로 아파트 융자금은 완불이 되었다. 남편은 무역회사의 과장이지만 인호의 월급보다 액수도 적으려니와 잡비를 많이 써서 인호가 월급 받아 가계 몫으로 내놓는 돈의 삼 분의 이밖에 되지 않았다. 결혼 초부터 그랬다. 그래서 그는 아내에게, 아파트는 당신 것이라고 말한 적이 있으나 집 등기를 할 때, 그는 인호에게 한마디 상의 없이 자기 이름으로 했다.

인호는 지금 직장을 그만둬도 당장 어려움은 없다고 생각했다. 그러나 어려운 고비들—임신해서 배불러 다니던 것, 젖먹이를 떼어 놓던 것을 참고 견뎠는데 인제 와서 그만두기가 너무도 억울했다.

인호는 늦잠에 곯아떨어졌는데 잠 깬 둘째가 와서 킹킹 울며 가슴팍을 파고들었다.

"엄마 왜 늦게 왔어."

"회사가 바빠서."

"회사 나빠. 미워! 가지 말어! 성수 엄마는 회사 안 다닌단 말야! 이잉."

"사내아이가 챙피하게 뭐 우니? 회사 다니는 엄마가 더 좋은 엄마란다. 그거 모르니?"

"거짓말!"

언제 왔는지 큰 녀석이 발치에 와서 소리쳤다. 아주 성이 난 눈빛이었다. 속임수에 넘어가지 않겠다는 굳은 의지도 보였다.

순간 인호는 오한처럼 끼치는 두려움을 느꼈다. 말문도 막혔다. 할 말이 없어서가 아니라 아이들을 이해시키기가, 회사를 그만두는 것보다 더 어려울 것 같다는 느낌이 들어서였다.

"일어나자. 일곱시 반이 넘었어."

인호는 아이를 밀어내었다. 아이는 적개심으로 무장하며 어머니로부터 떨어졌다.

"아빠 뭐 하니?"

인호는 잠옷을 벗으며 아이들에게 물었다. 아이들은 아무도 대답하지 않았다. 인호의 남편은 출근 시간이 일렀다. 우유와 계란 프라이를 먹고 나가는데 그 준비를 아내가 해줘야 했다. 남편이 출근할 때쯤 파출부가 왔다.

그런데 오늘은 십 분이나 일찍 온 거였다. 인호는 계란 프라이도 하기 싫던 차에 파출부가 오자 뛸 듯이 기뻐했다. 인호는 파출부가 숙달된 손놀림으로 남편의 서양식 아침상을 볼 때, 어제 회사에서 야근을 몇 시까지 했는지, 집에 오니까 식탁과 거실이 얼마나 난장판이었는지를 게워내듯 내뱉었다. 파출부가 마치 자신의 배출구이기라도 한 듯이. 그러나 싱긋이 미소를 띤 중년의 파출부는 속포로 내뱉는 주인 여자의 입놀림에 웃음만 지을 뿐, 그 내용은 한마디도 귓속에 담지 않았다. 그 말의 내용은 파출부의 현실이 아니었으므로 귀에 들어오지 않았다.

출근하는 남편을 아이들과 문턱에서 배웅하다가 인호는,

"여보, 오늘은 당신 월급날이잖아. 일찍 와요!"

했다.

"기대하지 않는 게 좋을 거야."

남편은 뒤돌아보고 비열해 보이는 웃음을 띠우며 말하곤 급히 걸어서 모습을 감췄다.

인호는 자신도 모르게 입을 삐죽 내밀었다. 기분이 영 떨떠름했다. 공연히 긁어 부스럼인가 하고 후회도 되었다. 직장에서 보면, 아내가 돈벌이하는 남자들은 돈을 챙기는 데 느슨하고 헤펐다. 그러나 인호는 자신의 남편을 그러한 아내를 가진 남편의 하나로는 여기지 않았다. 남편이 늘 자정이 지나야 돌아오거나 용돈을 많이 쓰는 것은 그가 진급이 빠른 남자이기 때문이라고 굳게 믿었다. 행여 나 누군가가, 네 남편이 그렇지 않다고, 그 믿음을 깰세라 굳게 굳게 믿는 거였다. 결점이 없는 남편으로, 아내 김인호 하나만의 이성(異性)으로 만족하는 남자라고.

인호가 시금치 국물 한 사발을 마시고 아침을 끝내는데 파출부가 난처한 낯으로 앞에 섰다.

"오늘 조카가 장가가는데…… 일두 하나 못 도와주구. 식장에
가봐야지, 빈손 들고 갈 수두 없구……."

파출부는 상대와 동등한 입장에서 상의한 경험이 없어, 무엇을
부탁하자면 도리어 퉁명스런 표정이 됐다. 지금도 그래서 마치 일
을 못 도와주고 돈이 없는 게 다 듣는 입장인 인호의 잘못이라는
듯이 들렸다. 인호는 언짢았다.

"몇 시라구요?"

"두신데…… 부천에서 하니까 열두시 전에 나가야쥬."

"그럼 몇 시에 돌아와요?"

"돌아와? 어떻게…… 못 돌아오지. 끝나구 식당 가서 일 봐주구
신랑 집에 모인다는데……."

인호는 뾰로통해서 입꼬리와 눈꼬리가 마냥 처졌다. 입바람을
찍 내뱉고 돌아섰다.

파출부는 그런 인호가 넌덜머리가 났다. 자기는 최선을 다해 일
해주는데, 사람 사는 데 피할 수 없이 생기는 이런 일이 있어 사정
할라 치면 아주 싸늘해지는 게 참기 어려웠다. 그건 자기를 사람
취급하지 않기 때문이라고 파출부는 생각했다. 일만 하는 파출부
기계로 아나? 파출부는 나이 어린 주인을 속으로 욕했다.

인호는 삼 년 전에 자궁암으로 친정어머니를 잃어서 그 후엔 늘
시어머니 신세를 졌다. 둘째가 유치원에 들어가고 제 밥 챙겨 먹을
수 있을 때까지는 어쩔 수 없었다. 시어머니는 맏아들과 살고 있었

다. 동서가 전화를 받았다.

"아침부터 웬 전화야?"

동서가 판박이한 비아냥거림으로 이렇게 물었다. 인호는 갑작스런 파출부의 사정을 설명했다. 그리고 시어머니가 와주셨으면 좋겠다는 사정을 얘기했다.

"이거 봐. 동서는 어떻게 시어머니를 그렇게두 물건 취급할 수 있어? 아무리 나이 어리기루. 자기 아쉬우면 맘대루 그래두 되는 거야? 아주 모시든지. 큰아가씨 성질에 동서 그런 버르장머리 알아봐야 가만있겠나. 그렇잖아두 지금 불만이 많은 모양이던데……."

"아이, 형님……."

"나두 곱게 자라 이 집에 시집왔지만 그렇게 제멋대루 살지는 않았어. 여자라는 게 혼자 잘나서 뭐 해. 시집오면 그 집에 눈치 보며 사는 거지 별수 있어?"

"아니요, 형……."

"아무튼 어머니 바꿔드릴게!"

동서는 수화기를 내려놓고 시어머니를 불렀다. 맏아들과 막내아들 사이에 딸을 둘 두어, 인호는 큰동서와 나이가 십 년이나 차이졌다. 시집간 시누이들도 모두 손위였다. 시어머니가,

"그래. 나다."

했다.

"죄송해요, 어머니."

인호는 울먹이며 말했다. 정말 죽고 싶은 심정이었다. 소리 소문 없이 죽어버리고만 싶었다.

"말해라. 애비 잘 있냐? 지난번에 보니까 안색이 나쁘던데. 지금이 보약 먹일 철이다만……."

시어머니가 이렇게 자신의 다 커서 품 떠난 지 오래인 아들의 안부부터 챙기는데 그 뒤에서, "집 봐달라구 오시래요오." 하는 동서의 비아냥거리는 목소리가 섞여 들렸다.

인호는 순간 결근을 생각해봤다. 월차 하루 쓰는 거니까. 그러나 노 대리한테 지기 싫었다. 오늘도 잘하면 야근일 것이었다.

인호의 설명을 듣고 난 시어머니가 조반 먹고 가보겠으니 걱정 말라고 했다.

전화를 끊고 나서, 인호는 어엉어엉 통곡을 했다. 그러나 아이와 파출부 그리고 이웃집이 걸려 속 시원히 울어지지 않았다. 몇 번 그렇게 소리내고, 마치 장난친 것처럼 일어나 세수를 하고 화장을 했다. 분이 잘 먹지 않았다. 눈썹이 짝짝이로 그려져서 두 번이나 지우고 다시 그렸다. 그리는 것은 언제나 처음에 잘못되면 다시 그려도 잘되지 않았다. 그래서 이날은 깨어나는 순간부터 집을 나설 때까지 하나도 좋은 일이 없었다. 파출부에겐 가불해줬으나 여전히 뾰로퉁한 낯을 펴지 않아, 당장 바꿔버릴까 하는 생각마저 하였다. 그러나 아이들 때문에 그 생각을 이내 지워버렸다. 파출부를 자주 바꾸는 게 자신의 아이들에게 불이익이 되리라는 계산이 재빨리 섰기 때문이었다.

인호는 통근버스 속에서, 늘 한자리에 앉는 동료에게 동서 흉부터 봤다.

"아줌마가 아침부터 신경질인 건 밤일이 신통찮아서야. 킬킬킬."

인호도 동료를 따라 킬킬거렸다. 그러나 웃을 때뿐, 속은 개운해지지 않았다. 점심시간에도 동료들과 스파게티를 먹으며 동서 흉을 보았다. 결혼한 동료들과는 이내 마음이 통했다.

인호의 동서가 그를 미워하는 것은, 같은 며느리로서 사는 방법이 다른 것 때문이었다. 이미 결혼 전부터 직장에 다닌 인호는 결혼 후에도 며느리가 하는 부엌일을 하지 못하였다. 시아버지 제사 때도 동서가 부엌일을 끝낸 후에야 남자처럼 큰집으로 갔다. 퇴근 후에 가자면 그럴 수밖에 없었다. 시어머니는 그런 작은며느리를, 집안 살림이나 하고 아이들 남의 손 타게 하지 말고 어미 손으로 길러내라며, 자식 농사는 때 놓치면 그만이라고 무수히 타일렀으나 인호는 듣지 않았다. 일 년에 몇 번 있는 집안 부엌일 하자고 직장 관두기도 싫었다. 그 대신 인호는 경조사의 부조를 넉넉하다 싶게 내놓았다. 그것으로 미안함을 탕감했다. 그래서 큰동서에게 마음 빚이 없었다. 그러나 동서는 그것으로 성이 차지 않았다.

특히 지난 일요일엔 자기 남편의 생일이라 시누이 가족들까지 불러서, 동서가 인호에게 미리 전화를 걸었다. 아침 일찍 와서 도와달라고, 그런데 그날 인호의 친정 사촌 동생 결혼식이 있어 일을 돕지 못했다. 동서는 일요일에도 부엌일을 하지 않는 십 년 연하의 직업 가진 동서에게 앙심을 품었다. 그는 시누이 둘과 시동생을 돌보았고 시부모의 회갑과 시아버지의 장례를 치른 며느리였다. 그러나 그건 그 여자의 문제였다. 인호는 그렇게 생각했다. 각자 태어나서 자란 곳이 다르고 짝지은 남자가 다르고 생각이 다르므로 운명도 달라야 마땅하다는 것이다. 자기의 서러운 운명을 같은 며느리라는 처지 때문에 떠넘기려는 건 옳지 않다고 인호는 주장했다.

"…… 얼마나 촌스러운데. 싸구려 옷을 왜 그렇게 사들이나 몰라. 마흔두 넘은 여자가 툭하면 시동생 공부시켰다구. 누가 맏며느리 되랬나? 다 자기 팔자지."

인호는 동서를 흉보는 것만으로도 성이 안 차 '년' 자 붙여 욕까지 했다. 식당에서 돌아와 인호는 집에 전화를 걸었다. 시어머니가 받았다. 점심 드셨냐는 인사부터 하고 아이들 잘 노느냐고 물었다. 시어머니는 그러잖아도 기태 때문에 전화를 걸려던 참이었다고 했다. 아이가 유치원에서 오더니 놀지도 않고 자꾸만 소파에 쓰러져 있는데 열도 난다는 거였다.

"병원에 안 가아!"

먼 데서 기태가 소리쳤다.

"많이 아파요?"

"글쎄다. 고뿔인지. 우리 기호두 고뿔 앓아서 하루 학교 못 갔어."

인호는 시어머니가 큰집 조카를 '우리 기호'라고 하는 게 기분 나빴으나, 전혀 내색하지 않고,

"괜찮을 거예요. 나가 놀지 못하게 하세요. 또 연락할게요."

했다.

"글쎄다."

'노인네가 겁은 많아서.'

인호는 속으로 말하고 전화를 끊었다. 둘째가 할머니 옆에 와서 엄마 바꿔달라고 칭얼거리는 목소리가 들렸지만 직원들 틈에서 아이까지 바꿔 가며 통화하기가 민망했다.

신신기업 대출 서류는 오늘도 야근해야 끝을 내게 되었다.

인호는 노 대리가 양해해준다면 일찍 들어가고 싶었다. 아침에 치마꼬리에 매달려 나쁜 회사 가지 말라고 떼쓰던 둘째가 눈에 밟혔다. 눈뜨자마자 가슴팍을 후벼파며 울던 모습도 그랬다. 열이 나는 것 같다던 큰아이도 마음에 걸렸고 월급날이라 과일 봉지라도 들고 일찍 돌아올지 모르는 남편 생각도 났다. 칠순의 시어머니를 굶길 수도 없었다.

오래도록 망설이다가, 인호는 노 대리 자리로 가서 정중하게 말했다.

"죄송합니다. 노 대리님, 집에 사정이 있어서요. 죄송하지만 오늘은 일찍 가야겠습니다."

노 대리는 볼의 살이 움푹 꺼져서 인상이 나쁜 얼굴을 흘깃 들었다. 그러나 아무 말도 하지 않았다. 입술을 깨물었다. 김병권이 그들을 구경했다.

"저어…… 제 몫을 집에 가져가서 해오면…… 책임지고 해올 수 있겠는데요."

인호는 노 대리의 침묵 때문에 갑자기 떠오른 생각을 말했다.

그래도 노 대리는 말하지 않았다. 그는 깍지 껴서 책상 위에 세워들었던 손을 풀더니 담배를 피기 시작했다. 그는 골초였다. 그 담배를 절반이나 태울 때까지 말없이 인호를 세워두었다. 담배 한 개비 타들어가는 동안 인호가 느낀 환멸은 도저히 어떤 그릇에도 담을 수가 없었다.

"미스 김."

이윽고 노 대리가 입을 열었다. 오래도록 가라앉힌 목소리가 걸 그렁거렸다. 그는 헛기침을 해서 목소리를 틔웠다.

"난 미스 김의 능력을 인정합니다. 일 잘하지요. 남자 행원 못지 않아! 솔직히 말하면 미스 김보다 일 못하는 남자 많아요."

"노 대리님."

"내 말 들어봐요. 난 경우 어그러지는 말은 안 하고 사는 주의(主義)잡니다. 그런데 어떻습니까. 당장 드러나지요? 야근할 수 없다구! 결혼한 여자는 가정이 직장이라니까! 우린 셋 다 결혼한 처지 아닙니까? 그래도 집 때문에 야근을 못 하는 사람은 미스 김밖에 없다구! 내 말이 틀렸소?"

인호는 노 대리의 말을 들으며 온몸에 가늘고 기다란 가시가 함부로 돋아나는 기운을 느꼈다. 싸늘하고 날카로운 전류가 흐르는 느낌도 들었다. 노 대리는 자신의 말이 옳지 않느냐고 다그쳤으나 인호는 아무런 판단도 서지 않았다. 그는 자기가 여성 해방 운운하는 얘기들도 알고 있지만 여자의 해방은 가정에서 이루어져야 하는데, 그것은 살림을 잘하고 자식을 잘 길러내고 남편 보필 잘하는, 우리나라의 수많은 효부, 열녀, 장한 어머니가 되는 거라고 힘차게 말했다. 여자는 그럼으로써 인간적인 성취감을 맛보도록 태어났다고 그는 주장했다.

노 대리는 자기가 이런 부분까지 떠벌릴 생각은 전혀 없었지만, 말이 좋았다고 스스로 만족했다. 무언지 모르게 꿀리는 듯한 느낌이 말끔히 가시기도 해서 여간 흡족한 게 아니었다.

그래서 그는 인호에게 일감을 나눠 주고 집에 가서 해오도록 했다. 일 잘하고 인화(人和) 잘되는 반으로 뽑혀보자는 말까지 덧붙였다.

노 대리가 이렇게 흔쾌한 기분인 것과는 반대로 인호는 한없이 씁쓸했다. 자기 몸에서 똥내가 나는데 어디에서 나는지 도무지 찾아지지 않을 때의 기분이었다.

이런 기분과 환멸감은 집에 올 때까지 털끝만큼도 덜어지지 않았다. 그런데 인호가 일감을 싸 들고 집에 들어갔을 때, 집 안은 그 기분에 불을 질렀다.

집 안은 필요한 불도 켜지 않아 어두컴컴하였으며 텔레비전 소리는 찌렁찌렁 울리게 컸고, 시어머니는 작은아이를 업고 있었다. 온종일 파출부의 치우는 손이 없었던 탓으로 발 디딜 틈 없이 어지럽혀져서 한눈팔면 머리가 금방 돌아버릴 것 같았다.

"날 일찍 저무는데 일찍 일찍 다녀라."

시어머니가 인사하며 들어선 며느리에게 어딘가에서 진탕 놀다 온 것처럼 이렇게 말했다.

"할머니 힘드셔!"

인호는 시어머니의 그런 말이 목에 가시로 걸렸으나 내색할 수 없어, 대신 등에 업힌 아이를 우악스럽게 끌어내렸다. 그 바람에 시어머니의 몸이 휘청거렸다. 시어머니는 꼭 사내 같은 성깔머리의 막내며느리가 못마땅했다. 자기야 같이 살지 않고 머지않아 죽으면 그만이지만 아들이 걸렸다. 남편이란 안사람이 고분고분해야 집안으로 돌 터인데, 안색 나쁘고 도무지 살찌지 않는 게 모두 며느리의 거친 성깔 탓으로 여겨져서 가슴이 매웠다.

인호는 불을 켜고 텔레비전 소리를 줄이고 옷을 갈아입고 나서야 눈에 띄지 않는 큰아들을 찾았다. 아이는 침대에 누워 끙끙 앓고 있었다. 열이 불덩이였다. 손으로 마구 아이의 몸을 더듬거리는데 불길한 예감이 끼쳤다.

"애비는 밥 먹고 온다더라."

시어머니는 문턱에 서서 말했다. 인호는 귓등으로 들었다. 말 없는 며느리가 아들의 늦은 귀가 때문이라고 여긴 시어머니는 엄격한 말투로,

"사내란 바깥일이 분주해야 되는 거다!"

했다.

인호는 물수건을 아이 이마에 얹어두고 약국 하는 친구에게 전화를 걸었다. 해열제를 먹이고 충분히 재운 뒤에 내일 병원에 가보

라고 했다. 열감기도 유행이라는 거였다.

인호는 해열제를 찾아, 안 먹겠다고 앙탈하는 아이를 위협하고 협박해서 약을 먹였다. 며느리가 그렇게 하는 동안 시어머니는 내내,

"아이란 어머니가 싸고 길러야 한다, 내 귀한 손주를 왜 남의 손에 내돌려야 하느냐, 그래서 아이들이 속으로 주접이 들었다, 애비도 마찬가지다……." 하고 쉬지 않고 구시렁거렸다.

"어머니, 누가 나 하나 좋자구 회사 다니나요?"

참지 못하고 며느리가 속을 내보였다.

"바깥바람 좋으니 다니지…… 난 처음부터 니가 직장 나가는 거 반대했다. 남들두 다 혼자 벌어 잘살더라. 기호 어멈두 대학 나왔다. 언제 돈 벌러 나가데? 그래도 집 지니구 잘살잖냐?"

"이 집을 아범 혼자 살 수 있는지 아세요? 제가 더 많이 보탰다구요, 어머니!"

"아이구, 귀신이 들을까 겁난다. 제 서방 기죽이는 년 복 받는 거 못 봤다. 요새 세상이 어떤지 몰라두 그래 다 같이 직장 다니는데 남자 벌이가 낫겠지 원."

며느리는 시어머니의 말을 여기에서 더 듣지 않았다. 수돗물을 크게 틀고 설거지를 했다. 시어머니와 논쟁은 부질없었고, 대등하게 잘잘못을 따지는 건 불경죄에 속했다.

저녁쌀을 씻어 급히 밥을 해서 밥알이 제대로 퍼지지 않았다. 재워둔 불고기를 구웠다. 시어머니는 애비가 바깥에서 밥을 먹고 온다는데 그건 왜 굽느냐고 참견이 대단했다. 인호는 불고기 냄새에

식욕이 돌았으나 시어머니의 참견을 들으며 밥을 먹어 곧장 체하
였다. 소화제를 두 가지나 먹었다.

돈 벌러 다니는 건 마찬가지라구요. 여자두 먹어야 기운 차리
지요.

이렇게 쏘아붙이기만 해도 막힌 속이 뚫릴 것 같았다. 그러나 그
런 말은커녕 웃는 낯으로 잠자리까지 폈다. 그래도 시어머니는 소
파에 기대앉아 아들 보고 잔다며 졸다 깼다 했다.

해열제 탓인지 기태는 열이 내리고 잠을 잤다. 둘째도 재웠다.
인호는 안방에다 밥상을 펴고 일감을 늘어놓았다. 기다렸다는 듯
이 눈이 감기기 시작했다. 손바닥으로 얼굴을 문질렀다. 파운데이
션이 끈적하게 묻어났다. 화장을 여태 지우지도 않고 지운 줄 알고
있었던 자신의 착각에 인호는 소스라쳤다. 서둘러 화장을 지우고
세수를 했다. 옆집에서 벨 울리는 소리가 났다. 시어머니가 현관문
을 열었다.

"애비냐?"

"아이구 어머니. 옆집이에요. 주무시라니까요. 다 큰 아들 집 못
찾아올까 봐요. 주무세요. 제가 어련히 문 따주겠어요? 주무세요."

며느리가 질겁을 하고 젊은 기운으로 현관문을 닫아 걸고 시어
머니를 아이들 침대 옆의 자리 편 곳으로 모셨다. 시어머니는 마
지못해 겉옷을 벗고 누웠다. 인호는 아이 몸이 다시 열에 뜬 것을
보고 물수건을 해왔다. 아무래도 병원에 데려가야겠다고 생각했
다. 밤에 일만 끝내면…… 출근만 했다가…… 아주 조퇴를 하든

지…… 결혼한 여자는 가정이 직장이라니까!…… 노 대리…… 제 서방 기죽이는 년, 복 받는 거 못 봤다…… 회사 안 다니는 엄마는 다 나쁜 엄마란 말이야?

인호가 아이의 이마 열로 쉽게 뜨거워진 수건을 돌려서 놓자 아이는 어머니의 팔을 꽉 움켜잡고 가쁘게 숨을 쉬었다.

"어머니, 기태가 많이 아픈가봐요. 오늘은 안방에서 아범이랑 주무셔야겠어요. 자리를 그쪽으로 봐드릴게요."

"안 그래두 된다."

시어머니는 아들과 안방에서 자게 된다는 게 너무 기쁘고 한편으론 송구하기도 하고 어색도 해서 이렇게 중얼거렸다. 그러나 말과는 달리 베개를 들고 일어섰다. 이때 그의 어른 아들이 술내를 풍기며 돌아왔다. 그는 디자인실에 새로 들어온 미대 졸업반 여대생인 신입사원과 함께 저녁을 먹고 나이트클럽에 가서 춤을 추고 온 것이었다.

"어머니 안 가셨구나아."

그는 소년처럼 반갑게 말했다.

"밥은 먹었나?"

어머니.

"기태가 보통 아픈 게 아니야."

아내.

"병원에 가보지."

남편.

"술 너무 마시지 마라."

어머니.

"누가 병원에 데려가? 오늘두 야근할 걸 빠져나왔는데."

아내.

남자는 아내와 어머니가 쉬지 않고 말하는 소리에 대꾸하지 않고 아프다는 아이를 들여다보았다.

"감기겠지."

그는 가볍게 말했다. 기분이 상큼한 것이었다. 그가 집 밖을 나서면 아내와 아이들을 깡그리 잊듯이, 집 안에 들어옴으로써 당당하고 매혹적인 미대생을 잊었으나 달콤한 기분은 남아 있었다.

"당신이 어머니하구 자요. 난 일두 해야 하구 기태가 열이 올랐다 내렸다 하니……."

인호는 일감을 늘어놓은 밥상과 시어머니의 이부자리를 바꿨다. 일흔 살의 어머니와 서른일곱 살의 아들은 한참 동안 도란도란 얘기했다. 인호는 문이 닫혀서 말소리를 하나도 알아듣지 못하는 게 갑갑하고 또한 누구에게랄 것 없이 치솟는 질투에 도끼눈을 했다.

인호는 한약 마시듯, 진하게 탄 커피를 마셨다. 그리고 눈을 번쩍 떴다. 정신이 났다. 자료의 숫자를 읽었다. 맑아진 건 눈자위뿐인지, 눈으로 읽었다. 머릿속에 들어오지 않았다. 그렇다고 잠이 오는 것도 아니었다. 벌써 두시가 넘었다. 사방은 고요하고 전류 흐르는 소리, 시계 초침 움직이는 소리, 냉장고 모터 돌아가는 소리, 밖에서 자동차 나가는 소리, 먼 데서 차 문 여닫는 소리들이 이상하게도 이웃처럼 가까이 느껴졌다.

인호는 다시 자료를 들여다보았다. 계수 다른 것이 있어서 맞추려 했었는데 그것도 어떤 것인지 떠오르지 않았다. 일어나 무릎을 굽혔다 폈다 하는 운동을 했다. 기태가 물을 찾았다. 아이에게 보리차를 먹였다. 오줌도 뉘였다. 땀에 흠씬 젖은 속옷을 갈아입혔다. 아이는 어머니와 함께 있어 마음이 놓이는 낯이었다.

"자아. 푹 자면 내일 유치원 갈 수 있다. 유치원 가는 게 좋지?"

아이는 머리를 가로저었다.

"엄마랑 같이 있는 게 좋아!"

아이는 잠이 무겁게 내려 덮이건만 이 말을 해뒀다.

인호는 아이를 다독거려 재우고 자료를 훑기 시작했다.

종이 위에서 검은 벌레가 꼬물거리기 시작했다. 한 마리, 세 마리…… 개미 새낀가? 송충이 애벌렌가? 아, 지렁이처럼 가늘고 기다랗네. 한군데 뭉쳤어. 징그러워.

인호는 정말로 진저리를 쳤다.

내가 왜 이러지? 밤을 꼬박 새겠네.

이렇게 생각하며 자료를 들여다보았다. 숫자들은 눈에 들어와 그러나 숫자와 숫자 사이의 관계나 의미는 도무지 떠오르지 않았다. 머리가 딱딱하게 굳은 것 같은 느낌이었다. 그래서 그는 손가락 끝에 힘을 모아 머리통을 눌러 보았다. 눈꺼풀도 지그시 눌렀다. 입술을 이리저리 당기고 오므렸다.

커피를 한 잔 더 마셔야지. 이게 뭐야. 일은 제대로 해갈 테야. 내가 대학을 뒷문으로 들어갔나? 꼴깍꼴깍 밤새우는 건 보통이었는데…….

인호는 일어나 주방으로 갔다. 가스 불 손잡이를 틀었다. 푸른 가스 불꽃이 튀듯이 일어났다. 주전자를 올리고 오줌을 누러 화장실로 갔다. 오줌을 누고 손을 씻다가 거울 속에서 귀신을 보았다. 소름이 끼쳤다. 하마터면 소리칠 뻔했다. 병색이 도는 새하얀 얼굴 무엇을 노리는, 무엇을 증오하는 눈빛, 허연 입술…… 인호는 도망치듯 화장실에서 나왔다.

나는 뭐지? 나는 뭐야?

그는 꼭 무엇에 질린 사람처럼, 그래서 몸이 굳어, 삐덕삐덕하게 움직여 겨우 방으로 들어갔다. 그의 입이 유아(幼兒)처럼 삐죽거렸다. 서른네 살의 어른이 그럴 수 있다는 게 믿기지 않는, 그런 입 모습이었다. 삐죽거리던 입술을 깨물고, 인호는 참을 수 없다는 듯이, 그러나 자신의 의지는 아닌 몸짓으로 밥상에 얼굴을 떨궜다.

…… 인호는 가슴속에서 우는 자기 울음소리를 들었다. 그리고 조금씩, 자기라는 존재는, 이 움직이는 숫자에도 노 대리의 옆자리에도, 이 집 안에도 없었다. 모호하지만 무슨 느낌처럼 그런 생각이 떠오르는 거였다. 물에 가라앉듯이.

난 기계가 아니다. 인조인간 로봇이 아니지…….

막연하게 이런 생각도 했다.

그리고 옆으로 쓰러졌는데, 아침에 시어머니가 깨워서야 일어났다.

"아유, 난 몰라. 아침이잖아!"

인호가 누가 아침을 끌어다 놓기라도 한 듯이 이렇게 울먹였다.

"난 이제 못 다녀. 오늘 가서 사표 내야지……."

인호는 여전히 울상이 되어 자료들을 챙기며 지껄였다.

"다니지 말어!"

빠끔히 들여다보던 남편이 소리쳤다.

"살림이나 잘해라!"

시어머니가 기다렸다는 듯이 맞장구쳤다.

"엄마 회사 또 가?"

눈이 움푹 꺼진 기태가 침대에 누운 채 물었다.

"간다! 니가 태어나기 전부터 엄마는 회사 다니는 여자였어! 아빠보다 엄마가 돈을 더 많이 벌어! 아빠보구는 뭐라구 안 하면서……."

인호는 아이에게 퍼대었다. 퍼대면서, 아이가 만만하기 때문이라고, 사실은 시어머니와 남편 들으라는 소리라고, 그러나 이런 방법은 너무나 비열하다고 생각했다.

"저게 미쳤나아."

남편이 중얼거리는 목소리가 인호의 귀에 들렸다. 인호는 발끈해서 그쪽을 노려보았다. 남편은 거기에 없었다.

"아범 밥 줘라."

시어머니.

"저도 출근하는 사람이에요!"

인호가 이판사판인 목소리로 내쏘았다. 시어머니는 너무도 기기 막혀 땅이 꺼지게 한숨을 쉬었다. 그리고 주방에 가서 냉장고를 열고 무엇을 챙겼다.

"아범아. 너두 맨날 젊지만은 않다. 술을 과하게 마시면 못쓴다."

"흥, 하루도 일찍 오는 날이 있는 줄 아세요? 맨날 술이라구요."

"남자가 바깥일 잘 보자면 다 그런 거란다. 쥐어짜지 말아라. 여자가 그러면 못쓴다! 때 넘기지 말고 보약 좀 먹도록 해라. 약 쓰는 것두 다 때가 있어……."

보약? 누구 얼굴이 더 나쁜데. 눈뜨면서 잠들 때까지 일이야. 술을 마셔, 담배를 피워. 이 집구석에서 누가 내 건강 한번 살펴주었어! 바깥일 본다구? 난 뭐 안쪽일 보나? 인정머리 없는 것들…….

인호는 시어머니와 남편이 수작하며 마침내 현관에서 헤어지려 할 때까지 속으로 마구 욕했다.

"어이, 어머니 용돈 좀 드려. 넉넉하게 드려. 알았지?"

대학원 학생 같아 보이는 남편이 이렇게 명령하며, 다시 자기 어머니에게 인사하고 나갔다.

"아, 월……."

인호가 남편의 월급을 챙기려 할 때, 그는 벌써 아래층 계단을 뛰어 내려갔다. 그가 아내에게 명령한 것은 시어머니 용돈 말고, 아이를 병원에 데려가는 것도 있었다. 곧 파출부가 왔다. 인호는 물 한 모금 마시지 못하고 집을 나섰다. 얼굴은 산모처럼 부석부석하여서 아무리 화장을 해도 대학원 학생 같아 보이는 남편의 큰누나쯤으로밖엔 보이지 않았다. 시어머니한테는 아예 병원에 가야하니 일찍 들어오겠다고 말했다.

사무실에 들어가자마자, 인호는 사직서를 썼다. 노 대리와 말하기 싫어, '일을 끝내지 못했다, 죄송하다, 사직서를 냈다'라고 메모를 하여 건넸다. 그리고 집으로 돌아왔다. 회사 건물을 나설 때, 인호는 엄청나게 커다란 손의 힘으로 떠밀리는 참혹함을 숨이 막히도록 느꼈다. 대학 졸업하고 들어온 직장에서 십 년 가까이 일했는데, 최후의 순간은 그렇게 처참할 수가 없었다.

집에 와서, 시어머니와 아이들에게 사직한 이야길 하지 않았다. 그들이 원한 것임에도 불구하고, 인호는 웬일인지 수치감이 느껴져서 입 밖에 낼 수가 없었다. 수치감만이 아니었다. 패배감이 더하였다. 드넓은 세상으로부터 답답한 아파트 서른세 평의 굴속에 갇힌 신세로만 여겨졌다. 그러나 인호가 패배감과 배반감의 절정을 몸서리치게 경험한 것은 이날 밤, 남편이 돌아온 다음이었다.

"사표?"

남편이 어렵게 찾아낸 생선 가시 내뱉듯 말했다.

"새삼스럽게…… 정작 사표 내야 할 땐 기를 쓰구 다니더니 애들 다 커서 무슨 사표야. 집구석에서 빈둥빈둥 뭐 할 거야."

남편은 외면한 채 이렇게 내뱉었던 것이다. 그래도 인호는 이

날 밤 내내, 그의 남편이, 실직한 아내에 대해 끔찍한 부담감과 환멸을 느끼고 있었다는 사실에 대해서까지는 전혀 눈치채지도 못했다.

맷집과 허깨비

"조강지처는……."

입을 꽉 다문 채 탁자를 내려다보고 있던 박우환이 짓밟는 목소
리로 입을 열었다. 그의 맞은편에 앉은 서른 살 안쪽의 여자가 두
려움과 조바심이 뒤섞인 낯으로 우환을 바라보았다.

"…… 버릴 수가 없어……."

모진 힘이 들어 있던 목소리가 잠깐 틈을 낸 사이에 나락으로
떨어진 듯 맥없이 풀어져서, "버릴 수가 없어"라는 말은 아주 기어
드는 소리였다.

우환은 아내가 제풀에 집을 나가버리거나 죽어 없어지기를 바
랐다. 이것은 때때로 그를 사로잡는 욕망이었다. 지금도 그는 애인
에게 자신의 오랜 소망을 넋두리하고 싶었으나 참고 있었다. 억센
미움이 말문을 꽉 막아버리는지 그것은 가슴속에 응어리로 맺혔
다. 더욱이 그는 그가 그토록 바라던 아내의 가출이 마침내 일어났

는데, 그걸 애인에게 감출 뿐 아니라, 늘 바라던 바와는 엉뚱하게 뒤집어진 행동을 하는 것이었다.

사실 박우환은 아침에 집을 나서는 때부터 아내의 가출을 깡그리 잊고 지냈다. 아내는 보나마나 친정이나 처제네에 갔을 것이라고 생각했다. 엊그제 밤 그는 식탁을 집어던지고 아내를 마구 두들겨 팼던 것이었다. 아내는 다리를 절름거렸는데 그 외에 어디를 어떻게 다쳤는지 그는 거들떠보지 않아 알지 못했고 관심도 없었다.

그는 이상하게도 한바탕씩 아내를 패고 나면 기분이 가라앉았다. 한동안 아내를 미워하지도 않았다.

"가끔씩 만날 수도 없나요?"

오래도록 망설이던 끝에 애인이 서글픈 목소리로 말했다. 박우환의 하얗고 싸늘하게 굳었던 얼굴이 흐물흐물 풀렸다.

"좋은 상대 찾아가야지. 언제까지나……."

이렇게 말하는 우환의 입가에 떳떳치 못한 욕망의 웃음기가 꿈틀꿈틀 스쳐 지나갔다. 그는 말을 끝내고 나서, 그냥 버려두었던 김이 빠진 맥주잔을 들어 한 모금에 마셔버렸다. 그리고 그는 스스로 잔을 채웠다.

"우리 박씨 문중엔 조강지철 버려 호적을 지저분하게 한 역사가 없어."

박우환이 말했다. 그는 만족스러운 낯빛으로 애인을 바라보았다. 무슨 까닭인지 애인이 눈길을 피했다. 이 여자는 그가 결혼한 지 십 년 동안 관계한 여러 매춘부나 접대부 말고, 한순간일지라도 결혼까지 생각해본 여인으로서는 다섯 번째였다.

　박우환은 거푸 잔을 비웠다. 그는 병을 기울여 바닥난 걸 확인하였다. 그는 십여 초쯤 병을 들여다보며 망설이다가 그만 마시기로 결정했다. 이제부터 마시면 한이 없어질 터였고, 그렇게 되면 어렵사리 맺고 끊는 관계를 흐트러뜨릴 것 같아서였다. 눈가에 술기운이 희미하게 비낀 박우환의 얼굴은 편안하고 만족스러웠다. 그의 나무랄 데 없이 잘생긴 얼굴을 더욱 돋보이게 했다. 그런데 그의 애인은 먹구름 분위기로 앉아 있었다. 그렇지만 박우환은 자기 기분에 취해 애인의 우울과 슬픔에 전혀 전염되지 않았다. 그는 아홉시가 조금 못 되어 애인과 헤어졌다. 여자는 헤어질 때 아랫입술을 깨물고 고개를 숙인 채 아무 말도 하지 못했다. 박우환은 여자의 등을 토닥거려서 돌려세우고 곧장 여자를 잊었다. 지금 그를 휘어잡고 있는 감정, 그것은 자신의 완벽성에 대한 감탄과 만족이었다. 그는 그저 기쁠 따름이었다. 사귄 지 일 년이 조금 못 된 애인과는 이제 같이 살지 않으면 헤어져야 할 때였으므로, 그는 헤어졌다. 애인에게 폭 빠졌을 땐 조강지처를 버릴까도 생각했으나, 그건 치욕이었다. 그는 집안과 자기 자신에게 욕을 남길 수 없었다. 아내를 버린다는 것은, 아내를 제대로 거느리지 못했다는 것일 터였고 그것은 수치일 것이었다.

　그는 아내와 중매결혼을 했다. 오 년 전과 삼 년 전에 각각 세상을 떠난 그의 부모가 '별 탈 없을 거'라고 하며 선택한 여자였다. 아이를 낳아 손을 퍼뜨리고 살림을 알뜰하게 하여 가산을 축내지 않고 시집 식구를 두루 섬기고 보살피는 데에, 아내는 별 탈이 없었다. 결혼하고 삼사 년 동안, 여동생과 어머니를 들춰 뭐라고 고시랑거리면, 그는 여자의 밴댕이 소가지거니 하고 귓등으로 흘려들었고, 그래도 갈고작거리면 매질을 해서 기를 죽여놓았다. 그랬으므로, 별 탈이 없었다. 아내가 야위고 만성위염에 시달리고 얼굴엔 기미가 끼어 늙는다기보다 시드는 꼴이었으나 그는 그 까닭을 헤아리지 않았다. 한 번도 아내가 사로잡히게 좋거나 사랑스러웠던 적이 없었기 때문에, 그는 주접드는 아내가 더욱 스산하게 살을 대기가 싫어졌다. 연년생으로 낳은 아들 둘을 둔 다음 그는 냉큼 정관수술을 했다. 그가 아내의 몸을 더듬을 땐 술이 취했을 때가 대부분이었다. 술기운에 그는 아내와 동침했다. 아내는 강아지 우는 소리같이 낑낑거렸는데, 그것이 좋다는 내색인지, 괴롭고 귀찮다는 표시인지 그는 알 수가 없었다. 그래서 한번 물어보려 했던 것이 수년이 지나도록 그는 물어보지 않고 지내왔다. 게다가 지난해부터는 두서너 달에 한 번쯤 동침을 하게 됐다. 박우환이 애인이 생긴 까닭이었다. 그의 아내는 드러내놓고 보채거나 불평하지 않아서, 그는 아내의 성욕에 대해선 단 한 번도 생각해본 적이 없었다. 더러 '방사 기능'이 뛰어난 접대부와 오입하는 경우가 있고 술자리에서 여자의 욕정을 술안주로 씹을 때가 있었지만 그는 그럴 때의 '여자'와 자신이 함께 사는 여자인 '아내'를 더불어 생각하지 못했다. 그에겐 이상하게도 아내와 여자가 하나로 여겨지지 않았다. 아내와 여자는 이를테면 다른 성(性)이었다.

박우환이 버스에서 내려 골목을 걸어가는데 집 앞의 구멍가게 주인 남자가 허리 굽혀 인사했다.

"잘 되십니까?"

그는 사람 좋은 웃음을 웃으며 말했다. 기분이 좋은 그는 남자의 인사 하나에 걸려들어 주스 한 통을 샀다. 가게 주인은 박우환의 이런 약점을 아주 잘 집어서 이용했다.

"허우대는 멀쩡해 가지구……."

박우환이 골목 어귀를 돌아서자 가겟집 여자가 소문난 박우환의 손찌검에 대해 빈정거렸다.

"예편넨 들어왔나아?"

가겟집 남자가 물었다.

"몰러. 안 들어왔을걸? 나 같으면 안 들어오겠다. 그렇게 맞구 무슨 재미루 살어. 대학두 댕긴 여자라던데 안팎 골병 들어 사니 그게 사는 거여? 사내는 아침저녁으루 희멀겋게 나다니는데 ……."

담배 손님한테 거스름돈을 내주며 여자는 지껄였다.

우환네 반지하에 세들어 사는 새댁 나경 엄마가 엊그제 싸움판을 마구 떠벌려서 골목 주위에선 어제오늘 화젯거리였다. 위층에서 식탁이 넘어가면 지하실에선 천장이 무너지는 것처럼 들리게 마련이었다. 거기다 우환의 아내가 다리를 절름거리며, 아이들 부탁한다는 말을 나경 엄마에게 남기고 나가서 들어오지 않았던 것이다. 우환이 대문 벨을 누르자 조금 뒤에 나경 엄마가 열었다.

"어머, 아저씨세요? 일찍 오시네요."

나경 엄마가 앞을 틔워주며 인사했다. 그러면서도 눈길은 우환의 등 뒤쪽을 부산히 더듬고 있었다. 우환은 어머니의 등짝에 매달려 있는 나경이의 머리를 쓰다듬었다.

"총명하게 생겼습니다."

우환이 말했다. 그리고 그는 안으로 들어갔다. 그는, 지금 자신을 도무지 이해할 수 없어 마냥 얼떨떨한 기분으로 서서 바라보고 있는 나경 엄마를 알지 못했다. 나경 엄마가 일찍 들어오는 주인아저씨 뒤에, 아줌마도 있을 것으로 짐작했던 것이다. 게다가 저토록 정중하고 친절하며 교양 있는 남자가 어찌하여 아내를 학대하는지 도무지 이해할 수 없는 것이었다. 처음엔 주인 여자에게 매 맞는 이유가 있을 거라고 여겼지만 이태째 사는 동안, 그것도 아니라고 여기게 되었다. 주인아저씨는 집안의 만사를 '때리는 것'으로 해결했다. 수틀리면 집안을 쥐 잡듯 하는 것이었다. 그래서 주인집이 '쥐 잡는 날'은 나경이네도 공연히 벌벌 떨고 지냈다. 이렇게 겁먹는 게 전염되는 것 말고는 사는 데 큰 불편이 없어서 나경이네는 임대아파트 장만할 때까지 여기 살 작정이었다. 그런데 요사이 와서 '겁먹기 전염'에 은근히 화가 났다. 자기네가 겁먹을 까닭이 없고, 완전히 주눅 들고 기죽은 주인아줌마와 아이들 보는 게 안쓰럽다 못해 넌더리가 난 것이었다. 그는 주인아줌마에게, 맞지만 말고 함께 때리라고 추켜도 봤다.

"안 돼. 그랬다간 아주 맞아 죽게? 어떤 사람이라구."

주인 여자는 눈치 볼 사람도 없는데 여기저기 살피며 비굴하게 말했다.

"아줌마! 요새 누가 맞구 살아요! 아줌마가 노예예요? 종이에요? 짐승이에요? 사람이잖아요. 매 맞을 일 했어요? 아니면 대들으세요. 깨물구 할퀴어요. 폭력엔 폭력! 악랄한 거엔 악랄한 거루, 야비한 거엔 야비한 거루 맞서야 해요. 다 같은 사람이잖아요. 아줌마나 애들이 아저씨 물건은 아니잖아요……."

나경 엄마가 참다 못해 이렇게 말하면,

"몰라서 그래……. 내가 못나서 그렇지 뭐, 내가 뭘 잘못하는 게 많을 거야……."

주인 여자는 이렇게 질린 목소리로 말했다. 나경 엄마는 짜증이 나다 못해 역겨워졌다. 역겨움 때문에 이사를 가고 싶은 지경이었다. 주인 여자와 십여 년의 나이 차이가 나서 '세대 차이'거니 여기다가도, 모든 것이 세대 차이로 얼버무려지지 않았다. 심지어는 나경 아빠가 폭력을 배우고 익힐까 걱정되기까지 했다.

우환의 아들 둘이 추위에 오그라붙은 꼴로 서서 들어서는 아버지를 맞았다. 집 안에 썰렁한 기운이 가득 찼고 그것은 들어서는 우환의 기분을 잡쳐놓았다.

"집 안이 왜 이렇게 캄캄하냐아!"

그는 다녀오셨느냐고 인사하는 아들들의 기분을 호통으로 짓뭉개버렸다. 어깨가 휜 아홉 살짜리 큰아들이 허둥지둥 마루 불을 켰다. 아이들의 눈은 벌써 겁을 집어먹어 크게 열렸고 불안에 흔들렸다. 아이들은 텔레비전을 보고 있었던 것이다. 아버지가 오기 전까지 형에게 라면 삶아 달라고 보채던 동생은 이제 형의 등 뒤만 따라다녔다. 우환이 아무렇게나 내려놓은 주스병은 통 소리내며 마룻바닥에 군드러져서 아이들을 놀라게 했다. 우환은 어두운 방 안 문턱에서 숨을 몰아쉬었다. 그는 어두운 부엌도 보았던 것이다. 방 안에 들어가 불을 켜고 웃저고리를 벗어 옷걸이에 아무렇게나 걸었다.

이게 정말 나갔나? 웃기네.

그는 이렇게 속으로 말했다. 그러나 그의 커다란 덩치 갈피갈피로 불안감이 배어들고 있었다. 그는 아내가 자신에게 이러한 황당함을 '감히' 주리라곤 상상도 하지 못했던 터였다. 그는 우선 창피하고 귀찮고 어이가 없었다.

"제까짓 게."

우환은 입을 빼물며 중얼거렸다. 뛰어야 벼룩이라는 생각이 들었다. 그러나 이런 생각이나 기분은 점점 옅어져 갔다. 그가 마루로 나설 때, 안방 문턱에 서 있던 둘째 아들이,

"아빠 배고파요."

했다.

그는 자식을 바라보고 어두운 부엌을 쏘아보았다. 그의 얼굴이 솟구쳐 오르는 노여움으로 푸르르 떨렸다.

아직두 기가 살은 거야……. 가장과 자식을 굶기려고…… 괘씸한 것……. 매가 두려우면 제까짓 게 어떻게 하겠나?…….

우환은 부엌 불을 켰다. 썰렁했다. 싱크대 물받이 통에 냄비와 그릇 두 개가 담겨 있었다. 아이들이 라면을 삶아 먹은 것이었다. 그는 말없이 그런 것들을 돌아보다가 아이들 방으로 갔다. 휑한 눈으로 맥을 놓고 책상 앞에 앉아 있던 큰아들이 깜짝 놀라며 일어섰다. 아이는 누가 뭐라고 하지도 않았는데 방바닥의 새우깡 봉지와 어린이 잡지를 치웠다.

"엄마 어디 갔는지 모르냐?"

우환이 낮고 무거운 목소리로 물었다. 그는 아이들이 새로운 엄마와 사는 광경을 언뜻 떠올렸다. 한두 시간 전에 헤어진 애인이었다.

"몰라요."

아이가 알아들을 수 없는 작은 소리로 대답했다.

"뭐라구!"

우환이 고함쳤다. 아이가 자동적으로 고개를 빳빳이 쳐들었다. 얼굴이 붉어졌다가 창백해졌다. 질리는 데 습관이 들어 있었다.

"넌 말을 상대방 알아듣게 해야 할 거 아니야! 큰소리로 말해! 알았어? 사내새끼가 계집년도 아니고…….'

우환은 혀를 찼다. '외탁을 해서'라고 덧붙이려다 말았다. 그는 남자란 무엇보다 완력이 있어야 한다고 믿었다. 그래야 어디 가서든 윗자리에 있게 되고 무시당하지 않는다는 것이었다. 그는 자신의 완력을 믿었고 그보다 더 센 완력에 굴종하기를 체질화시켰다. 그리고 자신의 사내자식들이 자기와 같이 되기를 바랐다. 그런데 달랐다. 그는 큰아들에게 불가사의한 혐오감을 가졌다. 큰아들은 아내와 꼭 닮은 것이었다. 늘 겁먹은 목소리, 흰 어깨, 비리비리 마른 사지와 불안정한 눈빛과 사람을 바로 보지 못하는 버릇들이 그랬다. 아버지인 자기한테 그렇게 구니 다른 사람한테 오죽하겠는가 싶어 걱정스럽고 화가 났다. 아내가 그런 것이야 답답하긴 해도 참을 만했다.

박우환의 아내 인옥은 다소곳이 길러진 여자였다. 답답한 사람은 아니었다. 결혼해서 서너 해 동안은 시집 식구들과의 갈등을 불평하고, 우환의 불성실이나 폭력에 반항하기도 했었다. 그런데 그가 몹시 화가 난 날, 별생각 없이 부엌칼을 들이댄 적이 있었는데, 그날부터 말이 없어진 것이었다. 물론 우환은 순전히 겁을 주기 위해서 칼을 들이댔었다.

우환의 큰아들은 태어나서 얼마 지난 후부터 아버지의 폭력을 지켜봐야 했다. 자신을 태중에서 길러 마디마디 뼈가 빠지는 아픔으로 낳아서 젖을 빨려 길러주는 어머니에 대한 폭력이었다. 아이는 어느덧 어머니처럼 말이 없고 늘 질리거나 자신 없는 낯으로 어깨를 구부정하게 하고 방구석에서 지내길 좋아했다. 우환은 자신의 아들이 그런 꼴로 자라나는 게 '외탁' 탓이라고 믿었다. 그래서 아들을 보면 아내가 밉고 아내를 보면 아들이 미웠다. 그러나 그는 조강지처와 가솔을 거느리되 어떤 경우에도 포기하지 않는 가부장권에 대한 의지는 굳게 가졌다.

"전화두 없었어?"

우환이 물었다.

"전화…… 못 받았는데요."

아이가 목소리를 힘들게 키워서 대답했다.

"전화가 없었느냐는데 못 받았다니 무슨 대답이 그래. 그럼 왔는데 못 받았다는 거야? 머저리 같으니라구."

우환은 핀잔주고 혀를 찼다.

그는 아들들의 방을 나서려다가,

"외갓집에 전화해봤니?"

했다.

아이 둘이 바람같이 눈을 맞추었다. 낮에 전화를 걸었던 것이다. 거기에 어머니는 있지 않았다. 그런데 지금 사실을 대답하기가 두려운 것이었다. 까닭도 모르면서 아이들 마음이 그러했다.

우환은 아이들의 거미줄 친 듯한 침묵을 느끼면서 같잖게 돌아보고 나왔다. 그는 벽시계를 바라보고 손가락을 딱딱 소리나게 꺾었다.

이게 집을 나갔다?

이틀씩이나 돌아오지 않아?

그는 곰곰이 이런 생각을 했다.

식구들이 당장 굶고 있는데!

생각이 여기에 이르자 그의 눈에 곧장 불이 붙었다. 그는 전화기 옆에 가서 앉아 처갓집 전화번호를 떠올리려고 애쓰다 전화번호부를 뒤적였다. 뒷간과 처가는 멀수록 좋다는 속담은 그의 생활 지침이었다. 그보다 열댓 살 위의 처남과는 성격이 맞지 않았다. 아내 인옥은 삼남매의 막내였다. 그의 장모는 둘째 아이 산바라지하러 왔다가 사위가 딸을 때리는 거 보고는 돌아앉은 부처처럼 멀어졌다.

처가는 통화 중이었다. 그는 수화기를 신경질적으로 내려놓았다. 둘째가 그의 주위를 비실비실 돌았다. 배고픈 꼬라지였다. 우환은 주머니를 뒤졌다. 아무것도 잡히지 않았다.

"아버지 양복 주머니 찾아봐. 가게 가서 먹을 거 사다 먹어."

우환이 침울하게 말했다. 이때 전화벨이 울렸다. 장모였다.

"일찍 들어왔네. 잘 지냈나?"

장모가 말했다. 태연해도 켕기는 기운이 감도는 목소리였다. 저녁에 외손자가 전화해서 집안 돌아가는 내력을 알건만 서로 모른 체하기로 아이들과 짰던 터였다. 그러나 착해 빠진 딸이 친정에도 오지 않고 가출을 해서 이틀째 소식이 없다니 애가 바싹 탔다. 얼굴을 있는 대로 찡그리고 전화를 받는 우환에게 둘째가 천 원짜리 한 장을 내보였다. 우환은 새 몰이 하듯 손을 내저어 쫓았다. 아이가 제 형을 데리고 바깥으로 나갔다. 꾸중 듣기를 형이 맡아 해서 동생은 우환이 앞에서 제 뜻을 폈다.

"잘 못 지냅니다!"

우환이 쇠뭉치 매단 목소리로 내뱉었다.

"무슨 말이야? 뭔 일 있나?"

"모르세요?"

우환은 여전히 갈코리 목소리였다. 그는 어딘가에라도 막 해버리고 싶어서 부글부글 끓었다. 장모는 한숨을 쉬었다. 대관절 딸가졌다는 게 이렇게도 죄란 말인가. 장모의 이런, 한이 배인 한숨을 우환이 느낄 턱이 없었다. 요즘엔 세상이 많이 밝아져서 사위가 제집보다 처가를 더 세운다던데……. 우환의 장모는 이런 생각을 하였다. 양반이라 믿고 딸을 내줬더니 뼈다귀 고아 먹는 내력이 도대체 사람 같지가 않았다. 그러나 딸은 '출가외인'이었다. 딸이란 낳아서 사람값 할 만큼 기르다가 남의 집에 보내는 것이었다. 세상이 달라진 것처럼 보일지라도 바탕은 여전히 이러했다.

"모르세요. 정말 모르십니까?"

우환이 다그쳤다.

"여보게 박 서방. 내가 칠순이 내일모렐세."

장모는 버르장머리 없는 사위가 괘씸하고 야속해서 자신의 나이를 들이댔다. 제가 진정 양반 뼈다귀라면 알아듣겠거니 해서였다.

"나갔어요."

우환이 한풀 꺾였으되 심통은 여전한 목소리로 말했다.

"그게 뭔 소리야?"

"에미가 가출을 했어요."

우환이 이렇게 말하자 장모 쪽에서 벼랑 같은 침묵이 밀려왔다. 침묵은 깊고 가팔랐다.

"식구가 모조리 굶고 있습니다. 애들 꼬락서니가 말이 아닙니다. 이래서야…….”

“싸웠나?”

장모가 말의 잔등을 지르며 싸늘하게 물었다. 우환은 쉽사리 대
꾸하지 못하였다. 켕기는 건 아닌데 마땅한 대답이 나오지 않았다.

…… 맞고 사는 것도 하루이틀이지. 쥐도 급하면 고양일 문다지
않는가. 이게 어딜 갔겠나. 자네도 자식 길러 뼈아픈 거 알걸세. 출
가외인이라지만 기죽어 사는 자식 설움에 어느 한시인들 가슴이
편겠나…….

장모는 이런 맘을 말로 내지 못하고 꿀꺽꿀꺽 삼켰다.

“자네 볼 낯이 없네.”

장모는 맘과는 달리 이렇게 제 살 깎는 소릴 하였다.

“처제네 알아봐야겠어요. 그렇게 혼나고서두 아직 정신을 못 차
려서…….”

“여보게, 에미가 정신을 못 차린 게 아니라 너무 혼이 나서 정신
이 나간 모양일세.”

장모가 못 박힌 소릴 하였다. 우환은 아내가 밉고 한편으로 걱정
이 되어, 장모의 심중 따윈 새겨지지 않았다. 그가 어떤 기분으로
그런 말을 하는지 알고 싶지도 않은 것이었다.

“쉬십시오.”

우환은 이렇게 던져 말하고 전화를 끊었다. 먹을거리 담은 봉지
를 들고 들어오는 아이들 뒤에 나경 엄마가 따라 들어온 것이었다.
쟁반에 밥과 냄비가 놓여 있었다. 빵을 사러 가는 아이들이 측은하

고 딱해서 차려 들고 온 것이었다. 나경 엄마는 식탁에 그것을 올려놓고, "김치는 있지? 내가 꺼낼까?" 하며 아이들에게 말했다.

"아이구 이거…… 차암 챙피해서……."

우환이 커다란 덩치를 야릇하게 꼬며 어쩔 줄 몰라 했다.

"괜찮아요, 아저씨. 애들이 무슨 죄가 있나요."

나경 엄마가 성깔 든 목소리로 말했다.

"애들은 빵 먹으면 될 텐데……."

식탁으로 오면서 우환이 지껄였다.

"아줌마를 빨리 찾으셔야지요. 저야 뭐 아무것두 모르지만……. 아줌마가 너무 안되었어요……."

"내 탓이지요. 여편네 제대루 다스리지 못하구…… 챙피합니다. 올 겁니다. 제까짓 게 어딜 가겠습니까. 고약한 짓을 다 저지르구…… 가십시오. 괜히 폐 끼치구…… 길을 단단히 들여놔야지……."

우환이 구겨지는 자존심과 체면 따위 때문에 감정이 복잡해서 이렇게 마구 떠벌리며 나경 엄마를 내몰다시피 했다. 나경 엄마는 나름대로 부아가 치밀어 표정이며 말투가 거칠었으나 나가면서 우환을 흘깃 쳐다봤다.

사람이 저럴 수가…….

나경 엄마는 흠칫 몸을 떨었다. 그리고 도망치듯 신을 제대로 꿰지도 못한 채 우환네를 나왔다. 바깥에 나와서 이미 문이 닫힌 주인집을 돌아다보았다.

"사람이 저럴 수가……."

나경 엄마가 중얼거렸다.

"꿈에 볼까 무서워."

나경 엄마는 다시 진저리를 치며 혼자 말했다. 방금 우환의 얼굴에서 저승사자를 보았던 것이다. 검고 어둡고 일그러졌으며 그래서 더럽게 죽은 마지막 표정 같은 거였다. 그런데 그런 표정의 사람은 살아 있는 사람이었고 자기가 잘 아는 위층의 주인아저씨며, 늘 교양 있고 잘생긴 표정을 했던 사람이며 아내가 소리 없이 사라져버린 남편이었던 것이다.

"한 길 사람 속은 몰라. 아이 무서워. 꼭 마귀 같아."

나경 엄마는 치를 떨며 반지하의 셋방으로 들어갔다.

아이들은 된장찌개를 떠서 밥을 달게 먹었다. 우환은 을씨년스런 낯으로 그걸 보다가 전화기 옆에 앉았다. 처제네 전화번호를 찾아놓고는 망연히 앞을 바라보았다.

…… 만약에 거기도 없다면. 무슨 생각으로 나갔는지. 만약에…….

우환에게 수많은 생각이 쉴 새 없이 떠올랐다. 이걸 빌미로 내쫓을까. 단단히 혼구멍을 낼까. 지아비를 이렇게 짓뭉갤 수 있나. 반년 동안 나타나지 않으면 자동 이혼이라지. 내 탓은 없으니까. 차라리 그렇게 갈라설까. 집안에도 아이들에게도 난 떳떳하니까. 도덕적으로 걸릴 게 없단 말이야……. 그런데 내일 아침부터 당장 큰일 아닌가. 밥은 누가 할 것이며…… 죽일 년, 아직도 매가 부족

해서…….

우환은 밥과 빨래와 청소 그리고 아이들 거두는 것이 걱정이었다. 그는 아내가 나가더라도 이런 일들에 지장이 없도록 해야 한다고 판박이처럼 믿었다. 그런데 아내가 없어지는 것과 함께 그런 일도 해결되지 않았다. 그래서 그는 더욱 아내가 괘씸하고 다스리지 못한 자신의 유약함에 대해 반성하게 됐다. 북어와 계집은 두들길수록 맛이 나고 여편네는 사흘돌이로 패야 한다는 옛말의 진리를 새록새록 씹었다.

이런 기분으로 우환은 마지못해 처제네로 전화를 걸었다.

"형부! 언니를 어떡했어요!"

다짜고짜 처제가 소리쳐 따졌다. 우환은 불쾌하고 어이없어 말을 하지 못했다.

"언닌 법 없어도 사는 사람이에요. 바보같이 착한 사람인 거 형부 아시죠? 그런 사람 불행하게 만들면 형분 천벌 받아요!"

처제가 소리치고 말끝에 목이 메어 울음을 달았다.

"처제! 말이면 다 하나! 난 행복한 줄 알았어!"

우환이 꽥꽥 소리를 질렀다. '년' 자 붙이지 않는 건 순전히 우환의 교양 때문이었다.

"형부가 언제 우리 언닐 사람 취급했어요? 요새 세상에 어떤 여자가 그렇게 맞고 살아요? 개돼지도 그렇게 때리진 않을 거라구요. 언니는 망가졌더라구요. 형부 흉도 볼 줄 몰라요. 그렇게 때리는 남편이 뭐가 좋다구…… 한사코 자기가 잘못한 거라는 거예요.

이게 멀쩡한 사람이 할 생각이에요? 사람이 제정신 가지구 그럴 수가 없다구요. 형부도 입장을 바꿔서 생각해봐요. 한번 자기가 맞았다고 생각해보라구요! 우리 언닌 너무 바보 병신이라구요! 왜 멀쩡한 사람 그렇게 만들어놨어요. 얼마나 공포에 질렸으면 생각이 뒤집히겠어요! 형부! 우리 언니 찾아놔요. 언니가 잘못되면, 우리 언니가 만약에…… 어떻게만 된다면 가만 안 있을 거라구요! 엉엉엉…….”

우환은 휘감기는 살모사를 떼어내듯 수화기를 화들짝 놓아버렸다. 그래도 처제의 목소리가 쩌렁쩌렁 울리고 울음소리가 들리는 듯했다.

그는 처제의 앙탈과 울음소리 때문에 한참이나 멍청히 앉아 있었다. 몇 분 동안이나 그렇게 넋을 놓고 있은 다음에야 제정신으로 돌아왔다.

“이것들이 짰구나.”

우환이 비열한 표정으로 중얼거렸다. 그의 눈에 빛이 비쳤다. 그를 어리둥절하게 하던 애매함이 마침내 확연히 풀어진 느낌이었던 것이다.

“…… 남편이 제 계집 길들이는데…… 그래 누가 뭐라는 거야! 돼먹지 않은 것들!”

그는 혼자서 큰소리로 말했다. 그의 눈앞에 아내를 빼돌려 뭐라고 부추기는 처가의 사람들 모습이 아른거렸다. 쌍스럽기 그지없는 작태였다.

우환은 잠시 치솟는 울화통에 힘이 버쩍 났다.

그러나 그는 곧, 전혀 다른 생각 때문에 흐물흐물 늘어져야 했다. 처가에서 아내를 앞세워 복수하려 든다면? 우환의 머릿속에 불현듯 이런 생각이 들었던 것이다. 피가 발아래로 빠져나가는 게 느껴졌다. 그의 눈은 크게 열리고 희미했다.

어림도 없지. 우환은 주먹을 쥐었다.

내가 뭘 잘못했어. 집안 단속하고 가솔 다스리는 건 가장의 권한이요, 책임인 것을. 가정은 남편의 성역이 아니냐. 옛부터 부부싸움엔 남이 나서지 않는 것도 다 그래서다…….

우환은 까닭 모르게 움츠러드는 자신을 이렇게 달래고 추스렸다. 두어 달쯤 전이었던가? 우환은 새벽녘에 목이 말라 깼다. 그런데 늘 아내가 등 돌리고 누워 자던 옆자리가 허전하였다. 이상하게 등골이 오싹했다. 어둠 속에서 눈을 번쩍 뜨고 살펴보았다. 아내는 없었다. 그런데 바로 발치의 방구석에 웅크린 짐승 하나가 보였다. 꼭 파란 도깨비불 같은 두 개의 눈빛이 박혀 있는 짐승이었다.

"뭐야! 누구야!"

우환이 겁에 질려 소리쳤다.

"나예요."

짐승이 가느다란 목소리로 말했다. 아내 인옥이었다. 우환이 풍선 터진 소리로 숨을 내쉬었다.

그는 조금 있다가 부엌에 나가 물을 벌컥벌컥 들이켜고 오줌을 누고 들어와 자리에 누웠다. 아내는 여전히 그렇게 하고 있었다.

전혀 잠자지 않은 모양이었다. 어쩌면 그렇게 하고 졸았을지도 몰랐다. 다른 때 같으면 으레 아내에게 물 심부름을 시켰을 텐데 그렇게 하지 못했다.

우환은 지금, 그날 그 어둠 속의 도깨비불 눈을 한 아내를 떠올렸다. 회상하는데도 써늘한 한기가 느껴져서 그는 자신도 모르게 몸을 떨었다. 아무래도 기이했다. 어찌하여 그런 일이 일어나는지. 그는 이해할 수가 없었다. 아내를 격정적으로 사랑한 적은 한순간도 없었지만 나쁘게 하지는 않았다고 우환은 자부했다. 돈을 안 가져다 준 적이 없고 딴살림을 차린 적이 없고 여자를 데리고 들어온 적이 없고 소박을 놓은 적이 없었다. 다만 화가 날 때, '때렸을 뿐'이었다. 길들이기 위해서 '내 사람' 만들어 살려고 그랬던 것이었다.

하기야 그것마저 안 하는 남자도 있겠지. 그렇지만 내가 결점 하나 없다면 무엇 때문에 발바닥에 흙 묻히고 살겠는가? 하나님 노릇이나 하지.

이것이 박우환의 자신감의 알맹이였다.

"아빠, 누가 왔어요."

큰아들이 그 아이답지 않은 똘똘한 목소리로 우환에게 말했다. 우환이 듣지 못한 벨 소리를 들었던 것이었다. 아이는 엄마일 것 같아 달려 나가고 싶어 가슴이 터질 지경이었다. 그러나 아버지가 더 무서웠다.

우환이 아이를 쳐다봤다.

벨이 울렸다.

아이의 눈이 그리움으로 탔다.

"나가봐!"

우환의 가슴에 경련이 일었다. 그러나 그는 짐짓 무뚝뚝하게 내뱉었다.

아이가 달려 나갔다.

"외할머니이!"

"엄마 왔냐?"

"안 왔어요. 큰일이에요. 외할머니."

아이가 실망 때문에 목멘 소리로 말했다. 그래도 외할머니나마 만나게 되어, 아이는 울먹이는 가슴을 늙은이의 몸에 파묻는 듯했다. 그리고 손을 악착같이 잡고 놓지 않았다. 가엾은 것. 늙은이는 외손주의 뼈마디가 드러나는 등판을 쉬지 않고 쓸어내렸다.

"밥은 어쨌니? 굶았니?"

"아뇨. 먹었어요. 아랫집 아줌마가 가져다 줬어요."

"그래. 내 강아지. 기운 잃지 말아라."

대문에서 현관까지의 짧은 거리를 그들은 그렇게 말하며 걸었다.

"늦었는데……."

우환은 들어서는 장모에게 이런 말로 대충 인사했다. 장모는 콩 힘준 소리를 내고 마루로 올라갔다.

"출가외인이라지만, 제 속으로 난 자식인데, 눈에 흙 들어가기 전에야 어찌 잊겠나. 자네두 자식 기르니 잘 알겠지만."

장모가 자리에 앉으며 말했다.

"들어가서 자. 낼 학교 가야지!"

우환은 어른 곁에 맴도는 아이들에게 눈 부라리고 소리쳤다.

"그것들두 소견이 뻔할 텐데, 잠이 오겠나?"

장모가 역성들고 나섰다.

우환은 입을 다시고 가시눈을 떴다.

"그래두 사둔님들이 안 계시니 내가 이렇게 올 수 있는 거지…… 오죽하면 딸 가진 사람이 죄인이랄까마는…….."

"처제네두 없습디다!"

우환은 늙은이의 넋두리가 매 맞는 것보다 성가셔, 불쑥 큰소리로 말했다.

"어디 짚이는 데 없나? 갈 만한 데 말일세. 우리 애가, 에미가 식구들 두구 마냥 가 있을 성미는 아니야. 그렇게는 못 하지. 그 정도나 앙칼지면…….."

장모는 말끝을 흐렸다. 앙칼지면 자네 맷집 되어 살았겠나? 하고 덧붙이려던 것이었다.

장모는 소매 끝으로 눈을 찍었다. 큰아이가 소리 없이 무릎걸음으로 다가가 할머니의 치맛자락을 바스라지게 잡으며 핼끔핼끔 우환의 눈치를 살폈다.

"혹시…… 늙어서 그런지 별의별 생각이 다 든다네. 남들 같으면 이제 기반 잡고 아들 둘 기르며 내외 재미붙여 얼마나 함박같이 살겠나. 아이구우우, 여보게 박 서방. 어디 짚이는 데 없나? 사람을 찾아야지. 그게 어딜 가서…….."

장모는 드디어 울기 시작했다. 우환이 입만 쩝쩝 다셨다.

"한 이틀 전에 손찌검 좀…… 사실 저두 짜증스럽다구요. 어멈이 어지간만 해두…… 사실 저야……."

우환은 난처해서, 자기는 잘못한 게 없다는 걸 마구 떠벌렸다. 첩 살림 차린 적도 없고 생활비 안 줘 속 썩인 적 없다는 대목을 강조했다. 장모님의 자식인 것은 분명하나 여자란 결혼하면 남편의 '것' 아니냐, 그것으로 끝이라고 말했다.

"내가 박 서방한테 따지자구 온 게 아닐세. 사람부터 찾아야지 않나? 어디 짚이는 데 없나? 인옥이 친구들 여기저기 알아봤네만 아무도 모른다는 거야. 걔는 친구들하고도 담 쌓고 지낸 모양인데."

"능력이 있나요?"

우환이 냉큼 모욕적인 말투로 뱉었다. 장모가 휴우 한숨을 내쉬었다. 잔인하긴. 인정머리라곤 터럭만큼도 없으니. 무슨 끝을 보려고, 장모는 속으로만 말하며 내색하지 않으려고,

"자네 볼 낯이 없네. 자식을 남한테 들어내줄 땐, 잘 길러 내놓아야 하는 건데."

라고 싸늘하게 말했다.

우환은 생각에 잠겨 있었다. 파리 씹은 얼굴이었다.

"차암, 신고를 하자니 이거 보통 망신스러운 게 아니고……."

우환이 혼잣말을 내뱉었다. 순간 장모가 질린 눈초리로 사위를 쳐다봤다.

"이러니 제가 좋은 말로 할 수 있겠습니까? 손이 올라가두 이런 데 말입니다."

우환이 손을 쫙 벌리며 신경질적으로 말했다. 이때 큰아이가 개미 기어가는 소리로 말했다.

"할머니이, 엄마가……."

우환이 아들을 노려보았다.

"임마! 큰소리루 말해! 죄진 거 있어? 누굴 닮아서 저래 저 새끼가."

우환이 참지 못하고 윽박질렀다.

아이의 눈이 겁을 먹어 이내 휘둥그레졌다.

"그래, 뭐라니?"

외할머니가 아이의 앙상한 손을 감싸쥐고 물었다. 아이가 우환의 눈치를 살피며 새 새끼같이 입을 딱딱 벌렸다.

"저어, 제 생각에는요. 잘은 모르지만…… 저어…… 엄마가요…… 저어…… 저기요…… 교회가 있거든요…… 거기 가신 거 같아요."

아이는 마치 목숨을 걸 듯이 이렇게 말했다.

"교회? 여보게 들었나? 교회라네."

장모가 손자와 사위를 간절한 눈길로 번갈아 보며 말했다. 그러나 우환은 입을 삐죽 내밀고 경멸하는 눈을 떴다.

"교회가 어디냐? 그래. 나두 생각난다. 에미가 언젠가 나보구두 교회에 나가보라구 했었단다. 그래……."

장모는 희망차서 말했으나 곧장 풀이 죽었다. 교회에 가서 이틀 씩이나 있을 게 뭐란 말인가. 그럴 수는 없는 일이었다. 장모는 사위의 눈치를 살폈다. 외할머니의 늙은 손아귀에 잡힌 아홉 살짜리의 야윈 손이 꼼지락댔다.

한동안 아무도 말하지 않았다.

"매를 들면 항복한다지!"

우환이 혼잣말을 했다. 그의 눈엔 모멸감이 괴어났다. 꿇어앉아서 두 손을 머리 위에서 비비며 항복한다고 짐승처럼 절절매던 인옥의 모습이 떠올랐던 것이다. 항복한 게 이 지랄이야?! 우환은 지금 구체적으로 자신의 마음을 적시고 있는 능멸감에서 도망치고 싶었다. 이런 참패는 있을 수 없는 일이었다. 철퇴를 내려서라도…….

"교회가 어딘지 아니?"

외할머니가 손자한테 속삭였다. 아이가 눈을 빛내며 머리를 끄덕였다.

"도대체 여자라구…… 한 번도 웃는 걸 못 봤으니. 그래도 내가 조강지처라…….

우환은 역겨움 때문에 말을 잇지 못했다. 장모는 입을 꽉 다물었다. 입가에 잔주름이 완강하게 잡혔다.

"엄마 웃어요! 잘 웃는데…….

아이가 놓칠세라 큰소리로 말하였다. 우환이 적개심을 가지고 아이를 쏘아보았다. 아이는 이내 움츠러들어서 고개를 떨궜다.

"오죽이나 했으면…… 착한 사람이 웃음을 잃을 때야……."

장모가 나직이 중얼거렸다.

"저도 참을 만큼 참았습니다!"

우환이 소리쳤다. 그리고 오줌을 누러 일어섰다.

"할미랑 교회 가볼래?"

외할머니가 속삭였다.

"지금요!"

"그래. 찾을 수 있겠니?"

"찾을 수 있어요!"

"가보자!"

외할머니가 결연히 말했다. 그리고 그들은 일어섰다.

"어딜 가실려구요."

바지춤을 여미며 나온 우환이 뾰로통하니 물었다.

"애가 안다니 찾아가볼라네."

장모는 우환의 뒷소리를 미리 잘라내려는 의도로 다부지게 말했다. 우환은 입맛을 다시다가 간편한 웃저고리를 걸쳤다. 자는 줄 알았던 둘째가 킹킹거리며 나왔다.

"너희들은 있어!"

우환이 화풀이하듯 소리쳤다.

"길 안내할 애를 있으라니 되나?"

장모가 양쪽 손에 외손자를 잡고 나서며 빈정거렸다. 십여 분 동안 녹지 않고 가라앉았던 억울함과 화가 조금씩 터져 나오는 것이었다. 그는 걸어가면서 손자들에게 딸의 얘길 들려주었다. 성품이 온화했고 양보심이 많았고 지나치게 참는다는…….

교회는 집으로 들어찬 언덕배기의 맨 꼭대기에 있었다. 아무렇게나 자란 아카시아 듬성한 속에서 함부로 버린 쓰레기가 썩었고 헌 데처럼 드러난 흙은 군데군데 움푹 파여서 발을 삐게 했다. 교회는 지붕 위의 십자가 표시가 없었다면 그저 창고로 보일 건물이었다.

우환은 국외자처럼 뒤처졌다. 할머니와 손자의 잡은 손은 마치 심줄처럼 붙어서 어떤 경우에도 헤쳐지지 않도록 무심중에 단결했다.

교회의 출입문은 닫혀 있었다. 늙은이가 손으로 밀어보았다. 나무문이 의외로 쉽게 밀려 나갔다. 그의 가슴은 추릴 수도 없이 복잡한 감정에 타들어 갔다. 아이들은 할머니 뒤에 숨었다. 뒤처졌던 우환이 장모의 등 뒤에서 안을 들여다보았다. 안은 희미한 공간이었다.

"텅 비었잖아. 뭐 이따위 교회가 다 있어. 순전히 돈이나 뜯어가는 사이비 교회 아니야?"

우환은 아무렇게나 마구 내뱉었다. 그는 아내를 이런 식으로 길들이고 싶지는 않았다. 설사 아내가 이 교회에 있다 하더라도, 물론 있어서도 아니 되겠지만.

"외할머니이!"

큰아이가 겁먹고 놀란 소리로, 그러나 나직이 불렀다. 모두 침묵

했다.

"저기요! 저기 엄마가 있어요!"

아이가 기쁨에 겨워 소리쳤다.

"저기라니?"

늙은이는 눈을 비비며 안을 휘둘러보았다. 아이가 무엇에 잡아 끌리듯 안으로 들어갔다.

아이가 들어가서 멈춘 데에 납작한 물체가 있었다.

"엄마다아! 엄마아! 엄마, 나야!"

아이가 울부짖었다.

"엄마, 엄마 왜 이래요…… 엄마."

늙은이와 작은아이와 우환이 울부짖는 아이와 납작한 물체 곁으로 왔다. 물체는 마치 뜨거운 모랫바닥에 나온 해파리처럼 보였다. 그렇게 마룻바닥에 몸을 붙이고 엎디어 있었다.

"애야, 인옥아, 에미다. 애야, 인옥아."

늙은이가 딸의 허리참을 흔들며 말했다. 물체는 흔들리되 반응이 없었다.

아이들이 울기 시작했다. 장모가 죽은 나무처럼 서 있는 사위를 올려다봤다. 원망과 증오의 눈빛을 우환은 알아보지 못했다. 그는 천천히 허리를 굽혀 아내의 팔목을 잡았다. 체온과 맥박이 살아 있었다. 그의 입가에 잔인하고 야비한 미소가 흘렀다.

교회 앞쪽에서 문이 열리고 한 남자가 들어왔다. 그는 입구에 불을 켰다.

"아, 가족들이군요. 연락할 방도가 있어야지요."

살이 찌고 눈썹이 짙고 눈에 야욕이 흘러넘치는 사내가 지겨운 말투로 말하며 가까이 왔다.

"…… 가끔 오던 신도인데…… 언제 왔는지…… 이렇게 하고…… 좀체 떨어지지가 않습니다. 장정이 잡아 일으켜도 떨어지지가 않으니…… 우리로서도…….."

사내가 어른들에게 이렇게 설명하고 있을 때, 아이 둘은 불빛에 뚜렷이 드러난 이 처참한 물체—어머니를 붙잡고 울어댔다.

우환은 아무 말도 하지 않았다. 그는 아내의 이런 무식한 추태를 소리소문없이 해결해야겠다는 생각뿐이었다. 그는 아내를 가로질러 서서 가슴팍에 두 손을 끼우고 들어올리려 했다. 그러나 이게 무슨 변괴인가. 아내는 전혀 떨어지지가 않았던 것이다. 우환은 소름이 끼쳐서 저도 모르게 물러섰다.

"…… 예배 드리는데…… 다른 신자들한테 지장이 많고…….."

사내는 쉬지 않고 설명했다.

전혀 듣지 않고 턱을 괴고 서 있던 우환이,

"전화 좀 빌립시다!"

소리쳤다. 장모가 두려움과 비탄에 빠진 얼굴로 사위를 쳐다봤다.

"정신병원에 연락해야겠어요. 구급차를 불러서…… 주사를 놔서 데려가야지…….."

우환이 싸늘하게 사무적으로 말했다.

"그게 좋겠습니다. 딴 방법이 없습니다."

사내가 모처럼 가볍게 말했다.

"여보게, 우리 인옥이가 미쳤단 말인가?"

장모가 부르짖었다.

우환은 외면하였다.

"결국 자네가 본 끝이 이거 아닌가!"

장모가 소리치며 벌떡 일어났다.

우환은 자신도 모르게 한 발 뒤로 물러섰다. 사내가 우환을 데리고 목사관으로 갔다. 그들은 나란히 동지처럼 걸어갔다.

"얘들아, 니 에미가 왜 이렇게 되었는지 알겠니? 이것들아, 똑똑히 보아라. 똑똑히 알아둬라. 여기에서 더 큰 죄가 없단다. 이게 바로 네 어미야! 너희들을 낳은 어미라구!"

외할머니가 소리내어 울었다. 칠순을 바라보는 늙은 여자의 눈물이 살았으되 죽은 딸의 몸 위로 떨어져 내렸다.

피의 환상

가운데 통로의 반장을 맡고 있는 군청집에서 감자를 찐다고 연락하였다. 정옥은 아침 먹은 설거지도 하지 않았노라고 어물쩍 꼬리를 뺐다. 군청집은 그까짓 것 물에다 담가놓고 영 점 오 초 내에 오라고, 설거지 잘한다고 상 주는 데 없다고 설쳤다.

　정옥은 남편이 보는 월간지에서 박 정권 때의 감춰진 얘길 파헤쳤다는 기사를 읽고 있었는데, 입맛을 다시며 갈피를 접어두었다. 여자들이 모여서 떠들어대는 게 정옥은 마땅찮았다. 서른 가구 사는 오층짜리 아파트인데 예닐곱 여자들이 눈에 띄게 어울렸다. 반상회 때 그 여자들이 반상회 참석률을 높여야 한다고 통로 반장을 뽑자고 주장했고 불참할 땐 벌금 오백 원씩을 거둬 국수 삶아 먹기로 정했던 것이다. 정옥은 언제나 그 여자들한테 불려서 패거리가 되는 축이었다.

　정옥은 설거지통에 들어 있는 냄비와 접시 두어 개를 씻어 건조대에 넣고 세수를 했다. 이도 닦았다. 술 마시고 자정 넘어 들어온 남편이 라면 먹고 출근했던 것이다. 새마을 유아원에 다니는 연년 생 남매는 계란 부침 조금 떼어먹고 갔으므로 뒷일이 없었다.

옥상으로 해서 가운데 통로로 내려갔다. 사층 쪽에서부터 여자들 웃음소리가 들려왔다. 정옥이 문을 열자, 호랑이 제 말 하니 나타났다고 깔깔대며 사람 주눅 들게 했다. 군청집과 슈퍼집과 선생네가 모여 있었다. 그들은, 슈퍼집이 친정에서 가져왔다며 기름이 자르르 흐르는 가지를 한 바가지 들고 왔는데 군청집이 제 서방 그것 크기에 맞춰 골라 가자고 해서 모두들 방방 뛰는 중이었다. 그런데 슈퍼집이 '떫은 감' 같은 정옥이는 어떤 가지를 고를지 모르겠다고 하며 끝이 휜 것을 추켜들었는데 이때 맞춰 정옥이 나타난 것이다. 슈퍼집은, 괜스레 얼굴 붉히고 엉거주춤한 정옥의 팔을 잡아당겨 옆에 앉혔다.

"에이, 형니임!"

선생네가 소리쳤다. 정옥의 치마 밑으로 가지를 찔러 넣는 슈퍼집의 손을 잡아 젖혔다.

"멍석 보구 다리 뻗어야지……."

군청집이 소금물을 감자에 뿌리며 중얼거렸다.

"저런 촐랑이 봤나아. 가지 볶아 먹으라구 주는데 뭔 뚱딴진가."

슈퍼집이 딴청을 피웠다.

"가지가 싱싱한데요."

정옥은 아무것도 모르고 이렇게 말했다.

"다아 물 좋구 싱싱해야 값나가는 거라구."

"싱싱한 새우젓은 어디다 쓰냐아."

여자들은 삶 내력에 빗대어 지껄였다. 정옥은 오이 무치는 군청집 돕느라 물오징어 껍질 벗기다가 비로소 여자들 말뜻을 새기고 헤벌쭉이 웃었다. 고등학교는 졸업들 한 것 같으나 신문 한 장 안 보는 듯한 여자들이 모이면 살림살이의 이것저것, 읍내의 소문, 아니면 지금 같은 얘기들로 시간을 보냈다.

정옥에겐 이런 짓거리가 너절하고 느글거렸으나, 느글거리는 느낌보다 더 밑바닥에 솔깃하니 빨려드는 마음이 있었다. 대학을 다닌 정옥은 그 간판으로 내처 행세하고 싶었으나 이곳에서 그런 게 별 가치가 없었다. 처음엔 무슨 말이든지 '내가 대학 다닐 때……' '내 대학 친구가……' 하며 시작했는데 톡톡히 따돌림을 당하고 나서 버릇을 고쳤다. 그래도 배웠다는 티를 아주 삭여 내리지는 못해서 낯에 자주 비웃음을 내비쳤다.

군청집은 감자만 삶은 게 아니었다. 슈퍼집이 가져온 싱싱한 물오징어를 껍질 벗겨 가늘게 채 썰어 비빔국수를 만들었다. 선생네가 미경이 엄마도 부르자고 했다. 새마을 다방에 미스 리란 간나가 또 왔는데 그걸 아는지 모르는지 걱정이 된다는 거였다.

"아니 그 간난 기관장들만 상대한다더니 미경이 아버진 왜서 헛물만 캐구 그리나 몰러야아." 슈퍼집이 열을 올렸다. 슈퍼는 오래전에 다른 사람한테 넘기고 지금은 정비업소를 하는데 지금도 예전 그대로 그렇게 불렸다.

"미경이 아버지가 뭐 아주 더러운 년이라구 신물난다구 했다던데 뭘."

"그런데 왜 또 왔을까?"

"그 간나 가구선 새마을이 파리 날렸대유우."

"에이 개놈덜. 그래 외입이 그렇게두 좋나아? 지 기집 기계 녹스는 것두 모르구."

"아이구 형님 누가 녹슬 게 있나? 요새 세상이 어떤데."

눈살을 찌푸리고 있던 정옥이,

"기계라니요! 왜 기계예요?"

라고 팔짝 뛰는 꼴로 내질렀다. 그 기세가 예사롭지 않아 모두들 빤히 쳐다보았다.

"여자들이 자기 자신을 비하하는 것두 옳지 않아요."

정옥은 억누르고 한편으론 포기했던 유식한 말투로 얘기했다.

"저 떫은 감은 언제나 단맛이 돌라나아."

슈퍼집이 혀를 찼다.

잠시 얘기가 허리 잘려 음식 먹는 소리만 났는데 선생네가 은밀히, 정말 아래가 재수 있는 여자도 있다더라는 얘기를 꺼냈다. 경찰서 건너편에 삼층짜리 붉은 벽돌집 짓는 선주(船主)네도 지금 다방 있던 여자와 사는데, 그 선주가 그 여자와 자고 나면 고기가 배 가라앉을 정도로 잡혀, 본마누라가 원하는 대로 위자료 주고 들여 앉혔는데 재수가 좋아 집을 늘려 짓는다는 거였다.

"구멍세가 우따 생겼나 구경 좀 하자야아……."

여자들은 은근한 피해 의식에 얼굴빛이 밝지 못한 채로 킬킬킬 웃어댔다. 누구는 모로 드러눕고 누구는 엎디고, 벽에 기대고, 제 허벅지를 벅벅 움켜쥐기도 하면서 점심때가 꼴깍 기울도록 얘깃 줄이 끊이지 않았다. 색 바치던 여편넨 결국 화냥길로 나섰다, 일흔 의 한의원이 손녀딸뻘 되는 다방 간나와 자다가 끝내 복상사했다 더라, 다방의 티켓이라는 제도가 뿌리 뽑혀야 한다느니, 김지미가 바로 여기의 그걸 가지고 티켓이란 영화를 만들었다는데 그거 나 오면 꼭 봐야겠다느니, 서방 보약을 사시사철 해 바쳐도 몸이 약해 밤에 발 한 짝 올려놓지 않아 산지사방으로 새로 나온 보약 알아보 던 아무개의 남편은 알고 보니 보약 먹은 효력을 숨겨둔 첩한테 쏟 았더라는 거, 서방 단속은 아래로 잘 다스려야 한다는 거, 바람나면 속옷 잘 갈아입고 제 새끼들한테도 관심이 없다는 거······. 그리고 마침내 제각기 방사 주기가 어떻다는 거까지 털어들 놓았다.

"······ 우리 집 이는 그런 걸 좋아하지 않아요. 신혼 때두······ 부 부가 뭐 그거 때문에 사나?"

정옥이 마침내 부부 관계를 털어놓는 몫에 왔을 때, 얼굴을 붉혔 으나 입매를 웅숭그리며 거만스레 말했다.

"그래 내가 뭐래! 새끼 둘 까질러놨다구 말짱 어른 되는 거 아니 랬쟈?"

슈퍼집이 군청집을 돌아보며 비아냥 투로 내뱉었다. 정옥의 남 편이 터미널 다방 정양과 여관에서 나오는 걸 슈퍼집이 보았던 것이다.

"열 지집 싫다는 놈 있으면 내 앞에 끌어와봐! 내 손가락에 장 지져 보일 테니!"

슈퍼집이 침을 튀겼다. 내외가 허우대 좋고 대물림한 재산 많은 토박이들인 슈퍼집은, 십여 년을 남편 바람기에 도가 튼 여자였다. 한 이태 전부터 무슨 바람이 불었는지 수석에 미쳐서 서울 전시회까지 쫓아다니며 그쪽에 정신을 팔아 대충 바람 속은 졸업했거니 여기고 있었다.

"남편이 바람나는 건 절반은 여자 책임이라잖아."

군청집이 저들끼리만 아는 정옥의 남편 흉을 빗대어 이렇게 말했다.

"저 잘난 맛에 겨우니, 사나가 무슨 생각하는지 보이나아."

슈퍼집이 이죽거렸다. 정옥은 아무것도 눈치채지 못하였으나 두어 해 전의 날벼락이 떠올라 침통하고 불안한 얼굴로 방바닥만 바라보고 있었다. 남자 고등학교의 생물 선생 마누라여서 이웃들이 선생집으로 부른 영훈 엄마가, 상혁 아빠 바람나면 자긴 어쩔래? 하고 짓궂게 물었다. 정옥의 얼굴이 금방 동티 만난 꼴이 되었다. 지긋지긋한 기억 때문에 구역질이 치미는 듯하였다. 그러나 이런 느낌을 말로 집어내어 대답해 줄 수는 없었다.

"살지 말지 뭐 까짓것!"

한참 만에, 말은 번듯하나 소리는 풀이 죽어 느른하게 대답했다.

"야아, 새끼는 우따 키우나아!"

같잖다는 투로 슈퍼집이 내쏘았다. 그리고 그는 지난달에 읍내가 떠들썩하게 처녀장가든 '만나빵집' 심 씨 얘길 했다. 금실 좋다던 마누라가 뇌종양으로 죽었는데 백 일을 못 넘기고 처녀장가 들었다고, 처녀가 한사코 면사포 쓰길 바라서 조백으로 흰머리 듬성거리는 마흔 끝물의 사내가 혼례까지 치렀고, 처녀는 바리바리 싸가지고 왔다고, 여자값이 개똥값이라고…….

정옥은 몹시 불안하고 씁쓰레해서 자리를 뜨고 싶었으나 마땅하게 일어날 빌미를 잡지 못해 머뭇거렸다. 이때 유아원에서 돌아온 아이들이 무작정 문을 열고 쑥 들어서서, 엄마 왜 여기 와 있느냐고 주인이 종 닦달하듯 떼거지를 부렸다. 정옥은 후딱 일어서서 군청집을 나왔다. 공연히 뒤꽁무니가 켕겼다. 유아원에서는 아이들 점심을 먹여 세시쯤 보냈다.

아이들은 돈 백 원씩 받아 쥐고 원복 훌훌 벗어 던지고 다시 놀이터로 나갔다.

지난 일요일 남편이 일직한다던 날, 오후 두어시에 전화를 했더니 회사에 없었다. 숙직자와 교대할 무렵 집으로 전화해서 직원들과 간단히 소주 한잔하고 오겠다더니 열시 넘어 와서 고단하다고 이불도 펴지 않고 잠에 곯아떨어졌던 게 불쑥 떠올랐다.

누가 생긴 걸까? 옛날 그 처녀는 아직 결혼하지 않은 게 아닐까? 지금도 서로 연락하고 지내는 게 아닐까? 다방 레지들이 여관에서 한 시간만 쉬게 해달라고 꼬리를 치면 남자가 시간값 오천 원 물어주고 여관에 가서 짧게 놀고 화대도 준다던데…….

정옥은 식탁에 앉아 이런 생각들을 했다. 마음이 불안하고 뒤숭숭했다. 눈에 의심과 적개심이 번들거리는데 살기도 어렸다.

…… 암이라는 게 화병이라지. 자궁암으로 돌아가신 어머니는 아버지가 죽인 거야. 내가 알기로도 몇 번이야? 여자 문제루 늘 집 안이 불구덩이었지…….

정옥은 친정 부모의 관계를 비로소 같은 처지로 이해하게 되었다. 늘 꺼칠한 모습으로 지내다 암으로 세상을 버린 어머니를 떠올렸고, 그 어머니의 치 떨리는 모멸감을 되새겼다. 어머니의 을씨년스럽다던 표정이 이제야 같은 여자로서 공감되는 거였다.

정옥의 친정아버지는 사위를 좋아했다. 남자로서 그만하면 된다는 거였다. 정옥은 '남자로서 그만하면'의 뜻을 새겨들을 수 없었다. 재벌 회사의 지방 공장에서 남들 하는 만큼 진급하고 성격이 서글서글하고 인물 그만하고, 인사성 밝고……, 정옥의 친정아버지는 딸이 남편 타박을 하자 이렇게 섬기며 사위 사랑을 했던 것이다. 같은 회사 처녀 아이와 엎어져 지낸 얘기를 하며 뒤늦게 투정하듯 딸이 제 서방을 갈쿠리 잡으면, 남자는 바람도 피워야 활기가 나는 거라고, 그것도 다 능력이라고 웃으며 넘겨버렸다.

정옥은 마흔다섯의 군청집이 일주일에 한 번은 '잔다'고 하던 말을 떠올렸다. 마치 정숙함을 돋보이려는 듯, 한 달에 한 번 정도 관계한다고 정옥이 말했을 때 모두들 고개를 갸웃했던 것이다.

그까짓 거…….

정옥은 누가 듣기라도 하는 듯 입 밖으로 소리 내 말하며 입을 실룩거렸다. 마음이 어수선하고 뒤숭숭해서 미치는 중인 듯 여겨졌다. 잊고 지냈던 '그 사건'이 생생하게 되살아나는 거였다.

그때 정옥의 남편은 외박이 잦았다. 고스톱을 쳤다고 했다. 자정이 되어 돌아올 땐 바둑을 두었노라고 했다. 그러면 그러려니 했다. 그런데 하루는 같은 회사 여직원이 이름을 밝히지 않은 채 전화를 걸어서 '존경하는 과장님의 처사가 참을 수 없어 전화드린다'고 남편의 회사 내 연애 사건을 알렸었다.

정옥은 이때 처음으로 눈앞이 캄캄해지고 사지에서 피가 빠져나가는 걸 느꼈다.

지방 대학 이학년 때 제대하고 복학한 농촌 남자와 연애했다. 행정학과에 여학생은 정옥이 하나뿐이었다.

자기와 연애해서 마침내 결혼까지 하고 이 나이 이르도록 살아온 남자가 또다시 다른 여자와 연애를 한다니! 정옥은 죽었다 깨어도 이해할 수 없었다. 기운을 수습한 다음, 회사 앞에서 만나자고 남편에게 전화했다. 그러나 일이 있다고, 퇴근 후에 곧장 들어가겠다고 해서 참았다. 퇴근은 한 시간 후였다.

간통으로 고소할까? …… 직장에서 잘려날걸. 위자료 받아서…… 몇 푼 되나. 사람들이 얼마나 멸시할까. 애들은…… 나는 못 길러. 공불 시킬 수 있어야지. 그년보구 기르라지…… 그것들하구 어떻게 헤어져…… 무슨 낙으루 사냐구…….

지방 대학 행정학과 삼 년 수료한, 중년의 이혼녀가 그것을 그루터기 삼아 밥 벌어먹을 길이 전혀 없다는 사실을 깨닫는 데 다만 십여 분밖에 걸리지 않았다. 결국 자신이 할 수 있는 일은 가정부나 파출부, 늙었으나 어디서 써준다면 접객업소의 심부름이 고작이었다. 확실한 건 그것만이 아니었다. 헤어져 사는 아이들을 만나 보러 학교 앞에서 기웃거리는 중년 여자, 계모에게 구박받고 지내는 초라하고 주눅 든 아이들…….

결국 정옥의 울분과 억울함, 수치심은 이런 명백한 현실들 때문에 흐물흐물 주저 물러앉은 꼴이었고, 거기다 남편이 옷을 내던지며 '아이, 고단하다.' 하고, 직장의 고달픔을 과시하고 들어서자 더욱 풀이 죽어버렸던 것이다. 식구 먹여 살리느라 힘겹게 일하는 남편을 공격하기 어려워 정옥은 참고 참았다가 아이들이 잠든 다음에 겨우, 이야기 좀 하자고 해서 전화 내용을 알렸었다. 남편은 정옥이 이야기를 다 끝내기도 전에 시끄럽다고 버럭 소리를 내질렀다. 아이들 깬다고 정옥이 남편을 나무랐다. 남편은 일단 커다란 목소리로 기선을 제압한 다음, 가장으로서의 위엄을 수습하고 나서,

"싸가지 없는 기집년들이 찧고 까분다."

라고 잘라 말했다.

정옥은 사실을 알고 싶다고 울면서 하소연했다. 당신만 믿고 사는 나를 배신하지 말라고.

"총무과에 노처녀가 있는데 아버지가 없다나? 지 아버지가 나 같이 생겼다는 거야. 몇 번 만나 인생상담 해준 거야. 그게 날 어떻게 생각하는지 내가 알게 뭐야!"

정옥의 남편은 이것 이상은 말하지 않았다. 다만 남자들 직장 생활이 얼마나 고달픈지 아느냐, 옛날의 하인이나 다름없다고, 처자

식만 없다면 누가 남의 눈치 보며 힘겹게 붙어 있겠느냐고 강조했다. 정옥은 총무과 노처녀보다 남편이 직장을 그만두게 될까 더 걱정이 되어 더 이상 따지지를 못하였다. 그러나 의심이 풀어진 건 아니었다. 그래서 제 가슴을 저미며 내는 심정으로 문제의 총무과 아가씨를 불러내 만나보았다. 정옥이보다 십 년은 어려 보이는 여자였다. 그 젊음에 정옥은 질렸다.

"…… 죄송합니다. …… 그렇지만 사랑하지 않을 수 없었습니다. 과장님은 저를 아버지처럼 아껴주시니까요. …… 회사를 그만두고 싶지만 저는 동생들 공부시켜야 하기 때문에…… 안 만나도록 노력하겠어요, 같은 회사에서 소문이 돌면 서로 좋지 않으니까……."

정옥은 목을 비틀어 패대기치고 싶은 충동을 억눌렀다. 그리고 맘과는 딴판으로, 여자는 자기값을 자기가 만들고 지켜야 하며, 남자는 여자와 다르다는 것을 고상하고 거만하게 지껄였다.

그러나 참혹하게 짓밟히는 기분은 가시질 않았고, 자신도 여자라는 사실을 하늘이 알까 부끄러울 지경이었다.

총무과 아가씨와 헤어져 돌아와 정옥은 두 홉 소주 한 병을 양잿물 삼아 들이켜고 목놓아 울다가 술기운에 잠이 들었다. 목이 말라 깨었을 땐 늦은 저녁이었고, 아이 둘이 겁에 질려 칭얼대다 때도 아닌데 쓰러져 자고 있었다. 화장실에 가서 손가락을 목구멍에 넣고 토악질을 했다.

처녀를 만난 것이 새록새록 치욕스럽게 느껴지고 환멸과 모멸감에 빠져들게 해서 차라리 죽고 싶었다. 그러나 정옥은 이날도 밤 늦게 돌아온 남편에게 그 일만은 알리지 않았다. 술병과 아내를 보고 남편이 어처구니없어 혀를 찼다. 그리고 그는 어떤 느낌 때문에 처음으로 지성스럽게 아내를 즐겁게 해주려 애를 썼다. 하지만 정옥은 이날 처음으로 남편과의 관계에서 이물감을 느끼고 소스라 치게 놀랐다. 그러나 이 놀라운 느낌─이물감도 꼴깍 삼키고 남편에게 알리지 않았다.

이때 정옥이 꼴깍 삼킨 두 가지의 비밀─처녀를 만난 후의 죽고 싶은 '모멸감'과 관계 시의 '이물감'은 아직도 가슴에 차돌멩이로 박혀 있었다.

밑창이 딱딱한 합성수지 신발을 있는 힘껏 밟아서 시멘트 계단이 쾅쾅 울렸다. 그 울림이 층계를 오르며 가까워졌다. 정옥은 여전히 스산하기 그지없는 낯으로 턱을 괴었으나 눈빛은 비장했고, 귀 곁으로는 발소리를 들었다.

애들이 올라오는군.

정옥은 남의 얘기하듯 중얼거렸다.

아이들이 문을 여는구나.

아이가 문을 열고, 늘 하듯이 엄마아! 불렀으나, 정옥은 멍청하게 그 사실을 구경했다.

"에이, 엄마 얼굴이 왜 그래?"

큰아이가 불안한 낯으로 물었다. 어머니 곁에 바짝 다가오지 않고 일정하게 거리를 두었다. 여차하면 도망갈 수 있게 하려는 것이었다.

그제야 정옥은 제 새끼라는 걸 깨닫고,

"더 놀지. 뭐 먹을래?"

하고 오래도록 굳어 있던 자세를 허물었다. 비로소 일상적인 모습이 돌아왔다. 아이들도 마음이 놓이는지 다가와 옷자락에 매달렸다.

"엄마, 자경이는 콘 사 먹더라."

둘째가 꾀를 내어 이렇게 말하였다. 정옥은 그 얕은 속내가 차라리 귀여워 두말없이 천 원짜리 한 장을 큰애에게 주고, 거스름돈을 꼭 바지 주머니에 넣어두었다가 실컷 놀고 엄마가 부르면 오라고 일렀다.

"야아, 우리 엄마 참 착하다."

작은애가 만담가 같은 말투로 지껄이며 졸랑졸랑 나갔다.

정옥은 나이에 비해 아이가 늦었다. 스물넷에 결혼했으나 시동생들 학비 뒷바라지하느라 애를 늦춰 낳은 까닭이었다. 결혼할 때 맏며느리 아닌 것이 맘에 들었으나, 정작 큰아들 내외는 시골에서 부모와 한살림을 하며 보잘것없는 논밭 뙈기 부쳐서, 실상 돈 들어가는 몫은 정옥이네가 다 했다. 결혼할 때만 해도 다달이 월급 받아 쥐는 건 정옥이네뿐이었다. 거기다 인공 유산을 자주 했던 탓인지 아이 만들려고 애를 쓸 땐 도무지 씨받이가 되질 않았다. 그래서 서른에 큰아이 낳고 서른하나에 둘째 낳았는데 그나마 동짓달 생이어서 일곱 살에도 유아원 신세였다.

정옥은 오줌 누러 화장실 들어갔다가 일 끝내고 거울 앞에 섰다. 머리는 부스스하고 얼굴은 꺼칠하고 눈꼬리는 아래로 처졌는데 그나마 쌍꺼풀은 까뭉개져서 제 얼굴인데도 덧정이 떨어졌다. 손바닥으로 얼굴을 벅벅 비볐다. 핏기가 돌아 보여 좀 나은 듯했다. 늘그막에 며느리 눈칫밥 먹는 홀아비 친정아버지가 지난달 이틀 묵고 갈 때 하던 말이 불쑥 떠올랐다.

"남편 하나 요리 못하는 게 여자냐?"

아버지가 무슨 말끝에 그랬던 것이다. 사위와 딸의 관계가 도무지 겉도는 걸로 손에 잡혀 딸에게 충고하다가 들려준 말이었다. 딸은 남편이 들어와도 그저 멀거니 형식적으로 다녀왔느냐고 했다. 제 어미 내력 한다고 아비는 씁쓸한 기분으로 혀를 내둘렀다가 이틀날 딸과 커피 한 잔 마주 놓고 앉아 걱정을 했다.

남편은 하늘이다. 집안의 대들보다. 아내란 남편을 위해 존재한다. 여자가 애교 있고 부드럽게 하면 남자는 바깥일에 활기차고 집안에서 피곤을 풀게 된다. 남자가 바깥으로 전혀 안 나돌 수는 없지만 그저 바깥만 파는 건 다 아내가 남편을 제대로 섬기지 않기 때문이다. 남편이 퇴근할 때 되면 산뜻하게 몸단장하고 아이들도 아버지한테 매달리게 해봐라. 남자는 아내가 강짜 부리지 않아도 집에 오게 마련이다. 가끔 질투도 하고 울기도 해라……. 너네들은 나를 원망하겠지만 느네 엄마 잘못도 많았다. 여자가 나긋나긋한 맛이 있어야 한다. 비위를 맞춰 살아야지 뻣뻣해봤자 그게 똑똑한 거 아니다. 너 책 잘 보더라만 그거 다 소용없다. 딸자식 대학 보낸 거 시집 잘 가라고 보낸 거다…….

그때 정옥은 아버지에게서 야릇한 불쾌감을 느꼈었다. 불쾌감의 정도가 어찌나 깊었던지 커피를 얼굴에 끼얹고 싶은 충동이 솟구쳐 스스로도 치를 떨며 억제할 정도였다. 한 집안을 마음대로 휘두르던 아버지란 존재가 실상은 저토록 허약한 존재인가. 비굴하고 파렴치한 바탕이 실세였단 말인가. 정옥은 너무나 참혹해서 인간이라는 자체에 서글픔이 느껴졌다. 더욱이 아버지가 어머니를 '네 엄마'라고 부를 때, 정옥은 부부라거나 혈육이라는 인간관계의 천륜이란 신화가 얼마나 허위인가, 눈앞에 그 허물어진 잔해를 보는 듯해 더없이 참담했다.

아버지가 옳았을까?

나는 잘못 사는 여자일까?

여자는 간사하고 요사스럽고 한없이 허약해서 남자의 보호력을 밑뿌리부터 뽑아내서 빌붙어야만 살 수 있을까? 그것이 여자의 아름다움이란 말인가?

어머니는 아버지가 몸 달아 지낸 여자들을 화냥년들이라고 일축하지 않았던가. 지금 아버지가 원하는 건 첩들이 해내는 역할이 아닌가?

여기까지 생각하던 정옥은 갑자기 가슴이 빠개지도록 치미는 서러움에 겨워 헉헉 흐느꼈다. 그리고는 무엇에 쫓기듯 방으로 들어가 문을 닫고 방바닥에 얼굴을 대고 중동 사람들 기도하듯 엎디어 컥컥 울기 시작했다. 울다가 방바닥에 놓여 있는 담요를 끌어다 핑처럼 머리만 감쌌다. 그러고는 억눌렸던 소리를 마구 지르며 어엉어엉 울었다. 울음을 울도록 하는 건 서러움만은 아니었다. 분하고 억울한 거, 가슴에 숨어 있는 차돌멩이 모멸감과 이물감도 울음을 밀어내었다.

…… 책을 본다고? 언제 내 몫으로 읽을 책 한 권 사 봤나? 화사하게 차리라니. 스타킹 살 돈 아긴다고 웬만하면 맨다리로 바지만 입지 않았나. 도대체 내 몫으로 쓸 돈이 어디 있어! 월급 타다 나를 준다지만 그게 어디 나 쓰라는 돈인가? 나 먹구 싶다고 과일 한 개 사 본 적이 있었나? 누가 몸 가꿀 줄 몰라? 이렇게 화장 안 해두 화장품값 외상이 이만 원은 되는데……. 월급 안 오른 지 얼마나 됐어. 벌써 삼 년째잖아. 그동안 물가는 얼마나 올랐어. 가을에 시아버지 회갑 차릴 돈을 누가 내겠어! 누군 구질구질하구 싶어 그러나!

소리내 울면서 정옥은 이렇게 속으로 퍼대었다.

한참 울고 나니 제풀에 울음기가 잦아들었다. 얼마나 눈물이 흘렀는지 엎디어 울었음에도 머리가 젖어 있었다. 정옥은 후유 한숨 쉬고 세수를 하였다. 눈이 벌겋게 충혈되어 더욱 사나운 모습이었으나 기분은 후련했다. 저녁 장 보아 오는 여자들의 귀 익은 목소리들이 자자하게 들렸다. 비로소 저녁 반찬거리 걱정이 났다. 매일 해먹을 반찬거리 신경만 안 써도 살 것 같았다. 국이나 찌개라야 고기 아니면 된장 고추장으로 하는 건데 매일 바꿔 상에 올리는 것도 보통 일이 아니었다. 어쩌다 남편 출장 가면 정옥은 김치에 뚝배기 된장 달랑 올려 끼니 때우지만 달고 달았다. 한동안 남편이 반찬 타박을 몹시 한 적이 있었다. 그게 신혼 재미 끝나고 나타난 증세였는데 정옥은 다만 남편의 식성이 까다롭다고만 여겼지 권태기의 한 증세임을 알지 못했던 것이다. 게다가 정옥은 본데없이 짭짤하게만 해내는 쪼들리는 촌 아낙 시어머니의 솜씨는 아주 멸시하는 편이었다. 그래서 간고등어 풋고추 얹어 졸여주면 입맛 다시고 밥 한 그릇 비우는 남편을 속으로 비웃었다. 간고등어가 어디 생선 축에 드나? 정옥은 도청 소재지의 밥술 먹는 집안 딸이었다.

쌀 불린다고 미리 씻어놓았으나 반찬이 걱정이었다. 촌 태생인 남편이 된장국을 타박하고 꼭 비린 거나 남의 살 들어간 반찬을 밝혔다.

정옥은 시계를 보고 외식을 할 궁리를 했다. 그것도 여러 번 해보았으나 나가 먹는 게 한눈 계산으로도 턱없이 비싸서 늘상 정옥이가 먼저 후회했다. 연애할 때나 아이 낳기 전 같은 외식 재미도 느낄 수가 없었다. 그래서 외식 말없이 지낸 게 일 년이 넘었다.

잠깐 망설이다가 정옥은 남편의 회사에 전화를 했다. 교환이 목소리를 알아듣고 인사부터 했다. 지난봄, 회사 사보에 공장을 돌아본 사우 부인의 탐방기를 써서 실렸는데 그것으로 정옥은 아주 유명해졌다. 지방이라서 그런지 대학 중퇴 신분도 귀한 존재였다.

정옥의 남편은 과 단합대회가 있어 삼거리 식당에서 회식을 하는데 옆방에 와서 먹으라고 했다. 이상하게 부드럽고 자상하고 너그러웠다. 정옥은 죄 저지르다 들킨 듯이 기겁하여 괜찮다고, 나중에 들어오라고 송구스레 말하고 전화를 끝냈다.

내가 나빠! 공연히 일하는 사람 의심하고, 내가 피해망상증이 생겼나봐.

정옥은 놓칠세라 자신을 매섭게 나무랐다.

가슴이 후련해졌다.

놀라운 변화였다.

조금 전의 그 참혹한 몸부림은 거짓말 같았다.

홀홀 털고 일어나 청소를 시작했다. 먼지떨이로 액자와 거울까지도 덜고, 쓸고 닦았다. 집 안이 마음처럼 시원해졌다. 내친김에 걸레까지 표백제 넣어 뽀얗게 삶아 탈수해서 놓았다. 그리고 아이들과 라면 두 개 삶아 나눠 먹었다. 라면은 마침내 영양실조 만든다는 기사를 읽은 적이 있어서 계란 두 개 넣었다가 아이들만 하나씩 먹였다. 계란 싫다는 걸 윽박질러 꾸역꾸역 목구멍에 넘기도록 하였다. 정옥은 만족스러웠다. 아이들 끈적거리는 몸 씻겨 자리 보아 눕히고, 오늘만 세 번째인 세수를 하고 정성을 들여 화장을 하고 남편을 기다렸다. 그가 언제 돌아올지 모르기 때문에 기다리는 시간은 정옥의 개인의 시간이 아니었다. 텔레비전을 켜보았으나 신통찮아, 아침에 읽다 만 박 정권 때의 비화를 파헤쳤다는 기사를 읽기 시작했다. 지금 정옥이 남편을 기다리는 기분은 새 깃털처럼 마냥 가벼웠다. 다른 때는 늘 지겹고 짜증스러웠는데. 기다리는 시간은 막연하고 지루하고 부질없어서, 정옥은 언제나 끌탕하게 되었다. 그나마 지쳐서 그는 기다리지 않고 남편을 욕하다가 아무렇게나 자버렸다. 정옥이, 벨을 여러 번 눌러서야 부스스 깨어 문을 열면, 남편은 만정이 떨어졌다. 거기다 늦고 술 취한 트집이라도 잡으면 남편은 화딱지가 나서 발길질이 절로 나가는 걸 꾹꾹 누르기 예사였다. 그러나 정옥은 남편의 이런 불만에 대해 전혀 눈치챌 수 없었으며 남편도 아내의 그런 모습의 바탕에 대해 통찰할 수 없었다.

다음 날 아침 정옥은 번개시장에 나가 통배추를 사다가 배 갈라 절였다. 오래도록 시달리던 남편의 외도에 대한 피해의식에서 벗어나 마음이 가벼워진 정옥은 눈뜨자마자 시원하게 포기김치를 담그기로 작정했다. 부추 넣고 찹쌀풀 쑤어 버무릴 생각에 지레 군침이 돌기까지 했었다.

찹쌀풀 쑤어놓고 절인 배추 한 번 뒤집어놓고 파, 마늘, 생강 등을 다듬어놓았을 때 슈퍼집이 찾아왔다. 오늘 장날인데 안 나갈 거냐고 했다. 그는 지난 장날 산 커튼이 길이가 짧아서 바꿔야 하는데 나가서 마늘값도 보자는 거였다. 정옥은 장날이라는 걸 잊고 번개시장 다녀온 것부터 후회한 다음에 슈퍼집의 비닐 가방 속에서 바꾸려는 커튼을 꺼내 펴보았다.

"야, 돈 벌어 다아 뭣에 쓰나아. 썼다 벗었다 이만 원이면 분위기가 싹 달라진다니."

슈퍼집이 충동질했다. 정옥은 오층에 산다고 여름엔 커튼 없이 지냈다. 장돌뱅이 물건이라도 잘 고르면 다 그게 그거라는 설명을 하고 중앙통의 양식집 모나리자도 자기와 똑같은 커튼을 했다고 말하였다. 정옥은 월급날이 내일인데 은행에 가기도 뭣하니 돈 좀 빌리자고 해서 삼만 원을 얻어 함께 시장길로 나섰다. 붉은 진흙밭 육쪽마늘 사서 이고 오는 아낙네와 슈퍼집이 마늘값 물어보는 걸 로 인사하고 지나쳤다. 돌 지난 아이 조막손만 한 마늘이 한 접에 육천 원이라고 했다.

"어제, 상혁이 아버지 몇 시에 왔더나아?"

슈퍼집이 생각났다는 듯이 물었다.

"왜요? 보셨어요?"

정옥이 아무렇지 않게 물었다. 슈퍼집이 그 편안한 얼굴을 속으로 혀를 차며 비껴 보았다.

"열두시 다 되었던가?"

정옥이 중얼거렸다.

슈퍼집은 입 다물고 댓 발짝 걸어간 다음에,

"터미날 다방 잘 가는 모양이더라아. 어제 열시쯤이었나? 우리 아이 아버지랑 갔는데 거기서 봤어."

하고 말했다.

"직원들이랑 같이 있지요?"

"아니. 혼자던데. 야아, 인기 좋더라. 다방 간나가 짝 달라붙어 있는데…… 그만하면 잘생겼지, 좋은 직장 다니지……."

슈퍼집은, 그만하면…… 서부터는 혼잣말하듯 중얼거렸다. 정옥의 기가 발칵 뒤집히는 게 번개 같은 기운으로 슈퍼집에까지 느껴졌다. 정옥은 걸음을 멈추고 섰는데 도무지 발을 떼어놓지 못했다. 슈퍼집은 그런 정옥의 반응이 너무 의외여서 더럭 겁도 나고 안쓰럽기도 하고 고소하기도 했다. 입꼬리를 아래로 늘어뜨리고 정옥을 일 분쯤 바라보다가,

"뭘 그래 야아, 남편 초상나니까 상주라고 쳐들어오는 대학생도 있단다야아."

그러나 정옥은 듣지 못한 얼굴이었다. 눈자위로 파리한, 몹시 날카로운 기운이 감돌았다.

"패니 긁어 부스럼만 만들었나아……."

슈퍼집이 투덜거렸다. 정옥이 발을 떼어놓았다.

"나쁜 놈 쌔구 쌔 빠졌다니, 기집만 생기면 조강지처 두들겨 패서, 제풀에 떨어져 나가기 바라는 놈두 있어! 상혁이 아버지 월급 받아다 잘 갖다주지?"

정옥이 고개를 끄덕거렸다.

"거 봐라. 사나가 지 할 일만 다하면 백 점짜리라니!"

슈퍼집은 경기 난 아이 살리듯, 이제 정옥을 살려내는 길에 잡아들어 신바람 난 듯 입에 침 튀기며 떠들었다. 결혼해 사는 여자친구 사내 바람기에 한두 번 속 안 썩은 여자 있겠느냐, 어떤 여잔 그걸 잡아내고도 참고, 잡아내서 분풀이를 하고, 어떤 여잔 감쪽같이 속고 한세상 살아버린다는 거였다. 오죽하면 여자로 태어난 게 죄라고 하겠느냐. 그래도 세상이 많이 밝아져서 여자들 살기 좋아졌지. 삼십 년 전만 생각해봐라. 또 양반들 세상엔 어땠는 줄 아느냐. 본마누라라는 건 대물릴 자식이나 낳는 기계였지 부부 생활 재미

는 다 바깥사랑에서 기생년들과 보지 않았느냐. 참구 참아라. 다방 간나들이야 돈 보구 사내 꼬시는 게 직업인데 신경 쓸 거 없다. 우리 서방은 늙어서 지금 그만하지 나두 못 볼 꼴 다 보구 살았다. 그저 서방이라는 거 하나 있거니, 남 보기에 좋게 든든한 기둥으로 하나 있거니, 그리고 자식 재미 보며 살다 보면 늙구 죽는 거지 별수 있나?

슈퍼집은 제 이야기에 팔려서 장마당 초입에 있는 마늘전을 그냥 지나쳤다. 그러나 정작 정옥은 그의 이야기를 거의 듣지 않았다. 빨리 집에 가 있고도 싶고, 터미날인가 하는 다방에도 가고 싶었다. 회사 앞에 지키고 섰다가 뒤를 밟아, 확실한 증거를 갖고도 싶은 거였다. 지금 눈앞에는 이런 광경들이 영화 장면처럼 스칠 뿐이었다.

단골손님한테 아가씨들이 친절하게 굴겠지.

이렇게도 생각했다.

그러나 끓는 기름에 물 튀듯 불안과 안심이 뒤죽박죽 정옥을 키질했다.

장날이면 철물점 앞에 와 있는 장돌뱅이 커튼 장수가 낯익은 슈퍼집과 인사했다.

"골러봐. 커텐집이랑 같은 물건이라니!"

슈퍼집은 벌써 정옥의 고뇌는 깡그리 잊고, 팔꿈치로 툭툭 건드리며 말했다. 정옥은 도무지 말귀를 알아듣지 못하는 어떤 낯을 하고 있다가,

"갈래! 나중에 와요!"

하고 돌아섰다. 돌아서는 몸짓이 휘익 찬바람을 일으켰다.

철나면서 망령 안 할란가 몰라.

슈퍼집이 속으로 비웃고 콧방귀를 뀌었다.

정옥은 죽은 사람처럼 걸어서 집으로 왔다. 장마당에서 집 안으로 들어오는 사이에, 정옥은 아무것도 보지 않았고 아무것도 듣지 못했다. 마루 의자에 내던지듯 앉아서 하염없이 먼산바라기를 했다.

그러나 겉모양만 그렇지 속은 자반뒤집기였다.

까짓 것 다방 레지야……. 홀딱 빠지면 눈이 뒤집혀서…… 더러운 놈, 개망신을 시키고, 어디 가서 파출부라도 하면 내 몸뚱이 못 살까……. 바람나면 본처 두들겨 패고 딴살림 차리는 남자도 있는데…… 애를 낳아 온 것도 아니잖아……. 애들 데리고 죽어버릴까. 평생 살인자로 폐인 되게…… 어제저녁 그 태도는 뭘까. 슈퍼집이 잘못 본 게 아니었을까. 아, 난 허수아비로 살아왔어…….

이렇게 이 끝에서 저 끝으로만 도는 생각에 오래도록 시달렸다. 정옥은 머리통 가죽이 뜨겁게 들뜨는 통증을 느끼고 손으로 머리를 싸 눌렀다. 뒷덜미가 날카롭게 당겼다. 머릿속의 어떤 신경줄이 막 끊어지려는 것만 같이 생각됐다. 사람은 이렇게 해서 갑자기 죽겠구나…….

정옥은 숨을 몰아쉬고 마음을 편하게 가지려 애를 썼다. 온몸에서 기운이 빠져나갔다. 의자에서 미끄러져 마룻바닥에 누웠다. 옷

가지처럼 널브러진 거였다. 눈을 감고 천천히 숨을 쉬었다. 팔을 펴고 다리도 벌리고 있었다. 해부 실습 후에 내다버린 개구리의 시체처럼 보였다.

정옥은 머리통의 통증 부위가 줄어드는 걸 감지하면서, 남편을 용서하기로 작정했다. 나쁜 남자가 얼마나 많으냐고, 남편은 가장으로서의 생계 책임은 철저히 지키지 않느냐고, 그 사람 말대로 직장 생활 긴장을 어떤 식으로든 풀어야 할 것이라고, 사보에 글이 실렸을 때 좋아하던 모습을 떠올리고 남편의 사랑을 확인해보았다.

이런 생각을 하는 동안 정옥은 일단 마음이 편안해졌다. 그러나 더 이상 끌어다 댈 항목이 없어지자 기다렸다는 듯이 분함과 억울함, 불쾌감과 배신감이 더욱더 기승을 부려 정옥을 사로잡았다. 흥신소를 붙여볼까?

돈이 있어야지. 소문도 날걸. 흥신소에서 남편이랑 짜서 돈만 우려내면 나는 허수아비 될걸. 모든 게 다 한통속이지. 아내라는 건 뭐야. 그저 집 안에 있는…… 세상에서 '집안'이라는 건 얼마나 작은 그릇인가. 게다가 집안의 주인도 아니면서…….

아, 내가 미치는 거 아닐까? 이렇게 미치광이가 되는 건가봐. 정옥의 눈꼬리로 눈물이 골 타고 내리듯 흘러 귀밑머리를 적시고 마룻바닥을 적셨다. 소리 없는 눈물이 하염없이 흘렀다. 시동생들 공부 시킨다고 들어선 아이들 몇이나 긁어냈던가. 이렇게 살고 남은 건 회한과 늙은 것뿐이 아닌가. 도대체 여자가 배운 대학의 공부는 어디에 소용이 있단 말인가.

정옥은 가슴팍 살을 쥐어뜯고 주먹으로 비벼대었다. 서러움이 가슴팍 뼈를 빠개는 듯 쓰리고 아파서였다.

이날 밤에 일어난 일은 참으로 이상했다. 마치 누가 미리 그렇게 짜놓은 것처럼 야릇하게 되었던 것이다.

한참 울고 난 정옥은 아이들이 돌아오자마자 공중목욕탕으로 데려갔다. 두 시간 넘게 있다가 나와 미장원에 들러 아이들 머리도 자르고 자신의 머리도 잘랐다. 아이들이 사 달라는 빵이나 빙과류를 군말 없이 사주었다. 집 안에 있으면 미칠 것 같아서 나왔는데 허전하고 갈피 잡을 수 없기는 마찬가지여서 아이들의 눈썰미에 조차 어미가 남달라 보였다. 중국집에 들러 탕수육과 자장면을 시켜 저녁을 먹었다.

그럭저럭 해는 졌으나 아직 훤했다. 달리 헤맬 데가 없어서 정옥은 기듯이 어슬렁 걸어 집으로 왔다.

남편은 이날도 늦었다.

목욕을 하고 많이 걸어서인지 아이들은 아홉시도 못 넘기고 잠들었다. 정옥은 문득 궁금증이 치솟아 앉아 있을 수 없었다. 무엇에 홀린 듯이 옷을 바꿔 입고 바깥으로 나갔다. 동서남북으로 음식점과 다방을 뒤졌다. 중국집, 경양식집, 등심구이집, 횟집, 빈대떡집, 갈비집…… 다방, 다방, 다방…… 택시를 타려는 사람 내리는 사람, 나란히 걷는 남자와 여자……. 정옥의 눈이 짓무르기에 이르렀을 때 갑자기 눈에 불이 붙었다. 남편이 어떤 여자와 손을 잡고 걸어가는 모습이 보였던 것이다.

“상혁 아빠! 상혁 아빠!”

정옥은 멘 목청으로 불렀다. 발이 떨어지지 않아서 소리쳤으나 꿈결에서처럼 그들만 빨리 걸어 점점 멀어졌다. 정옥은 죽을힘으로 뛰어가서 “상혁 아빠!” 하고 불렀다. 시키지도 않았는데 두 사람이 잡았던 손을 놓고 벌려 섰다. 정옥은 남편의 뺨을 마구 때렸다. 남편은 순식간에 당한 일이라 그저 맞고 있었다.

“그러지 마세요, 사모님. 오해예요.”

옆에서 여자가 울먹이며 정옥을 잡아당겼다. 밤길이고 골목이라 보는 사람이 없었다.

“더러운 놈!”

정옥이 한발 물러서며 씹어뱉었다.

“뭐라구? 비켜!”

남편이 소리쳤다. 그리고 저만큼 앞서가는 여자를 따라 걸어갔다. 정옥이 놓칠세라 쫓아갔다. 얼마 후 다시 세 사람이 엇비슷하게 가까워졌을 때, 정옥이,

“어디 가는 거야! 집에 가야지!”

라고 울먹이며 소리 질렀다.

“집?”

“집에 가자구!”

“빌어! 잘못했어, 안 했어! 싸가지 없는 년. 빌어! 앉어! 무릎 꿇어! 잘못했지! 말해! 말해!”

남편이 마침내 아내를 무릎 꿇리고 잘못했다는 말을 똑똑하고

크게 소리내도록 하고 정옥을 따라 집으로 갔다. 몇 분 사이에 일어난 놀랍고 끔찍한 사태를 목격한 터미널의 아가씨는 다람쥐처럼 사라졌다. 지난달 본사에서 내려온 영업 이사와 동침한 아가씨라, 상혁의 아버지 회사에선 이사와 과장이 맞동서 텄다고 잠깐 화제가 되었었다.

아무 말도 없이 집에 돌아온 이들 부부는 방 안에 들어가서 다시 뒤엉켰다. 웃옷을 벗어 걸던 남편이 다방 레지 앞에서 마누라한테 뺨 맞은 사실이 새삼 떠오르자 눈이 뒤집힌 것이었다. 그는 아내를 걷어차고 멱살을 잡아 벽에 짓찧고 뺨을 때리고 밟았다. 그는 일찍이 이렇게 자존심을 짓밟혀 본 적이 없었다. 더욱이 그 상대가 마누라라니! 총이 있으면 쏘고, 칼이 있으면 찔러도 분이 풀리지 않을 거였다.

오입하지 않는 남자가 이 세상에 어디 있냐는 말이다. 그는 하늘을 우러러 한 점 부끄러움도 없었다. 가장으로서의 책임을 한 번도 저버린 적이 없었다. 그는 떳떳했다. 숨겨놓고 살림 차린 여자도 없고 몰래 키우는 아이도 없으며 월급 안 가져다준 적도 없었다.

"…… 죽어! 너같이 남편이 뭔질 모르는 싸가지 없는 년은 죽어야 세상이 바로 돼! 더러운 년!"

그는 아내의 입과 코에서 피가 나고, 빠진 머리칼이 솜뭉치처럼 놓인 걸 보고, 마침내 아내가 늘어져서야 입을 닫고 손도 멈추고 화장실로 들어가 몸을 씻었다.

오 분쯤 지나서 정옥은 몸을 추스를 수 있었다. 밤도 늦고 아파트에 소문이 돌까 두려워 이를 악물고 숨죽여 당한 끝이라 몸이 피멍 덩어리였다. 기어서 마루에 나와 의자에 겨우 기대앉았다. 남편이 방에 들어가 문을 닫아거는 소리가 났다. 기진맥진한 상태에서 정옥은 아득히 먼 곳으로부터 영감 같은 깨우침이 다가오는 걸 느꼈다. 뭔가 아주 중요한 것.

그러나 안타깝게도 정옥이 깨닫기 전에 느낌이 사라졌다. 아래층에서 부엉이 시계가 세시를 쳤다. 이때까지 물건처럼 앉아 있던 정옥이 부엌 쪽으로 걸어갔다. 발을 떼는데 살과 뼈가 제각기 시큰거리고 쑤셨다.

사발에 물을 가득 부어 벌컥벌컥 들이켰다. 그리고 빈 그릇을 내려놓다가 중간쯤에서 팔이 딱 굳은 듯 멈췄다. 숨이 끊긴 것처럼 보였다. 아주 잠깐 동안 그랬다.

곧 그릇을 내려놓았다. 손이 와들와들 떨려 그릇을 싱크대 선반에 소리내며 놓았다. 주위를 돌아보았다. 아무것도 움직이는 게 없었다. 그래도 정옥에겐 안간힘을 다해 누군가에게 들키지 않으려 애쓰는 모습이 너무나 안쓰럽게 배어났다.

정옥은 숨을 죽이고 건조대의 그릇들 사이에 알몸처럼 들어 있는 식칼을 잡았다. 서랍을 살며시 열었다. 소리나지 않게 칼을 집어넣었다. 칼날이 눕도록 놓았다. 서랍을 닫았다. 그러나 이내 두려움과 또한 그 반대의 치열한 울분을 필사적으로 억누르는 눈빛으로 수저 꽂이에 꽂혀 있는 과도와 포크 따위마저 끄집어내서 서랍 속의 여러 주방 기구들 병따개, 주걱, 플라스틱, 강판, 수세미,

고무장갑 등을 헤집고 파묻듯이 넣었다.

　이윽고 정옥은 크게 숨을 내쉬었다. 그리고 돌아서서 싱크대 모서리를 잡고 엉덩이로 서랍을 막았다.

　물그릇을 내려놓으려 할 때, 번개처럼 눈에 들어온 칼이 한순간에 '피의 환상'을 일으켰던 것이다.

　정옥은 그렇게 서서 한참이나 무슨 생각에 잠겼다.

　그렇다. 남자와 여자는 다른 세계에 산다. 그리고 서로 상대방에 대해 알고자 하지 않는다. 남자는 여자를 모른 채 여자의 멍에를 만들고 여자는 오직 멍에끈에 달려서 남자를 소유했다고 믿는다…….

치한의 사랑

심재구는 성냥개비를 새끼손톱 길이만큼씩 분질러서 엄지와 검지 사이에 넣고 마구 비벼대다가 탁자 밑으로 버리기를 되풀이했다. 아무 생각 없이 그렇게 하고 있던 그가 무슨 와자한 기미에 반사적으로 고개를 들었다가 마치 데인 듯이 고개를 돌렸다. 그가 다니는 회사의 총무과 직원 댓 명이 어깨를 부딪치며 들어와서 낯익은 여자 종업원에게 한마디씩 던지고 마땅한 앉을 자리를 찾고 있었다.

심재구는 창유리를 바라보았다. 가게와 가로등 빛으로 훤한 길가의 풍경이 보였다. 그러나 심재구의 신경은 등 뒤쪽에 쏠려 있었다. 그는 직원들이 가서 앉은 자리를 가늠해보려고 애썼으며 그들의 눈에 띄지 않게끔 이곳을 빠져나갈 궁리를 하였다. 직원 중의 하나가 이미 심재구를 알아보고 다른 사람들한테 알렸을 때, 누가, 좀 두고 봐라, 비서실 이 양이 올 테니까라고 말해서 그들 모두가 한마음으로 재미를 느끼려 한다는 걸 심재구로선 도저히 알 수가 없는 것이었다. 그는 다만 등짝이 후끈후끈 달아오르다가 난데없이 싸늘하게 얼음판으로 변하는 감당할 수 없는 초조감과 꿀리는 기분 때문에 겨우 이 분 만에 자리에서 일어났다. 머리를 긁적이는 체 얼굴을 가리며 문을 나섰다. 그는 자신도 모르게 휴우 숨을 내쉬었다.

심재구는 찻집 문턱이 살펴지는 골목에 서서 수정을 기다렸다. 약속 시간에서 삼십 분이 지났다. 수정이가 늦어지는 건 사장 퇴근이 늦어지기 때문이었다. 그걸 뻔히 알면서도 심재구는 짜증이 났다. 수정을 기다리는 시간에 대해 짜증을 느끼는 건 이것이 처음이었다. 짜증만이 아니라 신경질까지 났다. 누가 볼까, 직원들 눈에 띌까, 혹시 처가 쪽 사람들한테 들키진 않을까…… 이런 것이 지겹고 구질구질하게 생각됐다. 이런 것도, 심재구가 수정을 알고 지낸 이래로 처음 경험하는 감정이었다. 심재구는 문득 그의 아내를 떠올렸다. 오랜만에 산에서 내려왔으니 저녁밥은 집에서 아이들과 꼭 같이 먹자고 신신당부했던 것이다. 당신이 좋아하는 섭국을 부추 넣고 얼큰하게 끓이겠다고 했었다.

갑자기 섭국 생각이 간절해져서 심재구의 입 안에 군침이 감돌았다. 그는 꿀꺽 침을 삼켰다. 수정의 모습은 도무지 나타나질 않았다. 심재구는 "아빠, 아빠." 하며 방방 뛰던 둘째를 떠올렸다. 돌지난 지 한 달쯤 되었는데 딸이라서 그런지 첫째인 아들아이와는 달리 가슴팍에 박혀오는 그리움이 있었다. 이번의 현장 근무 중에 가장 보고 싶었던 게 바로 그 딸이었다. 몇 달 사이에 딸이 수정이를 물리친 것이었다. 물론 아내보다는 수정이가 더 생각났었다.

수정은 회사 쪽과 반대인, 그래서 재구가 서 있는 곳의 건널목을 건너왔다. 심재구는 찻집 쪽만 바라보고 있다가 수정이 자신의 앞을 몇 발짝 지나쳤을 때야 알아보고 허겁지겁 다가가 한 팔을 낚아챘다.

"총무과 사람들 들어갔어!"

심재구가 낮게 힘주어 말했다. 이때 그가 붙잡고 있는 수정의 가느다란 팔에 난데없는 힘이 뻗쳐 뻣뻣해졌다.

"있으면 어때요?"

수정이 도발적으로 내쏘았다. 말뿐이 아니라 눈매에 독기가 서려 있었다. 심재구는 섬뜩해서 제풀에 손을 풀었다.

"뭘 더 숨기자구요."

수정은 재구를 쳐다보며 비웃는 목소리로 말했다. 그러나 말투와는 달리 찻집과는 반대편으로 돌아섰다. 재구가 성큼성큼 걸었다. 그는 보통 남자 키보다 반 뼘쯤 더 큰데 수정은 보통 여자보다 작아서, 두 사람이 나란히 걷는 뒷모양이 야릇했다.

"난, 이제 사람 눈 피하며 만나는 거 지겹다구요. 내가 뭐 죄수야!"

수정이 재구 옆에 달랑달랑 매달리듯 걸으면서 소리쳤다.

"왜 이래! 정신 있나?"

재구는 나직이, 그러나 겁주는 소리로 말했다. 그리고 그는 빈 택시를 잡았다.

"어딜 가요!"

수정이 짜증을 부렸다. 재구가 힘으로 수정을 차에 밀어 넣었다.

"초곡 갑시다. 아저씨."

재구가 말했다.

그들은 각각 창가에 붙어 앉아 가운데가 휑하니 비었다. 한동안 그들은 아무 소리도 하지 않았다. 가끔 수정이 흐느끼듯 숨을 몰아쉬어, 재구가 돌아보곤 했다.

이렇게 십 분은 지났을 때, 그들이 시의 경계선을 벗어났을 때,

"별일 없었지?"

재구가 먼저 입을 열었다. 그러자 창유리에 달라붙기라도 한 듯이 여태껏 한 자세로 버티던 수정의 몸이 한순간에 허물어져서 재구 쪽으로 향하였다. 그를 간절하고 애달픈 눈빛으로 바라보았다. 그런데 정작 재구가 고개를 돌리며 옷 주머니를 뒤지는 것이었다.

"담배를 어디 넣었더라……."

그가 혼잣말을 했다. 그러고 나서 그는 아아, 내 정신 좀 봐, 라고 덧붙였다. 그는 담배를 끊기로 작정해서 가지고 다니지 않는 중이었다. 열흘쯤 되었다.

"…… 지난 일요일에 선봤어요."

수정이 크게 한숨을 내쉰 끝에 붙여서 말했다.

"기사 아저씨, 라디오 좀 들읍시다."

재구가 운전사에게 말했다. 곧 기사가 라디오를 틀었다.

"…… 군인인데…… 중위구…… 집이 제천이래요……."

수정이 말했다. 목소리가 가늘게 떨리고 있었다. 재구는 팔짱을 꼈다. 그의 낯은 굳어 있었다.

"안으로 들어갈까요!"

기사가 큰길에서 샛길로 갈라지는 곳에 와서 물었다.

"아니요. 여기서 내립니다."

재구가 다급히 말했다. 그들을 내려준 차는 되돌아서 시내로 들어갔다.

그들은 어두운 둑길로 들어섰다. 바닷바람이 서늘했다. 둑 가장자리의 소나무 사이로 어두운 벌판 바다가 보였다. 둑 아래로는 텃밭과 집들이 있었다. 찻길과 둑 사이로 엉거주춤 자리 잡은 반달 모양의 마을이었다.

바다 물결이 밀려와 부서지는 소리가 났다. 그들은 말없이 천천히 제각기의 생각에 잠겨서 걸었다.

"춥지 않아? 난 소름이 돋았어."

이번에도 재구가 먼저 입을 열었다. 그는 반팔을 입어, 드러난 맨팔을 엇바꾼 손바닥으로 마구 문질렀다. 그러다가 불현듯 수정을 끌어안았다. 그런데 이상했다. 수정이 그를 밀어내는 것이었다. 그들이 첫 동침을 한 이후로 전혀 없었던 태도여서, 재구는 차라리 생경한 기분이었다.

수정이 두어 발짝 앞에서 둑에 앉았다. 재구는 잠시 서성거리다가 수정의 옆으로 갔다.

"좀 달라진 거 같아."

그가 조금 장난기 어린 투로 말하면서 바짝 붙어 앉았다.

"선을 보셨다구? 벌써 중위가 좋아졌나?"

재구의 말투엔 여전히 장난기가 있었다. 수정이 어둠 속에서 재구를 노려보았다. 파리한 불꽃이 이는 눈빛이었다. 그리고 수정의 몸이 진저리를 쳤다. 수정은 아랫입술을 아프게 깨물었다. 예기치 않았던 두려움과 부끄러움이 막연하게 가슴에 짚이기 시작했다. 그러나 그런 느낌은 아직 너무나 어렴풋해서 수정을 뚜렷하게 잡아놓지는 못했다.

"지금…… 내가…… 몇 살인지 아세요?"

한참이나 말없이 있던 수정이 이렇게 물었다. 목소리가 지나치게 가라앉아서 듣는 사람을 턱없이 주눅 들게 하였다. 재구는 헛기침을 하더니 주먹으로 자신의 어깻죽지를 툭툭 쳤다.

"스물아홉이에요. 몇 달 있으면 서른이구요. 우리가 처음 만났을 때 내 나이가 스물여섯이었지요. 생각나세요?"

어둠 속에서, 마치 외워둔 대사를 뱉어내듯 지껄이던 수정이 말 끝머리에 '생각나세요?'를 갑자기 높이면서 재구를 쳐다보았다. 그 눈길에 흘러나오는 환멸과 욕망을 재구는 제대로 감지하지 못하였다. 그는 다만 새삼스럽게 나이까지 들춰내면서 설교조로 나오는 수정이 지겹고 지루한 느낌만 솟아서 엉덩이를 들썩거렸다.

"…… 누가 그러는데 이제 사장실 여비서를 대졸로 뽑는대요.

144

지난번에두 대졸 여사원이 둘이나 들어왔잖아요……. 영문과 나온 여비서를 쓴대요. 지구당 사무국장님 처제라는 소문이 돌아요. …… 사무실 나가는 게 지옥 같다구요……!"

수정이가 이렇게 말하고 있을 때, 재구는 습관적으로 윗옷 주머니에 손을 넣었다. 그가 찾는 것이 손에 잡히지 않았다. 그러자 그는 허겁지겁 그의 옷에 붙은 모든 주머니를 뒤졌다. 담배는 아무데도 없었다. 그는 절망감에 빠져든 다음에야 비로소 자신이 담배를 끊기로 결심한 것을 깨달았다. 그뿐만이 아니었다. 자기가 한 시간 남짓 사이에 두 번이나 담배를 찾았던 헛된 짓거리도 되새겼다. 그는 화가 났다. 담배를 끊으라고 성화 부린 아내를 떠올리고 미워했다.

재구의 아내는, 숙달되지 않았으나 한껏 모양 부린 글씨로 현장에 편지를 보냈는데, 담배가 가장의 건강에 얼마나 해로운가를 무슨 박사의 논문을 인용해서 설명하고, 당신의 건강은 당신 자신의 것이 아니라 가족의 것이라고 썼던 것이다. 재구를 감동케 한 부분은, '당신의 건강은…… 가족의 것'이라는 글귀였다.

재구가 이런 생각에 빠져 있는 동안에도 수정은 계속 말하고 있었다.

"…… 엄마는 해 넘기지 말구 결혼해야 한다며 매일 닦달이라구요. 회사 분위기도 이상해요. 직원들이 우리 사일 다들 눈치챈 것 같아요. 아무도 나한테 언제 결혼할 거냐고 묻지도 않아요. 작년부터 그랬던 거 같아요……."

"미안해."

재구가 턱없이 목소리를 높여서 말했다. 엉겁결에 내세운 방패 같이 서툴고 어색하게 들렸다.

수정은 아무 말도 하지 않았다. 잠시 그들 사이에 날카로운 침묵이 흘렀다.

"뭐, 미안!"

갑자기 수정이가 찔린 외마디로 외쳤다. 그는 자기도 모르게 둑의 흙을 한 손아귀 움켰다. 자디잔 모래알, 소나무 마른 잎들이 손톱 사이로 끼어들었다.

그들은 어둠 때문에 서로를 자세히 볼 수가 없었다. 자세히는커녕 서로의 상태에 대해 눈치챌 수도 없었다.

재구의 기분은 뒤죽박죽이었다. 아내도 밉고, 무엇인가 귀찮은 어떤 것을 예감케 하는 수정이도 지겨워지기 시작하였다.

수정의 손아귀에 잡힌 흙은 그의 열기로 냉기가 가시었고 손톱에 낀 모래알의 이물감도 익숙해졌다.

"부인하군 언제 이혼할 거예요."

수정이가 또다시 무섭게 가라앉은 목소리로 말했다. 재구는 언뜻 그 말을 알아듣지 못한 느낌이었으나 곧, 그것의 의미를 속속들이 깨우쳤다. 순간 그의 머릿속에 번개 같은 것이 획 지나갔다. 그는 지나간 번개 때문에 머리통을 이리저리 털었다. 무슨 생각이 떠오를 듯하면서 그저 가물거려 갑갑증이 났다. 그는 이빨 사이로 헛바람을 내쉬었다.

"…… 자기는…… 재구 씨는 확실히 달라졌어요……."

수정은 고통스럽게 마디마디 자르고 이으며 말하였다.

"…… 우린 이제 결혼하는 거밖에 남지 않았어요. 무얼 더 기다려요? 당신 아내가 죽을 때를요?"

수정은 소리나지 않게 이를 갈았다. 그리고 마구 토악질처럼 쏟아져 나오려는 말들을 죽을힘을 다해 억눌렀다.

…… 누가 먼저 그랬어요! 결혼하겠다고, 사랑한다고 누가 먼저 그랬어요. 조금만 기다려달라고, 아내와는 잘못된 결혼이라고!

수정은 차마 이런 말들을 다 할 수가 없었다. 가슴속에서 뜨겁고 매운 불기둥이 무자비하게 들쑤셔댔다. 그는 자신이 재구를 알게 된 후로 불안하게 보낸 시간들을 떠올렸다. 터질 것 같던 행복감이나, 세상천지에 소리쳐 알리고 싶던 사랑의 기쁨들을 도리어 죄악처럼 숨겨야 했던 쓰라림을 기억하였다. 분하고 억울하고 서럽기 그지없었다. 그러나 이미 살아버린 것에 대해서는 참고, 잊을 수 있었다. 하지만 수정은 재구에게서 희망을 붙잡을 수 없어서 두렵고 불안한 것이었다. 그런데도 모처럼 만난 재구에게 확실한 대답을 해달라고 울며불며 매달리지 못했다. 기분 내키는 대로 하면 그나마 재구가 넌더리를 낼 것 같은 생각이 들었다.

수정은 오랫동안 잡고 있어서 살처럼 여겨지는 손안의 흙을 놓고 손바닥을 탁탁 소리내 털었다.

"갈까?"

재구가 눈치 빠른 듯 말했다. 메마른 목소리였다. 수정이 그를

쏘아보았다. 재구에겐 그 눈초리가 보이지 않았으나 스스로 떳떳
치가 않았다.

"얘기를 안 했잖아요."

수정이 눈초리와는 달리 젖은 목소리로 말했다.

"차암, 오늘 이상하네. 군인 때문인가? 왜 까탈을 부리지? 현장
에서 외롭게 지내다 온 사람한테. 직원들이 회식하자는 거 뿌리쳤
어. 마누라두 일찍 들어와 저녁 같이 먹자는 거 연락두 안 했어. 여
기서 내가 뭘 더 해야지? 내 입장이 되어보라구! 난 변한 게 없어.
하나두 변하지 않았다구. 그까짓 거 결혼, 여자니까 하고 싶겠지.
그렇지만 내 마음이 수정이한테 가 있으면 되는 거 아니야? 불행
이라면, 잘못이 있다면 우리가 늦게 만난 거야. 그걸 이제 어쩌겠
어. 수정이가 괴롭다면 나도 괴로운 놈이라구. 다 뿌리치구 수정이
한테 왔잖아. 차라리 죽어버렸으면 좋겠어. 정말이야."

재구가 물을 퍼내듯이 말했다. 수정은 마음을 모아 그의 말을 들
었다. 그러나 다 듣고 났어도 속이 후련해지지 않았다. 재구가 한
말을 다 알아듣겠는데 정말 의미가 하나도 가슴에 닿지를 않았다.
이상해서 안타까울 지경이었다. 수정은 속이 상했다. 소리치고 싶
은 충동을 느꼈다.

"중요한 건 너와 나야!"

수정의 안타까움을 눈치채기라도 했는지 재구가 단호히 말했다.

"사랑이 소중하잖니? 그게 알맹이지 않아? 사랑하기 때문에 우
린 행복하구…… 그게 전부 아니니? 삶의 진실이야……."

재구는 감미롭게 중얼거리듯 말했다. 그는 자신의 말에 스스로 쉽사리 취해버렸다. '사랑' '행복' '삶' '진실'을 모두 모아서 그는 이제 더 할 말도 바랄 것도 없는 듯한 기분이었다. 그는 뿌듯하고 산뜻했다. 이곳 둑길에 와서 처음 수정으로부터 결혼이니 이혼이니 하는 말을 들었을 때의 아찔함은 이제 까맣게 잊힌 것이었다.

재구는 자연스럽게 수정의 어깨에 팔을 걸었다. 굵고 단단해서 통나무 같은 느낌의 팔뚝이 가녀린 여자의 어깨를 짓눌렀다. 그의 팔은 옷을 스쳐 내리더니 이윽고 수정의 허리를 감싸 안았다. 가늘고 군살 없되 탄탄한 살성이 그를 한순간에 미치게 만들었다. 그는 수정이가 좋았다. 아내와는 비교할 수 없는 맛이 있었다. 그는 어서 빨리 무아지경으로 빠져들고 싶어 숨이 막혔다. 바다 물결 소리는 저 아래서 들렸고 큰길로는 드물게 차가 빠른 속도로 달려갔으며 풀내와 흙내 나는 둑에는 아무도 없었다.

"사랑해!"

재구가 비명처럼 내질렀다.

비서실 근무를 오래도록 하고 있는 수정에 대해 직원들은 돌아서서 부사장이라고 비아냥거렸다. 그러나 너나없이 수정의 환심을 사려고 주위를 맴돌았다. 총각은 총각들대로, 간부들은 정보를 얻기 위해서 그러하였다.

재구도 그런 직원들 가운데 하나였다. 그는 특이한 차림을 하고 다녔다. 후줄근한 바지와 운동화, 잘 빗지 않은 텁수룩한 머리, 늘

졸린 듯한 표정 등이 그랬다. 몸매나 얼굴 생김은 수십 년 전 인기 있던 영화배우 김진규와 비슷했다. 결혼을 했는데 그렇게 하고 다녔다. 수정은 심심풀이로 인사 기록부를 들춰 보았고, 사장이 퇴근한 후에 우연히 그를 만나 잠깐 얘기할 기회가 생겼다. 수정은 재구가 전문학교 출신인 것을 알고, 꼭 야간대학을 다녀 '증'을 확보하도록 당부했다.

그들은 사진 찍는 취미가 같다는 걸 알아냈고 여행을 즐긴다는 공통점도 찾아냈다. 일요일에 사진을 찍으러 설악산에 가서, 재구는 자기를 낳고 산후병으로 죽은 어머니가 수정을 닮았을 것이라고 말해버렸다.

그들의 '진실'과 '사랑'은 이것으로 시작되었던 것이다. 재구는 임신 중인 아내가 심각한 심장병을 앓고 있어서 아이를 제대로 낳을 수 있을지, 얼마나 살 수 있을지 모른다고 말했으며 잘못된 결혼의 불행을 사랑에 빠져든 여자에게 들려주었다. 그들은 '행복'했다.

이날, 재구는 끝끝내 수정과의 '사랑'도 해보지 못했고 '행복'할 수도 없었다.

수정의 몸은 싸늘했고 딱딱한 돌덩이였다. 재구가 뜨겁게, 뜨겁게 사랑한다고 부르짖으며 돌진해도 수정은 몸을 풀지 않았다. 그저 결혼을 약속하고 이혼을 약속하라고 다그쳤다. 재구의 황홀한 비현실감을 수정은 추악한 현실로 까뭉갰다. 그럴 때마다 죽은 아들 불알 만지듯, 재구는 수정의 귓불을 빨며 속삭였다.

"결혼은 지저분해. 우리의 단꿈을 깨지 마, 제발……."

그러나 소용이 없었다. 이윽고 재구는 진이 빠졌고 싫증이 났으며 수정이 귀찮고 슬그머니 겁도 나기 시작했다. 게다가 수정이는 재구의 아이들을 맡아 기를 자신이 있다고까지 했었다.

재구는 자기가 몹시 피곤한 사람이라는 걸 강조했다. 건강이 나빠져서 담배를 끊었다는 것과 내일 아침 출근해서 인사하고 곧장 현장으로 떠나야 한다는 말을 했다. 그리고 자신에게 시간을 달라, 감정적으로 해결할 문제가 아니라고 타일렀다. 그는 시내로 들어오는 택시 속에서, 수정을 알고 지낸 이래로 처음, 그 여자의 귓불 속에 숨어 있는 시커먼 명울 만한 사마귀를 발견하였다. 그는 소름이 끼쳤다. 그것이 어제 오늘 갑자기 돋아난 것이 아닐 텐데 이제야 비로소 눈에 띄다니! 재구는 놀랍고 두려웠다. 사마귀가 무슨 재난의 상징처럼 여겨졌다. 코끝이 필요 없이 바짝 추켜선 것도 보였다. 이상도 했다.

수정은 할 말이 남았다고 보챘으나 재구는 거의 칼질을 해내듯 그의 집 앞에 차를 세워 밀어내었다. 그리고 그는 몹시 불쾌하고 기분 나쁘고 좋지 않은 예감에 휘감겨들어, 곧장 잘 가던 술집으로 갔다. 거기서 그는 우연히 형제처럼 지내는 방송국의 선배를 만났다. 그는 죽기 살기로 술을 퍼마셨다. 그리고 중구난방으로 인생 상담을 했다. 요컨대 도와달라는 것이었다.

"형님, 도대체 여자란 동물은 요물 아닙니까! 형님, 그렇지요."

재구는 그가 형님이라고 부르는 선배의 팔목을 사정없이 잡아들며 소리 질렀다. 지금 그를 돕는 건 단지 엉망으로 마셔댄 술기운이었다. 그는 두려움도 불쾌한 예감도 감추려는 노력도 모두 포기하고 있었다. 술이 그를 정직하게 도와주었다.

"하여간 여잔 골치 아픈 존잽니다. 안 그렇습니까? 그렇지요, 형님!"

재구는 소리쳤다. 그는 탁자에 고개를 처박고 한창 유행하는 노래의 곡조에다, 여자 없는 세상에 살고 싶어라, 하는 말을 붙여 악쓰고 불러 젖혔다.

"…… 난 별을 사랑합니다. 아침 이슬도 사랑합니다. 안개는 불가사의하지 않습니까? 아, 별, 이슬, 안개…… 얼마나 아름답고 신비한 것입니까. 난 그런 사랑을 하고 싶습니다. 그런 여자를 사랑했어요. 그런데 배반입니다. 배신이지요. 엉터리더라니까요. 보통 여잔 겁니다. 구질구질한 보통 여자요! 난 별 같은 사랑을 원한다니깐요. 난 고아로 자랐다구요. 형님, 어머니 같은 여자 어디 없어요? ……."

재구는 머리를 들었다 내렸다 하며 지껄였다. 그러나 트림이 거푸 나서 더 이상 씨부릴 수가 없었다. 그는 잠깐 동안, 술이 쏟아진 탁자 위에 팔을 올려놓고 거기에 머리를 대고 말없이 있었다. 술이 그의 옷소매를 적셨으나 그는 알지 못했다. 그의 선배 일행들은 먼저 돌아갔다. 선배는 종업원을 불러서 옆에 앉히고 쓰잘 데 없는 얘길 하였다.

"끝장이야! 다 끝장이라구!"

재구가 갑자기 소리치며 탁자 위를 쓸어버렸다. 그는 탁자를 걷어차기 위해 발길질을 했으나 술기운에 중심을 잃어 그마저도 제대로 하질 못했다.

"이런 병신 새끼."

바지에 술 벼락을 맞은 선배가 내뱉었다. 여자 종업원들이 호들갑을 떨며 깨진 유리잔과 술병들을 치웠다.

"손니임! 정신 차려요!"

나이 어린 종업원이 바닥에 침을 뱉고 있는 재구에게 소리쳤다.

"저런 년 봤나. 취했다구 손님한테 아가릴 함부로 놀리네."

재구의 선배가 딱부리눈을 부릅뜨고 으름장을 놓았다.

"죄송해요, 손님."

종업원이 이내 주눅 든 말소리로 사과하였다.

"손님은 어디까지나 손님이야. 깨진 컵값이 얼마냐!"

"김 국장님, 왜 이러실까. 우리 사이가 이럴 사이예요? 섭해요, 정말."

주인이 콧소리로 화를 냈다.

"참을까? 마담 보구."

선배는 중년의 여자 종업원 엉덩이를 쓰다듬으며 말했다. 그리고 그들은 술집을 나왔다. 선배는 재구를 그의 집에 데려다주었다. 차 안에서 그는 취한 재구에게 방송국으로 직장을 옮겨보라는 얘길 했다.

선배가 돌아간 다음, 재구는 여러 가지로 시중드는 아내에게 뒤죽박죽인 채 수정의 얘길 늘어놓았다.

"여보, 당신이 해결해봐. 미안해. 내가 가정을 버릴 수 있겠어?"

꼬부라진 혀로 재구는 분명히 이렇게 아내에게 말했다. 그의 아내는 남편의 사랑을 감동적으로 확인하며 흐느껴 울었다. 그 여자는 새벽같이 약국에 달려가 숙취를 푸는 약을 사왔고, 북어로 국을 끓여냈다.

온밤을 뜬눈으로 새우다시피 했음에도 불구하고 수정의 머릿속은 맑았다. 그는 아침나절을 현장으로 떠나기 전에 재구를 보아야 한다는 생각으로 안절부절못했다. 출장을 떠날 때면 언제나 재구는 수정에게 잠깐이라도 다녀갔었다. 그것마저 여의치 않을 땐 전화를 했었다.

수정은 앞으로의 자기 운명은 이날 아침에 있을 재구의 태도가 결정할 것이라는 터무니없는 예감에 사로잡혔다. 다른 때는 전혀 신경 쓰지 않던 것인데 오늘따라 수정은 초조하게 시달렸다. 어찌나 초조한지 수정의 살갗이 창호지처럼 갈피 떠서 나가는 느낌이었다.

열한시가 넘도록 재구에게선 아무런 연락이 없었다. 정오가 되었을 때, 수정은 이미 재구가 떠났다는 것을 알았다. 그가 열시쯤 회사를 나갔다는 것이었다. 수정은 눈앞이 노랗고 어지러워서 진열장과 벽 모서리에 기대어 쓰러지지 않으려고 혀를 물었다.

…… 이게 끝인가? 따돌려진 건가? 버림받은 건가? 이게 끝인가? 따돌려진 건가? 버림받은 건가? 이게 끝인가…… 그럴 수는

없다. 결코.

수정은 자존심을 잃지 않으려고 애썼다. 고등학교를 졸업하면서 곧장 들어온 직장에서 이제껏 비서직을 지켜왔던, 그런 자존심을 수정은 꺾을 수 없었다. 그는 홀어머니와 사는 삼남매의 맏이였다. 바로 밑의 여동생을 공부시켰고 막내 남동생은 대학에 보냈다. 수정의 어머니는 고단하게 산 맏딸이 서른 되기 전에 시집을 가줌으로써 자신의 죄책감을 면제받고자 했다.

수정은 정신을 가다듬었다. 그는 자기 자리에 앉아서 지난밤 내내 들춰 본 재구와 찍은 사진과 그가 보낸 편지들 가운데 한 통 들고 나온 편지를 꺼내 읽었다.

편지는, 사랑하는 수정에게로 시작되었다.

…… 당신을 처음 본 순간 어머니를 떠올렸다. …… 우리는 전생의 인연으로 다시 만났다. …… 우리는 결혼할 것이다. …… 아내의 가망 없는 병세가 깊고 절망적이다. …… 미래의 내 아내 수정, 나의 별, 나의 이슬, 나의 안개…… 나와 결혼해줘야 하오!

수정은 편지를 끝까지 읽지 못했다. 왜 이런 편지를 골라서 들고 나왔는지 스스로 이해할 수가 없었다. 그는 편지를 찢으려고 하다가 불현듯 떠오른 어떤 생각 때문에 접어서 서랍 속에 넣었다.

수정은 재구를 잊기 위해 일에 정신을 팔아보았다. 그러나 생각은 마치 질병처럼 수정을 사로잡아 그의 일손을 멈추게 만들었다.

거짓말쟁이!

나를 철저하게 이용해 먹은 거야!

문득문득 이런 생각이 치솟아서, 그때마다 수정의 핼쑥한 얼굴에 붉은 기운이 퍼졌고 눈에 불건강한 열기가 빗살로 퍼졌다.

차라리 산에 가서 머릴 깎고 중이나 될까. 사람들이 보기 싫다. 어디 먼 데로 떠날까. 이대로 회사에 더 다닐 수 있을까. 한 직장에서 어떻게 견딜까. 만약 재구 씨가 이혼을 한다면…… 사람들이 나를 어떻게 볼까. 한 여자를 불행하게 만들고서…… 아이들은…… 소문은…… 죽어버릴까…… 모두 죽여버릴까…….

수정은 라디오를 틀었다.

그리고 요즘 배우기 시작한 일본어의 단어를 끄적거리기 시작했다. 시청의 지방유지회의에 나간 사장은 오후 세시가 된 지금까지 돌아오지 않았다.

수정이 쓰고 있는 일본어는 '당신'과 '나' 라는 낱말이었다. 그러나 두어 번 끄적거리다가 수정이 자신도 모르는 사이에 우리말로 '죽음' '복수' '배신자' '사랑'이라는 글자를 어지럽게 쓰고 더러는 새카맣게 지우기도 했다.

사랑하면서 헤어진다.

수정은 문장을 만들었다.

사랑하는 님을 보내드린다.

이룰 수 없는 사랑.

이룰 수 없는.

전화벨이 울렸다.

수정은 볼펜을 놓고 수화기를 들었다.

"사장실 이 양입니다."

맑고 귀염성 있는 목소리로 말했다.

"니가 이 양이냐!"

전화 속에서 남자의 굵은 목소리가 다짜고짜로 소리쳤다. 수정
은 입을 딱 벌렸다.

"이 바닥에서 얼굴 들고 다닐 생각이면 똑바로 해! 남의 가정 파
괴하지 말고! 조용히, 조용히 물러나, 알았지! 너 같은 건 그저……
알아서 해!"

소리치고 남자는 전화를 끊었다. 그런데도 수정은 수화기를 든
채 삼십 초쯤 멍하니 있었다. 자기 자신에게 지금 무슨 일이 있었
는지 전혀 이해하지 못하는 얼굴이었다.

수정은 다음 날도 이와 같은 전화를 받았다. 같은 목소리의 남자
였다.

남자는 수정이가 뭐라고 대꾸할 틈을 주지 않고 전화를 끊었다.

그 남자는 시내에서 당구장을 하고 있는 재구의 사촌 처남이었
다. 그는 재구가 떠난 다음, 흥분해서 찾아와 의논하는 누이에게,

"매형이 변변치 못하네. 오입 한번 쌈빡하게 못하는 남자가 뭐
가 좋수!"

하며 재구 내외를 놀려주고 일단 자기에게 맡겨두라고 했던 것
이다.

결국 그는 자기가 맡은 일을 그런 방식으로 풀어갔다. 물론 현장
으로 떠난 재구는 이런 일들을 알지 못할 뿐 아니라 짐작도 못 하

고 있었다. 그는 떠나오던 날 아침, 방송국 선배에게 맡긴 이력서
가 제대로 처리되기만을 기다렸다. 직장을 옮긴 상태에서 여유를
가지고 수정이와의 관계를 정리할 생각이었다. 그가 원하는 관계
의 정리란, 수정이와 평생 연인으로 지내는 것이었다. 그것이 어느
누구에게도 피해를 주지 않는 '고상하고' '아름다운' 관계라고 그
는 믿었다. 그런데 수정이가 물귀신처럼 결혼을 졸라대니 큰 걱정
이었다. 소리 없이 헤어지면 좋겠는데 그것이 왠지 쉽게 될 것 같
지 않아서 걱정이었다.

　재구의 고민의 실체는 대충 위와 같았다. 재구의 처남이 수정에
게 협박 전화를 걸고, 재구의 아내가 돌아다니며 엄청난 고민거리
를 털어놓는 바람에 수정과 재구의 관계가 하루아침에 시내로 퍼
졌다. 그것은 마치 감춰두었던 송장이 썩은 내를 풍기는 것처럼 걷
잡을 수가 없었다. 그런데도 소문은 수정이만을 따돌렸다. 그리고
소문을 만드는 쪽이 재구의 아내와 그의 친척들이라서 수정에게
불리하기 그지없는 것들이었다. 게다가 집안 살림밖에 모르는 재
구의 아내는 남편이 꼭 악녀에게 잡아먹히려는 것만 같이 불안해
서, 그가 돌아오기 전에 사건을 말끔히 해결해놓고 싶은 열망에 사
로잡혀 있었다. 시내의 아내들의 여론이 재구 처를 편들었다. 멀쩡
한 처녀가 왜 남의 가정을 파괴하려 드느냐. 이것이 남편의 외도에
제각기 불안증을 갖고 있는 아내들의 정의감이었다.

　재구가 떠난 지 삼 일째 되는 날 저녁, 수정은 수위실에서 기다
리고 있는 아주머니와 맞닥뜨렸다. 수위가 수정에게, 저 아주머니

가 한 시간째 기다리고 있다고 말했다. 여자가 성큼 수정에게로 다가와 코앞에 바짝 섰다. 긴장과 비웃음이 내비치는 얼굴이었다.

순간, 수정은 알지 못하고 있어서 우울하기만 하던 것의 실체를 확연히 보고 느끼게 되었다. 이런 일들이 어디서부터 어떻게 왜 일어나고 있는지를 깨달은 것이었다. 며칠째 우울하고 절망적이던 기분이 확 가셔졌다.

"다방으로 가시지요!"

수정이 씩씩하게 말했다. 뒤처져 오는 여자가 속으로 혀를 내둘렀다. 쥐구멍을 찾아야 마땅하겠는데 당돌하고 앙큼하기 그지없어 보이는 것이었다. 이런 앙칼진 독종은 한칼에 베어버려야지 큰일 저지를지 모른다는 생각을 하였다. 그런데 다방에서 수정이가,

"그건 재구 씨가 결정해야지요. 돌아오면 만나서 결정하겠어요. 찾아오지 마세요. 서로 피곤하니까요. 난 양심에 어긋나는 짓 한 게 없어……."

했으므로 더 질려버렸다. 그래, 소문대로구나. 오죽한 년이 처자식 거느린 사낼 후리겠느냐.

재구의 처고모 되는 이 여자의 보고로 그쪽의 진열 정비는 가히 놀라왔다. 재구의 처신을 못마땅히 여기던 가족들조차 이젠 맘씨 좋고 무던한 재구를 동정하고 나섰다. 그들은 몇 단계의 작전을 세웠고 마침내는 수정을 매장시키자는 데까지 의견을 모았다.

먼저 그들은 회사에 투서를 하였다. 총무부장이 점잖게 수정을 타일렀다. 그러나 중요한 것은 그가 퇴직을 요구한 것이었다.

"…… 세상살이란 말이야, 앞으로 살아보면 알겠지만 조용한 거, 그게 최고야, 처세술이 따로 없어. 조용한 거, 시끄러우면 말썽이 나니까…… 일이 커지면 회사 망신은 물론이고 사장님 체면은 또 뭔가. 이 양은 여러 가지로 사장님 은혜 입은 처지 아니야? 이 고장에서 판검사 낸 집안이구…… 앞으로 국회 진출도 하실 분인데…… 그거야 뭐…… 좌우간 이 양의 앞날을 위해서인데 이제라도 조용히 명예롭게……."

총무부장이 말하는 동안 수정은 울음을 터뜨렸다. 까닭 모르게 설움이 북받쳐 흐느껴 운 것이었다. 열아홉 살에, 고등학교를 수석으로 졸업한 영예로 들어와 십 년을 살아낸 직장이었다. 그는 열심히 일하고 직장을 아꼈다. 그런 십 년의 세월이 총무부장의 훈계 한마디로 물거품이 되다니, 수정은 감당할 수 없었다. 언젠가는 그만두어야 한다고 생각했지만 이런 식이 되리라곤 상상도 할 수 없었다.

"퇴직금이 꽤 될 거야. 그런데 말이야, 만약에 파면되면 그것마저 잃게 될 거란 말이야……."

총무부장이 흐느끼는 수정의 어깨를 자애롭게 쓰다듬으며 싸늘한 목소리로 말했다. 총무부장은 사장의 이종사촌이었다. 그는 울음을 쉬 그치지 못하는 수정에게 여자의 행복에 대해 얘기했다. 남자의 그늘 밑에 들어가 다소곳이 사는 거라는 얘기였다. 짚신도 짝이 있다는데 어여쁘고 똑똑한 이 양의 짝이 없겠느냐, 재구와의 일은 인생의 크나큰 액땜으로만 여기고 곱게 잊으라고 했다.

수정은 총무부장에게 고맙다고 훌쩍이며 인사했다.

"부장님 말씀대로 하겠습니다……."

"역시 이 양은 똑똑해."

"고맙습니다."

"어려운 일 있으면 언제나 의논하라구."

수정은 이렇게 말하는 부장이 아버지처럼 느껴져서 그의 발아래 엎디어 또 한차례 넓게 울었다. 그렇게 한동안 울고 나서 한결 개운한 기분으로 부장과 헤어졌다. 그러나 개운함은 한 시간도 가지 못했다. 집에 와서 얼굴을 씻고 방의 책상 앞에 앉았을 때, 수정은 어떤 야비한 음모의 그물에 갇힌 듯한 지긋지긋한 기분에 사로잡혔다. 그뿐만이 아니라, 수정의 자존심을 사정없이 짓뭉개고도 남을 치욕감 때문에 수정은 몸 둘 바를 몰랐다.

수정은 도망가고 싶었다. 그는 손쉽게 자살을 생각했다.

재구네 쪽에서는 총무부장에게 줄을 대어 수정이 사직한다는 말을 듣고 한시름 놓았다. 그러나 그보다 더 기쁜 일이 생겨서 그들은 완전히 세상을 거머쥔 듯한 환상에 빠졌다. 재구가 방송국의 기술부로 취직이 된 것이었다.

수정은 사흘 동안 회사에 나가지 못했다. 이틀 밤, 하루 낮을 꼬박 앓았던 것이다. 열이 펄펄 끓다가 잠이 들고 깨어나면 울거나 헛소리를 하였고 다시 열에 들뜨기를 되풀이했다. 해열제도 소용이 없었다. 증세를 들은 약국에서는 겹친 피로에 의한 몸살이라고 했다.

이틀째 되는 날 아침에, 수정은 눈꺼풀을 가볍게 들어 올리며 잠에서 깼다. 그 순간 어떤 생각이, 마치 수정이가 깨어나길 기다렸다는 듯이 살포시 떠올랐다. 그건 전부 환상이었어. 수정은 자기 말소리를 들었다. 아득하나 또렷한 목소리로 그 말이 들려왔다.

그건 전부 환상이었어.

수정은 자신이 오랜 꿈에서 깨어난 느낌을 어렴풋이 그러다가 차츰 뚜렷이 다가오는 자신의 현실에 대해 자각하기 시작했다.

수정의 동생이 출근한 다음, 어머니가 미음을 쑤어 들여왔다. 수정은 입이 썼으나 억지로 그릇을 비웠다. 어머니는 딸의 눈치를 살폈다. 수정은 상을 옆으로 비켜놓더니 엉거주춤 앉은 어머니의 구부린 다리와 손을 잡았다. 어머니는 당황한 빛이었으나 감동해서,

"이제 정신이 났니?"

하고 떨리는 목소리로 말했다.

"엄마."

딸이 불렀다.

"그래."

어머니가 엉덩이를 밀어 딸에게로 바짝 다가갔다.

"나…… 나 회사…… 그만뒀어요."

딸이 더듬거리며 말했다.

"잘했다. 그동안 애 많이 썼다. 너두 이제 널 위해 살거라."

어머니가 말했다.

수정은 어머니가 잘했다고 말했을 때, 난데없이 치솟는 뜨거운

서러움으로 마구 울기 시작해서, 애를 썼다느니, 널 위해 살라느니 하는 말은 듣지도 못했다. 그런데도 자기에게 어머니가 있다는 사실이 그저 벅차서 흐느껴 울었다.

다음 날 수정은 가까운 바닷가에 나가 오래도록 바다를 보고 앉아 있었다. 그는 재구를 한 번만 만나, 서로 편안하게 헤어지자고, 그렇게 말해야겠다고 생각했다. 이것이 그가 바닷가에 앉아 생각한 결론이었으나 딸꾹질처럼 재구에 대한 원망과 미움과 그리움이 되살아났다. 사람을 시켜 협박 전화를 한 것, 투서를 보낸 것, 여자를 찾아오게 한 것…….

수정은 이런 것도 정리해두고 싶었다. 그러나 도무지 정리되지 않았다. 사람이 그렇게 야비할 수 있는지…….

결국 집으로 돌아올 때까지 수정은 그 점에 대해 전혀 삭이질 못했다. 다음 날 출근해서 총무부장 앞에 사직서를 낼 때도 삭지 않은 배반감이 수정의 몸과 마음을 경직시켰다. 그런데 총무부의 숙희가, 재구의 사직과 방송국으로 가게 되었다는 얘길 고자질처럼 들려주었을 때, 수정은 다시 미쳐버렸다. 사흘 동안 정리하고 다독거렸던 감정이 한순간에 뒤집어진 것이었다. 이렇게 뒤집힌 상태에서 그는 재구의 편지 한 통을 책상 서랍 정리 중 우연히 보게 되었다.

그래! 이거다! 수정은 편지 내용을 보기도 전에 속으로 소리쳤다. 그것은 재구가 수정에게 구혼하는 편지였다. 아내의 심각한 심장 질환과 불행한 결혼과 운명적으로 결합하지 않을 수 없는 수정과의 관계에 대해서였다.

　이날 오후에 수정은 사장실에 들어가 작별 인사를 하였다. 사장은, 좋은 혼처 나서면 하루빨리 결혼해서 어머니로 살아가길 바란다는 인사를 했다. 그 말에 수정은 울음을 터뜨렸다. 사장은 용기를 가지라고 말해주었다. 사람은 누구나 실수할 수 있다고.

　회사에선 이미 후임자를 결정해서 내일부터 출근하게 되어 있었고, 이렇게 빨리 자리바꿈이 이루어지는 현실에 수정은 절망했다. 그리고 이날 수정은 재구와 연락하기 위해 그의 집에도 전화를 걸었으나 연결이 되지 않았다. 사무실에 나왔다 갔다는데 수정에겐 알리지도 않았던 것이다.

　이런 사실들이 수정을 어떤 상태, 밑 모를 절망으로 빨려들게 했다. 수정이도 자기 자신의 속도를 관리할 수 없는, 병적인 것이었다.

　퇴근 후 사법서사에 가서 편지를 내보이고 그것이 결정적인 증거로 채택될 수 있다고 했을 때, 수정은 절망에 나머지 발을 내딛듯이, 혼인빙자간음죄로 고소하길 작정했다.

　사법서사에서 나온 수정은 무엇이라 말할 수 없는 기분이었다. 그는 꼭 어쩌겠다는 생각 없이 재구네 집으로 찾아갔다.

　기둥에 심재구라는 문패가 붙어 있는 단층집의 대문은 열려 있었다. 마당에 세발자전거가 보였다. 현관 옆으로 만들어 둔 자그마한 화단에는 금잔화와 샐비어가 화려하고 밝게 꽃피어 있었다. 수정은 마음이 이상하게 가라앉았다. 마음이 차분했다.

　이것이 심재구야. 그의 가정. 그가 약속한 내 희망은 무엇인가?

수정은 뼈가 녹아나는 기분이었다. 그냥 돌아갈까 하다가, 마지막으로 얼굴을 보아두고 싶어서 그는 초인종을 눌렀다. 잠시 후, 현관의 유리에 재구의 모습이 비쳤다. 그는 고개를 내밀어 분명히 수정을 보았으나 이내 사라져버렸고 곧, 젊은 주부가 그곳에서 바깥으로 나왔다. 알맞게 살찌고 자기 구역에 탐닉한 여자, 재구의 아내였다. 수정은 뜻밖이었다. 재구의 아내에게선 불행한 결혼이나 심각한 질환의 죽어가는 생명을 찾아 볼 수 없었기 때문이었다.

"누구세요? 어딜 찾아왔지요?"

여자가 앞치마에 손을 감싸며 물었다.

"이수정이에요!"

수정이 소리쳤다. 전혀 그렇게 할 생각이 아니었는데 불쑥 소리쳐진 것이었다. 그리고 예절 갖추려 노력하는 여자를 지나쳐 열린 현관문 안으로 들어갔다. 안에서 이런 걸 숨어보고 재구는 벌겋게 달아오른 얼굴로,

"웬일이야, 사람 놀라게……."

하며 억지웃음을 어색하게 지으며 중얼거렸다. 이런 표정이며 말투는, 수정이 재구에게서 처음 보고 듣는 것이었다.

"돌아가. 연락할게."

재구가 빠르게 말했다. 수정의 입가에 비웃음이 흘렀다.

"다방에 가 있던가. 내가 나갈게."

재구가 다시 말했다. 그런 재구를 수정은 말할 수 없이 무서운 눈빛으로 노려보았다. 재구는 어쩔 줄을 몰라 했으며 그의 아내는 남

편 뒤에 바짝 붙어 서서 무엇인가를 초조하게 기대하는 빛이었다.

"더러운 치한!"

이윽고 수정이 소리쳤다. 재구 내외는 입만 벌리고 있었다.

"모든 게 마음대로 되진 않을 거다! 거짓으로 끝까지 속일 순 없으니까."

이렇게 말하고 수정은 돌아섰다. 그의 눈앞에, 혹은 등 뒤로, 그가 아등바등 매달렸던 지난 삶이 한꺼번에 쓸려 나가는 모습이 환영으로 보이는 듯했다.

미역과 하나님

나는 '냄비'를 팔며 살아가는 여자다. 세상에서는 우리를 창녀나 갈보, 매춘부라고 부르지만 우리는 우리 자신을 그저 '냄비 판다'고 말한다.

　냄비를 팔아서 목숨을 이어가는 우리에겐 과거라는 게 없다.

　사실 '과거가 없다'는 말은 거짓이다. 아무도 그 말을 믿지 않으니 속일 수도 없다. 그런데도 감히, 아니 쉽사리 과거가 없다고 씹어 뱉어버릴 수밖에 없는 것은…… 뭐라고 말해야 우리의 이 기분을 당신께서 이해할 수 있을는지…… 안타깝다……. 우리가 과거를 잊고 지내기 때문에?…… 아니다. 똑떨어지게 맞지 않는다. 나 자신도 잘 모르겠다. 이 글을 쓰면서 또한 읽으면서 당신과 내가 함께 이해하게 되는지도 모른다. 비록 그 이해의 본질이 다르게 될지라도…….

　나는 외계인이 아니다. 무생물도 아니다. 나는 사람이다. 어머니와 아버지도 있다. 그들 사이에서 태어난 다섯의 자식 중에 둘째다. 첫째는 오빠고 셋째는 여자 동생이며 그 아래로는 남자 동생들이다. 오빠와 나는 연년생이고 밑으로는 두세 살씩 터울이 졌다.

우리는 처음에 설악산 밑에서 살았다. 양양군 강현면 둔전리는, 속초 비행장에서 설악산 쪽으로 더 들어가면 마지막 동네로, 농사 짓거나 숯을 구우며 사는 사람들이 많았다. 둔전리 바깥의 여러 마을에 외가와 친척들이 있어서 보러 다닌 기억이 난다.

오빠가 중학교에 들어가던 해였나? 우리는 물치로 이사했다. 기름 짜는 기계와 방아 찧는 기계를 놓고 방앗간을 차린 거였다. 나도 중학교에 들어갔다.

방앗간은 잘 되지 않았다. 장터 목 좋은 데에 우리보다 더 좋은 방앗간이 생겨서였다. 방앗간은 장날만 되었다. 그것으론 일곱 식구가 도저히 먹고살 수가 없었다. 어머니는 품일로 들에 가거나 부두에 나가 생선 손질을 했다. 농사일을 질색하던 아버지는 아버지대로 돌아다녔다. 막내가 네댓 살일 때 어머니는 나를 아이 보라고 학교에 가지 못하게 했다. '지즈바'가 무슨 공부냐는 거였다. 그런데 이상했다. 어머니가 학교에 가지 못하게 하고, 내가 보기에도 집안 살림은 내가 맡아야 하게 되니까, 더욱 공부가 하고 싶어지는 거였다. 그때 나는 열두 살이었다. 국수도 삶고 수제비도 끓였다. 어떤 때는 막내와 함께 학교에 갔다.

이때도 오빠는 학교에 다녔다. 아무도 오빠를 학교에 다니지 말라고 말하지 않았다.

아마 내가 중학교 삼학년 때였을 거다. 어떤 아주머니가 와서 어머니에게 맏딸이 중학을 졸업하면 서울의 부잣집에 보내라고 했다. 아이 보면서 월급도 받고 부자들 살림살이도 배우면 시집가서 잘 써먹을 거 아니냐는 거였다. 착실하게만 있어주면 그 집에서 시집갈 때 살림 장만도 해줄 거라고 했다.

저녁 설거지하는 내 옆에서 바로 내 인생 문제를 그들이 얘기하는 거였다.

소름이 끼쳤다. 아주머니가 밉고 무서웠다. 가족이라는 건 한 나무에 달린 열매 같아서 익으면 제풀에 떨어져 갈리듯이, 그렇게 '제풀에' 나뉘어야 하지 않을까. 나는 아직 여물지 않았던 것이다. 가족을 날로 찢으려 하다니!

그때는 그저 놀랍고 두렵기만 했었다.

엄마 난 안 가아!

이렇게 속으로 소리쳤다. 차라리 바다에 빠져 죽겠다고 마음을 굳히고 있었다. 빠져 죽기엔 어디가 좋을까 하고 바다로 난 벼랑을 그려보곤 했다.

그러나 얼마 후 천만 뜻밖의 일이 일어나서 가족이 생살 찢기듯 찢겼다.

아버지가 총에 맞아 죽은 거였다.

그는 밤중에 미역 양식장에 들어가, 미역을 훔쳐 내오다가 해안 경비대에 들켜서 간첩으로 잘못 안 군인의 총을 맞고 즉사한 것이었다.

아버지의 장례는 초라하게 허둥지둥 치러졌다. 거리 귀신이라고 집 안에 들이지 않았던가?

우리는 그 겨울을 다 살지도 못하고 고향을 떠났다. 아버지의 죽음도 그렇고 미역 도둑질까지 들켜서 가난한 우리 식구는 동네의 떼도둑 같은 눈총을 받았다. 아마 그랬을 것이다. 어머니가 무작정 서울로 떠나자고 했을 때, 우리는 살길이 난 것처럼 손뼉까지 치며 좋아하지 않았던가.

지금 생각해보아도 그때의 우리 이삿짐은 정말 우스꽝스러웠다. 마치 어딘가로 며칠만 다녀오는 것처럼 간단히 보따리로 고향살이를 청산했던 것이다. 식구들이 쓰던 수저와 밥그릇, 냄비와 양은솥 몇 개와 이부자리, 옷가지뿐이었다. 서울 가보았자 코딱지만한 방 한 칸 세 얻어 든다고, 물건이야 돈 벌면 언제든지 새것으로 맘에 드는 것 살 수 있다고, 어머니는 아이들이 제각기 자기 물건을 챙겨서 짐을 늘리면 매정하게 뿌리치며 이렇게 되풀이 내뱉곤 했다. 그때의 어머니 모습. 눈에는 투명한 불길 같은 빛이 흐르고 있었으며 말투나 몸짓은 하나같이 모질었다.

우리는 어머니와 함께 살아온 그의 자식들이었으나, 그의 그런 비장함과 처절함을 전혀 이해할 수도 없었고 함께할 수도 없었다. 논밭과 집을 팔아 방앗간을 차리고 또 그 방앗간이 더 좋은 방앗간에 밀려 망하게 되고 남편이 추운 겨울, 그믐밤에 남의 미역을 훔치러 바다에 들어갔다가 간첩으로 여겨져서 총살되고……

…… 그렇다. 이제 뚜렷하게 떠오른다. 우리는 그때 꼼짝없이 거

지로 나서거나 떼도둑이 되거나 해야 할 형편이었다. 그런데 아무도 그 현실을 깨닫지 못했던 것이다. 어머니 이외엔.

물치엔 서울 가는 차가 없었다. 우리는 밤이 되기를 지리하게 기다렸다가 도망치듯 물치를 떠나서 속초의 시외버스 정류장 근처에 있는 여인숙에 들었다. 다음 날 새벽, 아직 별도 다 지기 전에 어둠을 더듬거려 버스에 탔다. 내 밑의 여동생은 한 시간도 지나지 않아 차멀미를 하더니 마침내는 손가락 굵기의 회충까지 게워냈다. 동생의 건너편 자리에 앉아서 대학 등록금 내러 간다는 어머니와 딸이 그걸 보고 질겁을 했다. 치욕스러움이 우리를 주눅 들게 했고, 나는 토하지 않는다면 죽어도 좋다고 결심했다. 동생이 회충을 그냥 토한 것이 아니라 목구멍에 걸려 어머니가 손으로 잡아내는 소동을 벌이지 않았더라면 옆자리에까지는 들키지 않았을 것이다. 그들이 우리 식구에게 보여주던 관심은 회충 때문에 혐오감으로 바뀌었다.

…… 서울의 첫인상은, 그저 '대단했다.' 놀랍고 두려웠다. 우리는 움직이고 숨 쉬는 인형이었다. 서울이 야릇하게 사람을 충동질하는 분위기로 들끓는 사악한 도시라는 느낌을, 이렇게 단호히 정리해서 깨닫지는 못했어도 막연히 느끼게 되었을 것이다. 고향에서 완전히 망가져 도망쳐서 빌붙어 살아보려고 온 우리 얼뜬 촌뜨기들에게는.

어머니는 설치고 돌아다니다가 어떤 아주머니를 찾아서 우리에게로 왔다. 우리가 그때까지 한 번도 본 적이 없는 어머니의 이종

사촌 언니라는 여자였다. 우리가 오래도록 삼양동의 누우런 흙산의 판자촌에서 살게 된 것은 그분 덕택이었다. 그곳에 서울 토박이란 찾아볼 수가 없었다. 전라도 사투리를 쓰는 사람들이 가장 많고 충청도 사람들이 더러 있었고 강원도 사람도 우리처럼 어쩌다 섞여 살았다. 가마니나 맞지 않는 문짝을 단 공중변소와 물이 잘 나오지 않는 공중 수도, 하수도가 따로 없어 아무 데나 물을 버리는 곳. 아이들은 아무 데나 똥을 누었으며, 수돗가엔 늘 가난한 몰골의 사람들이 물통을 들고 뱀같이 늘어서 있었으며 비좁은 골목에 겨울이면 얼음이 얼어 아무리 연탄재를 뿌려도 미끄러웠다. 그래도 대문이나 울타리 없는 판잣집들은 낮이면 비어 있었으나 도둑을 맞지 않았다. 물을 돈 주고 사 먹는다는 게, 우리 식구들에겐 차라리 공포였다. 머리를 감아도 비눗물을 충분히 헹궈내지 못하기 일쑤였다. 물과 변소가 우리를 가장 불안하게 만들었다.

여섯 식구인 우리는 방 한 칸을 얻어 살았다. 셋이 국민학교와 중학교에 들어가고 셋은 직장에 다녔다. 어머니는 종암동의 공장에, 오빠는 청계천에, 나는 미아리의 공장에 다녔다. 셋이 일해서 여섯 식구가 먹고사는데 몹시 빠듯했다. 혼자 벌어서 여섯 식구가 먹고살되, 그 중엔 대학생이 있고 자가용이 있고 호화찬란한 집이 있는 사람도 있었다. 이렇게 사람에 따라 다르게 살게 되는 현상을, 어머니는 사람의 타고난 복이니, 팔자니, 운명이니 하였다. 오빠와 나는 아직 그런 것에 고개를 갸웃할 여유도 없었다. 우리는 무엇보다 일이 고단해서 늘 피로에 지쳐 있었으며, 늘 배 속이 헛

헛했으며, 그나마 일자리를 빼앗길까봐 늘 비굴한 불안감에 짓눌려 지냈기 때문이다. 무슨 대학생이 천막을 지어놓고 야학인가를 한다고 했지만, 그리고 야학을 다녀 검정고시를 본 다음 대학에도 갈 수 있다고 했지만, 야학에 갈 시간이 있으면 서서라도 좋으니 잠을 좀 자는 게 소원이었으므로 우리에겐 그런 정의감도 그림의 떡이었다. 지금, 치욕스러움을 떨쳐내고, 고백하건대, 나의 소망은 '문학가'가 되는 것이었다!

도대체 문학가와 냄비 파는 것과는 전혀 다른 삶인가?

니 아비 좆이다!

당신께 용서를 빈다.

나도 모르게 욕이 튀어나왔다. 그러나 지우고 싶지 않았다. 그게 진실이기 때문이다.

어머니, 오빠와 나, 셋은 거의 엇비슷하게 보조원(시다) 노릇을 일 년 가까이 하다가 정식으로 공원이 되었다. 보조원은 지긋지긋했다. 보조원은 필요해서 쓰는 것이지만 일로 쳐주지 않아서 모멸감이 들 뿐 아니라 밥값도 벌 수 없는 거였다. 그러나 정식 공원이라고 살길이 트인 건 아니었다. 우리는 여전히 일당 노동자였다.

일당(日當).

지금 문득 떠오른다. 마치 티눈이 뽑히듯이 말이다. 일당은 얼마나 야비한 갈고리인가. 지금 이것이 내 머릿속과 가슴속에 회오리치는데, 그러니까 일당의 야비함이 치 떨리게 느껴지는데, 일당을 경험하지 않은 당신들에겐 왜 이렇게 내 느낌을 까발리기가 힘들까.

만약 당신이 다니는 직장에서 내일이라도 해고당할 수 있다고 생각해보라. 당신의 목숨이 뜨내기라고 믿어보라. 거기다 매일 받는 일당이라는 것이 겨우 굶지 않을 만큼의 돈이어서, 아플 수도 없을 때, 아플 바에야 차라리 죽는 게 좋은 형편으로 산다고 상상해보라.

내가 이렇게 잠깐 흥분하는 건 어쩌면 교양이 없기 때문일 것이다. 교양이라는 것이 어떻게 생겼는진 모르지만 아마 돈으로 충분히 살 수 있는 것이 아닐까.

사실 내가 쓰려고 하는 것은, 생각만 해도 뼈가 어긋 솟는 일당 인생에 대해서는 아니었다. 그보다 다른 체험―그것이 나를 창녀로 만들었을까?―에 대해서 얘기하려는 것이다.

그때 나는 열여덟 살이었다. 봉제 공장에서 실밥 따고 재봉사가 박음질한 옷을 뒤집고 하다가 일당이 좀 낫다고 해서 신발 공장으로 옮겨 앉았던 것이다. 집에서 가까워 걸어 다니는 게 좋았다. 공장은 허름하기 짝이 없어 판자로 벽을 치고 허공에 서까래 흉내 질러서 루핑을 덮어 만든 헛간이었다. 그런데도 고무 냄새와 본드 냄새가 잘 빠지지 않아 처음 얼마 동안, 그러니까 중독이 될 때까지는 미칠 지경이었다. 일하는 사람은 사장 내외와 그의 조카라는 절름발이 청년과 할머니 한 분과 나까지 다섯이었다. 내가 하는 일은 나무나 합성수지로 뜬 신발 굽에다 본드로 고무 발바닥을 붙이는 것이었다. 본드 냄새 때문에 내가 헛구역질을 하면 처녀가 입덧한다고 놀려 댔다. 그러나 얼마 지나지 않아 진짜로 입덧을 해야 하는 일이 벌어졌다. 그날 사장의 아내는 아이들을 데리고 친정어머니 제사에 갔었다. 발바닥 본을 떠내고 남은 고무 자투리를 때서 점심을 하고 참으로 국수를 삶는 건 내 몫이 되었다. 저녁에 할머니와 청년이 돌아가도 나는 매정하게 갈 수가 없었다. 사장의 저녁밥을 봐줘야 될 것 같아서였다. 그런데 사장이 갑작스레 덮쳐서 나를 고무 판대기 위에 눕히고 일을 치렀다.

그가 바지를 추스를 때, 나는 두려움인지 수치심인지 울분인지 알 수 없는 감정에 휩싸여…… 아니면 정신도 없이 헛간을 빠져나왔던 것이다. 식구들 앞에서도 고개를 들 수가 없었다.

내 머리끝에서 발끝까지 사장에게 당한 일이 도장 박히듯 박혀 있을 것처럼 믿어졌다.

다음 날 공장에 가는데, 정말 발이 떼어지지 않았다. 조금만 사는 형편에 여유가 있었어도 며칠 쉬면서 다른 일자리를 찾아볼 수도 있으련만, 나는 빳빳하게 굳어서 공장으로 들어갔던 것이다. 다행인지, 아무도 아는 티를 보이지 않았다. 그러나 사흘이 지난 뒤, 집으로 돌아가는데 절름발이가 등 뒤에서 낚아챘다. 그는 내 팔을 억세게 잡아채서 산등성이로 끌고 갔다. 남의 눈에 뜨일까봐 버둥거리지도 못했다.

"사장만 주냐?"

그날 그가 뭐라고 여러 가지 말을 씨부려댔는데, 아직까지 잊히지 않는 말은 딱 이 한마디뿐이다. '사장만 주냐?' 그리고 그는 나를 먹었다. 이때의 내 기분을 뭐라고 설명해야 할까.

'나'라는 존재가 똥둑간에 나뒹구는 밑씻개처럼 느껴졌다. 그래서 나는 집에 갈 수가 없었다. 우리 가족은 가난하기 짝이 없었으나 누가 누구를 똥둑간의 밑씻개로 여기지도 않을 뿐더러 그렇게 생각지도 않았다. 그러나 이제 나는 숨길 수 없는 밑씻개가 되었으므로 가족 속에 끼어들 수가 없었다.

청년이 자장면을 사주겠다고 여러 번 말했지만 나는 그의 요구를 활활 털어냈다. 자장면을 사주고 싶은 마음은, 그가 나를 먹으려던 탐욕에 비하면 검불처럼 가벼운 것이어서 내가 맘껏 뿌리칠 수 있었다.

그날 어디를 어떻게 돌아다녔는지 몰랐다. 통행금지 시간이 되어서야 파김치가 되어 집에 갔으니까.

다음 날 공장에 가지 못했다. 손가락 하나 까딱할 수 없이 아팠던 것이다. 사흘을 그렇게 앓다가 정신을 차렸다. 그러나 신발 공장에 가느니 목을 매는 게 편할 듯싶었다.

드디어 어머니가 참지를 못하고 씹어뱉었다.

"찢어 죽일 놈의 세상!"

"개 같은 놈들!"

마침내 어머니가 내 비밀을, 내가 밑씻개가 된 것을 알았구나! 그런데 왜 어머니한테 위로받을 생각을 못했을까. 위로받기는커녕, 어머니에게 들켰기 때문에 집을 나와야 된다고 생각했던 것이다. 왜 그랬을까. 왜 그래야만 하는가. 아직도 궁금하고, 그 점을 이해할 수 없다. 어머니와 딸은 천륜의 관계요, 같은 여자이지 않은가. 그런데 딸이 처한 처참한 형편에서 동지가 될 수 없다면, 이건 무엇인가 잘못되어 있기 때문이리라. 그 잘못된 게 무엇일까. 하나님이 여자에게 내린 형벌인가? 도대체 하나님은 여자와 무슨 원수가 졌는가. 인간과 원수지는 하나님은 천하의 쪼다가 아니냐. 무식한 뚱치는 여기까지밖에 더 이상 생각하지 못했다.

밑씻개가 된 여자가 이제 무엇이 될지 당신은 잘 알 것이다.

다방 레지로 취직했다. 잠을 재워준다고 해서 얼씨구나 들어간 것이다. 이상하게 집이 싫어졌기 때문이다. 가족에게 부끄러워지니까 자연스럽게 집이 싫어졌다. 참으로 구질구질한 공식이다. 이런 공식을 자꾸만 만들어내는 것들이, 나야 잘은 모르지만 웬일인지 유식하다는 먹물들의 일인 것 같다. 수많은 사내를 겪으면서 슬그머니 얻어진 확신이 그렇다!

다방처럼 황당한 데도 없다.

레지라는 일은 종일 서 있는 일이다. 손님이 없어서 의자에 좀 앉을라치면 주인이 눈총을 주었다. 레지가 퍼질러 앉아 있으면 손님한테 나쁜 인상을 준다나? 저녁때쯤 되면 다리가 부어서 발등이 신발 위로 수북이 불거져 올랐다. 끼니를 제시간 맞춰 먹을 수도 없었다. 그 지겨운 라면, 끓이기도 싫으면 생라면을 씹어 먹었다.

그러나 더 황당한 일이 있었다.

자는 일이었다. 내가 유혹당한 '침식 가능'이라는 것 가운데 '먹는 것'은 그랬고 '자는 것'은 홀에서 의자를 붙여놓고 자는 거였다. 한쪽에선 주방 사내가, 다른 데선 우리 레지 둘이서 잤다. 한방에서 자는 꼴이었다. 그런데 고참 언니는 애인 만난다고 자주 외박을 나갔다(나중에 자연스럽게 알게 된 것이지만 언니의 애인이란 손님들 중에 동침을 원하는 사내들이었다). 언니가 외박을 나가면 홀에 주방 남자와 나만 남았다. 내가 설명하지 않아도 당신은 밤의 풍경을 눈에 훤히 그릴 것이다.

야! 애경아! 자니?

사내가 이렇게 내 의자로 다가와 말한다. 그의 목소리가 벌써 달라진 걸 나는 안다. 내 이름은 미자인 걸 다방에 오면서 애경이로 고쳤다. 지금의 내 이름은 미란이다. 그사이에는 정미, 경아, 수미 등으로 행세했었다. 일자리를 바꿀 때마다 이름도 바꿨던 것이다.

하도 사내가 치근거려서 처음 두어 번은 그냥 내버려두었다. 그런데 둘만 남게 되면 그 짓을 하려 해서 하루는,

"돈 줘!"

했더니,

"야, 여기가 양동이냐?"

하고 혀를 찼다.

"그럼 우리가 살림 차렸어? 부부야?"

내가 지지 않고 쏘아붙였다.

나는 어둠 속에서 소리내는 사내의 입 쪽에 침을 뱉었다. 그는 힘껏 나를 두들겨 팼고 나는 죽기 살기로 할퀴고 깨물고 꼬집었다.

이날 우리의 싸움은 지쳐서 더는 움직일 수 없을 때에야 끝장이 났다. 외박 갔다 이른 아침에 돌아온 고참 언니가 우리들의 꼬락서니를 보고 강중강중 뛰며 웃었다. 그래도 철부지는 귀엽다고 말하면서. 우리는 그의 웃음을 이해하지 못하였다. 남자는 분이 나서 깨물리고 할퀸 데에 약을 바르며 씨근덕거렸지만, 그러면서 주방 일을 할 수 있었지만 나는 주방 구석에 망가진 의자를 붙여놓고 며칠을 징역 살았다. 얼굴이 시퍼렇게 멍들고 부어서 일할 수 없었던 것이다.

어쨌든 그렇게 싸운 뒤로 그는 밤에 추근거리지 않았다. 도리어 내가, 걱정 반 기다림 반으로 밤이면 귀를 세웠으나 아무런 일도 일어나지 않았다. 두어 해 전부터 잠자리에서 일어나면 오른쪽 엉치뼈가 시리고 결려서 힘이 드는데, 나는 왠지 이런 증세가 그날 그에게 맞은 뿌리라고 믿는다. 이 병이 쇠어지면 아주 누워만 지내게 될지도 모른다는 불안감이 끼치는데 이상하게 그 남자에 대한 원망은 생기지 않는다. 내가 집을 나온 이후로 사람 취급을 받아본 것이, 나를 사람대접한 사람이 그 남자뿐이라는 생각마저 드는 것이었다.

그 집에서 몇 달 더 지내다가 서울이 싫증이 나서 지방으로 내려갔다. 여러 곳의 다방에서 일했다. 그동안 집에는 가지 않았다. 돈이 좀 모이면 집에 보냈다. 돈 부치러 우체국에 갈 때처럼 즐거운 일이 없었다. 소액환을 넣은 봉투를 우체통에 넣을 때, 미끄러져 들어가는 느낌이 내 가슴을 저리게 했다(아, 그러나 유일한 즐거움마저 없어진 게 벌써 몇 년째인가! 기가 막힌다).

명절에는 식구들이 보고 싶었다. 우리 식구들이 아버지가 죽은 이후로 미역을 먹지 않듯이, 나도 그랬고, 미역이 나기 시작하는 섣달이 오면 아버지가 그리워졌다.

스물세 살이 되던 해였다. 다시 서울에 와 있었다. 다방에서 일했지만, 맘 맞는 손님이 있으면 외박하고 돈도 받았다. 하지만 레지니까 창녀라는 생각은 들지 않았다. 그런 맘 맞는 손님 중에 오십이 다 된 아저씨 한 분이 있었다. 그는 첫눈에 점잖은 신사로 보였다. 지저분한 말장난이나 손을 잡고 틈 보아 사방 주무르는 흔한 짓거리도 하지 않았다. 그런 신사 양반이 돈까지 많고 인정이 있다면, 그런 남자가 바로 하나님이 아니겠는가. 그는 내 고단한 처지를 가엾어했다. 왠지 내가 길을 잘못 든 것 같다고, 아마 타고난 운명은 이렇게 천박한 것이 아니었을 것이라고도 말해줬다. 내 관상에는 천한 기운이 없다는 것이었다.

말만 들어도 뜨거운 눈물이 솟구쳤다. 그런데 그가 자그마한 아파트가 있으니 거기 와서 쉬며 지내라고 했을 때, 나는 한참이나 말뜻을 새겨듣지 못해 멍청히 있었다.

세상에 이렇게 좋은 사람도 있단 말인가? 도무지 믿기지 않아, 그가 돌았거나 장난을 치거나 아주 나쁜 사람이 둔갑했을 거란 생각도 들었다.

그러나 곧 그의 말대로 이루어졌다. 그는 열두 평짜리 아파트에 나를 데려갔다. 고층 아파트인데 중앙난방식이었다. 방 하나, 거실과 주방과 목욕탕과 베란다가 있었다! 커튼과 의자, 침대, 장롱 등이 있었다. 냉장고도 있었다. 전기밥솥과 토스터도 있었다. 내가 장만해야 하는 것은 부엌 살림살이 몇 가지와 식료품들이었다. 물론 그가 돈을 주었다. 그는 일주일에 두어 번 들렀다. 낮에 올 때도 있었고, 밤에 와서 열한시쯤 돌아가기도 했다.

이때처럼 나라는 인간이 초췌하게 느껴진 적은 없었다. 목욕탕 바닥의 타일이나 양변기보다 내가 더 천해서, 그것들에 어울리는 사람이 되고 싶었다. 그래서 나는 공부를 시작했다. 신문은 아침저녁 것을 구독하고 여성 잡지들도 보았고 실내 장식이니, 사랑받는 여자의 조건이니 하는 책에서 죽음의 철학 어쩌고 하는 수필집들도 사서 읽었다. 천자문을 사서 한자 공부를 하고 영어도 배워보고 싶었다. …… 사람이란, 생명체로서는 모두 같지만, 그 생명체가 살고 있는 토양에 따라 경험이 다르고 감정의 종류가 다르다.

그러므로 내가 토양에 대해 부끄러움을 느낄 이유가 없었으나, 내가 사는 세상엔 토양과 경험과 감정의 차이를 차별하지 않는가. 우리는 그런 차별 속에서 시달리며 살고 있는 것이다.

그러나 그때 내가 어떻게 그것까지 깨달을 수 있었겠는가. 나의 하나님은 나와의 차이에 즐거움을 느낄 때, 나는 열등감으로 주눅 들어 지냈던 것이다.

"책 읽는 게 그렇게 좋아?"

어느 날 하나님이 의아한 눈을 하고 물었다.

"네! 배우고 싶어요!"

나는 그에게 인정받고 싶고 또 은근히 다른 도움이 내려올까 기
대해서 이렇게 소리쳤다.

"난, 아무것도 안 든 머리를 좋아해!"

하나님이 매정하게 들리는 말투로 말했다. 무슨 뜻인지 나는 이
해하지 못했으나 감히 되물을 수도 없었다. 이제, 내가 하나님과
어떻게 살았는지 얘기해야겠다. 내가 그를 자꾸만 하나님이라고
부르는 것은, 내가 그를 처음에 하나님으로 느낀 강렬한 기억 때문
이기도 하고 또 다른 이유로는 그의 이름이나 직함을 모르는 까닭
이다. 그는 내게 자기를 '야'니, '너'로 불러주길 명령했었다. 흔하고
쉬운 사장님 소리도 못하게 했다. 또 한 가지, 그는 나와 함께 절대
로 밥을 먹지 않는 것이었다. 그는 아내가 만드는 음식을 좋아하는
것 같았다. 이것이 그가 아내라는 여자를 관리하는 방법이었을지
도 모른다. 그리고 그는 밤 열한시를 넘도록 있어본 적이 없었다.
그의 이런 행동 때문에 나는 그의 아내라는 여자는 성모 마리아일
거라고 멋대로 추측하고 내 추측을 믿어버렸다.

그가 질색하는 것 중에, 그에 대해 묻거나 나에 대해 얘기하는
것이었다. 그는 '사생활'은 절대로 비밀 보장이 되어야 하는 '영역'
이기 때문에 얘기도 하지 말고 묻지도 말아야 한다고 가르쳤다. 그
래서 나는 비로소 '사생활'이라는 말을 알게 됐다. 이 사생활이라
는 것 때문에 나는 그의 이름, 하는 일, 가족 상황, 나이…… 조차
알지 못했다. 그도 나에 대해 마찬가지였다.

우리는 이런 상태로 일 년을 살았다. '우리는…… 살았다'라는

말은 사실 정확하지가 않다. 왜냐하면 그는 일주일에 두세 번 다녀 갔고, 그것도 짧게는 삼십 분, 길면 네댓 시간씩 머물렀기 때문이다. 그러니까 정확하게 하자면 내가 그 아파트에 일 년을 있었다고 말해야 한다.

그는 대개 술을 사 들고 오거나 내게 심부름을 시켰다. 우리가 함께 먹는 것은 안주와 술이었다. 그리고 그가 오면 나는 옷을 벗었다. 그도 그랬다. 우리는 알몸으로 있다가 헤어질 때야 옷을 입었다.

이때만 하여도 나는 냄비를 파는 신세가 아니었기 때문에 사내들의 수많은 헤아릴 수도 없는 괴상망측한 버릇을 알지 못했다.

그는 내 젖꼭지를 술잔에 담갔다가 그 술을 마시고 심지어 음모에 술을 부어서 핥고 빨았다.

"야, 이게 평등이고 천국이다!"

즐거워지면 그는 이렇게 소리 지르기도 했다. 처음에 나는 그의 즐거움에 동참하지 못해 너무너무 지겹고 진저리가 쳐졌다. 그러나 하나님과 평등하게 천국에서 지내는 시간을 증오하는 건 내가 나빴다. 나는 그와 같은 즐거움에 이르기 위해 애썼다. 그러나 그가 영어로 혼자 떠들고 소리내어 웃기까지 할 땐 나는 내 무식에 숨이 막힐 지경이었다. 거기다 그가 내게 자신의 발바닥을 핥으라고 했어도 모르겠는데, 그는 엄청나게도 내 발가락을 차례차례 빨기까지 했다.

그런데 기이한 것은, 그는 정상적인 성행위는 잘 하지 않았던 것이다.

이것이 그가 꼭 집에 가서 아내가 차려주는 밥을 먹는 것과 같은 거라는 걸 알아차린 건 그와 헤어지고 한 해나 지난 다음이었다.

그는 올 때마다 내게 돈을 조금씩 떨구듯이 주었다. 아파트에 기본적으로 들어가는 돈, 관리비와 전기, 수도 요금은 청구서를 확인하고 돈을 주었다. 그가 주는 돈으로 나는 그가 올 때쯤 되었을 때 과일을 사다 놓았다. 그리고 내가 살기 위해 먹는 음식은 다방에 있을 때나 별 차이가 없었다. 마른 멸치나 김치, 국수, 라면, 빵 등으로 끼니를 때웠다. 그러나 허기지지는 않았다. 돈을 조금씩 아끼고 있었던 것이다. 책을 사는 데 먹는 돈보다 많이 들이긴 했다.

이때 나는 궁색해서 배를 곯지도 않았건만 자꾸만 야위었다. 마침내 눈을 뜨면 가슴이 터질 것 같아서 창을 활짝 열어젖혔다. 공연히 불안하고 두려웠던 것이다. 나는 허겁지겁 어지럽지도 않은 집 안을 청소하고 아침 신문의 인쇄 냄새를 마구 들이켰으며 눈에 보이지 않는 먼지와 사생결단이라도 하듯이 쓸고 닦았다. 만약 하나님이 열흘만 오시지 않는다면 나는 어쩌면 굶어 죽을지도 모른다는 생각이 막연하게 들었던 것이다. 하지만 이 막연한 생각에 대해서도 나는 하나님에 대한 죄악감에, 나 자신을 꾸짖었다. 거기다 하나님은 정말 나흘 이상 나를 혼자 두지 않았다.

하나님과 사는 동안, 나는 집에 단돈 한 푼도 송금하지 못했다. 어떤 때 보고 싶은 마음이 울컥울컥 치솟았으나 왠지 그것이 하나님께 온당치 못한 소행으로 느껴져 참고 참았다. 대신 나는 김남조

시인 선생님과 안병욱 철학 교수님, 최인호 소설가 선생님들께 편지를 보냈다. 그분들의 글을 읽으면 나는 다른 세상에 사는 기분에 휩싸였다. 적어도 책을 읽고 있는 동안만은 확실하게 그랬다!

그런 분들께 편지를 보낼 수 있는 능력을 준 것도 사실 나의 하나님이었다.

이제 하나님과 지낸 일 년 동안을 거의 다 쓴 것 같다. 어쩌다 아파트 바깥으로 나가면 휘황한 거리, 화려해서 가슴 조아리게 하던 쇼핑센터와 옷가게들, 그러나 나는 옷을 리어카에서 몇 가지 샀을 뿐이었다. 하나님이 볼 땐 벌거벗고 있었으므로 내겐 옷이라는 게 필요치 않았던 것이다.

이런 사소하고 구질구질한 얘기까지 다 할 필요는 없으리라.

그러면 이제 그날을 말하자.

아직도 생생하게 기억할 수 있는 날, 3월 15일 오후였다. 하나님이 와서 언제나 그러하듯이 우리는 함께 목욕을 하고, 벌거벗은 채로 있었다. 그는 의자에 앉고 나는 그의 맞은편에 앉아 다리를 벌려서 그가 쉽게 아래를 볼 수 있게 했다. 그는 의자 등에 기대어 실눈을 뜨고 명상에 잠겼다.

이때 바깥에서 벨이 울렸다. 누가 오다니! 나는 잘못 들었거니 여겼다. 그러나 벨이 두 번, 세 번 울리고 문을 쾅쾅 두드렸다. 하나님의 얼굴이 검푸르접접해졌다. 아주 추악한 낯색으로 바뀐 거였다. 그는 뭐라고 지껄이며 옷을 찾아 입기 시작했다(그는 알고 있었던 것이다. 아니면 예감하고 있었던가)!

내가 문을 열었다. 겉옷만 걸친 다음이었다. 문이 열리기 무섭게 너무나 아름다운 부인이 쳐들어왔다. 그는 나를 손끝으로 걸어냈다.

"사회적인 체면 때문에 참는 나를 이렇게 골탕 먹이겠어요?"

그 부인이 하나님께 소리쳤다.

"여보, 끝낼게. 아무 소리 마. 저 여잔 아무것도 모르니까⋯⋯."

하나님이 비굴한 소리로 말하고 도망치듯 나갔다. 나도 그를 따라나서려 하는데 부인이 낚아챘다. 그 바람에 나는 넘어졌고 치마가 기어 올라가 내 벗은 아래가 그대로 드러났다.

"추잡스럽긴!"

여자가 소리쳤다. 나는 너무 뜻밖의 일이라 도무지 아무 생각도 나지 않았다.

그 여자는 잡지에서 간혹 볼 수 있는 세련되고 우아하고 교양 있는 부유한 부인이었다.

"우리 집 양반은⋯⋯고약한 취미가 있어요. ⋯⋯ 다른 여자 같으면 아가씰 경찰에 넘기거나 혼찌검을 내겠지만⋯⋯ 난 그러진 못해요. 아무 말도 하지 않을 테니 여기 필요한 거 다 가져가구⋯⋯ 이거 비용 해서 떠나요. 이 집은 내일모레 다른 사람이 이사 오기로 되어 있으니까⋯⋯."

그 여자는 열쇠를 받아서 돌아갔다. 다음 날 벽지와 장판을 간다고 인부들이 왔다. 나는 아낀 돈과 그 여자가 준 것만 달랑 들고 그 집을 나왔다⋯⋯.

그러나 어디로 갈 것인가.

내가 어쩌다 하나님 얘길 해주면 창녀들이 깔깔깔 웃어댔다. 소설책 좋아하더니 진짜 소설을 입으로 뱉는다는 것이었다. 그런 남자야 있을 수 있다손 치더라도 내가 한 태도는 납득이 가지 않는다고 했다. 그래서 소설이라고 자기들이 우겼다. 바로 경험한 내가 솔직하게 말하건만 믿지를 않았다. 그렇게 바보같이 속고 당하기만 하는 사람은 세상에 없다는 거였다.

씨팔!

믿거나 말거나 내가 살아온 내력인 걸 어쩌랴!

나는 쭈뼛쭈뼛 들어와 쑥스러운 듯이 옷 벗으며,

"아가씨, 아가씬 어쩌다 이런 데 왔어?"

하며 노가리 까는 놈이 제일 싫다.

거기다 한술 더 떠서,

"열심히 살아요. 용기를 가져. 여길 나가서 새 삶을 찾아야……."

하는 논설을 다는 놈에겐,

"야, 시끄러! 어서 싸기나 해! 고상한 게 왜 이런 데 싸러 왔어! 당신같이 고상한 사내들 없으면 창녀두 없어질 거 아냐!"

하고 윽박지른다.

용기니 새 삶이니 하고 떠드는 놈일수록 내가 험하게 악다구닐 치면 눈 깜짝할 사이에 오그라들었다. 천하에 야비하고 비굴한 족속들이다.

얘기가 옆으로 샜다.

다시 순서껏 해보자.

아파트에서 나와, 나는 무작정 하염없이 걸었다. 그저 막막하고 정신이 없었다. 나에게 일어난 일들이 믿어지지도 않았다. 아무래도 꿈인 것만 같았다. 날이 어두워지기 시작하자 서글프고 겁도 났다. 나는 마치 귀가하는 사람처럼 아파트로 갔다. 문은 굳게 잠겨 있고 어두웠다. 그래도 오랫동안 문에 기대서 서 있었다. 나의 현실이 조금씩 가슴에 짚이기 시작했으나 그래도 믿기지 않았다.

이날, 혼자서 여관잠을 잤다. 다음 날 다시 아파트에 갔다. 다른 사람들이 이삿짐을 옮기고 있었다.

아파트는 내 것이 아니었다. 그가 내게 사줬다고 하지 않았다. 그리고 무엇보다 이 서울 바닥에서 그 남자─하나님을 찾을 수 있는 단서가 내겐 털끝만큼도 없다는 사실을 깨달았다. 그의 이름, 직장, 나이…… 그러니까 중요한 '사생활'을 하나도 알지 못했던 것이다.

나는 며칠 동안 여관살이를 했다. 그래도 하나님에 대한 배반감이나 울분은 싹트지 않았다. 현실이 너무 엄청났기 때문일까. 이상하게 맘이 고요해서, 꼭 죽음같이 평온했다.

나는 삼양동을 찾아갔다. 집을 나온 지 육 년이 되어서였다. 골목은 변하고 집이 늘어나서 어디가 어딘지 온종일 헤매도 알 수가 없었다. 겨우 비슷한 델 갔으나, 그 근처에서 우리 어머니와 동생을 기억하는 집이 없었다.

이런 경험을 한 사람은 그때의 심정을 짐작할 수 있을 것이다. 이렇게 혈육과 박살이 나는 삶도 있는 것이다. 나는 여관 근처의 카페에서 혼자 술을 마셨다. 아무것도 생각하지 않았다. 슬픈 것도, 두려운 것도 느껴지지 않아서 나는 바보나 다름없었다.

이때 누가 나를 또 건드렸다. 내 몸을 건드렸다는 게 아니라, 내 삶을 건드렸다는 얘기다.

"아가씨, 퍽 외로워 보이십니다."

건장한 삼십 대의 남자였다. 나는 그를 물끄러미 구경했다.

"나를 비웃으시는군. 사연이 꽤 깊은 것 같은데……."

남자는 이미 얼빠진 내 삶을 꿰뚫어 보고 있었다.

"고독만큼 몸에 해로운 병도 없지요. 아가씨는 젊은데. 아직 앞날이 모래알 같아요."

그는 이렇게 내 옆에 와 앉았고, 우리는 술을 마셨고 그가 주는 야릇한 담배도 태웠다.

내 육신이 무엇에건 쓸모가 있을 때, 언제나 이런 파렴치한 구세주가 있었다.

"우리 회사에 와서 일해보지 않겠소?"

구세주가 덫을 걸었다. 나는 정신을 잃었다. 눈을 떴을 땐 호텔 방이었다. 처음엔 아파트인 줄 알았다.

"이제야 깨시는군. 아주 지쳤던 모양이야. 도대체 어떤 불한당이 아가씰 그렇게 지치게 해놓구 토꼈단 말이야! 복수해야지!"

아마 술이 취해서 내 과거의 온갖 소릴 지껄인 모양이었다.

호텔의 양식당에서 아침 겸 점심을 먹고 그를 따라 밖으로 나갔다. 그는 자가용이 있었다. 그는 백화점에 가서 옷을 한 벌 사줬다. 자기네 회사에 가는데 멋 좀 내라는 거였다. 그리고 회사로 갔다. 어느 집 문 앞에서 그가 차를 세웠다. 벨을 누르자 어떤 청년이 나왔다. 그들이 무슨 이야길 귓속말로 나누었다.

나는 거기에 남고, 구세주는 자가용으로 떠났다.

지금까지 나는 구세주를 만나지 못했다. 그는 인육 시장의 유명한 사장님이라고 했다. 몇 개의 회사를 가지고 있는 부자였다. 물론 그 회사라는 것이 '전화바리' 창녀 수용소일 뿐이었다. 그가 그날 내게 옷까지 사준 것은, '나'라는 '물건'이 공짜로 생겼기 때문이었다.

이제 나는 이 회사의 고참이다. 고참이 되도록 살아낸 오 년 동안 나는 아주 달라졌다. 우선 내 손등과 팔에는 칼자국과 담배로 지져서 살을 태운 자국들이 무수히 나 있다. 그리고 진통제 없이는 하루도 살지 못하게 되었다. 아마 사장은 머지않아 나를, 나도 모르는 값으로 '청량리 오팔팔'이나 '옐로하우스' 같은 데로 보내 버릴 것이다. 호텔이나 살롱에서는 나 같은 늙고 질겨진 창녀는 팔리지 않기 때문이다.

좋다! 대폿집이면 어떻고 용주골이면 어떠랴! 부녀 보호소도 좋고 교도소도 좋다.

다만 아직도 삭지 않은 치욕감이 있어서 담뱃불로 내 살을 태우게 되는 게 너무나도 지겹다. 하나님이란 작자만 떠오르면 속에서 불길이 치솟는데, 그 불길을 잡으려면 피를 보거나 살 타는 내를 맡아야 하는 것이다. 내 몸의 상처는 대부분 그 하나님 기억 때문에 만들어진 것이다. 단지 하나, 쪽발이 놈이 자꾸만 사타구니 털을 뽑겠다고 지랄을 해서, 처음에 몇 개만 뽑으라고 했더니 놈이 하얗게 뽑겠다는 거였다. 그래서 겁주느라고 담뱃불로 손등을 쪽발이 눈앞에 대고 지졌더니 손을 싹싹 비볐다. 그래서 생긴 거 하나 빼고는, 하나님이 떠오르면 솟구치는 횃불을 달래느라 그렇게 된 것이다.

우리 식구들이 아버지 때문에 미역을 먹지 못하듯이, 나는 하나님 소릴 들어내지 못하는 귀신에 씌었다. 누가 하나님 어쩌고 하면, 나는 매처럼 머리채를 휘어잡아 혼을 내줬다. 그래서 내 별명은 하나님이고 마리아다. 아이들이 드러내놓고 하나님 언니! 마리아 언니! 부른다. 그런 별명이 나는 전혀 부끄럽지 않다.

사실 나는 부끄러움을 느낄 줄 모른다. 날이 가면 갈수록 똘똘하게 자라는 것은 증오뿐이다.

지금 내 이 핏빛 같은 증오감 곁에는 독한 술과 진통제, 때때로 히로뽕이 있어서 위로가 된다.

이제 내 얘길 끝내야 할 때가 가까워왔다.

그런데 내 속은 마치 구정물 통을 휘저어놓은 것처럼 몹시 답답하고 역겹다. 내 삶을 꾸밈없이 털어놓으면 속이 개운해질 줄 알았는데, 깜빡 잊고 지내던, 아니 없는 걸로 믿고 지내던 과거까지 쑤석거려놓아 정말 벌레 씹은 기분이다. 당신께선 내 이 고약한 기분을 이해하실 수 있을까?

속이 자꾸만 부글거린다. 지독한 가스가 들이차는 느낌이다. 왜 이럴까. 다 털어놓았는데, 교양 있는 것들이 좋아하는, 뭐 진실, 그래 진실하게 털어놓았는데 속이 이다지 거북스러운 건 도대체 무슨 조화냐!

자, 일 분만,

아니 오 분만,

제발 십 분만 나를 나 자신으로 있게 해달라. 무슨 생각이 떠오를 것 같다. 그러면 속이 가라앉겠다. 제발…….

…… 그렇다. 이제 깨달았다. 당신과 나의 관계는 손의 바닥과 등 같다. 우리는 한 몸이다. 아, 당신의 얼굴이 왜 그렇게 검푸르게 변하는가. 이제 잠깐만, 잠깐만 참아보라. 내 인생만 고백해보았자 아무 소용이 없다. 내 인생을 당신이 제대로 이해하기 위해서는 당신이 당신의 인생을 이해해야 한다. 당신이 밥이라면 나는 똥일 테니까 말이다!

죄송하다.

창녀에 대한 궁금증은 전혀 달래지지 않은 표정이시니.

아마 당신은 이런 것이 알고 싶을 것이다.

창녀의 생활, 창녀의 생각, 창녀가 자기의 그릇된 죄악의 삶을 벗어나려고 노력하길 바라는, 이를테면 새 삶 어쩌고…… 그리고 창녀의 새로운 인간다운! 삶을 위한 사회 복지 어쩌고…….

웃긴다. 다 개나발이다.

당신들의 진실, 정의, 사랑이라는 건, 우리들의 언어로 다시 풀면, 씹하고 뺨 때리고 쪽박 깨는 것이 아니냐.

중요한 건 딱 하나.

내 생명을 갉아먹은 이 증오심만이 진실이다. 당신이 나의 증오심의 원천을 알게 될 때, 비로소 당신 삶에 생명력이 솟을 것이다!

빈털터리

1

혜정은 살금살금 승구의 방문 앞으로 다가가 반쯤 열린 문안으로 고개를 들이밀었다. 승구는 머리를 책상 위에 틀어박듯이 얹고 공책 한가운데다 연필을 뭉그적거렸다. 그런 꼬락서니를 보는 순간 울화통이 치미는 걸 혜정은 꾸욱 눌렀다.

바이올린을 하겠다니까…….

혜정은 바이올린 생각을 하면서, 승구에게 눈치채지 않도록 돌아섰다. 그러나 승구는 어머니가 먹장구름 같은 무게로 다가왔다가 사라진 사실을 느낌으로 알고 있었다. 이제 열한 살 된 승구에겐 어머니와의 사이에 이런 식으로 쌓인 비밀이 많았다. 이런 비밀은 승구의 마음에 울타리를 지르는 생나무처럼 자라고 퍼졌다.

지금도 승구는 어머니의 모습이 등 뒤에 느껴지기 전까지는 그냥 물건처럼 앉아 있었는데, 어머니가 오는 것을 깨닫고 재빨리 일기를 한 줄 적었던 것이다.

　오늘 바이올린을 시작했다.

　어머니는 돌아갔고, 승구는 더 이상 쓸 거리가 떠오르지 않았다. 이렇게 달랑 한 줄만 써놓았다간 선생님한테도 어머니한테도 꾸중을 들을 거였다.

　지긋지긋한 피아노는 하지 않게 되었다.

　시원하다.

　승구는 두 줄을 더 쓰고 한참 망설이다가 '지긋지긋한'과 '시원하다'를 지우고 놀이터에서 화약 터뜨리던 아이들에 대해 두 줄 써넣고 공책을 덮었다.

　혜정은 승구가 태어난 지 만 사 년이 되던 날 아침 피아노 개인교사를 붙였다. 네 살짜리 모차르트에 대한 환상을 마치 영감처럼 떠올렸던 것이다. 그러나 체르니 30번을 일 년 동안 끌더니 피아노 시간만 되면 아이가 배앓이로 설설 기었다. 혜정은 매섭게 회초리를 휘둘렀으나 승구의 꾀병 같은 배앓이는 낫지를 않았다. 정경화의 어머니가 정경화를 만들었다! 어머니가 우선 미쳐야 한다! 이것이 혜정의 믿음이었다.

　승구는 어머니가 서글픈 낯으로, 그러나 광기로 달궈진 목소리로 바이올린은 어떻겠냐고 했을 때, 피아노가 아닌 것만 좋아서 덥석 좋다고 말했던 것이다. 승구의 속마음은 아무것도 하지 않는 것이었으나 이런 자기 마음을 어떻게 어머니에게 드러내 보여야 할지 방법을 몰랐고 한편으론 두려웠다.

바이올린 선생은 모레 오기로 되어 있었다. 대학원 학생이었다. 그를 소개한 장 여사는, 바이올린을 전공한다 하더라도 연주에 능한 사람이 있고 지도에 능한 사람이 따로 있다면서 김 선생은 특히 지도 쪽에 재능이 있다고 말했던 것이다.

혜정은 침대에 걸터앉아서 여성 잡지를 뒤적이다가 내던지고 거울 앞에 섰다. 앞머리의 두 번째 웨이브가 이마의 바깥에서 아래로 부드럽게 흘러내렸다. 혜정은 검지와 중지로 머리의 물결 자국을 지그시 눌러놓은 다음 다시 거울을 바라보았다. 일본인 청년 미용사는 앞머리 웨이브가 이 스타일의 포인트라고 서투른 한국말을 하였다. 영화 〈채털리 부인〉에서 실비아 크리스털이 했던 머리 모양이었다. 늘 어깨선까지 늘어뜨렸던 머리를 오늘 이렇게 잘라서 바꿨다. 혜정은 만족스러웠다. 화장대 서랍에서 귀걸이 두 쌍을 꺼내 번갈아 달아보았다. 귓불에 붙여도 좋고 늘어뜨리는 것도 괜찮았다. 오늘도 남편은 늦을 거였다.

혜정은 남편의 귀가 시간으로 갖은 애를 태우던 고통에서는 스스로 탈출한 지 오래였다. 두어 해 전 남편은 이혼까지 들먹이는 혜정에게, '귀가 시간으로 앙탈을 부리지 말라. 그것은 남편의 출세를 막는 것이다. 나는 가정과 아내라는 고삐에 매여 있는 허약한 남자다'라고 애절한 하소연을 해서 그 문제를 더 이상 '문제'로 삼지 않았다.

그런데 새로운 문제가 생겼다. 불면증이었다. 자정을 넘기면 새벽녘이 되도록 깊은 잠을 이룰 수가 없었다. 아무래도 신경정신과 상담을 해야겠는데 선뜻 거기까지 내키지 않아 수면제를 먹었다. 약기운 탓인지 몸이 말랐다. 혜정은 승구를 분유로 길러서 서른여덟의 여자 몸이 자식 낳이를 하지 않은 몸피 같아 보였다.

혜정은 흘러내린 머리를 한 가닥 잡아당겨 한쪽 눈을 가렸다. 입술을 불룩 내밀었다. 흑장미 색 입술연지를 발랐다. 셔츠의 앞단추를 하나 더 풀어 젖가슴의 높낮이가 은근히 드러나게 했다.

"엄마, 졸려."

등 뒤에서 승구가 기지개를 켜며 말했다. 순간 혜정은 찌릿한 수치심으로 얼굴이 화끈 달아올랐다. 일 분 이상이나 거울 속에 비쳐 보였던 아들의 모습을 깨닫지 못했던 것이다.

"언제 왔니? 숙젠 다 끝냈어?"

혜정은 당황한 낯을 수습하지 못한 채 이렇게 말했다. 승구는 대답 대신 몸을 꼬았다. 아이를 데리고 침대 방에 들어가 눕혔다. 이마의 머리를 손으로 쓸어 넘겨주었다. 아이는 마땅찮아서 돌아누웠다. 눈을 감고 숨을 고르게 쉬었다.

혜정은 아이가 잠이 들었다고 생각하였다. 그러면서 버릇처럼 등을 토닥거렸다. 그는 자신이 거울 앞에서 느꼈던 어떤 '상태'와 승구가 와서 정신 차린 '이것'이 꼬집어 낼 수는 없으나 다른 세계임을 뼈저리게 인식하였다.

혜정은 살며시 일어나 뒷걸음질로 나와서 불을 끄고 방문을 닫았다. 이때 승구는 눈을 반짝 떴다.

혜정은 거실로 나와 소파에 기대앉았다. 다리를 아무렇게나 벌

리고 눈은 멍청하게 떴다. 그는 조금 전에 경험한 전혀 다른 두 상
태에서의 이질감을 소화해내지 못했다. 그러나 곧 텔레비전 수상
기 옆에 놓인 커다란 꽃병에 눈길이 멈추자 초점이 살아났다. 붉은
달리아와 흰 국화를 사다 주었는데 파출부가 다발 지은 채 꽂아놓
은 거였다.

"미적 감각이 저 모양이니 파출부밖에 더 하겠어?!"

혜정은 누가 듣기라도 하는 듯이 소리내어 말하였다. 그는 심심
해서 꽃꽂이 학원에 다닌 적이 있었으나, 기본적으로 사람이라면
아름다움에 대한 감각이 있어야 한다고 생각해서, 가난하여 일에
지친 파출부를 경멸하였다. 혜정은 꽃에 무관심한 사람이라면 짐
승이나 다름없다고 여겼다. 꽃잎을 따고 키 맞춰 대궁을 잘라 붉고
흰 색깔을 '아름답게' 섞었다.

이 일을 거의 끝낼 때쯤 벨이 울렸다. 벌써 남편이? 열한시도 되
지 않았다. 혜정은 달리 올 사람도 없어 슬그머니 겁내며 누구냐고
엄한 목소리로 물었다. 남편 형민이었다.

"여보 웬일이세요?"

혜정은 문을 열어주며 반가움과 빈정거림이 섞인 말투로 물었
다. 형민은 대꾸하지 않고 안방으로 성큼성큼 걸어 들어갔다. 혜정
은 뒷머리를 가볍게 들어 올리며 따라 들어가서, 벗어 내던진 웃옷
을 옷장에 걸었다.

"저녁은, 여보?"

"생각 없어."

"술내두 안 나네."

혜정은 코를 형민의 입에 대느라 발굽을 들고 쿵쿵 냄새를 맡으며 말했다. 형민은 그런 아내를 가볍게 밀쳐내고 화장실로 들어갔다. 곧 샤워하는 소리가 났다. 혜정은 잠시 무슨 생각에 잠겼다가 이내 바삐 설치기 시작하였다. 시트에 향수를 뿌리고 나직이 라디오를 틀어놓았다. 4동의 유미 엄마가 여자들의 자궁암이란 것은 불감증과 욕구불만이 만드는 병이라고 했었음을 또다시 기억하고 오늘 그 말을 들려줘야겠다고 별렀다.

침대 위에 속옷 한 벌과 잠옷을 놓아두고 남편 뒤대어 화장실로 들어가 입 안 청소를 했다. 물에 방향제를 풀어 사타구니를 씻었다. 부부가 성격이 맞지 않는다고 하소연하거나 대화가 되지 않는다고 불평하는 것은 성생활이 불만족스럽다는 얘기라고, 유명한 정신과 의사가 쓴 글을 읽었다는 윤형이 엄마의 말도 혜정은 깊이 새겨들어 두었다. 남편의 외도는 전적으로 아내의 책임이라고, 아내가 남편 관리에 소홀했기 때문이라고.

혜정은 욕정에 몸이 달아 살갗이 미끈거리는 것 같았다. 말로 할 수 없는 어떤 기분에 들떠 방으로 들어왔을 때, 방 안은 무겁게 가라앉아 있었다. 라디오는 꺼져 있고 형민은 죽은 듯이 누워 있었다. 혜정은 이상한 느낌을 느꼈으나 개의치 않았다. 그는 영동의 외국 상품 전문점에서 산 크리스천 디올의 잠옷을 입고 남편 옆으로 들어갔다. 형민은 언젠가 침실을 따로 써야겠다고 말한 적이 있었다. 그때 혜정은 젖 떨어지기 두려워하는 아이처럼 질겁을 했었다. 남편과 함께 있다는 확실한 근거는 혼인신고나 가정 가지고는 어림도 없다는 듯이.

"여보, 당신 자요? 기분 나쁜 일 있어요? 어디 아파요?"

콧잔등까지 올라가 있는 홑이불을 살며시 잡아당기며 혜정이 속삭였다. 형민은 감긴 눈을 깜박이다 마지못해 뜨고, 누운 채로 몸을 뒤틀었다.

"여보, 나 좀 봐요. 나 어디 달라진 데 없어요?"

혜정은 한껏 어리광 피우는 목소리로 물었다. 형민은 눈동자만 돌려 아내를 보았다. 그는 낮에 안마 시술소에 들렀다가, 고등학교 이학년에 다니다 집을 나왔다는 당돌하고 깜찍하기가 붕어 새끼 같은 박양에게 진을 뺐던 것이다. 수출품 단가 문제로 아침부터 담당 이사한테 곤욕을 치렀던 터라 형민은 그저 멍청하게 쉬고 싶어 그곳에 갔었다.

"머리를 잘랐다구요. 이거 봐요, 여보. 실비아 크리스털 스타일이라니까. 채털리 부인 말이에요."

도무지 입을 닫고 있는 남편의 무신경을 참아낼 수 없어 혜정이 벌떡 일어나 앉으며 종알댔다.

"가정주부는 가정주부다워야지!"

형민이 묵지룩하니 내뱉었다. 혜정은 남편의 표현법을 이해하지 못하고, 다만 그는 좋아하지 않는다고만 짐작했다.

혜정은 다시 누웠다.

"이스라엘 여자들은 자궁암에 걸리지 않는대요. 사내아이가 태어나면 이내 포경 수술을 시킨다나 봐요. 자궁암이라는 게 다 아…….”

“누가 그따위 소릴 해!”

형민이 싸늘하게 소리쳐서 아내의 말허리를 뭉텅 잘라버렸다. 혜정은 무참하고 기가 죽어서 서리 맞은 푸성귀 같은 낯빛이 되었다. 그는 이스라엘로 시작해서, 자궁암이 욕구불만으로 생기는 것이며 우리 부부의 이십 일 주기는 듣는 사람마다 상식 밖이라고 한다는 얘길 줄지으려던 참이었으므로, 낭패감이 이만저만이 아니었다. 흑장미 색깔 입술과 문신으로 짙게 만든 눈썹이며 ‘채털리 머리’가, 거무튀튀한 낯빛 때문에 낱낱으로 들떠 보였다.

정말 딴 여자가 생긴 걸까?

황망한 중에, 혜정은 이런 의심을 하였다. 어떤 전직 장관이 죽었는데, 장례식 날 중년의 미인이 잘생긴 대학생 아들과 나타나 미망인이라고 했다지 않던가. 대학 동창 남편의 무역 회사에는 첩을 둔 남자가 있는데 그의 아내만 모르고 남편 친구들까지 알아 첩네로 초대받아 가기까지 한다지. …… 그렇지만 내 남편은 아직 외도를 한 적이 없다. 그런 문제로 나를 고통스럽게 하진 않았어. 그는 일하는 재미로 산다지 않았나. 남편을 의심하다니!

형민은 침묵하고 있는 아내가 맘에 걸려 돌아보았다. 이때는 혜정이 의심도 떨쳐내서 표정이 밝았다. 그는 이불 속에서 아내의 몸을 더듬었다. 아내는 불기운에 빨려드는 가랑잎처럼 몸을 떨었다. 남편의 살 깊은 어깨 틈에 얼굴을 박으며 흐윽, 숨을 몰아쉬었다.

형민은 졸음이 와 눈이 사물사물 감기려는 중이었다. 그러나 팔을 구부려 아내의 등덜미와 뒷머리를 만져주었다. 곧 혜정은 온몸을 남편에게 달라붙였다.

"자아, 내일 바이어 만나야 해."

형민이 나직이 말했다. 혜정은 듣지 않았다. 오늘 낮에 한치 물회를 먹고 나서 윤형이네 집에 모여 포르노 필름을 보고 났을 때, 눈에 남자의 몸이 어른거려 몹시 어지럽던, 바로 그런 어지럼증이 무슨 너울처럼 휩싸는 거였다.

형민은 또다시 사정을 하고 싶지가 않았다. 아무리 생각을 거듭해봐도 그건 무리였다. 그는 아내를 밀어냈다. 아내는 마치 고추벌레처럼 붙어서 잘 떨어지지 않았다. 위를 밀어내면 아래가 붙고 아래를 떼어내면 위가 붙는 꼴이었다.

"정숙하지 못한 아낼 둔 남자는 일찍들 죽어!"

형민이 엉뚱하게 꾸짖듯 말했다.

"남편을 편하게 쉴 수 있도록…… 여자들 교육이 잘못되어 가는 게 큰 문제야……."

형민은 중얼거렸다. 이것은 그의 진심이었다. 아내들이 부덕(婦德)을 잃어 사회가 타락한다고 그는 믿었다. 아내는 순결하고 정숙해야 하며 그윽하고 너그러운 한 집의 안뜰처럼 거기 그렇게 있어야 한다는 게 그의 이념이었다.

"보채지 마! 찬물루 샤워하고 자아!"

그는 아내에게 명령했다.

"내일 중요한 바이어랑 상담이 있어. 오늘두 그것 때문에……."

형민은 대꾸 없는 아내에게 덧붙여 말하려다가 담당 이사와의 사건은 뺄지 않았다.

"당신두 대학원이나 다니지 그래. 요새 그거 유행인 모양이던데. 우리 회사에두 제 마누라 대학원 다닌다구 자랑하는 치들이 몇 있어."

형민은 지나치는 말로, 빈정거리는 듯이 들리는 소리로 지껄였다. 그는 말없이 아내를 바라보았다. 혜정은 지금 이불 속에 파묻혀 있었다. 바짝 말라서 거기 사람이 있으리라곤 짐작되지 않는 모양이었다.

"불 좀 꺼. 피곤해. 당신두 자라구, 아침에 아이 데려다 줘야지."

형민은 이렇게 말하면서 살갗의 긴장을 느릿하게 풀고 눈을 감았다. 그는 소형 승용차가 나왔을 때 아내의 생일 선물로 사주었다. 주식이 잘 되어 천만 원이 생겼기도 했지만 아내가 아이를 데리고 과외교사 찾아다니며 택시로 헤매느니, 승용차가 싸게 먹혀서였다.

잠시 후에 혜정은 꿈틀꿈틀 일어나 머리맡의 알전등을 껐다. 침대에서 일어나 방 안을 나왔다 어지럼증으로 몸이 휘청거렸다. 그의 살은 끈적한 분비물로 척척했고 불룩하게 부어올라 있었다. 그는 침대 속에서, 이해할 수 없는 어떤 기분에 휘말렸는데, 그것은 부끄러움과 배반감과 죄악감 등등이 뒤엉킨 것이었다.

혜정은 버릇의 힘으로 겨우 거실의 불을 켰다. 크리스털이 벽과 커튼과 천장에 물결무늬를 지우며 실내를 틔워냈다. 혜정은 눈이 부신 듯이, 아니면 소경처럼 여러 번 껌실대다가 어떤 물체에 초점을 박았다. 가위로 잘라낸 가지 토막과 잎사귀들이 흩어져 있는 꽃병이었다. 그는 먹이를 쪼는 매같이 순식간에 꽃을 움켜서 잡아 틀고 비비고 했다. 그리고 찬장 서랍에서 수면제 병을 꺼내 보통 때보다 두 알이나 더 먹었다. 형민이가 수면제를 질색해서 찬장 서랍에 감춰두고 있었다.

혜정은 거실 불을 켜둔 채(끄다는 걸 잊어서) 남편의 방이 아닌, 아들의 비좁은 침대에 가서 누웠다. 아들을 품 안에 품고서.

다음 날 아침, 형민은 늦잠을 자서 물 한 모금 마시지 못하고 출근했다. 넥타이는 들고 나가 회사 차고에서 맸다. 회갑 지난 창업주가 출근을 빨리해 중역이나 중견 사원들도 그 시간에 맞췄다.

그래서 형민은 거실 한쪽에 미친 듯이 흩어져 있는 꽃들을 볼 수 없었다. 그리고 아내가 아들과 잠자는 것에 대해서도 이상하게 여기지 않았다. 여자들은 아들에게 미쳐서 사니까. 자기 어머니가 자기에게 그러했듯이. 그저 이렇게만 생각했다.

2

검정 기운이 도는 노란색의 승용차가 경비실을 지날 때, 경비원이 머리를 깊숙이 숙여 인사했다. 혜정은 그런 모습을 차창 바깥으로 스쳐보며 지나쳤다. 그는 지금 경비원들이 자기를 두고 입방아를 찢고 있으리라곤 상상도 하지 않았다. 경비원들은 젊은 남자가 203호에 드나든 지 한 달이 지나면서 수군거리기 시작한 거였다. 혜정이 늘 청년을 태워 내가는데 아무래도 심상찮다고 여겼다. 거만하고 신경질만 붙어 있던 낯짝에 생기가 돈다느니 제법 경비들한테 웃어준다고, 그게 다 무슨 탓이 아니겠느냐고, 그들은 그들이 알고 있는 이런저런 응큼한 사연들을 들먹였다. 제비족이 극성인 것은 과외공부가 없어지고부터라거니, 그 시절 어떤 남자 대학생은 사모님 잘 만나 돈 벌고 사모님 따먹고 딸도 따먹고, 그래서 딸이 음독하는 일도 있었다느니…….

혜정은 가슴이 부풀어 오르는 걸 손에 잡듯이 느꼈다. 숨이 가빠 자주 몰아쉬었다. 재준은 아무 말도 하지 않았다. 그는 기다란 다리를 꼬고 그 위에 두 손을 포개 얹고 있었다. 혜정은 창백하고 가느다란 손이 악기를 품에 안고 연주할 때의 모양을 떠올렸다. 낮고 높으며 웅장하고 가냘픈 모든 소리를 그 손이 만들어냈던 것이다. 그보다 더 혜정을 사로잡은 것은 하나에 집중한 남자의 표정이었다. 그는 이 나이 되도록 일에 열중하고 있는 남자의 얼굴을 본 적이 없었다.

혜정은 테이프를 틀었다.

"시간 뺏지 않았어요?"

혜정의 목소리는 떨리고 갈라졌다.

"아닙니다."

"지금 연주하는 사람이 하이페츤가요?"

"그런 거 같은데요."

"그 사람 연주를 좋아하세요?"

"별루요. 오이스트라흐가 기분에 맞습니다."

오이스…… 혜정은 알지 못하는 이름이라 더 이상 말하지 않았다.

"전 예술가를 존경합니다."

"제가 예술가가 아닌 게 유감입니다."

"놀리시는군요."

혜정은 얼굴을 붉히며 눈을 흘겼다.

"승구를 예술가로 만들고 싶어요."

혜정은 절박한 목소리로 말했다. 재준은 아무 말도 하지 않았다. 만일 승구가 아무것도 되지 않는다면……. 혜정은 상상하는 것만으로도 숨이 막혔다. 승구 밑으로 딸 하나를 낳았는데 이 주 만에 죽었다. 단산 계획도 없었으나 그 후로 아이가 생기지 않았다. 남편은 지방이나 해외 출장이 잦았고 늘 술 취해 늦어서 돌아와 곯아떨어지곤 하였다.

혜정은 터널 못미처의 하얀 건물 앞에 차를 세웠다. 마침 평창동 시댁에 들렀다 불광동 집으로 돌아가던 혜정의 시누이가 택시 속에서 올케가 젊은 남자와 차에서 내리는 모습을 보았다. 혹시나 하고 뒤돌아보다가 확실하자 공연히 두려움에 떨었다. 그는 집에 닿자마자 올케네로 전화부터 걸었다. 파출부가 받아서, 승구 엄마는 밖에 나갔다고 퉁명스레 대답했다. 승구의 고모는 전화를 끊을까 하다가 누구랑 같이 나갔냐고 물었다.

"선생님하구요. 늘 데려다 주신다니까요."

"선생님이라니요?"

"아, 승구 선생님이지요. 빠욜린 갈키는 선생님이요!"

승구 고모는 갑자기 모든 것이 짚이는 느낌이 들어 더 이상 묻지 않고 인사도 없이 툭 전화를 끊었다.

"씨발년들!"

파출부는 묻지 않은 것까지 다 잘 일러주었음에도 무턱대고 전화를 끊는 소행이 괘씸해 욕하였다.

"있는 것들은 사람을 다 물건으루만 안다니까."

파출부는 중얼거렸다.

그는 혜정이가 사정도 물어보지 않고 아이 밥 먹이고 자기가 올 때까지 기다리라고 해서 기분이 언짢은 중이었다. 일흔 넘은 시어머니가 오신다고 해서 고기 칼이나 사들고 가려 했는데 고기는커녕 저녁밥도 못해 드리게 생긴 거였다.

"아줌마, 돈 줄게, 돈요!"

혜정은 사정을 설명하려는 파출부에게 이렇게 싸지르고 나가버렸다. 저녁밥은 새벽에 해서 밥통에 가득 담아놓긴 했지만 파장 싸구려 무라도 사다가 대충 버무려 익혀 먹어야 할 형편이었다. 혜정은 고기 부스러기나 신 김치, 빵 먹던 것 따위를 자주 싸 주고 목 늘어난 양말, 몇 번 입던 내의며 스웨터도 주지만 그런 것으로 도무지 정이 붙지 않았다.

혜정은 새우를 먹고 재준은 구운 고기를 먹었다.

"운전하시는 데 지장 없으시겠습니까?"

재준이 포도주를 따라주며 진정 걱정되어 물었다.

"몰라. 이렇게 마셔본 적이 없으니까. 여자는 술을 잘 마시는 게 아닌 줄만 알았거든. 오늘은 이상해. 어쩌면 술이 이렇게 잘 들어가지? 실수는 안 할 거야."

혜정은 취한 것 같았다. 재준은 저 여자를 취하게 하는 게 무엇일까 생각해보았다. 그것은 불행일 거였다. 그러나 불행의 실체를 알 수가 없었다. 그는 식탁에 턱을 괴고, 한쪽 손가락으로 무슨 낙서를 하면서, 재준이도 알고 있는 노래를 흥얼거리는 중년의 여자를 바라보았다.

"난, 만나고 싶은 남자가 있어. 지금 이 노래. 이별 노래 지은 시인. 유치하지? 내 나이가 몇이라구."

혜정은 웃다가 곧장 씁쓸한 표정을 지었다.

"행복하세요?"

재준은 불쑥 이렇게 물어놓고 후회하였다.

"행복? 그런 거 있어요?"

혜정은 깔깔거리고 웃었다.

"그렇지만…… 불행하진 않아요. 불행이 뭔지 모르겠으니까. 행복을 모르듯이…… 승구를 사랑하니까. 알지요? 내가 그 애 사랑하는 거!"

취기로 흐려진 눈이 순간 빛을 내며 재준을 쏘아보았다. 그것은 마치 총구를 들이대는 듯하였다.

"사랑하시겠지요. 아들이니까."

재준이 낮은 소리로 말했다. 혜정은 여전히 그를 쏘아보고 있었다.

"잘 모르지만…… 사랑에는 무게가 없어야…… 무게감이 느껴지지 않아야……."

재준은 눈을 가늘게 뜨고 이렇게 중얼거렸다.

"사랑, 무게, 그게 뭐지? 나두 대학은 졸업했는데. 남편은 대학원에 보내주겠다나?"

혜정은 비웃음을 치며 말했다.

재준은 역겹고 한편으론 측은하기도 했다. 애당초 십오만 원의 교습료를 이십만 원씩 넣어주는 것도 달갑지 않았다.

두 사람은 오 분 이상을 말없이 앉아 있었다.

"남편은 구라파에 갔어요."

갑자기 혜정이가 독백하듯 말했다. 그로서는 별 뜻을 둔 말이 아니었다.

"내일모레쯤 올 거예요. 워낙 해외 출장이 잦으니까."

"퍽 미남이시더군요. 건장하시고."

"어머, 봤어요?"

혜정이 똑바로 몸을 고쳐 앉으며 물었다.

"거실에 가족사진이 있잖습니까."

혜정은 고개를 끄덕거렸다. 거의 일 분 가까이 그렇게 하였다.

취기는 여전해서 눈동자가 쉽사리 풀리곤 했다.

"좋은 남편이겠지, 불만을 터뜨릴 게 있어야지. 그저 바쁜 거……."

여기까지 투덜거리다가 혜정은 피식 웃었다. 모멸감이 웃음으로도 감춰지지 않았다.

"추하게 살진 않을 거야. 난 추하게 살진 않을래."

혜정이 갑자기 몸을 돌려 등받이에 얼굴을 묻고 울기 시작했다.

재준은 곤혹스러웠다 그는 여자의 상태를 이해하기도 전에 가없은 느낌부터 들었다. 혜정이 무어라고 중얼거리는데 재준에겐 들리지 않았다. 다만 한마디, '희망'이라는 말이 들렸으나 무슨 의미로 쓰였는지 도대체 종잡을 수가 없었다.

희망.

재준은 생각해보았다.

그러나 여전히 밥과 함께 씹힌 돌처럼 신경에만 거슬릴 뿐이었다. 거슬리는 건 그것만이 아니었다. 소리 죽였으나 어깨를 들먹이며 울고 있는 중년의 아주머니도 마찬가지였다.

저 여자를 울게 하는 것이 무엇일까. 중년의 위기라는 것일까. 화려하고 완전해 보이는 환경은 매미가 벗어 던진 꺼풀처럼 초라한 거죽이라는 말인가.

재준은 지금 자신이 어떻게 해야 할지 갈피를 잡을 수가 없고 마음도 애매하기만 했다. 그는 아주머니의 옆으로 가서 그를 감싸 안고 울음을 그치게 해야 하리라는 생각이 들었다. 그러나 그는 참았다. 그런데 참으로 야릇했다. 그가 참기로 마음을 굳히자마자 그보다 더 강렬하게 치미는 충동에 사로잡혔다. 그의 마음속에, 그저 지나쳐도 좋을, 하지만 다가가 얼굴을 대어보고 싶은 가을날의 들국화를 본 듯한 환상이 솟구쳤다. 꽃은 연보라로 은근하되, 가지를 꺾으면 마른 듯이 소리내며 꺾이는 꽃, 그리고 아름으로 꺾어 꽃내음에 잠기고 싶게 하는 들국화에 그는 취하기 시작했다.

재준은 자리를 옮겼다.

혜정은 의지(意志) 없는 생물처럼 그의 무릎에 얼굴을 묻었다. 어떤 저항감이 아지랑이같이 혜정의 의식에서 가물거리다가 이 분도 지나지 않아 아주 사라져버렸다. 그는 청년의 손을 가닥가닥 만져서 확인하고 손끝으로 쓸어보며 감촉을 속 깊이 새기려 애썼다. 황홀하고 편안해서 이렇게 잠이 들 것만 같았다. 그래서 혜정은 눈을 감았다. 뜨고 감았다 뜨고 하면서, 자면 안 된다고, 집에 가야 한다고 아련하게 생각했다.

혜정이 이러한 조바심들에 시달리고 있을 때, 재준은 울어서 차라리 투명해 보이는 혜정을 얼굴을 들여다보다가, 막 시들려고 검붉은 빛을 띤 장미꽃잎 같은 혜정의 입술을 빨았다. 혜정은 헉헉 흐느끼고 재준은 안타까움 때문에 야윈 여자의 몸을 바스러지도록 끌어안았다.

그들은 지금 칸막이 틈서리로 들여다보다가 눈살 찌푸리고 돌아서는 웨이터에 대해 눈치채지 못했다. 웨이터는 와인 한 병을 주문 받아볼까 하고 왔던 것이다.

"나갑시다!"

재준이 안타까워 화난 듯이 들리는 목소리로 말했다.

혜정은 수표 한 장을 꺼내 재준이가 계산하도록 부탁했다. 그가 자리를 뜬 사이에 혜정은 서둘러 빗질하고 화장을 고쳤다. 그러고 나서 쑥스러움이나 두려움 같은, 껄끄러운 느낌도 감췄다고 믿었다.

이날 혜정은 자정에야 집에 돌아왔다. 파출부는 소파에 새우처럼 웅크리고 있다가 벨 소리를 듣고, 골을 더욱 돋운 얼굴을 하고서 문을 열어주었다.

"미안해 아줌마. 콜택시 불러줄게."

혜정은 파출부가, 해도 너무 한다, 나도 기다리는 식구가 있고 김치도 해야 하고 아이들 양말 빨아 아침에 신겨 보내야 하는데…… 하고 마구 투덜거리는 볼멘소리 위에다 물감을 풀 듯이 당당하게 소리쳤다. 그리고 콜택시를 불렀다.

"미안해 아줌마. 대신 내일은 쉬세요. 모레 일찍 오구. 이거 드릴게. 미안한 값이에요."

"돈이 문제가 아니구……."

파출부는 혜정이가 아가리를 딱 벌린 구찌 가방에서 만 원짜리 꽤 되게 꺼내주고 아이 방으로 들어가는 등에다 이렇게 웅얼거리며 재빨리 장수를 헤아려보았다. 일곱 장이나 되었다. 좀 많다 싶었으나, 이런 집에서야 돈을 우리네 밑씻개마냥 쓰니까 하고 들춰 일어나는 미안함을 눌러버렸다.

그러나 파출부는 뜻하지 않은 돈 때문에, 혜정의 시누이가 전화했었던 것, 그리고 주인아저씨가 외국에서 전화했던 사실을 깡그리 잊고 돌아갔다.

형민은 혜정이가 돌아오기 얼마 전에 전화를 했었다. 그는 파리에 가면 현지 채용한 어여쁜 대만 처녀와 짭짤하고 산뜻한 연애를 즐겼다.

그는 혜정이가 전화 한 번씩 걸어주기를 당부해도 늘 잊고, 아내가 적어주는 물건만 사다주는데, 오늘은 갑자기 아내 생각이 떠올랐던 것이다.

"언제 올지 모릅니다. 저녁 먹구 온다구 했습니다."

그는 파출부의 이 말을 기억해둘까 말까 망설였다. 신경 쓰이긴 했지만 대수롭잖기도 하겠기 때문이었다.

혜정은 이인용 침대의 가운데 누워서 눈만 감은 채, 잠이 들 수 없었다. 그러나 남편을 기다리며 시달리던 불면의 고통은 전혀 없었다. 도리어 편안하고 정신이 맑았다. 술기운은 호텔을 나설 때 이미 가셔 있었다. 재준은 운전할 수 있겠느냐고 여러 번 다짐을 받고 나서야 택시를 탔다.

"갈 수 있겠어요? 믿어도 됩니까?"

혜정은 자신의 어깨를 엇물린 손으로 싸잡으며, 그렇게 어깨를 잡고 말하던 재준의 모습과 말소리를 기억해냈다. 왈칵 목이 메어

한 남자가 몹시 그리워졌다. 그리움에 겨우면 저도 모르게 아하, 하고 소리치기도 했다.

혜정은 동이 터오는 걸 느끼며 겨우 잠이 들었으나 여느 때보다 반시간이나 일찍 일어났다. 그는 커튼을 열었다. 아침 기운이 뿌연 안개에 젖어 허공에 차 있었다. 승구를 깨우려다가 아직 십 분쯤 여유가 있어 더 재우려고 소파에 앉았다. 팔을 뒷머리에 괴었다가 다리를 차며 일어나 테이프를 걸었다. 정경화가 연주하는 막스 브르흐였다. 가락은 쉽사리 사람의 애간장을 녹였다. 혜정의 가슴이 연정으로 뒤틀렸다. 혜정은 도망치고 싶어서 테이프의 소리를 줄였다. 그때 승구가 제풀에 일어나 거실로 천천히 나왔다. 혜정은 아들과 눈이 마주쳤을 때, 전혀 예감하지 못한 어떤 느낌, 죄책감에 치를 떨었다. 어젯밤 내내 한 번도 느껴보지 못한 감정이었다. 그는 무릎을 꿇고 다가오는 아들을 끌어안았다.

"엄마, 왜 늦게 왔어!"

"미안해."

"누구랑 저녁 먹었어?"

"친구들이랑."

"선생님하구가 아니구?"

"아니! 아니야!"

혜정은 지나치게 커다란 목소리로 부정했다.

"엄마가 얼마나 우리 승구를 사랑한다구."

혜정은 거침없는 열정을 쏟아 아들의 볼에 자기 것을 비벼댔다.

승구는 아침밥을 먹지 않으려 했다. 혜정은 밥맛 돋우는 약을 숟갈에 숨겨 넣은 밥을 겨우 세 숟갈 먹이는 데 성공했다. 아이를 학교 앞까지 태워다주고 선생님 간식을 들려 보낸 다음, 혜정은 집으로 돌아오다가 유턴을 해서 꽃시장으로 갔다.

노란 장미를 한 아름 샀다. 한 번도 물을 담아본 적이 없는 백자 항아리에 터지도록 장미를 꽂았다. 그리고 이날만도 열 번 이상을 꽃에 코를 대어보고 눈을 지그시 감았다. 저녁밥은 아들과 둘이서, 승구가 무조건 좋아하는 햄버그스테이크를 아파트 근처의 양식집에서 먹었다. 파출부와 남편이 없다는 사실이 이렇게 홀가분할 줄은 몰랐다. 이것도 혜정에겐 새로운 경험이었으며 잠자리에서는 아예 승구와 둘만 사는 상상도 해보았다. 돈만 있다면, 아, 그리고 재준이가 승구를 훌륭한 연주자로 길러만 준다면…….

3

형민은 예정에 없던 싱가포르에 삼 일이나 머물러야 했다. 상공장관과 그곳에 함께 온 사장을 수행하기 위해서였다. 혜정과 재준이와의 두 번째의 정사를 가능케 한 것은 이를테면 싱가포르였다. 혜정은 친정어머니를 득달같이 불러다 놓고 외출했던 것이다. 불란서 대사관에 나와 있는 불란서 사람한테 직접 회화를 배운다는 핑계를 댔다.

혜정의 어머니는 딸이 대학에서 불어를 전공했었기 때문에, 시기적으로 새삼스럽기는 했지만 달리 의심하지 않았다. 딸이 단 한 번의 혼외정사로 연애에 흠씬 취했다는 사실을 알 턱이 없었다. 더욱이 사위로 말하면 대한민국의 일등 신랑이 아닌가. 인물 좋고 직장 좋고 능력 있고 돈 잘 벌고(증권 투자로 재미 보는 사실까지 알면 더욱 탄복하였으리라) 딸 잘 거두는 사위였기 때문이다.

딸은 결혼 생활 십여 년에 이르도록 남편에 대해 불평 한마디 하지 않았었다. 술이 과하고 늦게 들어오는 게 구태여 흠을 잡자면 흠이 되련만 그거야 능력을 인정받기 때문이 아닌가! 게다가 외도로 속 썩인다는 소리조차 들어보지 못하였던 것이다. 여자의 복이란 여기서 더 바라면 죄일 거라고 늙은이는 믿었다.

남편과 잠자리하는 거야 자식 생산하기 위해서지, 뭐 요새 세상이 더러워져서 성 어쩌고 하는 것이 옴 오를까 두려운 말이었다. 만일 자기의 딸이 그런 사위를 버리고 젊은 남자와 놀아나되, 그로 인하여 딸이 희망과 생기를 얻었노라고 한다면 늙은이는 비상을 먹을 거였다.

혜정은 파출부를 바꾸었다. 일주일에 두 번만 쓰고 싶어서였다. 그러나 실은 비밀을 담고 있는 듯한 파출부의 눈빛이 싫어서였다.

형민은 아내가 활기를 띠고 집안일을 직접 하려는 게 기특하여 칭찬해주었다. 아내가 일주일이면 서너 번도 함께 식사하지 못하는 자기를 위해 요리책을 들여다보는 것도 기분 좋았다. 그러나 그는 아내의 새로운 사랑으로 빛나는 눈빛에 대해서는 소홀히 지나쳤다. 혜정이 애인의 점심이나 새참을 위해 가락동까지 가서 새우며 전복을 사오는 것도 알지 못했다. 아내가 침대를 트윈으로 바꿨을 때도 이미 오래 전부터 그가 원하던 바였으므로 환영했다.

이렇게 형민이 아내의 달라지는 모습이나 태도에 방관하고 있을 때, 소문은 바깥에서 회오리쳤다. 혜정이네와 마주 보는 204호 집 가정부가 혜정이네 파출부로부터 들은 소리도 있고, 들으나마나 수상쩍은 사내인 것이 눈에 띄어서 소문을 물어내기 시작했던 것이다. 한 집 건너 두 집, 이 동 저 동으로 퍼졌다. 핸섬한 그 청년이 승구의 외삼촌이 아니었단 말이냐고, 분개하는 여자도 있었다.

소문은 이렇게 돌면서 정작 203호의 형민이만 따돌렸으나, 마침내 그마저 알게 되는 사건이 터졌다.

형민의 여동생 형옥이 때문이었다.

형옥은 알음알음으로 녹용을 한 대 샀는데 올케도 나누자고 전화를 했었다. 혜정은 사건 사겠지만 오늘은 승구 바이올린 선생이 오는 날이라 나갈 수 없다고 했던 것이다. 형옥은 다음으로 미루고 전화를 끊었는데 번개 같은 의혹이 스쳐서 긴장하였다. 바이올린 선생이라구? 그때 그 청년······.

형옥은 갖은 의심과 호기심 때문에 집에 가만히 있을 수가 없었다. 평소에 그는 올케가 하는 일 없이 가정부를 두고 사치만 하며 아이도 하나밖에 낳지 않는 것에 심한 질투와 적개심을 품고 있었다.

형옥은 한시쯤 예고 없이 오빠네로 쳐들어갔다. 승구는 두시가 넘어야 돌아올 거였다.

혜정은 재준과 마주 앉아 점심을 먹고 있었다.

"어머 고모. 오늘은 안 된다구 했잖아요."

혜정은 당황하고 속이 상해서 울상을 지어 말했다.

"오빠네 집 오는 것두 날 잡아야 되나?"

형옥은 빈정거리며, 들어오라는 말도 잊고 서 있는 혜정을 밀치고 안으로 들어갔다. 재준이 식탁에서 낯붉히고 형옥에게 목례를 보냈다.

"바이올린 선생님이세요?"

형옥은 그를 비웃는 낯으로 바라보며 새 울음소리같이 말했다. 이미 그가 그때 본 청년이라는 확인을 끝낸 뒤였다.

"언니, 집 안이 퍽 달라졌어요. 행복한 분위깁니다아."

형옥이 이렇게 빈정거렸으나 혜정은 자기 기분 때문에 듣지 못하였다. 그는 엉거주춤 일어서 있는 재준에게 다가가서 보호하려는 듯이, 괜찮다고 마저 먹으라고 말해주었다.

"다 먹었습니다."

갑자기 재준이 사무적으로 말했다. 혜정은 그렇게 달라진 재준이가 두렵고 미웠다.

"언니, 난 가요. 지나가는 길에 언니 얼굴 보러 들렀을 뿐이니까."

형옥은 말하며 현관으로 나갔다. 혜정은 빈소리로나마 시누이를 잡지 않았다. 형옥은 올케가 확실히 바람이 났다고, 아주 눈이 뒤집힌 거라고 믿었다. 집에 돌아와서 잠시 망설이다가 오빠를 더욱 불행하게 할 순 없어서 회사로 전화를 걸었다. 자리에 없어서 세 번째 걸었을 때야 겨우 통화가 되었다.

"쓸데없는 소리 하지 마!"

형민은 여동생이 아내의 불륜의 현장을 목격이라도 한 듯이 올케 단속 잘해라, 그냥 두면 큰 망신 떤다, 집안 망신이다…… 했을 때 우선 이렇게 소리쳐서 입을 막아버렸다.

"그렇게 동생이 못 미더우면 지금 당장 집에 가보라구!"

형옥은 속이 상해 이렇게 소리치고 전화를 끊었다.

형민은 시누이올케가 쫑고 까부는 것으로 밀어붙였으나 십 분이 지나고 이십 분이 지나면서 아내의 '문제'가 심각하게 머릿속을 파고드는데, 그 집요함은 형민의 의지로도 떨쳐낼 수 없었다.

어떤 고급 관리의 아내가 그의 운전기사를 복상사시켰다는 루머, 대학교수의 아내가 수영장 코치와 간통한 사건, 성병을 아내가 옮긴다는 잡지의 광고 제목, 사우디의 남편과 제비족, 아내의 불륜이 늘어난다는 대법원의 통계 따위들이 마구 떠오르는 거였다.

오후 세시부터 퇴근까지를 그가 어떻게 버텼는지 그는 알지 못했다. 절망감과 분노, 배신감들이 뒤엉켜 그를 사로잡곤 했다. 후엔 부원들과 단합 술판이 예정돼 있었지만 형민은 벌금을 내놓고 집으로 왔다. 부서 내에서는 형민이 다음 인사 때 중역이 되리라는 설이 거의 확실하게 퍼져 있었다.

가을을 익히느라 요 며칠 날이 흐리더니 빛살이 들기 시작했다. 단풍을 내리몰고 그것을 떨구면서 철이 바뀔 거였다. 마구 떨어져 내린 가로수 잎이 어지럽게 날리는 모습이 차창 밖 불빛으로 보였다. 형민은 침통하고 어두운 낯으로 돌아왔다.

그 애가 뭘 잘못 알았겠지.

그는 자기 의지도 아닌 채 자꾸만 아내 편으로 생각하고 있었다. 벨을 누르는데 손가락에 경련이 일었다. 그는 손을 여러 번 흔들었다.

"누구십니까?"

안에서 노인네의 목소리가 들렸다. 형민은 당황해서 장모의 귀에 익은 목소리도 알아듣지 못하였다.

"누구야아."

밖에서 대꾸가 없자 노인네가 언성을 높였다. 그제야 형민은 목소리를 알아듣고 접니다! 소리쳤다.

"누구야?"

노인네는 설마 사위가 돌아왔으리라곤 상상도 못해서 혼잣말을 하며 문을 열다가, 반갑고 놀란 기색이 엇갈린 얼굴로,

"자넨가? 일찍 왔네. 어쩌나. 어멈이 없는걸."

하고 지껄였다.

"자네가 늦을 거라고 하면서 나갔는데. 오늘이 뭐 불어 배우는 날이라잖나. 자네두 알지? 그 나이에 뭘 배우겠다는 게 기특하지?"

장모는 사실 사위의 저녁밥이 없어서 무참하기 그지없는 마음을 이렇게 떠벌리며 삭이는 중이었다.

"저녁 안 먹었지?"

"드셨어요?"

"응, 승구랑 좀 먹었어."

"전 생각 없습니다. 속이 안 좋아 술자리를 빠져나왔어요."

"자네가 왔으니 난 갈라네."

"왜 주무시구 천천히 가시지요."

"아냐. 딸네는 거북하다네."

"죄송합니다."

장모는 간다는 말 떨어지기 무섭게 손지갑을 꺼내들고 나왔다. 형민은 도망치듯 가려는 장모의 태도마저 아내의 불륜과 관계가 있는 듯이 여겨져서 붙들지도 않았다. 그는 인사치레로 택시를 잡아주고 들어왔다.

"밤에 아빠 얼굴 보는 거 첨이다!"

승구가 감정 없는 무미건조한 말투로 내뱉었다.

형민은 아무 말없이 아들의 머리를 두어 번 쓸어주었다. 그는 아들을 아이의 방으로 들여보내고 소파에 길게 누웠다. 노랗고 자줏빛 나는 국화가 한 아름 되게 백자 항아리에 꽂혀 있는 게 보였다. 아내가 없는 집에 들어와 외출한 아내를 기다리는 건, 형민에겐 희한한 경험이었다.

아내란 가정에 있는 여자였다. 남편이 돈을 벌어 안락한 집을 마련하듯이 아내는 집안의 일부로 집 안에 들어야 하지 않는가. 56평의 아파트로 이사 올 때, 아내가 졸라서 천삼백만 원짜리 자개농을 들여놓았다. 늘 손길을 타서 반들거리는 자개농처럼 아내도 언제나 반들거리는 모습으로 집안에 있어야 한다! 언젠가 지나가는 소리로 불어 회화를 배운다고 해서 잘했다고 한 것이 밤 외출을 허락한 건 아니었다.

형민은 이미 생활로 되어 끄집어내기도 곤란한 아내의 규율들을 떠올리고 그것에 순종하지 않은 아내의 일상들을 비로소 깨닫고 나서 분통을 터뜨렸다.

만일, 아내가 불륜을 저질렀다면…… 가장이 죽여야 한다! 아내는 남편의 것이므로.

형민은 여기까지 생각했다. 그렇다고 생각이 정리된 것은 아니었다. 그는 혜정을 내쫓는 방법도 생각해보았다. 이혼 사유가 결국 자신의 자존심을 깎아내리는 것이 되므로 좋지가 않았다.

모르는 체 넘어가볼까?

이런 생각도 했다.

그러나 이 방법은 성이 차지 않았다. 그는 아내에게 모든 것을 다 해주었노라고 자신 있게 말할 수 있었다. 아내가 요구하기도 전에 그는 맘에 드는 귀금속을 사서 선물하였으며 승용차도 사주었다. 결혼 초 한두 해를 빼고 아내는 집안일을 한 적이 없었다. 그런데 배반을 해? 천벌을 받아야지!

이런 갈등 사이사이로, 형민은 자신의 생각이 오해일 거라고, 형옥이가 잘못 알고 있었으리라고 생각했다. 그러나 파리에서 전화를 했을 때 없었던 것, 몇 달 사이에 아주 달라진 태도 따위들이 그런 생각들을 짓뭉개버렸다.

혜정은 열시 반에 돌아왔다. 재준이와 저녁을 먹고 강변도로와 북악 스카이웨이를 드라이브하고 온 것이다.

혜정은 벌써 와 있는 남편을 보고 질리는 표정이었으나 이내 수습하고는,

"당신 일찍 오셨네요."

하고 인사했다. 형민은 아내의 눈을 쏘아보았다. 아내는 아들의 방문부터 열어보고, 벽 쪽으로 누워 잠든 것을 확인하고 살며시 나왔다.

형민은 참지 못했다.

그는 아내가 옷을 갈아입으려 할 때, 뺨을 후려쳤다. 손에 얼마나 독한 기운이 뭉쳤던지 금방 뺨이 부어올랐다. 그 서슬에 혜정은 남편이 모든 것을 알고 있다고, 그렇게 생각했다.

"얼마나 됐어!"

뺨을 맞으며 쓰러진 혜정을, 그 자세로 둔 채 형민이 심문했다. 그는 아내가 무슨 말이냐고! 하고 울며 반항하길 바랐다. 그러나 아내는 침묵했다.

"얼마나 됐어!"

형민은 차마 간통한 지 얼마나 되었느냐고, '간통'이라는 말을 입에 올릴 수 없어 머리를 잘라내고 물었던 것이다.

"여보, 용서해줘요. 잘못했어요."

침묵하고 있던 아내가 기어 들어가는 말소리로 이렇게 대답하자 형민은 현기증을 느껴 침대에 걸터앉아야 했다. 혜정은 남자의

엄청난 분노 앞에서 그만 겁에 질려 벌벌 떨면서 "잘못했어요, 용서해줘요"를 말할 뿐이었다. 무엇을 잘못하였으며 무엇을 용서받아야 할지를 혜정은 분명하게 알지 못하고 있었다. 포악해진 군주 같은 남편을 보는 순간 두려움만 앞서서 죄책감이 자라날 틈도 없었는지 모른다.

"바이올린 선생이라지?"

오랜 침묵 끝에, 경멸기가 뚝뚝 흐르는 말투로 형민이 내뱉었다. 혜정은 대답하지 않았다. 대답 없는 아내가 남편의 잠시 숨죽은 분노를 되살려냈다. 남편은 날쌘 동물처럼 으르렁거리며 일어나 자신의 바지에 꿰인 혁대를 잡아당겼다. 혁대가 빠지며 옷걸이가 넘어지고, 그 바람에 밑에 있던 화장품들이 떨어지고 깨지고 난장판을 이뤘다. 남편은 그런 건 돌아다보지도 않고 여전히 질려서 웅크리고 있는 아내의 몸을 휘갈겼다. 아내가 신음하며 살려달라고 부르짖다가 차라리 죽이라고 외쳤다.

너 같은 건 죽어야 해!

내 손으로 못 죽이는 건 살인자 되는 게 창피해서다!

혁대를 내리치며 형민은 이를 악물고 속으로 악을 썼다.

방문이 열리며 승구가 들어왔다. 벌써 울고 있었다. 형민은 혁대를 내던졌다. 그것은 죽어가는 구렁이처럼 꿈틀하다가 멈췄다. 승구가 쓰러진 어머니를 붙잡았다. 등이 깊이 팬 실크 원피스는 혁대에 여기저기 터졌고 살은 벌겋게 부풀거나 피가 튀어나온 데도 있었다. 혜정이 안간힘을 써서 일어나 아들을 안았다. 얼굴에 코피가 쏟아져 피범벅이었다.

"엄마, 엄마 왜 이래. 아빠 나빠요. 엄마가 뭘 잘못했어요. 말루 하면 안 돼요. 원수졌어요? 이거 보세요. 이거 피 봐요!"

승구는 엉엉 울면서 약솜과 소독약을 찾으러 거실로 나갔다.

"경고하겠는데, 조용히 나가. 조용히 나가라구. 조용히!"

형민이 이렇게 준열한 선고를 하였다. 그는 아들이 그 어미의 상처를 어루만지며 수습하는 꼴을 볼 수 없고, 아내와 한 공간에 있기도 싫어 대충 옷을 챙겨 집을 나갔다. 아들은 어머니의 가해자가 떠나는 것에 신경을 쓰지 않았다.

승구가 어머니의 얼굴과 등, 팔, 어깨, 허벅지에서 닦아 낸 피 묻은 솜이 한 뭉치도 넘었을 때, 혜정은 가까스로 정신을 차렸다. 그는, '나는 죽지 않는다!'라고 생각했다. 혜정은 세수를 하고 옷을 갈아입었다. 뼈가 잘못되었는지, 근육통인지 걸음 떼기가 거북스러웠다. 승구와 함께 아들의 침대에 누웠다. 아들의 손을 잡고 아들이 잠들기까지 자는 시늉을 하고 기다렸다.

조용히 나가라구?

혜정은 집이 남편 것이며 아들도 남편의 성(姓)을 따랐음을 깨달았다. 소유권이 문서로 되어 있는 모든 것은 남편의 이름이라는 사실도 깨달았다. 그런 재물과 마찬가지로 자기 자신의 이름도 남편의 밑에 들어가 있음을 발견했다.

그래, 조용히 나가는 건 어렵지 않다. 다만 나는 빈털터리로 내쫓긴다는 것이 두렵고 원통할 뿐이다!

간통을 했다고. 더러운 화냥년이라고. 아들의 과외선생과 붙어
먹었다고…….

그래!

붙어먹었다.

혜정은 불타다 튀어 오르는 뼈다귀처럼 일어나 앉았다.

혜정이 자기 자신, 자신의 인생, 자기 삶의 실체를 이 순간처럼
명료하게 인식하기는 난생 처음이었다.

…… 빈털터리.

내가 가졌다고 믿었던 것이 허구라면, 다시 시작할 수도 있지 않
을까…….

살아나는 시간

영옥은 허겁지겁 손톱 밑의 때를 후벼 팠다. 엊그제 바투 깎은 손톱이 자라지 않아 다른 손톱으로 엄지손톱 밑을 파는 게 수월찮았다. 게다가 어디선가 누가 보고 있을 것만 같고, 또 금방 재준이가 곁에 와 앉을 것 같아 마음은 조급한데 손놀림은 한없이 더디었다. 굳어버린 어깨는 뻣뻣하고 붉어진 얼굴은 여태도록 화끈거렸다.

채를 쳐놓고 파는 우엉은 색깔 변하지 말라고 양잿물인가에 담가 둔다기에, 그런 말을 들은 뒤로 영옥은 우엉 뿌리를 사다가 제 손으로 껍질을 벗겼다. 시어머니가 남자들 반찬으론 우엉이 좋다고 졸이기도 하고 튀김도 해서, 결혼 생활 십여 년에 시나브로 버릇이 됐다.

영옥은 거의 집요하게 손톱 밑을 팠다. 때는 보이지 않는데 손톱이 허옇게 웃자란 모양이 되었고 우엉의 검추레한 물은 없어지지가 않았다.

이래서 살림하는 여자들도 손톱에 물감을 칠할까? 영옥은 무슨 진리를 깨달은 듯 눈을 번쩍 떴다. 신혼 때, 텔레비전을 보다가 여자 손톱에 대한 얘길 하게 되었다. 영옥은 물감 들인 기다란 손톱으로 어떻게 김치 버무리고 나물 무치냐고 흉보면서 자신의 청결성과 야무진 주부티를 드러내 보이려고 말했었다. 영옥의 옆에 번듯이 누워 아내의 허리를 쓰다듬며 맨살 감촉을 즐기던 태호가,

"그러니까 여자지!"

하고 무 잘라내듯 내뱉었었다. 그때 영옥은 자기 생각이 옳다고 굳게 믿고 있었으므로, 그 여자라는 단어가 아내인 자기를 가리킨다고 쉽사리 생각했었던 것이다.

그런데 지금, 오랜 세월을 파묻혀 있던 지병이 도진 듯 그때의 판단이 옳지 않았다는 사실을 깨우쳤다.

영옥의 낯색은 두려움과 노여움과 서글픔으로 뒤범벅이 되었다. 손님을 기다리는 중이냐고 나비넥타이의 곱상한 청년이 다시 한 번 확인했다. 영옥은 쳐다보지도 않고 고개만 끄덕였다. 약속한 시간에서 일 분이 지나고 있었다. 재준이가 먼저 정한 시간이었다. 그는 시간을 정하고 장소를 정할 때 어린 딸의 입장부터 살피는 아비처럼 여러 번 영옥이 편하게 하려고 마음을 썼었다.

이 분이 지났다.

영옥은 시간에 늦은 재준이보다 오 분이나 일찍 여기 나와 앉아 있는 자기 자신이 역겨워졌다. 그를 만난다고 들떠서 하루를 어떻게 보냈는지……. 목욕을 하고 미장원에 가고 화장을 했다 지웠다,

옷을 이것으로 입었다가 저것으로 입었다가……. 결국 자신 있게 입고 나갈 옷 한 벌 없이 살아온 자신의 초라한 삶을 몸서리치게 깨닫고……. 그럼에도 불구하고 전화 목소리에서 십여 년 전의 따뜻함과 그리움이 마구 느껴져서, 그것 때문에 여기에 이르른 것이었다.

그가 오지 않는다면…… 차라리 오지 않았으면…… 한 시간쯤 앉아 있다가 그냥 가게 되었으면…….

영옥은 이제 손톱도 잊고 뒤늦게 깨달은 '그게 여자지!'도 잊고 패배감에 젖어 이런 생각을 했다. 그리고 종업원을 불러 커피는 시간이 지나 안 팔고 그보다 비싼 주스류는 된다고 해서 영옥은 파인주스를 시켰다. 오렌지주스가 입에도 귀에도 익었건만 저도 모르게 파인주스라고 말한 거였다.

재준이 오지 않아도 좋다고 생각해서인지 영옥의 굳었던 몸이 느슨하게 풀렸고 기분도 고즈넉해졌다. 비로소 다른 비어 있는 자리와, 더러 자리를 차지한 사람들과 음악 소리를 보고 듣게 되었다. 그리고 파인주스를 한 모금 마셨다.

"많이 기다렸지? 차 댈 데가 마땅찮아서."

이렇게 말하면서 재준이가 앞자리에 앉았다. 영옥은 너무 놀라 그가 기다렸느냐고 한 말밖에는 알아듣지 못했다.

"화가 나서 가버렸을 줄 알았지."

재준이가 늦어지는 시간 내내 가슴 졸이고 초조했던 그것을 풀어 던지며 중얼거렸다. 그는 문턱에 들어서는 순간 혼자 앉아 있는 여자의 뒷모습만 보고도 영옥이라는 걸 알아차렸던 것이다.

어느 날 갑자기 결혼하겠다고 해서 자신이 은밀하게 다지고 있던 삶 전체를 무의미하게 허물도록 한 여자였다. 결혼해서 죽을 때까지 함께 살아야 할 여자였기에 그는 쉽사리 자기감정을 드러낼 수가 없었다. 주말에 교외선을 탔고 영화를 보러 갔고 낙지집에 가서 소주도 마셨지만, 결혼하면 할 수 있는 교합들은 참는 게 즐거웠다.

영옥은 고개를 숙인 채 아무 말도 하지 않았다. 재준은 이미 이십 대를 거쳤고 곧 마흔 줄로 접어들 나이의 여자인 영옥을 바라보았다. 회사에 다닐 때, 야무져 보이고 일 잘한다던 여사무원의 모습도 흔적이 없었다. '남편은 아직 학교 선생인가?' '여학교에서 영언지 독일언지를 가르친다고 했었지?' 하고 재준은 묻고 싶었지만 영옥의 남편을 이야기하지는 않았다. 영옥은 꺼풀 들고 허옇게 웃자라 보이는 엄지손가락을 다른 손가락으로 자꾸만 아물렸다.

"배고프지 않아?"

재준은 영옥에게 물었다.

영옥은 놀란 눈을 뜨고 마구 도리질을 하였다. 그러다가 뒤미처 생각난 듯이,

"재준 씨 배고프겠다아."

하고 말했다.

"아니."

재준은 말하며 시계를 보았다. 종업원이 옆에 와 섰다. 영옥이가

마신 것으로 시켰다. 그는 처음부터 궁금했던 것, 웬일로 만나자고 했느냐는 걸 묻고 싶었다. 그러나 그의 궁금증과는 달리 묻기가 두려웠다.

"놀라지 않았어?"

처음보다 긴장이 많이 풀린 편한 목소리로 영옥이가 물었다.

"뜻밖이어서…… 어떻게 사는지 궁금했어."

재준이가 말했다. 그는 곧추앉았던 매무새를 풀고 의자 팔걸이에 비스듬히 기대어 앉았다.

"결혼은……?"

영옥이 고개를 숙인 채 눈을 뜨고 웃으며 말했다.

"했어!"

재준은 무슨 말인가를 덧붙이고 싶은 걸 완강하게 참는 표정으로 잘라 말했다. 그리고 영옥을 똑바로 바라봤다. 영옥은 눈을 내리깔고 생각에 잠긴 모습이었다. 재준은 종업원이 가져다 놓은 주스잔을 비켜놓았다. 그는 손을 뻗으면 잡을 수 있는 자리에 있는 여자의 모습에서, 그가 지켜보지 못한 세월 동안 그 여자에게 일어난 일들—불행이나 행복들에 대해 짐작하려고 애썼다. 시장 거리에 가면 밟히는 아줌마의 모습이 틀림없었다. 그런데 옛날에 그저 친구 사이 이상을 넘지 못한 남자를 불러내게 한 빌미가 무엇일까. 불행일까? 만일 불행이라면…….

재준은 더 이상 생각하지 않았다.

"재준 씬 잘할 거야. 좋은 남자니까. 회사에서 여자들한테 인기

였잖아."

영옥이가 이렇게 말했기 때문이었다. 그는 영옥을 물끄러미 바라보았다. 불행한 표정은 아니었다. 말투에도 처녀 때의 똘똘함이 느껴졌다. 그러나 회한의 그늘도 감득됐다.

"날 못 알아볼까봐……."

영옥이 웃으며 말했다.

"뒷모습만 봐두 알겠던데."

"이상해. 곧 환갑이 될 것 같아."

영옥이 고개를 갸우뚱하고 재준을 바라보며 중얼거리듯 말하는데, 재준은 야릇한 연민이 느껴져서 아무 말도 하지 못했다.

그들은 잠시 말없이 앉아 있었다.

"나갈까?"

재준이가 물었다.

영옥은 입술을 깨물고 눈을 가늘게 떴다.

"저녁 먹구 들어가지 뭐. 괜찮겠어?"

"…… 친정어머니가 오셨거든…… 살아 있으니까 이렇게 만날 수 있구…… 정말 상상두 못했는데……."

영옥은 뒤늦게 감흥에 젖어 중얼거렸다. 재준은 먼저 일어났다. 그는 영옥이 허튼짓을 하지 않는 여자임을 믿었다.

영옥은 길거리에 서서 재준이가 차를 빼 오도록 기다렸다. 잠깐 만나 얼굴이나 보고 싶었을 뿐이었는데 이렇게 밥까지 먹게 될 줄은 몰랐었다. 이민 간 여동생네 초청으로 로스앤젤레스로 떠날 어머니가 비자 신청해놓고 맏딸네로 다니러 온 거였다. 남편은 보충 수업 때문에 늦고, 피로 푼다고 한잔한다고 늦고, 제자들 모임에 초대받았다고 늦고. 학부형과 만나고 동창 만난다고 늦고…… 늦고…… 늦고…… 했다. 저녁은 먹고 들어가봤자 남편보다는 이를 거였다. 처녀 때 한 직장에서 일한 친구를 결혼 후 처음 만나 저녁 밥 먹고 헤어지는 게 뭐 죄 되랴 싶기도 했다.

재준의 차는 계란색인데 작고 깨끗했다.

"회사에서 유지비 줘서 중고 샀어."

묻지도 않은 말을 재준이가 했다. 그는 카세트를 틀었다. 남자 가수 둘이 노래했다. 가끔 텔레비전이나 라디오에서 들은 노래였 는데 전에 없이 감미롭게 들렸다. 영옥은 똑바로 앉아서 차창 바깥 에 눈을 주고 있었으나 그의 마음은 하염없이 어떤 감흥에 빠져들 고 있었다.

"어디 갈까? 먹고 싶은 거 말해봐. 십 년 만에 만났는데 먹고 싶 은 거 사줄게. 부잔 아니지만 그건 할 수 있어."

"난…… 난 몰라. ……외식을…… 외출을 잘 안 해서……."

영옥은 더듬거렸다. 그러는데 공연히 얼굴이 달아올랐다. 집이 아닌 데서 돈 주고 사 먹는 음식에 어떤 것이 좋은지 어디에 가고 싶은지, 영옥은 선택할 수가 없었다. 가슴속에서 수치심이 뭉글뭉 글 끓기 시작했다. 끓어오르는 건 수치심뿐만은 아니었다.

몇 년 전, 둘째는 업고 큰아이는 걷게 해서 기저귀 가방 들고 남 편과 백화점 나들이를 한 적이 있었는데 사람은 많고, 살 만한 물건은 비싸고 걸맞지 않게 보였고 식당가의 음식도 비싸서 지하실의 간이식당에서 냉면 한 그릇 서서 먹는데 곤욕을 치른 적이 있었다. 사람 많아 답답한 공간에서 아이는 칭얼대고 걷던 큰아이도 아비에게 업히겠다고 떼를 쓰자 태호가 나들이, 나들이 경을 읽던 영옥을 마구 욕해대었던 것이다. 영옥은 태호의 마음씀이 못마땅하게 여겨졌으나 그가 한 주일 내내 가장으로서 생업에 시달리므로 일요일은 온종일 휴식해야 한다고 소리쳤으므로 이내 주눅이 들어버렸다. 그뿐 아니라 외출을 주장한 자신의 행동에 죄책감마저 느꼈었다.

그 후 가족 동반 외출을 한 적이 한 번도 없었다. 일가친척들의 크고 작은 일에 참석해야 할 때만 움직였다.

"신라호텔 가볼까? 거기 뷔페가 좋던데⋯⋯."

재준이가 앞을 보며 나직이 말했다.

호텔?

뷔페?

"아니! 아니, 난 싫어!"

영옥은 불똥 맞은 듯이 손을 내젓고 앉음새를 고치며 소리쳤다.

호텔이 잠만 자는 데가 아니라는 건 알고 있지만, 그리고 재준이가 비싼 저녁을 사주려 한다는 걸 알고 있지만, 영옥은 몇 분이나 지나도록 평정을 찾지 못했다.

재준은 말없이 차를 몰았다. 차는 종로통을 지나고 동대문도 지났다.

그는 아침에 영옥이와 통화했었다. 이내 그 여자의 목소리가 영옥이라는 걸 알아차렸고, 곧장 한번 만나고 싶다는 생각이 솟구쳐 그렇게 말하려는데 그쪽에서 먼저 만나자고 했던 거였다.

"미스 최두 만나나?"

"누구?"

"같은 과에 있었잖아. 머리 길게 늘어뜨리구 다니던 아가씨."

"아, 미숙이!"

영옥은 소리쳤다. 문득 옛날이 떠올랐다. 결혼하고 만난 적이 없었다. 맏며느리라 시부모와 시동생들이 한집에서 살았던 까닭도 있었다. 영옥의 뇌리에 십여 년 동안 살아낸 시간과 일들이 한꺼번에 떠올랐다. 시누이 시집 보내고 시동생들 대학 졸업시키고 아이 둘 낳아 기르고 시아버지 삼년상 치렀다. 시동생 장가들어 세간 나고 막내는 직장에 들어갔다. 시어머니가 뒷바라지한다고 방 한 칸 얻어 따로 나갔다. 처음으로 자식 둘과 남편과 함께 살게 되었을 때 영옥은 한 달을 내내 시름시름 앓으면서 지냈었다. 그리고 일 년이 지난 거였다.

"어떻게 살까. 보고 싶은데."

영옥이 힘 빠진 목소리로 중얼거렸다. 이젠 다시 사랑할 수 있어요, 라고 '해바라기'가 노래하였다. 영옥은 괜스레 민망했다.

"여자들은 결혼하면 다아……."

재준은 여기까지만 말하고 입을 다물었다. 결혼하면 다아 집밖에 모르냐고 평소에 생각해보지 않았던 말을 내뱉으려던 거였다.

"재준 씨 부인은…… 이쁠까?"

영옥은 손톱을 부자연스럽게 잡아당기며 물었다.

"간호원이야. 국민학교에 나가, 양호교사루."

"직장 생활하는구나아."

영옥은 '나아'를 오래도록 끌어 말했다. 재준은 문득 영옥의 지친 마음이 느껴져 야릇한 기분이 들었다. 그러나 내색하지 않았다.

"연애결혼했어?"

영옥이 물었다. 처음으로 재준을 말끄러미 쳐다보았다. 재준은 입꼬리를 밀어내며 웃음지었다. 그는 끝난 테이프를 다시 틀었다. 자동차의 시계가 일곱시 사십분을 가리키는데 아직 환했다. 해가 지는 한강도 좋을 거란 생각을 했다. 직원들끼리 팔당 쪽으로 천렵을 간 적이 있었다. 천렵이라야 낚시도 하고 싸간 음식으로 매운탕 끓여 하루 낮 동안 볕에서 취하며 논 거였다. 그때 영옥은 다른 여자들과는 달리 성실하게 음식 만드는 일을 했었다.

"연애결혼했느냐니까."

영옥이 다그쳤다.

"뭘 알고 싶어? 난 연애라군 영옥이랑 해본 기억밖에 없는데."

재준은 무뚝뚝하게 말했다. 영옥은 깜짝 놀라며 재준을 외면했다.

"농담이시겠지."

이렇게 한마디 뱉었다. 그리고 재준이 무슨 말인가를 하길 기다렸다. 그러나 재준은 입을 다물고 있었다. 화가 난 것도 같고 우울해

보이기도 하지만 옆모습만으로는 정확하게 알 수가 없었다.

"그건 거짓말이야. 우리가 연애하는 사이였다면 왜 결혼하지 않았어? 나한테 결혼하자는 말 한 적이 없잖아!"

이제 영옥은 의자에 모로 앉아 당당한 기세였다. 재준은 '해바라기'와 흥을 맞추려 했다. 그는 콧소리를 흥얼거렸다.

"거짓말이지!"

영옥은 약이 올라 소리쳤다.

"팔당 생각나?"

재준이가 콧노래를 그치고 물었다. 영옥은 갸우뚱했다.

"내가 물속에서 돌멩이 하나 건져 줬잖아. 물에 들어가면 푸른빛 도는 작은 돌멩이."

재준은 정확한 말소리로 설명하였다. 영옥은 마치 기억의 과녁처럼 재준이가 쏘아대는 추억에 탁탁 몸부림을 쳤다. 비로소 그날의 돌멩이가 떠올랐다. 그러나 영옥에겐 그날 이후 잊어버린 무생물일 뿐이었다. 영옥은 입술을 깨물었다. 이상한 느낌이 번개처럼 가슴을 후비며 지나갔다. 문득 재준에게 부끄럽고 또한 그가 두렵기도 했다. 그가 거짓말을 하는 것도 아니고 농담을 하는 것도 아니라는 걸 너무 잘 알게 되어서 영옥은 차라리 곤혹스러웠다.

영옥은 차창 밖을 내다보았다. 차가 잠시 멎었는데 느낌이 이상해서였다. 검문소였다. 영옥은 군인을 보는 순간, 자기가 재준이아내가 아니라는 사실을 깨우쳤고, 또한 여차하면 부부 행세를 할수도 있다는 돌파구도 떠올렸다. 군인은 손짓만으로 차를 통과시켰다.

"물어보지두 않구 이쪽으루 나왔네. 해 지는 한강을 생각했더니…… 편찮으면 돌아가지 뭐. 덕소에 가면 강가에서 밥하는 집 많긴 할 텐데……."

재준이 부드러운 목소리로 말했다.

"혼자 집 나온 게 처음이야. 엄마가 와 계시긴 하지만."

영옥은 말하면서 뭔가 개운찮아 툴툴 웃음으로 얼버무렸다.

"갈까?"

"왜?"

"걱정하는 거 같아서."

재준은 차의 속도를 늦췄으나 돌리지는 않았다. 영옥은 문득 무엇인가가 깨우쳐지는 느낌이 들었는데, 아주 순간적인 것이어서 느낌의 실체를 깨닫지 못하였다. 몹시 아쉬워서 무엇일까 생각해보았다. 그러나 떠오르지 않았다.

신앙촌을 지났다.

저녁만 먹지 뭐, 깨끗한 한강도 구경하고, 영옥은 자신의 속마음을 이렇게 다독거렸다.

"사실은, 좀 화려한 데로 갈 생각이었어. 저녁에 나온다고 해서."

재준이가 누그러진 목소리로 말했다.

"난……."

영옥은 말끝을 잇지 않고 쿡쿡 웃어버렸다. 차나 한잔하려 했다는 말은 숨길 수 없는 사실이지만 지금 이 순간에 털어놓기에 지나간 얘깃거리처럼 부질없이 여겨졌던 것이다.

"매운탕 먹지?"

"여자라는 게 못 먹는 거두 있어야 할 텐데 난 아무거나 다 잘 먹어서 회사 다닐 땐 참 부끄럽더라구. 삼겹살두 나만 잘 먹었잖아. 우리 과 회식할 때 말야. 과장님은 내 식성이 무던하다구 뭐 잘살거라나?"

영옥은 저도 모르게 코웃음을 쳤다. 재준이 어느 음식점 마당으로 비탈길을 내려가며 영옥을 흘깃 쳐다보았다.

차를 세우고 강이 내려다보이는 마루방에 앉았다. 산과 강물이 땅거미에 짙어지고 허공은 희끄무레 틔었다.

영옥은 식탁 네 개가 놓여 있는 마루방에 재준이와 둘만 있는 게 좋았다. 더 이상 다른 사람들이 오지 않기를 거의 조바심치며 바랐다. 어둠의 빛깔에 쉽사리 물든 산과 강은 이미 검은 밤의 색깔이고 허여스름한 것은 자갈밭이거나 모래벌일 거였다. 영옥은 귓등으로, 재준이가 소주 한 병과 매운탕을 시키는 소릴 스쳐 들었다.

"시내버스가 여기까지 오니 뭐 경기도랄 것두 없지."

재준이 불만스럽게 내뱉었다.

이윽고 영옥이 재준이를 마주 바라보았다. 영옥의 표정은 비 끝에 해를 본 꽃처럼 밝고 싱그러웠다.

음식은 곧 들어왔다.

"어머머, 난 술 못하는데."

영옥이 이내 화사하던 낯색을 일그러뜨리며 종업원에게 소주잔을 돌려주었다. 그 몸짓이며 표정이 어찌나 완강한지 재준은 당황한 기색을 감추지 못하였다. 종업원은 술잔을 쟁반에 담아 들고 돌아갔다.

재준은 자신의 술잔에 술을 채웠다. 그는 영옥이 살림하는 여자라는 사실을 새삼 깨우쳤다. 그가 바깥에 나오면 깡그리 잊게 되고, 간혹 부딪치게 되는 여러 여자―직장의 앳된 신입 여사원들, 그들의 발랄함에 짐짓 끼어들 때, 혹은 출장지에서 하룻밤 자게 되는 외지의 창녀, 이발소 아가씨의 안마 잘하는 손끝, 회사 근처의 스탠드바 오혜림 등과의 관계에서도 자신의 의식에 겹쳐지는 일 없는(아내에게 꼬투리 잡혔을 경우도 있지만) 결혼해서 애 낳고 한집에 사는 여자, 아내. 영옥은 어떤 남자의 아내라는 여자다……. 그는 주스 한 잔 마시고 돌려보내지 않은 자신의 실수가 자꾸만 껄끄럽게 속에 걸렸다. 그는 거푸 두 잔을 비웠다.

"술을 잘하나 봐."

영옥은 끄집어낼 수는 없으나, 자신의 태도가 미안하게 느껴져 일부러 말을 붙였다. 그는 재준이가 자신에게 싫증을 느끼게 될까봐 순간적으로 걱정했다.

"학교 선생님들은 술을 안 하나?"

재준은 인정머리 없는 말투로 물었다.

"아니. 애 아빠 술고래야."

영옥이 허겁지겁 대답했다.

재준은 무의미한 표정으로 고개를 끄덕거렸다.

"집에서 같이 안 마시구?"

"글쎄. 그런 경험이 없어서……."

영옥은 머뭇거리며, 그러나 왠지 모욕받는 느낌을 민감하게 느끼며 말했다. 뭔가 어긋나는 게 있는 듯해서, 그 어긋남을 찾아 꼭 빨리 바르게 해놓고 싶은 마음이 간절해졌다.

재준은 채소 접시를 영옥의 앞에 밀어놓았다. 매운탕은 끓어오르며 뚜껑을 들썩였다. 영옥은 자신 있게 냄비 뚜껑을 열고 주걱으로 위아래를 뒤집어놓고 가스 불을 줄이고 간을 보았다. 재준을 만나러 나와 이제까지 영옥이가 아무 거리낌 없이 한 행동은 이것 하나뿐이었다.

"좀 마셔 볼래? 어떤가 알아두는 것도 나쁘지 않을 텐데."

재준이 빈 잔을 들어 보이며 말했다. 영옥은 엉겁결에 잔을 받았다. 이것마저 거절하는 건 왠지 부자연스러울 것 같았다. 재준에게 밀려나고 그를 잃을 것 같고 또한 촌스러울 것 같았다.

재준은 정말 입만 적시게 술을 따랐다.

영옥은 망설이면서, 그러나 재준에게 전화를 걸고, 먼저 만나자고, 자기도 모르는 사이에 말했던 바로 그런 기분으로 술을 한 모금에 마셨다.

재준은 웃는 낯으로 그런 영옥을 바라보았다. 영옥이 빈 잔을 내려놓으며 웃음 지었다. 득의가 얼굴에 가득하였다.

"왜. 받아만 두지. 유부녀 취하면 유부남이 책임질 수 없잖아."

재준이 눈을 내리깔며 지나가는 말로 했다.

"우리가 술집에 여러 번 갔었지?"

영옥은 흡사 취한 듯이 종알거렸다.

재준은 대답하지 않았다. 그는 담배를 꺼내 입에 물고 불을 붙이며 어두워진 강을 바라보았다. 문득, 영옥이가 결혼해서 잘 살면, 그게 좋은 거라는 생각이 들어 혼자서 고개를 주억거렸다.

"밥 좀 먹지? 통 안 먹네."

재준이 따뜻하게 말했다.

"늘 먹는 밥인걸."

영옥은 사뭇 입을 삐죽거리며 경멸하는 표정으로 말했다.

재준은 매운탕 국물을 몇 수저 떠먹었다. 그걸 빤히 바라보던 영옥이 불쑥 내뱉었다.

"자긴 행복해?"

재준은 듣지 못한 것처럼 매운탕을 뒤적거렸다.

"자긴 행복한가봐."

영옥이가 심통 난 목소리로 말했다. 재준은 순간, 정전(停電)으로 가동을 멈춘 기계처럼 굳었다.

행복? 누가 처음 그런 말을 만들었을까. 그건 마취제일 거다. 사람들에게 자기 현실을 바로 볼 수 없게 만드는……

십 초나 되었을까?

그는 이런 생각을 하고 나서 다시 움직이기 시작했다.

"행복하냐니깐."

영옥은 입이 심심한 사람처럼 이렇게 말하며 인기척이 느껴져 문턱으로 고개를 돌렸다. 종업원이 애인 사이로 보이는 젊은 여자와 남자를 마루방으로 안내했다. 그들을 보는 순간 영옥의 몸과 마음이 속절없이 움츠러들었다. 종업원의 눈치도 살펴졌다. 아무래도 그들 눈에 자신과 재준이 부부가 아니라는 사실이 드러날 것만 같아 초조하고 켕겼다. 그렇지만 지금 재준이와 헤어지긴 싫었다. 생각만 해도 아쉽고 서운하였다. 그러나 식탁 하나 건너에 앉아 있는 젊은이들이 걸려서 여간 불편하지가 않았다.

재준이가 술병을 들어 비어 있는 걸 확인했다. 그리고 영옥을 바라보았다. 더 마셔도 되겠느냐는 얼굴이었다. 영옥은 아주 잠깐 동안 무슨 생각을 하더니 당돌하게 말했다.

"저기 가보고 싶어. 강물에 손 한번 담가봤으면."

"그으래애?"

재준은 대수롭잖다는 낯을 하고 말했다.

"나가지 뭐."

재준이 먼저 일어섰다.

그들이 거의 손대지 않은 매운탕이 미적지근하게 식은 채 냄비에 가득했다.

강 이쪽은 돌밭이었다.

음식점의 불기운이 미치지 않는 데는 어두웠다. 무턱대고 앞장선 영옥이가 비칠거렸다. 두어 발짝 떨어져 오던 재준이가 잽싸게 다가와 손을 잡아주었다.

영옥은 이내 화들짝 손을 뺐다.

재준의 손에 잡히는 순간, 영옥은 자기의 온몸이 불붙은 가랑잎처럼 타오르는 걸 느꼈던 것이다.

"조심해!"

재준이가 뒤에서 말했다. 영옥은 휴우, 숨을 내쉬었다. 재준이가 자기의 감정을 눈치채지 못한 게 여간 다행스럽지가 않았다.

영옥은 금년 들어 더 고단해하는 남편을 떠올렸다. 학교에서 일거리를 가져오는 날은 아이 공부방에서 일하다가 혼자 자기도 했다. 방이 늘 부족하게 살아서 그들 부부는 한 이불 속에서 잠잤다.

태호는 몇 해 전만 하여도 술 취해 들어와선 아내를 괴롭혔다. 영옥은 늦도록 집안일 하고, 그래도 시간이 남으면 신문 뒤적이며 기다리다가 설핏 잠들곤 했는데 이렇게 든 잠에서 깨면 몸이 무쇠처럼 무거웠다. 그런데도 태호는 여자가 이렇게 구질구질하냐, 집구석에서 된장내만 풍기니 무슨 맛이 나느냐, 제발 환기 좀 시켜라. 너두 색깔 있는 잠옷 좀 입고 분위기를 잡아봐라. 도대체 여자란 게 원…… 하고 투정을 부렸었다. 그럴 때면 영옥은 허겁지겁 다리를 벌리고 태호가 원하는 여자가 되었다. 그리고 영옥은 가슴에 얹힌 남편의 무게보다 더 커다란 막막함과 아득함을 느꼈던 것이다.

이런 트집을 잡지 않은 게 언제부터였을까.

영옥은 남편과 부부관계를 갖는 게 한두 달에 한 번 정도였다.

머리가 아프고 구역질이 날 때가 있는데 간이 나쁜 게 아닌가 모르겠다고 걱정했더니 옆집의 마흔 살 된 여자가 배란기 때 흔히 나타나는 증세라고, 남편보고 잘 치료해달래라고 킬킬대며 말했었다. 영옥은 군살이 전혀 없지만 눈가의 주름은 유난스러운 그 여자가 추잡스레 보여 더 묻지도 않았던 것이다. '아이 둘을 낳으면 여자가 알 걸 안다'고들 말했지만 영옥은 남자와의 관계가 그저 시큰둥했다. 무슨 먹고살 일 났다고 그 짓거릴 밝히랴 싶었던 것이다.

그것보다 더 큰 건, 요즘 와서 느닷없이, '내가 이게 뭔가' 이런 생각이 자주 드는 거였다. 설움이 머리끝까지 치솟거나 아니면 꼭 꼬집어낼 수 없는 억울함이 안개처럼 사로잡는 거였다. 얼마나 억울한지 하루는 조목조목 살아온 내력을 추려보기도 했었다.

시부모 모셨다, 남편 섬겼다, 아이 낳아 길렀다, 시동생 시누이 공부시키고 시집 장가보냈다. 그런데 이런 것이 여자가 맏아들과 짝 맞추면 대개 사는 틀이었다. 그걸 억울하고 서럽다고 하기엔 영옥이 스스로도 선뜻 자신이 서지 않았다.

남편한테 언어맞아 본 적도 있지만 '매 맞는 아내'는 아니었다. 남편이 속옷을 뒤집어 입고 새벽에 들어온 적이 있었는데 항생제 먹는 걸 보고 오입한 걸 알았지만 어떤 남자가 오입 안 하고 살겠는가. 월급 타면 살게끔 다 가져온다.

그럼 난 행복한가?

서럽고 억울한 건 한가해서 느끼는 사치스런 감정인가? 고등학교 졸업하고 이 정도의 남편과 사는 건 출세한 건가?

"어디까지 갈 거야!"

뒤에서 재준이가 이렇게 소리쳐서야 영옥은 현실로 돌아왔다.

재준은 저만큼 뒤에 서 있었다.

영옥은 말없이 그 자리에 앉았다.

강물은 소리 없이 흘렀다.

영옥은 앉은걸음으로 물가로 나갔다. 손끝을 물에 넣었다. 어두운 물속으로 손이 빨려들 듯 들어갔다.

"설마 취한 건 아니겠지."

재준이가 옆에 와 앉으며 말했다. 영옥은 아무 말도 하지 않았다. 탐조등의 기미가 허공에서 까물까물 달아났다.

재준은 담배 한 대에 불을 붙였다. 그것을 태워 꽁초가 되고 물 위에 던져 넣도록 그들은 말을 하지 않았다. 강바람은 느껴지지도 않건만 공기는 시원하다 못해 서늘하게 살갗에 닿았다.

"나는……. 말해두 좋아?"

영옥이 물속에서 팔을 꺼내 훌훌 털며 말했다. 그들은 어둠 속에서 마주 보았다.

"요새 이상해. 자꾸 울고 싶은 거야. 누구한테 뭘 일러바치고 싶거든. 미쳤나 봐. 이렇게 사는 게 억울해, 서럽구. 그런데 일러바치려니 그게 뭔지 모르겠는거야. 내가 미친 걸까? 뭐, 이런 게 사는 거야? 안 그래? 말해봐. 말 좀 해줘. 내가 미친 걸까? 제발 가르쳐 줘! 제발!"

영옥은 제 감정에 취해서 재준의 팔을 잡고 마구 흔들어댔다. 재준은 전혀 이해할 수가 없었다. 그러나 영옥이 안쓰러워 할 수 있다면 위로해주고 싶었다.

"옆방에 세를 들였는데 그 집 남자가 재준네 회사에 다니더라구. 우연히 사보를 보았어. 몇 달 지난 건데. 거기 재준이가 차장 된게 났잖아. 울컥 만나고 싶은 거야! 그래서 그만……."

영옥은 울먹이며 말을 잇지 못하였다. 재준은 영옥의 어깨에 팔을 둘렀다. 영옥의 떨림이 재준의 팔에 닿았다. 재준의 팔에서 넘어오는 따사로움이 영옥의 등으로 퍼졌다. 영옥은 그 따사로움에 오래도록 잠겨 있고 싶다는 생각을 하였다. 그 생각은 마치 참을 수 없는 졸음처럼 영옥을 사로잡았다. 마음을 잠깐 놓으면 정말 졸 것 같아서, 영옥은 정신을 바짝 차려야겠다고 생각했다.

영옥은 한 발 앞으로 나앉았다. 완강한 무게로 닿아 있는 줄 알았던 재준의 팔은 전혀 무게감 없이 벗어나졌다. 영옥은 물에 얼굴을 씻기 시작하였다. 물을 한 모금 삼켜 입가심도 하였다. 보통보다 오래 시간을 끌며 세수를 했다. 마음이 개운해지는 기분이었다. 재준은 소리내어 웃었다. 그는 아무것도 아닌 사람, 그냥 한 여자의 순수함을 보았던 것이다. 아내, 어머니, 주부, 며느리, 올케 ,딸, 형수…… 이런 생활의 여러 가닥에 감겨 답답해하기 이전의 한 개인, 그 생명력이 풋풋하게 느껴졌던 것이다.

그렇다. 처음 내가 사랑을 느꼈을 때.

이런 느낌이었다.

재준은 영옥이 결혼으로 떠난 다음 갈피를 잡지 못하고 허우적거렸던 그 뿌리를 이제 깨우친 후련함을 뿌듯이 느꼈다. 그리고 그 생명력은 누가 차지할 수 있는 것이 아니고 그렇게 해서도 아니 되는 것이리라.

재준은 마음속에 샘솟는 기쁨을 느꼈다. 그는 날 듯이 후련하고 편안했다.

"영옥아."

그가 불렀다.

영옥은 얼굴과 손과 목과 머리에 묻은 물을 손바닥으로 훑어내고 털어내느라 바빴다.

"이리 와. 이리 와봐."

재준은 어린아이처럼 말했다. 영옥이 곁에 와 앉았다.

"웬일루 세술 다 하니?"

"글쎄!"

영옥은 짜증스럽게 말했다. 화장한 것도 잊고 세수한 게 속상해서였다. 어둠 속에서도 재준은 정확하게 영옥의 손을 잡았다. 영옥은 또다시 가랑잎이 불길에 휘말리는 걷잡을 수 없는 전율을 느끼고 도망치려 했다. 그러나 그것은 마음뿐이었다. 영옥은 전혀 도망치지 않았다. 재준이가 목을 쓸어 머리를 휘감아 올리고 입술을 맞추고 이윽고 으스러지게 끌어안도록, 영옥은 내버려두었다. 내버려두기만 한 것도 아니었다. 그는 이 순간을 위해 재준을 만난 것처럼 오랜 갈증에 목을 축이듯 허둥지둥했다. 그것은 모든 것이 열려 있어서 그냥 그 안으로 들어가기만 하면 되었다. 물이 아래로 흐르듯 거리낌 없고 편안하고 자연스러웠다. 그들이 함께 교합의 기쁨을 나누는 데는 많은 시간이 걸리지 않았다. 그러나 천년을 공유한 느낌에 잠겼다.

영옥은 재준이 옷을 입혀주는 걸 가만히 뒀다.

돌 위에 그냥 누워 있는 영이가 재준은 걱정이 됐다.

"미안하다."

재준이가 가만히 말했다.

"아니, 아니야! 그건 아니야!"

영옥이 소리쳤다. 그러곤 손을 펴들고 무엇을 더듬는, 아니면 조용히 하도록 하는 시늉을 했다.

"이제 알았어. 난, 난 말야 재준일 사랑했던 거야. 그런데 재준이가 아무것도 요구하지 않았어. 그랬던 거야. 그때 우리가 이렇게 했다면 우린 결혼했겠지. 난 고등학교밖에 다니지 않았구, 그걸 재준이가 받아들이지 않는다구……."

이렇게 중얼거리듯 말하고 나서 영옥은 마구 흐느끼기 시작했다.

영옥아, 우리가 결혼하는 것과 행복해지는 것과는 다른 문제일 거야. 사람이 어디에 속해 있으면서 또 자유로운 생명의 개체로 있기는 쉬운 일이 아닐 거야. 난 오늘, 지금 널 만나고 비로소 그걸 알았단다.

재준은 속으로 이런 말을 하였다.

그런데 넌 아직 너 자신을 아주 잃은 게 아니구나. 대단하다.

"울고 싶어?"

재준은 마음속 말은 혼자 속으로 삼키고 이런 말만 겉으로 소리

내었다.

"울 거야, 실컷 울 거야. 얼마나 울고 싶었다구."

영옥은 흐느끼며 쿡쿡 웃기도 하면서 이렇게 말하더니 울음을 그쳤다. 그리고 이렇게 단호하게 말했다.

"난 이제 알았어! 내가 누군지. 난 나 자신이어야 하는 거야! 우습잖아? 이런 하찮은 거 깨닫고 나서 울고 웃고 하는 여자가 말야. 하지만 난 이걸 깨닫는 데 내 가장 찬란한 나이 십 년을 지불했어."

재준은 갑작스레 기세등등해진 영옥으로부터 엉겁결에 한 발짝 뒤로 물러섰다.

"나두 세수 좀 해볼까?"

재준은 뒷걸음친 자기 자신이 멋쩍기도 하고 민망스럽기도 해서 이렇게 말하며 물가로 갔다.

"재준 씨!"

뒤에서 영옥이가 불렀다. 물에 손을 담그던 재준이 그대로 굳었다. 영옥의 목소리가, 꼬집어낼 수는 없는, 어떤 예사롭지 않은 것이었기 때문이다.

"나 이제 재준 씨 다시 안 만날 거야!"

영옥은 한사코 버스를 타겠다고 고집부렸다. 재준은 시내까지 가서, 거기서 버스를 타도 되지 않느냐고, 열시가 넘었으니 그렇게 하라고 했지만 영옥은 듣지 않았다. 그래서 겨우 버스 정류장까지 태워주고, 영옥이 버스에 오르는 걸 지켜보고 나서 버스보다 먼저 서울 길로 달렸다.

버스에 혼자 타고 난 다음, 영옥은 혼자 된 것이 역시 잘 되었다고 생각하였다. 어차피 어딘가에서 헤어져야 할 것이고, 그보다는 시간을 가지고 혼자서 생각해보고 싶어서였다. 지금 나는 혼자다. 곧 '가정'으로 들어갈 것이다. 나는 그곳에서 가족의 한 사람으로 살아야 할 것이다. 거기에도 내가 있을까?

　'가족의 한 사람'으로서의 나와 지금 여기 있는 '나'는 다른 존재인가?

　다른 존재인가?

　다른 존재인가?

　영옥의 친정어머니는 딸이 사위보다 먼저 들어온 것만 천만다행이어서 가슴 졸이던 울화통도 그냥 흘려버렸다. 그러나 딸에게 무슨 망측한 일이 없었는지 예순 넘은 삶의 경험으로 딸을 훑어보았다. 영옥은 그런 관찰을 개의치 않고 지나쳤다.

　어머니는 곧 외손들 곁에 가서 조리된 죄책감을 풀어 던지고 잠들었다. 태호는 꼭 반 시간 뒤에 돌아왔다.

　영옥은 늘 그러하듯 말없이 문을 열어주었다. 습관대로 옷장 앞에서 옷을 받았다.

　"뭐 했어?"

　갑자기 태호가 물었다. 영옥이 당당하게 남편을 쳐다보았다. 태호는 흠칫 놀랐다. 아내의 이런 눈빛은 처음 보는 것이기 때문이었다.

　"내일부터 옷은 당신이 걸어요!"

"뭐?"

태호는 잘 알아듣지 못하고 되물었다.

영옥은 더 말하지 않았다. 옷을 받아 거는 짓은 너무 자질구레하지만 지나치게 큰 안경이 얼굴을 가리우는 것처럼 '어떤 것'을 그렇게 가로막을 거라는 생각이 뚜렷하게 떠올랐던 것이다.

아직은, 그래도 아직은 선뜻 보이지 않고 손에 닿지도 않지만 '어떤 것'을 가로막고 있는 허울을 하나씩 하나씩 벗겨내야 하리라는 것도.

절반의 실패

구둣발 소리가 현관 앞에서 멎었다. 어떤 생각에 가위눌린 듯이 앉아 있던 정순이 벌떡 일어나서 문 앞으로 갔다. 문밖에서 주머니 뒤지는 소리, 곧이어 작은 쇠붙이 부딪는 소리들이 들렸다. 정순은 소리나지 않게 잠긴 문을 풀어놓았다. 바깥에서 열쇠가 자물쇠에 끼었다. 정순은 문을 슬며시 밀었다.

기남은 여느 때와 달리 헐겁게 열리는 문이 이상하다고 느끼며 열린 문안으로 들어가려다가 허옇게 서 있는 물체에 깜짝 놀랐다. 실제로 그의 눈에 보이는 물체는 짙은 바다 빛깔의 벨벳 원피스를 입은, 자신의 아내 정순이었으나, 그는 허옇다고 느낀 것이었다.

십 초쯤, 침묵이 엄청난 골짜기처럼 그들을 갈라놓았다.

기남은 구두를 벗었다. 콧소리를 쿵쿵 내며 냄새를 맡는 시늉을 했다. 그러면서도 언짢고 불길한 예감으로 낯을 찡그렸다.

그가 마루 위로 한 발 올려놓았다. 여태껏 팔짱을 낀 채 남편을 현미경으로 관찰하듯 바라보던 정순이 뒤로 물러섰다.

"웬일이야. 남편을 다 기다리시구……."

기남이 안방으로 들어가며 게워 내듯 뱉었다.

순간 정순은 남편의 등짝을 움켜잡아 젖히는 환상을 떠올렸다. 가슴에서 쇠판 같은 감정이 갈비뼈를 빠개듯이 일어났다. 그러나 겉보기에 그는 다만 침착하였다. 그는 남편이 외출복을 벗어놓고 씻으러 들어가는 것을, 마루 의자에 앉아서 바라만 보았다.

기남은 오줌을 누고 물을 내렸다. 폭포수 같은 소리가 새벽 두시의 아파트 공간을 뒤흔들었다. 끝까지 튼 수돗물이 세면기 바닥에 마구 쏟아졌다. 기남은 푸우푸우 물을 튀기며 얼굴을 씻었다.

벽시계를 쳐다보던 정순이 화장실 문턱으로 갔다.

"우리만 살아요? 챙피해서……."

정순이 낮췄으되 무거운 목소리로 말했다. 낯을 닦던 기남의 얼굴에 야릇한 웃음이 스쳤다. 그는 장승 같던 아내의 모습에 턱없이 겁먹었던 자신이 우스웠고, 장승의 성난 표정은 간데없고 그저 이웃에 신경 쓰느라 낯빛까지 붉어진 아내가 만만했던 것이다. 그래서 그는 꼭 이 순간에 해야 할 말은 아니라고 느끼면서 마치 습관처럼,

"니가 언젯적 선생이냐? 아직두 애들 부리던 버릇 못 버리겠어?" 했던 것이다.

정순이 손바닥으로 제 입을 탁 틀어막았다. 그리고 뒷걸음질을 치는데 얼굴이 하얗고 눈에서는 예사롭지 않은 푸른 빛이 흘렀다.

기남은 잠옷으로 갈아입고 물을 마시러 주방 쪽으로 가다가 의자에 턱을 괴고 앉아 있는 아내를 흘깃 보았다.

저게 뭘 좀 알았나아?

그는 이런 생각을 하며 물을 마셨고 물잔을 내려놓을 땐 그런 생각을 떠올린 사실조차도 잊었다. 그가 다시 방으로 들어갈 때, 아내가 무슨 말인가를 하려 한다는 걸, 마치 옆구리에 무엇이 스친 것처럼 느꼈으나 무시하고 지나쳐서 자리에 누웠다. 잠이 노곤하게 그를 가라앉혔다.

정순은 치솟는 화를 억눌러서 속이 맵고 아렸다.

…… 소리 없는 총이 있다면.

정순은 팔짱 낀 팔에 힘을 주어 가슴을 억누르며 이런 생각을 절박하게 하였다.

아무도 모르게 더 이상 망신 떨지 않게…….

정순은 여기가 아파트만 아니라도 이렇게 참지는 않을 것이었다. 차라리 개판을 치고 죽어버릴까? 마지막으로 한 번만 망신을 떠는 거다…….

그러나 정순은 그럴 수가 없었다.

정미가 뭘 잘못 알았을 거야. 지가 인간인데, 그렇다면 저렇게 뻔뻔할 수야 없겠지. 정미가 잘못 보았을 거야.

저녁때 정미가 전화를 했었다.

"언니! 형부라는 남잔 왜 그래?"

정순이 전화를 받자 무턱대고 이렇게 소리 질렀다. 여자가 소리 좀 낮추라고 충고부터 했으나 정미는 흥분을 가라앉히지 않았다. 같은 과의 조교와 보통 사이가 아니라는 것이었다.

제자와 보통 사이가 아니었던 것이 일 년 반 전이었다. 이번엔 조교라고?

정순은 깊은숨을 내쉬고 반 시간 넘게 앉아 있다가 방 안으로 들어갔다. 기남의 누워 있는 모습이 그의 눈에 짐승처럼 보였다. 비어 있는 아내의 베개를 보고 모로 누웠던 남편이, 정작 아내가 들어가 눕자 기다렸다는 듯이 등을 돌렸다. 정순은 바르게 누워 숨을 몰아쉬었다. 어둠 속에서 눈을 커다랗게 떴다. 높낮이가 달라서 휑하니 뜬 이불 속으로 통바람이 스며들었다.

그래. 바로 이게 '남'이다.

정순은 뼈저리게 느꼈다. 이것은 꼭 맞는 답이라서 무엇을 보탤 수도 뺄 수도 없었다.

정순은 통바람결이 싫었다. 유난히 차게 느껴졌다. 자신의 몸에 덮인 이불을 끌어 칸막이를 질렀다. 그러자 그는 맨몸이 되었다. 한동안 그렇게 누워 있다가 살며시 일어났다. 이불을 하나 따로 꺼 내려다가 그만뒀다. 딴 이불을 덮는 것은, 이제 '끝장'으로 알려질 것 같아서 두렵고, 또한 아직은 남편에게 그렇게 알리고 싶지 않아 서였다.

그는 다시 누웠다. 잠결에 기남이 바로 누웠다. 정순은 이불을 당겨 덮었다. 기남이 팔을 뻗치며 으으음, 하고 무슨 알아들을 수 없는 입 안의 소릴 내더니 정순을 안다가,

"누구야!"

하며 깜짝 놀라서 눈을 휘둥그레지게 떴다. 그러다가 그는 상대를 알아보고 다시 팔을 거두어 돌아누웠다.

정순은 소름이 끼쳤다.

무서운 예감이 스쳤다. 잠깐 숨죽이고 있다가 남편을 손으로 건드렸다.

"이거 봐요!"

낮게 소리쳤다.

"뭐야."

잠에 취한 목소리로 기남이 물었다. 그는 아내가 건드릴 때, 무슨 막대기에 찔리는 듯 몹시 불쾌한 느낌을 느꼈던 것이다.

"내가 누군 줄 알았어?"

정순이 반말을 뱉었다.

"뭔 지랄이야. 자는 사람 깨워서!"

기남이 소리를 빽 질렀다. 정순은 아랫입술을 깨물었다.

"생각해봐. 지금 날 보구 놀랐었잖아."

정순은 나직이 침착하게 말했다.

"에이 더러워서. 멀쩡하게 자는 사람 깨워서 개지랄하니 살 수 있나!"

기남은 씹어뱉고 발딱 일어나 변소에 가서 오줌을 누었다. 물 위로 오줌 줄기가 소리내어 떨어졌다.

인간두 아니야.

정순은 입술을 깨물며 생각했다.

기남은 방에 들어와서도 마냥 찬바람을 일으키며 욕을 웅얼거리며 이불 속에 들어가 등 돌리고 누웠다. 그러나 잠이 오지 않았다. 사실은, 아내가 은영이인 줄 알았던 것이다. 이런 실수를 하다니 그는 어이가 없었다. 그렇지만 아내의 함정에 빠지지 않아야 한다고 속으로 다짐했다. 그것은 또 다른 실수이기 때문이었다.

정순은 더 이상 캐지 않았다. 기남은 오 분쯤 지나서 다시 잠이 들었다. 그러나 정순은 잠들지 못했다. 이젠 아주 잊었으며, 그런 일은 있지도 않았다고 여기고 있던 '지난 일'이 쑤셔놓은 벌집처럼 한꺼번에 와글와글 떠오르는 것이었다.

지금 떠오르는 것 가운데서 정순을 두렵게 사로잡는 것은, 자신이 정상이 아니었던 기억이었다.

남편의 시간표를 눈이 짓무르도록 들여다보고, 시간 시간 전화해서 남편의 소재를 확인하고, 그것도 마음이 놓이지 않아 퇴근 무렵 교문 앞에서 도둑고양이처럼 서성거렸던 것이다. 교문 앞에 서면 남학생이 훨씬 많음에도 불구하고 여학생만 가슴에 대꼬챙이로 박혀오곤 했다.

그뿐만이 아니었다.

남편 몰래 그의 수첩을 뒤져 여자 이름을 찾아내고 그 이름과 전화번호를 따로 베껴두었으며, 남편이 돌아오면 그의 표정과 말투, 옷깃에 남아 있을지도 모르는 알 수 없는 '여학생 제자'들의 흔적을 눈 시리게 살폈다. 그리고 정순은 부부 싸움을 할 때마다 기남이 내뱉던 '불만'을 없애려고 노력하였다.

맨 먼저 정순이가 한 것은 결혼 전부터 다니던 직장을 그만둔 것이었다. 그가 수치심을 무릅쓰고, 자신의 남편이 '제자와 보통 사이가 아니라'는 것을 털어놓았을 때, 정순의 고민을 들은 쪽에서 대부분 '가정을 지키라'고 충고했기 때문이었다.

"야, 니가 사명감으로 교편을 잡는다구? 내가 니 속 훤히 안다! 뭇사내들하구 낄낄거리구 싶으니까…… 한마디루 바깥바람이 좋은 거 아니야! 여자란 게 살림은 뒷전이구!"

기남은 싸울 때면 대강 이렇게 소리치곤 했었다.

정순의 시어머니도 마찬가지였다.

"니가 번다고? 그래 난 무식한 노인네라 모르겠다만 세상이 남자 세상인데 기집이 나가면 몇 푼 벌겠냐?"

기남의 어머니는 정순이가 처음부터 싫었다. 아들이 몸달아서 두어 해를 쫓아다니다가 겨우 얻어낸 혼사라 속 드러내서 반대할 수가 없었을 뿐이다. 그래서 안방 차지를 그대로 하고 새 며느리를 아들이 내처 쓰던 작은방에 들였었다. 양반 뼈대 자랑하고 재산 속 탄탄한 며느리가 해온 장롱은 칸수가 넓어 딴 방에 두어야 했다. 그리고 그는 며느리가 고등학교 선생이라는 걸 알면서도 혼례 끝나자마자 수년 부리던 가정부를 내보냈다. 그는 아들 뒤에 앉아 독한 눈 내리깔고 수렴청정을 하였던 것이다. 봐라. 누가 이기나. 부모형제는 수족이요, 기집은 옷이니라…….

직장은 니가 좋아 나가는 거, 결혼했으니 아내 며느리 노릇 제대로 하여라…….

정순은 대꼬챙이처럼 말랐다. 첫아이 입덧을 심하게 하더니 과로로 유산을 했다. 처가에 다녀온 아들이, 분가를 의논했다. 어머니는 속으로 피눈물 감추고 허락했다.

정순이 결혼하고 일 년이 채 못 되었을 때의 일이다.

다음 날 아침, 정순은 자리에서 일어나지 않았다. 기남이 일어나 툭툭 건드리고 발끝으로 치면서 깨웠으나 모르는 척했다. 그는 구시렁거리며 출근 준비를 하더니,

"똑바로 해!"

소리치고 집을 나갔다.

"개새끼! 너나 똑바로 해라아!"

정순은 튕기듯이 일어나 앉으며 소리 죽여 울부짖었다. 그의 얼굴 살갗이 푸들푸들 떨렸다.

그래 이혼이다!

정순은 손가락이 으스러지도록 움켜잡으며 생각했다. 그는 자기 나이 서른넷을 떠올렸고 일곱 살과 여섯 살인 두 아이를 가슴에 싸안았으며, 그가 결혼 후에 모은 재산을 대충 꼽아보았다. 지금 쓰고 있는 마흔다섯 평짜리 아파트는, 감지덕지 허락받은 분가인지라 남편 눈치도 보여서 정순이 친정 도움과 자신의 저축을 헐어 장만한 서른두 평짜리를 늘려놓은 것이었다. 그래서 그는 마땅히 이 집은 자기 것이라고 생각했다.

이혼을 결심하자 정순의 마음이 가라앉았다.

"엄마야, 지금 몇 시야? 나 안 늦었어?"

유치원 다니는 큰아이가 볼 부은 소리로 말하며 안방으로 왔다. 아이는 이내, 아버지 자리는 비어 있고 어머니 혼자 아직 이불 속에 있는, 심상치 않은 기운을 감지하고 겁먹은 표정을 지었다. 정순은 아이의 두려움을 거둬내려는 듯이 팔을 뻗어 아이를 감싸 안았다. 아이 몸내와 체온과 몸피가 속속들이 느껴졌다.

"엄마 좋아?"

정순은 아이의 뺨을 비비다가 눈을 들여다보며 물었다. 아이가 정순의 눈을 피하며,

"응."

하고 대답했다.

"아빠두?"

"응, 근데 왜?"

아이가 이렇게 대답하자 정순은 곤혹스러워졌다. 아이를 안은 정순의 팔에서 맥이 빠졌다. 아이는 제풀에 떨어져 내렸다.

"엄마, 왜, 아빠두 좋으냐구 물어? 응? 왜?"

이번에는 아이가 정순의 눈이 비밀 상자이기라도 한 듯이 끈질기게 들여다보았다. 그러나 정순은 그 눈길을 피하며,

"아니. 그냥."

하고 얼버무렸다.

곧 둘째가 칭얼거리며 왔다. 정순은 아이의 젖은 아랫도리를 보

았다. 괜찮아. 정순은 일어나서 이렇게 말해주고 아이의 오줌 싼 속옷을 갈아입혔다.

"얘들아, 외삼촌네 가자. 외갓집 좋지?"

정순은 짐짓 즐겁고 씩씩하게 말하며 바삐 움직였다.

큰아이는 여러 번, 유치원에 가지 못하는 걸 걱정했다. 정순은 저런 소심증은 제 아비 내림이라고 속으로 경멸했다.

정순의 올케는 화장기 없어 핼쑥해 보이는 시누이가 아이들 앞 세워 아침부터 쳐들어오자 당황한 기색을 감추지 못했다.

"애들 좀 맡아 줘요, 언니, 곧 데려갈게요."

정순은 지령을 전달하듯이 아이들 못 듣게 소곤댔다.

"왜 또 그래요?"

"김 서방한테 여자가 생겼어요."

"또!"

이렇게 올케가 소리치자 정순의 얼굴에 수치심이 확 끼쳤다. 왠지 부끄럽고 창피했다.

"어떡해 고모, 지겨워라."

올케가 우는 시늉을 했다.

정순은 앉지도 않고 오빠네를 나왔다. 올케는 궁금증을 덜고 싶어 안달이었고 아이들은 불안해하며 빨리 한 시간 만에 오라고 어미의 등 뒤에다 다짐하고 소리쳤다.

정순은 길가에서 아무 생각 없이 빈 택시를 잡았다. 기사가 말 없는 아주머니가 답답하고 이상해서 거푸 행선지를 물었다.

"합정동요!"

정순은 불쑥 이렇게 내뱉었다. 그는 자신도 모르게 시어머니를 만나러 가는 것이었다. 그런데 이상하였다. 정순이가 시어머니를 떠올리거나 만나려 할 때면 마음의 준비를 단단히 하여도 왠지 켕기고 겁이 났는데 지금은 아무렇지도 않은 것이었다.

이 마음은 시어머니와 마주 앉았을 때도 마찬가지였다.

시어머니는 언제나처럼 며느리를 위아래 훑어보았다.

"웬일이냐. 연락두 없이. 애빈 잘 지내냐?"

문밖에서 절을 하고 들어서는 며느리에게 근엄하기 그지없는 목소리로 물었다. 정순은 복어 배때기같이 입을 내밀고는 정말 벙어리로 있었다. 그런 동안 시어머니가 미운 정이 서리서리 사무친 눈초리를 며느리에게 보냈었다.

"애, 애비가…… 또…… 바람이…… 여자가 생겼어……."

이윽고 정순이 이렇게 더듬거리자 말허리를 자르도록 큰기침을 내놓은 시어머니는,

"어디다 살림을 차렸던?"

하고 싸늘하게 물었다. 정순은 입을 반쯤 벌리고 바보처럼 말을 못 했다.

"애 낳아서 싸 들고 왔던?"

시어머니가 다시 소리쳤다.

정순은 시어머니가 무엇 때문에 소리치는지, 누구에게 화가 난 것인지 금방 감이 잡히질 않아 어리벙벙한 얼굴이었다.

"원 세상 기집이 다 너 같아서야 어찌 사내가 기를 펴고 살겠냐! 옛말에 열 기집 마다하는 사내 없다고, 그래 우리 애가 어디 딴 데 살림 차렸더냐? 너같이 드센 것 만나 어디 시앗이나 보겠어?"

시어머니는 앉음새를 고쳤다.

정순은 쓰러질 것만 같아 정신을 바짝 차리려고 안간힘을 썼다.

"우리 아들 고자 아니다! 소학교부터 우등생이었어. 일류 학교 나와서 일류 대학교 교수야. 유학 보내주겠다는 혼처 마다한 아이야! 조선 팔도 다 뒤져봐라. 서방이 기집질 좀 한다고, 외며느리라는 년이 당돌하게 내차고 나간 시어미 찾아와 따지는 쌍것 있나! 느네 집안 풍습은 그렇냐? 고얀 것 같으니라구……."

정순은 어지럼증이 일어서 시어미의 나중 말들은 듣지 못했다. 그는 그저 어지럽고 멍할 뿐이었다.

"말해봐! 배웠다구 똥줄이 하늘루 뻗친……."

시어머니는 혀를 찼다.

저 사람도 여잔가.

정순은 소름 끼친 몸을 추스르며 생각하였다. 시아버지의 심한 바람기 때문에 마음고생을 많이 하셨다고 죽은 남편의 제사 때면 털어놓던 여자가 아니었던가.

"할 말 없으면 가라!"

시어머니가 쿵 앓는 소릴 달며 소리쳤다.

"이혼하겠습니다."

정순이 말했다.

"어이쿠우우."

시어머니가 앉은 자리에서 뒤로 자빠지려다 몸을 수습하고, 한순간에 노기가 가신, 마치 포기한 시선으로 정순을 바라보았다.

두 사람은 한동안 말없이 앉아 있었다.

"그래. 내 이미 처음에 네 눈을 보고 짐작했었다. …… 아이를 둘씩이나 생산하고 나이 서른이 훌쩍 넘은 아녀자가 제 입으로 이혼 말을 겁 없이, 시어머니 앞에서 내깔기다니…… 내 전생에 무슨 죄를 져서 이 더러운 세상 꼴을 다 보게 되나 모르겠다……."

시어머니는 탄식하듯 내뱉었다. 이상하게도 정순에게 그 말이 알아들을 수 없는 언어같이 느껴졌다.

"가라! 너희끼리 저지른 거 너희끼리 해결해!"

이렇게 말하고 시어머니가 돌아앉았다. 며느리는 인사하고 나갔다. 시어머니는 쓰러지듯 그대로 누웠다. 일흔을 두어 해 남기도록 살아오면서 이런 철천지 치욕은 처음 당하는 거였다. 며느리로부터 이혼하겠다는 말을 듣다니! 그는 치욕감 때문에 목을 매고 싶은 심정이었다. 죽은 남편이 시앗을 볼 때도, 아들이 제멋대로 아내를 맞아들일 때도 이런 기분은 아니었었다.

정순은 집으로 돌아왔다. 목젖이 달라붙고 오줌도 마려웠다. 물한 모금 마시고 오줌을 누는데 전화가 왔다. 동생 정미였다. 아침부터 어딜 가서 집을 비웠느냐고 보호자처럼 책망했다. 정순은 힘이 하나도 없는 목소리로, 집으로 와 달라고만 했다.

정미가 정순의 집에 왔을 때, 정순은 진이 빠져나간 쭉정이 같은 표정으로 동생을 맞았다.

"언니, 왜 이래. 누가 죽었어? 정신 똑바로 차려요. 형부한테 물어봤어? 뭐래? 학교에 소문 쫙 났어. 하필이면 같은 학교에서⋯⋯."

정순은 의자에 쓰러져 있고 정미는 주인처럼 주전자에 물을 끓이며 쉴 새 없이 지껄였다. 청결한 신사의 얼굴을 한 형부가 어찌 그럴 수 있느냐, 그 여자는 이제 스물여덟 살이다⋯⋯.

그러나 정순은 아무 말도 듣지 않았다. 정미가 커피를 두 잔 끓여 왔다.

"정신 차려 언니!"

정미가 정순의 허벅지를 잡고 마구 흔들었다.

"괜찮아. 내가 정신을 놓은 사람 같니?"

정순은 자신도 모르는 쓸쓸한 웃음을 지으며 물었다. 정미는 입을 삐죽 내밀고 찻잔을 건네주었다. 그리고, 자신은 독신으로 살겠다느니, 결혼은 여자를 인간에서 도구로 전락시킨다느니⋯⋯ 혼자서 떠들었다. 언니가 학교를 그만둔 건 큰 실수였다고도 했다. 정순의 귀엔 한마디도 들어오지 않았다. 그는 지금, 기남이가 처음 제자와의 일을 벌였을 때를 떠올리고 있었다. 그때도 누군가가 전화를 걸어줘 알았었다. 정순은 그 말을 믿을 수가 없었다. 술에 취해 돌아온 기남을 붙잡고 묻자, 의외로 그는 술술 불었었다.

⋯⋯ 그 앤 날 하늘처럼 여긴다. 내가 지금 전화하면 당장 달려올 것이다. 그러나 단지 바람이다. 스치는 바람. 지나가는 바람. 이

세상에 바람 안 피우는 남자 있는 줄 아느냐? 아내가 허점을 보이면 남자가 어쩔 수 없다. 바람피우게 마련이다. 아내라는 게 남편보다 일찍 출근해, 아이들은 파출부 손에 길러져, 니가 잠 안 자고 남편 한번 기다려 본 적 있느냐? 다음 날 수업에 지장 있다며 잠자지 않았느냐…….

정순은 그때, 자기 자신을 설득하지도 못한 채 남편이 원하는 대로 자리를 정리하였다. 특히, 직장 생활을 경험한 적이 없는 고등학교나 대학 친구들은 한결같이 "남편을 잃고 직장을 가져서 무얼하느냐?" 하고 충고했었다. 그는 여자가 직업을 갖는다는 것이 결혼에 그토록 큰 문제가 되는 줄은 꿈에도 몰랐다. 더욱이 남편이 그런 엄청난 불만을 숨기고 있으리라고 상상도 하지 못했던 것이었다.

정순은 어렸을 때부터 학교 선생님이 되는 게 소원이었다. 그가 정말 가르치고 싶은 건 국민학교 어린이였다. 사범대학을 나와서 대학원을 마쳤을 때 은사 한 분은 대학에 남도록 여러 가지 이유를 들어 권하기도 했었다. 그러나 정순은 미지(未知)의 세대인 고등학생이 좋았다.

"흥신소에 부탁해야겠어!"

꿀 먹은 벙어리로 앉아 있던 정순이 모처럼 힘이 든 목소리로 말했다.

"어머, 흥신소씩이나. 주간지 꼴 되는 거 아냐 언니?"

정미가 질겁을 하였다. 정순은 동생의 질겁에 관심이 없었다. 그는 입 안에서, 확실해야 하니까라고 웅얼거렸다. 그러다가 그는 정미를 바라보고 씩 웃었다. 늪의 언저리에서 고개 숙여 들여다보는 처녀의 얼굴과 무엇을 의논하랴 싶은 거였다. 정미는 전화번호부를 뒤적이는 정순이의 옆에 바짝 붙어 앉았다.

"겁난다."

그가 중얼거렸다.

"내 문제야."

차분하게 정순이가 대꾸했다. 그리고 그는 전화를 걸었다. 남편에 대해 설명하고 연락처를 알리고 값을 묻고 끝냈다.

"언니, 결혼하면 여잔 다 이런 거야?"

불안으로 떨리는 목소리가 된 정미가 물었다.

정순은 그를 물끄러미 바라보다가,

"모두 같지는 않을 거야. 상황과 조건이 다를 테니까……."

라고 쓸쓸하게 말했다. 쓸쓸하고 기름기 걷힌 얼굴이 청결감이 느껴져서 정미도 언니를 한동안 바라보았다.

정순은 외식이나 하자고 조르는 정미를 혼자 돌려보냈다. 둘은 사촌 자매인데 친하게 지냈다. 시골이 집인 정미는 여학교 때부터 정순이네에 와서 지내며 공부했었다.

정미가 돌아간 다음 정순은 자리를 펴고 누웠다. 간밤을 뜬눈으로 지새다시피 해서 이내 몸이 까부라졌다. 눈이 저절로 감겼다. 그러나 가물거리던 정신이 불씨 피어오르듯 이내 되살아났다. 그는 눈을 떴다. 남의 방에 누운 것같이 방이 낯설었다. 텅 빈 집 안의 적막함이 섬뜩하게 느껴졌다. 그는 훔쳐보듯 누워서 방 안을 둘러보았다. 문갑 위의 시계가 여섯시를 넘어 있었다.

내가 왜 이러고 있지?

정순은 갑자기 마음이 조바심 쳐서 일어나 앉았다. 그런데 곧 자신의 조바심이 남편에게 전화하려던 것임을 깨닫고 한숨을 내쉬었다.

정미가 잘못 알 수도 있는데, 확인되지 않은 정보로 내가 이렇게 근본을 뒤집어놓으려 하다니. 정순은 자신의 이런 태도들이 의부증의 하나라고 생각하였다. 의심처럼 추악한 병도 있을까. 그것은 사람을 천박하고 초라하게 갉아먹는 병균이지 않던가.

정순은 의부증에 시달리던 때가 기억나 몸서리를 쳤다. 인격이라는 것이 낱낱이 찢기고 밟히는 기분이었다. 다시는 그런 경험을 되풀이할 수 없다고 이를 물고 결심하였다.

기남은 몇 달 전부터 포커를 했다. 늦기도 하고, 아주 하룻밤을 새고 오는 때도 있었다. 사업하는 친구의 별장에서 모여 놀았다는 것이었다.

포커가 아니라…….

정순은 마구 머리를 흔들었다. 미칠 것만 같아서였다. 그는 자리에서 일어나 아침처럼 이부자리를 개켜 얹었다. 보지도 않으면서 텔레비전을 켜놓았다. 걸레를 빨아 방바닥을 훔쳤다. 결혼사진과 아이들 사진, 가족사진이 끼워져 있는 사진틀과 유리의 먼지도 닦았다. 그러면서도 잠깐씩 움직이던 손이 한자리에 멈췄고, 그때마다 머리를 세차게 흔들고는 더럽지도 않은 걸레를 다시 비누칠해 빨았다.

아홉시가 조금 넘었을 때 전화벨이 울렸다. 흥신소였다.

정순은 그들이 말한 장소로 갔다.

북한산 기슭의 호텔이었다. 정순은 와들와들 떨었다. 흥신소의 청년은 기남이 동행한 여자의 인상과 차림새를 설명하고 그들이 삼층 5호에 투숙하였다고 말했다.

"이런 일은 흔합니다, 사모님."

청년이 말했다.

정순은 수고비를 치르고 그들을 보내려 하자, 그들은 한사코 정순에게 현장을 잡으시라고, 그래야 주인님 버릇을 고칠 수 있다고 충동질하였다. 정순은 아이처럼 그들의 말을 따랐다. 청년 하나가 웨이터처럼 문을 두드리고, 전기선 잘못된 게 있다고 말했다. 안에서 문이 열렸다. 약속대로 청년들은 가고 정순이만 들어갔다. 기남은 정순이를 보자 하얗게 질렸다. 그는 바지와 러닝셔츠 차림이었고, 아무것도 모르는 젊은 여자가 타월로 알몸을 가린 채 목욕탕에서 나오다가 소스라치게 놀랐다. 정순은 기남의 뺨을 후려갈기고 호텔 방을 나왔다. 다리가 후들거리고 아무 생각도 나지 않았다. 그가 비틀거리며 계단을 내려와 프런트를 지나 호텔 출입문을 나서자 기남이 따라왔다. 정순은 마침 누군가가 타고 와서 내린 택시를 잡았다. 기남이 그를 낚아채서 자신의 승용차로 끌고 갔다. 기남은 정순을 차에 태웠다.

"어디루 갈까. 어디 가서 얘기 좀 하다 들어가지."

기남이 아내의 눈치를 살피며 말했다. 정순은 아무 말도 하지 않았다. 기남은 이 길 저 길 돌다가 집으로 갔다. 집 안으로 들어간 기남은 아이들 방부터 열어보았다.

"애들 어디 갔어?"

그는 마치 아무 일도 없었다는 듯이 못마땅한 목소리로 말했다. 정순은 탈진한 모습으로 의자에 앉아 있었다.

"애들 자꾸 잠자리 바뀌게 하지 말라구우!"

기남은 짐짓 가장의 위엄을 부리며 말하고 옷을 갈아입었다. 그러나 태연할 수만은 없어, 목소리도 떨리고 행동이 허둥거렸다. 정순은 도대체 남편이라는 남자가 무슨 말을 하고 있는지 이해할 수가 없었다. 기남의 태도나 말들이 정순에겐 한사코 비현실적이었다. 그런데 기남은 아내가 살쾡이같이 달려들지 않은 것만 천만다행이어서, 될 수 있는 대로 아무 일 없었던 것처럼 밀어붙일 속셈이었다.

"내일이 무슨 요일이야. 유치원 데려다 줘야……."

기남이 여기까지 말하는데, 탈진해 있는 줄 알았던 아내가,

"당신이 교수야!"

하고 외쳤다. 기남은 정순이가 뱉은 말뜻보다 소리의 크기에 놀랐다. 아내는 남들이 알까봐 늘 정숙하고 단정하게 모든 것을 챙기는 여자이기 때문이었다. 그는 팔짱을 끼고 자기를 노려보고 있는 아내의 눈빛에 빨려들어가 다가가서 무릎을 엉거주춤 한 짝만 꿇

고서 빌었다.

"미안해 여보, 당신이 상상하는 일은 없었어. 당신은 내 아내야. 당신만 사랑한다니까. 아무 일 없었지만, 다시는 그런 일이 없을 거야, 제발, 아무 일 없었다니까. 그렇게 보지 말어. 그런 눈으로 날 보지 말라니까. 우린 부부야. 그 여자는 아무것도 아니야. 믿어줘. 아무 일 없었어……."

정순은 머릴 흔들었다. 그는 마치 징그러운 무엇을 보고 놀란 듯한 일그러진 얼굴로, 무슨 말인가를 해보려고 입술을 움직이며, 여전히 고개를 흔들었다. 눈은 공포에 질려 크게 열렸고 얼굴 살갗이 실룩실룩 떨렸다. 간질 발작을 일으키려는 사람 같았다. 남편이 허겁지겁 손 하나를 정순의 꺾어 세운 무릎 위에 얹자 기겁을 하고 다리를 의자 위에 올려서 고슴도치 같은 모양으로 웅크렸다.

"당신은 남자를 너무 몰라. 물론 알아서도 안 되겠지만……. 바람 안 피우는 남자 없어. 당신두 알지. 행정학과장. 그 사람 별명은 헐떡 귀신이라구. 치마만 둘렀다 하면 다 헐레벌떡 먹어치워서……. 너무 그러지 마. 당신 그런 얼굴하니까 무섭다. 나한텐 당신밖에 없어. 알지? 그 여잔 바람둥이야. 걸레루 소문났다니깐. 들어가자구. 들어가 그만 자자. 여보. 미안해. 당신이 원하는 대로 뭐든지 다 할게……."

기남은 안경 속으로 아내의 속마음까지 꿰뚫으려는 집요한 눈초리로 정순을 살피며 이렇게 지껄여대었다. 그러나 어찌되었는지 정순은 벙어리였다. 기남은 아내를 달랑 들어다 눕힐 생각으로 일어나 허리를 굽히고 팔을 뻗쳤다.

"아니, 아니 이러지 마."

정순은 질린 표정으로 손바닥을 펴서 기남을 쫓으려 하였다. 그러나 기남은 자그마한 몸피의 아내를 달랑 들었다. 정순이가 올가미에 채인 오소리 새끼처럼 신음을 뱉더니 기남의 팔을 물었다. 기남은 통증 때문에 아내를 의자에 떨어뜨렸다. 그의 낯은 이내 험상궂게 구겨졌다.

"씨아앙!"

그는 이빨 사이로 욕을 뱉고 팔소매를 걷어서 물린 데를 보았다. 자신이 느낀 통증에 비하여 상처는 대단치 않았다. 그러나 여자의 이빨 자국이 뚜렷하게 박혀 있었고, 이제 멈췄던 피가 도는 느낌이 왔다.

재수 없었으면 아주 살점이 떨어져 나갔겠군. 에이, 더러워서.

그는 속으로 말했다. 불쾌할 뿐 아니라 모욕감이 더 짙었다.

그는 어렸을 때부터, 자기의 몸에 상처를 내는 것이 차라리 죄악이라는 생각을 갖도록 길들여졌다. 어디 나가 놀다가 얼굴을 할퀴거나 찔리고 넘어지면 그의 어머니는 질겁을 했으며, 필사적으로 구해둔 양귀비 고약을 발라주었던 것이다.

그는 손가락에 침을 묻혔다. 이빨 자국이 벌겋게 변하는 데에다 침을 문질렀다.

여태까지 기남을 바라보고 있던 정순이가 꼭 우는 소리 같은, 피들피들 입술을 떠는 소리를 내며 웃었다. 그러나 기남은 지금 정순이의 감정 상태는 전혀 느껴지지 않았다. 일 분 가까이나 이빨 자국을 문지르고 있다가 드디어 옷을 끌어내리고 아내를 내려다보았다. 그는 잠시 궁리하였다. 무시해버리고 그냥 들어가 잘까. 이 밤에 해결을 볼까.

그는 해결을 보기로 작정했다. 이제 계속 아내로부터 추궁을 당하는 곤욕을 치르기가 싫었다. 잠을 못 자더라도 더 이상 그 문제를 성가시게 물고 늘어지지 않도록 마무리를 해둬야겠다고 생각하였다.

기남은 정순을 들어 안았다. 아내의 몸은 물체 같은 싸늘함이 서렸으나 아랑곳하지 않았다. 그는 한 손으로 장롱을 열고 침구를 끌어당겨 떨어뜨려서 발로 요를 폈다. 그리고 아내를 눕혔다. 그는 아내의 옷을 갈피갈피 벗기고 자기의 바지부터 벗었다. 성이 나서 차돌멩이같이 굳은 여자가 도리어 그의 성감을 자극하였다.

"야비하구 추잡스럽긴!"

물체 같던 정순이가 씹어뱉고 일어났다.

기남은 머리맡에 벗어둔 안경을 찾아 걸었다. 좋다! 난 남자로선 할 만큼 했다!

그는 속으로 외쳤다. 그리고 그는 잠깐 굳은 듯이 앉아 있다가 화장실로 가서 오줌을 누고 손을 씻고 방으로 들어와 정식으로 자리에 누웠다. 그 사이 정순은 다시 마루 의자에 앉아 있었다.

기남은 잠이 오지 않았다. 그는 누워서 담배를 태웠다. 오늘 일어난 일들이 참으로 어처구니없었다. 아내가 알고 찾아온 게 신기했다. 자신의 그런 모습을 아내에게 들킨 것이 치욕스러웠다. 아내의 수에 한 수 잡힌 기분이어서 똥을 묻힌 기분이었다.

이번엔 좀 길게 가겠지.

그는 아내의 성깔로 미루어 냉전이 오래갈 거라고 생각하며 한숨을 내쉬었다.

기남은 아내에게 큰 불만이 없었다. 아내는 빼어난 미인은 아니지만 나름대로 이쁜 구석이 있었다. 머리도 꽤 있고 살림도 잘하며 대인관계도 좋다. 처갓집 배경은 더더욱 기남의 마음에 들었다. 정순이와 결혼할 때, 양쪽 집안에서 고루 반대하였으나, 마침내는 한 골을 얻은 성취감을 느꼈었다. 지금도 마찬가지였다. 더욱이 결혼 후에 정순은 기남이 원하는 대로 변해 왔던 것이다. 기남은 확실하게 그렇다고 믿었다. 직장을 그만둔 것에서, 가정부를 쓰지 않고 가사를 돌보며, 그의 취향에 맞춰 머리 모양이나 옷을 해 입는 것이 그랬다.

지렁이도 밟으면 꿈틀한다는데…… 한 열흘 죽어지내주지!

담배 한 대가 꽁초로 타들어갈 때쯤 기남은 이렇게 마음을 정리했다. 그는 꽁초를 침 뱉어 끄고, 베개에 머리를 편하게 묻었다. 큰 숨을 두어 번 쉬고 나서 잠이 들었다.

그러나 그의 계산은 한 가지도 맞아 들어가지 않았다. 다음 날 그가 학교에서 돌아왔을 때, 그는 전혀 예기치 않았던 사태와 맞닥뜨렸던 것이다. 그는 아내를 싣고 뷔페를 먹으러 갈 생각이었다.

"아."

그는 다만 이렇게 신음을 뱉고 하얗게 질린 채 더 말을 하지 못했다. 마루에는 상자가 쌓여 있고 그의 물건들이 분류된 채 놓여 있었다. 그는 한동안 서 있다가 겨우 사태를 깨달은 듯한 얼굴로 신발을 벗고 들어와 의자에 앉았다.

"당신이 싸요."

정순은 높지도 낮지도 않은 목소리로 말했다. 기남이 떨리는 손으로 담배를 꺼내 물었다. 정순은 남편의 떨림을 보지 못하였다. 그는 라이터가 주머니에 들었음에도 불구하고 성냥을 찾다가 눈에 띄는 가스레인지에 가서 불을 붙였다. 그는 연기를 깊이 빨아 마셨다. 속을 한 바퀴 휘저은 연기가 이내 같은 색깔로 토해내졌다.

"당신…… 제정신이야?"

이윽고 기남이 말했다.

정순은 말이 없었다. 그는 어찌 보면 탈속(脫俗)한 표정이었다. 볕에 바랜 흰색의 천 같은 낯색이었다.

"이렇게 함부로 하는 게 아니야. 당신은 여자야. 당신같이 똑똑한 여자가 왜 근본을 잊지? 난 이해할 수가 없어. 내가 잘했다는 건 아니야. 그렇지만 솔직히 죽을 죄를 짓진 않았어. 남잔 다 그래. 생각해봐. 이런다고 문제 해결이 되나? 나한테두 기회를 줘. 잘못했다잖아. 내가 딴살림을 차렸어? 솔직히 말해 재수가 없었던 거야. 더한 남자들 많아. 정신 차려. 당신을 위해서 하는 말이야. 당신은 여자라구……."

기남은 정말 아내가 정신 이상이 아닌가 의심했다. 그는 말하면서도 아내의 얼굴을 살폈다. 정순은 말없이 종이 상자를 펴서 물건을 넣을 수 있게 만들었다.

"당신이 편하게 넣어요."

정순은 여전히 높지도 않은 목소리로 말했다.

기남은 소름이 끼쳤다. 여자가 저렇게 독하다니!

정순은 옷가지를 상자에 넣기 시작하였다.

"왜 이래!"

기남이 팔을 탁 치며 소리쳤다.

"제발! 난, 난 내가 남편으로 선택했던 남자에 대해 추악한 기억까지 갖고 싶지 않아요. 부탁입니다. 난 지금 정상이에요. 물론 여잡니다. 우린 방법이 없어요."

"그래? 그래서 어쩌자는 거야?"

"이혼이죠."

"이혼? 이혼! 하아, 기가 막히군, 뭐 때문에 이혼이야! 우린 심심풀이루 결혼한 게 아니잖아? 쌍스럽게 막 갈라서? 애들은! 애가 둘이야. 당신네 집에서 원하겠어? 집안의 수치인데. 당신이 몰라? 여긴 대한민국이야. 서양이 아니라구. 이혼녀가 어떤 취급받는지 몰라? 당신 아직 철이 안 났군. 헛똑똑이야."

기남은 거품을 물고 소리쳤다. 그는 자기 말에 흥분하여 팔을 추켜들었다, 옆으로 뻗었다가 하였다.

"…… 이제 철이 들어야지요. 더 이상 헛똑똑이로 살 순 없어요."

정순이 차분한 말투로 중얼거렸다.

"미쳤어. 여자가 아주 미쳤어. 이혼이라구?"

기남은 정순의 말을 듣지도 않고 이렇게 헛소리처럼 내뱉었다. 그는 의자에 앉았다 일어섰으며 줄담배를 태웠다.

"이혼? 시건방진 거……."

기남은 씹어뱉으며 거칠게 냉장고를 열어 주스를 꺼내 병째 들이켰다.

"당신, 나가요!"

쥐약 먹은 개처럼 설치는 기남에게 정순이가 명령하였다. 그러자 기남이가 놀란 눈을 뜨고 입을 뻥하니 벌리고 몇 초를 있더니, 으흐흐흐 하고 웃어대었다.

"야, 정신 있냐 지금? 이정순! 정신 차려. 이게 누굴 나가라 말아라야! 이게 누구 집이야. 세금 안 내봤어? 엉덩이가 하늘을 찌르니……."

경멸과 모멸감이 뒤섞인 표정으로 기남은 마디마디 끊어서 소리쳤다. 잔인하고 방자하며 비굴한 기운이 얼굴에 불빛처럼 엇물리어 스쳤다.

"나가!"

정순이는 돌팔매 날리듯 소리쳤다. 그러자 기남은 여전히 탈속한 표정의 정순에게 주먹을 날렸다.

"말해 못 알아들으면 때려야지."

그는 중얼거리며 사정없이 여자를 때렸다. 쓰러진 여자를 밟고

차고 깔아뭉갰으며 머리를 바닥에 짓찧었다.

"비열한 파렴치한!"

피 흐르는 입으로 정순이 뱉었다.

"아직 맛을 덜 보았군, 파렴치가 뭔가 보여줄까?"

기남이 씹어뱉었다. 그는 마치 정순이와 전생에 쌓인 원한이 있는 듯한 얼굴로 주먹을 움켜쥐고 때렸다. 정순이 더 이상 버둥거리지 않을 때까지 그렇게 했다.

"항복해!"

기남이 소리쳤다. 정순은 눈을 감았다.

"똑똑히 들어! 난, 여자한테 이혼이나 당하는 남자가 아니야! 니가 사람 잘못 보았어! 시건방은 용서하지 않겠어!"

기남이 잔인하게 말했다. 그리고 그는 일어나 찬물을 들이켰다. 그는 정말 화가 났다. 아내가 자기의 뒤를 밟았다는 것도 용서할 수 없는 죄악이었다. 거기다 이혼! 나가라구! 말도 안 되었다. 그는 아무리 자기 잘못을 떠올려보려 해도 뚜렷하게 떠오르지가 않았다. 다만 두 번의 여자 문제가 재수없이 흐른 것뿐이었으나, 그건 아내에 대한 잘못일 수 없었고, 구태여 이름 붙이자면 '실수'였다. 그래. 남자가 실수 좀 했기로서니. 기남은 새록새록 화가 났고, 아내의 소행이 괘씸했다. 결혼 생활 칠 년 동안 아내를 전혀 길들이지 못했다는 생각이 들자, 모멸감이 솟구쳐 차라리 혀를 깨물고 싶었다. 문득문득 오한 같은 참패감이 끼쳐서 그는 자기도 모르게 몸을 바르르 떨었다.

기남이 이렇게 북받치는 감정을 추스르지 못하고 있을 때, 정신을 수습한 정순이는 일어나 전화를 걸었다. 오빠의 우렁찬 목소리가 들렸다. 살려줘, 오빠. 정순은 겨우 이 말을 하고 울음이 치솟아, 무슨 일이 있느냐고 다급하게 묻는 그쪽 소리를 그냥 뭉개며 수화기를 놓았다. 기남은 아내가 전화하는 것을 알아채지 못했다.

"너, 이혼하고 싶어? 이런 거 필요 없겠군."

기남은 장식장 선반에 놓인 결혼사진 액자를 꺼내 내던졌다. 그러고는 사진을 꺼내 정순의 코앞에 대고 반으로 찢었다. 기남은 사진첩에 무수히 꽂혀 있는 여벌의 결혼사진들을 염두에 두고 그렇게 했다.

정순은 기남을 보지 않았다. 그는 한쪽 눈이 부었으며 찢어진 입술 언저리도 부어올랐고 머리가 지끈지끈 쑤셔서, 꼬락서니가 차마 사람이랄 수 없었다.

정순이 전화를 끊은 지 이십 분쯤 지났을 때 기남의 처남 내외가 들이닥쳤다. 정순이 오빠는 대학 때 럭비 선수 출신이어서 몸이 우람한 장사로 보였다. 그는 한눈에 모든 것을 짐작한 얼굴이었다. 기남은 당황해서 어쩔 줄을 몰랐다. 그러나 '같은 남자'라는 사실에 희망을 걸었다. 그는 주인으로서 손위의 처남 내외를 자리에 모시고, 무조건 죄송하다, 면목 없다. 앞으로 잘해보겠다, 헛공 들인 느낌이다 따위로 자기 입장부터 세웠다. 그리고 사건 경위를 궁금해하는 처남에게 철저히 자기 시각으로 이야기했다.

"…… 이제 마지막 싸움입니다. 둘 다 성숙해야지요. 어차피 부부 싸움은 칼로 물 베기 아닙니까."

기남은 이렇게 결론을 지었다. 얼굴을 찡그리고 매부의 얘길 다 들은 정순의 오빠가 동생의 의향을 물었다.

"못 살아요."

그러나 정순은 이렇게 대답했다.

"애들 생각해봤어요?"

올케가 날카롭게 물었다. 그는 시누이에 대해 같은 여자로서 시기와 질투와 경멸을 한꺼번에 느꼈다. 억울한 느낌으로 이혼하자면, '나도 그렇다!' 하고 손들고 나서고 싶은 것이었다.

"이혼밖에 살길이 없어요. 내가 미치겠는걸요."

정순이 나직하게 말했다. 아주 차분해서 듣는 쪽이 도리어 겁이 나는 목소리였다.

네 사람은 담배를 피거나 한숨을 쉬면서 말없이 한참이나 앉아 있었다.

"얘가 많이 상해 보이네. 집에 데려다 쉬게 하는 게 좋겠어. 자네 생각은 어떤가?"

정순의 오빠가 물었다.

"그렇게 하겠습니다. 거기 애들도 있으니."

기남은 어색한 조급함을 보이며 대답했다.

정순은 곧 오빠네와 함께 그 집을 나왔다.

정순은 얼굴의 멍이 풀릴 때까지 갇혀 지내며 감정 정리를 했다.

올케와 형제들이, 가능하면 참고 살라고 충고하였다. 따지자면 여자로 태어난 것이 죄라는 거였다. 김 서방이 한사코 나쁜 면만 있는 게 아니라는 것이었다.

정순은 그들의 의견을 받아들이려고 노력해보았다. 혼자 산다는 것이 두렵게 여겨졌다. 기남이보다 더한 남자도 있는 친구들과 친척들의 얘기도 인정하였다. 아무리 나쁜 남편이라도 아이들에겐 하나뿐인 아버지라는 사실도 생각하였다. 한때 행복했고 사랑했던 기억들도 해보았다. 그러나 그와 함께 산다는 생각만 하면 소름이 끼치고 문득 자신이 바보 멍청이가 되는 환상에 사로잡혔다.

그뿐만 아니라 무엇에 갇혀서 숨도 못 쉬는 산송장 같은 느낌도 끼쳤다. 혼자 사는 게 어렵겠지만 '나'로, 나 자신의 인생을 살아야겠다는 희망이 샘물처럼 솟아오를 때가 있었다. 그럴 때면 정순은 알 수 없는 느낌에 휩싸여 오래도록 울었다. 내 인생을 살리라……내 인생…….

가끔 들르는 기남의 태도는 부드럽다 못해 비굴해 보였다. 그러나, 이미 몸서리쳐지는 깨우침―정순이 스스로도 원치 않았던 굴욕감에 대한 본질을 깨우쳤기 때문에, 그는 다시 기남과 살 수가 없었다. 굴욕적으로 사느니, 차라리 경멸받으며 살고 싶었다. 완전한 실패보다 절반의 실패가 나았기 때문이었다.

그러나 기남은 이혼을 완강히 거부하였다. 그는 아내를 위협해보고, 마음을 돌리기 위해 위자료를 한 푼도 줄 수 없다고도 해보았다. 그것도 먹히지 않아서, 친권을 주장했으며 생모의 권한을 포기케 하는 각서도 요구하였다. 정순은 한두 달간 실랑이를 하다가 마침내는 이혼 후에 아이들은 만나지 않는다는 각서를 써주었다.

정순은 굴욕적인 삶을 사절하는 값으로, 수태, 임신, 출생, 양육 등에 대한 권능을 박탈당했던 것이다.

그들이 반년이나 끈 이혼 씨름, 그리고 두 아이를 낳으면서 칠 년 동안 살아온 남자와 여자가 사회적으로 개인이 되는 서류상의 절차는 꼭 삼 분 만에 끝이 났다.

둘남이

48호 집에서 문 여닫는 소리가 났다.

둘남이는 화들짝 놀라며 눈을 번쩍 떴다. 찐득히 달라붙는 잠기를 뿌리치고 일어나 앉았다는 게 그만 졸았던 것이다. 둘남이는 속이 상했다. 택시 모는 남편의 새벽밥 짓는 48호집 춘옥이보다 일찍 일어나야 배 나가는 게 한갓졌다.

둘남이는 부엌 문턱에 벗어둔 옷가지를 꿰어 입었다. 등 뒤에서 용호가 못마땅하다는 듯 크으응 소리내며 몸을 뒤로했다.

"느려터진 건……."

둘남이는 돌아보지도 않고 혼잣말을 하였다. 용호는 언제나 늦게 일어났다. 둘남이보다 일찍 자면서도 그랬다. 혼자서 남을 두고 배를 부릴 땐 시간 맞춰 슬그머니 일어나 바다로 나가곤 했었다. 그것이 아내와 함께 뱃일을 하면서 뒤집어진 거였다.

그래도 둘남이는 남편을 깨우지 않았다. 부엌에 나가 유치원 다니는 길수의 아침 밥상 마련하는 시간만큼 더 누워 있게 두려는 거였다. 그런데 용호는 막 일어서는 아내의 몸뻬 자락을 움켜잡았다.

"왜서 이런데유우?"

둘남이는 짜증을 내며 용호의 손을 쳐냈다. 그러나 용호는 아내의 발목을 걸어 쓰러뜨렸다. 둘남이는 힘없이 군드러졌다.

"씨이팔 지랄두……."

둘남이는 욕했다. 그러나 남편이 지금 무엇을 요구하는지 뻔하게 알고 있어서, 도무지 내키지 않지만 번듯이 누웠다. 용호는 개구리 헤엄치듯 팔과 다리를 움직여 둘남이의 한쪽 다리만을 맨싸둥이로 만들었다. 그리고 게걸스럽게 사타구니를 맞물렸다. 둘남이는 숨죽이고, 지금 아이들이 잠들었는지, 자는 시늉만 하고 있는지 알아내려고 신경을 곤두세웠다. 길수가 손등으로 짜증스럽게 입술을 문지르더니 돌아누웠다. 둘남이의 몸과 마음이 싸늘하게 굳어졌다. 용호는 씩씩거렸다. 둘남이가 제 손으로 남편의 입을 막았다. 그래도 씩씩 소리는 가라앉지 않았다. 둘남이는 불안하고 답답하고 지루했다. 먼 데서 발동기 소리가 들려왔다. 배들이 나가기 시작하는 거였다. 둘남이는 화가 나서 떡 안반짝 같은 엉덩이를 휘둘렀다. 용호가 두 팔로 아내의 힘을 찍어 누르려 하며 용을 쓰더니 사정을 끝냈다. 그리고 그는 냉정하게 몸을 뺐다. 정액이 둘남이의 허벅지에 흘렀다.

둘남이는 허둥지둥 한쪽 다리에 옷을 꿰었다. 알아들을 수 없게 구시렁거리며 부엌으로 나갔다. 저녁에 먹던 밥그릇에 두어 순갈

남짓의 찬밥 덩이가 있었다. 둘남이는 찬장 구석, 종지 속에 감춰둔 동전들 가운데서 두 개를 꺼내 밥상 위에 올려놓았다. 이 돈으로 길수는 가는 길에 빵떡을 사서 씹으며 아침 요기를 할 거였다.

"조심해서 다녀오세요."

문밖에서 남편을 배웅하는 춘옥이의 목소리가 들렸다. 여리고 나긋나긋했다.

용호가 방문을 열어젖혔다.

"아따 다 늙어서 젠장 견우직녀 할라나아?"

용호가, 남편이 골목을 돌아 모습을 감출 때까지 서 있는 춘옥에게 야기를 부렸다. 그는 댓돌 위에 자빠져 있는 고무장화를 끌어다 신었다.

"길수 아빠 새벽부터 왜 그런데에?"

춘옥이 팔짱을 끼고 서서 나무라듯 말했다.

춘옥이네 집과 둘남이네는 두어 발짝 사이를 두고 마주 보았다.

"오늘은 늦었구마안."

춘옥이가 부엌에서 나오는 둘남이를 보며 뚱한 소리로 중얼거렸다. 둘남이는 부엌에서 제 서방과 춘옥이가 주고받는 수작을 다 들어 표정이 애매하게 구겨져 있었다.

용호가 댓돌에서 내려섰다. 춘옥이 팔을 추겨 들고 기지개를 켰다. 용호가 잽싸게 춘옥의 젖가슴을 훔치듯 주물렀다.

"이 양반이!"

춘옥이 아주 작은 소리로 말했다. 둘남이는 두어 발짝 앞에서 걸어가고 있었다. 그러나 용호가 춘옥에게 하는 짓을 마음눈으로 훤히 보았다. 아무 여자에게나 집적거리는 고약한 버릇이 있다고 둘남이는 대수롭잖게 넘겼다. 그러나 속마음은 그렇지가 않아서 둘남이 자신도 모르게 멍들고 고름이 잡혔다.

"야아! 이 다라 들구 가아라아!"

용호가 소리쳤다.

"니이미, 다라 들구 댕기는 손모가진 따루 있싸아!"

둘남이가 팩 돌아서며 소리 질렀다.

"어라, 저거 보게. 저 쌍년이 어디가 근질근질하나아?"

용호가 다문 이빨 사이로 말을 뱉으며 떠뻑떠뻑 장화발로 걸어가자, 안으로 들어가던 춘옥이 쫓아와 용호의 팔을 툭 쳤다. 워낙 동네에서 포악스런 성질로 소문이 난 남자라서 춘옥은 그들 내외간에 피 튀기며 싸워도 자기가 불안해서 와들와들 떨었다. 사내가 겁기를 세울 땐 여자가 애교를 떨어 잠재울 줄 알아야 할 터인데 앉으나 서나 사내 뺨치게 뻣뻣한 둘남이가 춘옥은 딱하디딱하게만 여겨졌다. 용호가 자기에게 특별히 찌분덕거리는 걸 모르는 바 아니나, 그는 다른 여자들에게도 스스럼없이 농탕질을 해대려 들어서 슬쩍슬쩍 넘기며 지냈다.

둘남이가 돌아와 고무 함지를 들고 갔다. 춘옥이가 희끄무레한 데서, '우리는 한편'이라는 눈깜작이를 했으나 둘남이는 본 척도 하지 않았다.

갯가에 용호네 신길호 한 척만 덩그마니 남아 있었다.

둘남이와 용호는 제각기 화가 나서 입을 빼물고 빠덕빠덕하게 움직였다. 둘남이가, 먼저 배에 오른 용호에게 낚시 바구니를 받아 달라고 해도 용호는 들은 척도 않고 발동을 걸러 기관방으로 들어갔다. 둘남이는 혼자서 낚시 다섯 바구니를 싣고 돌멩이와 젖은 모래를 실었다.

발동을 걸고 나온 용호는 키를 다리에 걸고 기관방에 기대서서 담배에 불을 붙였다. 그는 하마 같은 몸피의 아내가 나름대로 바지런히 움직이는 모양을 뻔히 보면서,

"뭐 하나아! 빨리 밀어라아!"

하고 소리 질렀다.

둘남이는 기축을 던져 넣고 닻줄을 풀고 경중 뛰어 배에 탔다. 그리고 대막대로 축대에 버팅겨 배를 밀어냈다. 1.29톤의 신길호는 무지럭히 밀렸으나 이내 물살과 몸을 맞췄다.

둘남이는 이물에 걸터앉아 바다를 바라보았다. 이렇게 늦게 나가는 배는 어디에도 보이지 않았다. 멀고 가까운 바다에는 고기잡이 중인 배들이 장을 서고 있었다. 수평선에 시커먼 구름이 울타리처럼 끼어 있어 잿빛 하늘보다 한밤중이었다. 그러나 먹장구름 속 갈피에서 해돋이의 붉은 보랏빛이 쓰라리게 번져 오르고 있었다. 바닷물은 생고무 같은 탄력으로 꿈틀거렸다. 회색의 갈매기들이 바다로 날아갔다.

부부는 아무 말도 하지 않았다. 이미 주낙을 풀 만한 곳은 먼저 나간 배들이 차지했을 거라고 그들은 생각하였다. 돌가자미 잡히

는 짬(바닷속의 바위산)은 뻔하기 때문이었다. 그래서 오 분이라도 먼저 나가려고 말없이 어부들은 다퉜다.

신길호가 축항을 벗어나자, 앞으로만 나아가던 뱃머리를 용호가 북쪽으로 틀었다. 여태 얼빠진 듯 앉아 있던 둘남이가 딱부리눈을 뜨고 용호를 쳐다보았다. 용호는 찍 침을 뱉었다. 그리고 아내의 눈길을 피했다. 둘남이 마구 끓어오르는 성화를 억지로 누르면서, 설마…… 하고 두고 보았다. 그러나 틀림없었다. 용호의 검은 눈에 욕심이 서려 누우렇게 빛을 쏘고 있었다. 검푸른 두터운 입술은 굳게 다물렸고 수많은 시절을 바다에서 살면서 그을린 쇳빛 낯은 굳어 있었다.

"…… 왜서!…… 안 된다니!"

성화가 쇠면 서러워지는지, 둘남이 울먹울먹 외쳤다.

개지랄 말어 이년아!

용호가 이런 포악한 눈빛으로 아내를 노려보았다. 그는 입덧하는 여자처럼 자꾸만 바닷물에 차악 침을 뱉었다.

벌써 날은 훤히 밝았다. 아직 주낙을 드리우지 못하고 있는 배는 신길호뿐일 거였다. 고기들은 해 뜨기 바로 전에 미끼를 따 먹게 마련이었다.

둘남이와 용호는 숨 막히게 하는 조바심과 두려움에 질린 얼굴이었다. 용호는 속도를 올렸다. 굴뚝에서 시커먼 연기가 풍풍 올라왔다.

"이거 봐요! 택두 없다니! 왜서 황소 고집이나아! 다아 망해 먹을라 하나아!"

둘남이가 용호 옆에 와 바짝 얼굴을 붙이고 소리쳤다.

"닥쳐! 뒈지구 싶지 않으믄!"

용호가 악을 썼다.

그들은 화가 나지 않아도 악을 써서 말해야 했다. 발동기 소리와 뱃전을 치는 파도 소리 때문에 여간해선 알아들을 수 없었다.

둘남이는 용호를 노려보았다. 그는 이미 둘남이 따위는 잊었다는 낯빛을 하고 담배 연기를 뿜어내며 앞만 바라보고 있었다.

이건, 누군가 죽기 전에는 해결되지 않으리란 생각이 들자, 둘남이의 몸에 전기가 찌릿하니 흘렀다. 얼굴 근육이 푸르르 떨렸다. 둘남이는 막 굳어버릴 것 같은 몸을 모질게 추슬러, 다시 이물에 기대앉았다.

바다에선 실수라는 게 없었다. 성공이 아니면 실패였다. 해 뜨는 시간을 붙잡고 늘어질 수 없고, 한 번 던진 그물이나 주낙을 끌어 올릴 수 없었다. 그래서 목숨을 던져넣듯 혼을 모아야 했다. 그런데 지금 용호는 눈에 보이는 실패를 하려고 했다.

지난 장날, 어촌계에 이자 물러 나갔던 용호가 술이 거나해서 밤중에 돌아왔다. 그는 아주 신바람이 나 있었다.

다음 날, 그들은 여느 날보다 일찍 바다에 나갔다. 용호는 해안 경비초소가 있는 바위산 밑까지 바짝 가서 작업을 했다. 어로 금지 구역이었다.

돌가자미가 하얗게 달려 올라왔다. 돈이 문제가 아니었다.

그런데 네 번째 바구니를 끌어 올리는 중에 경비정이 사이렌을 울리며 왔다. 용호는 미련 없이 낚싯줄을 잘라내고 있는 힘을 다해 뺑소니쳤다.

이날, 낚시를 한 바구니 반이나 잃었지만 기분은 하늘을 찔렀다.

소문에, 그쪽 동네 어부들은 늘 경비초소에 쥐약을 먹여 그곳에서 고기잡이를 한다고 했다. 그렇지만 자기들의 구린 데를 감추기 위해 다른 데 배를 잡아서 덤터길 씌울 거라고 어부들은 점쳤다. 그 점은 틀림없었다. 겨우 나흘 전의 일이었다.

지금 용호는 그 덫으로 들어가고 있었다. 어떤 덤터기를 마련해 놓고 있는지 생각만 해도 둘남이는 겁이 났다. 한동안 일을 못 하는 건 고사하고 징역을 살고 벌금도 물어야 할지 몰랐다. 그러나 이미 용호를 설득할 수는 없었다. 그건 차라리 죽는 게 쉬웠다.

둘남이는 포기했지만 가슴은 저며지고 소금에 절여지는 듯 아리고 쓰렸다. 만약 입장이 바뀌었다면 용호는 절대로 포기하지 않았을 것이다. 둘남이가 처음 배를 탔을 땐 하나같이 서툴러서 세상 구박을 다 받았다. 지금도 용호는 둘남이의 실수에 대해선 용서치 않았다.

둘남이의 불길한 예감은 들어맞았다. 덫 대신, 해군 배들이 서너 척 떠서 무슨 훈련을 하는 모양이었다.

풀이 죽었으나 험상궂어진 용호가 뱃머리를 돌렸다.

"개놈! 더 직사게 망해봐야 제정신을 차리지……."

둘남이가 저주하였다.

그물을 걷어서 돌아가는 배들이 보였다. 배에 밀려 솟구쳐 올랐다 하얗게 부서지는 파도 위로 갈매기 떼가 따라붙고 있었다. 그물을 벗기며 던지는 자디잔 고기들을 잡아먹으려고 갈매기들은 돌아가는 배만 따라다녔다. 그래서 갈매기가 뒤쫓지 않는 배는 만선이 아니기 십상이었다.

해안초소의 시계에서 벗어나자 용호가 속도를 늦췄다. 그는 뚱하니 토라져 있는 마누라를 바라보며 쓰게 웃음지었다.

"야아! 고문관이냐아?"

용호가 빈정거렸다.

둘남이는 듣지 못했다.

용호는 슬그머니 둘남에게 모든 것을 떠넘기고 싶어졌다. 신명이 빠져나가서 이판사판인 기분이었다. 마누라가 어떻게 해줬으면 좋겠다는 마음이었다. 이미 시간이 너무 지나서 어디 더 찾아다닐 수도 없었다.

"역기두 짬이 있지 아마?"

둘남이가 용호에게 와서 말했다.

"씨팔 재수 옴붙어서……."

용호가 대답은 않고 이렇게 뱉었다.

둘남이는 할 말이 너무 많아서 아무 말도 못 하고 용호에게 눈을 흘겼다. 용호가 키를 둘남에게 넘겼다. 그러다가 무슨 맘이 내켰는지,

"야아, 니가 해라!"

하고 키를 다시 잡았다.

"큰 인심 쓰네에."

"지랄 마라."

"지랄? 내가 그랬다간 벌써 고기밥 됐게?"

"알았으면 됐어!"

용호가 귀찮다는 듯 소리쳤다.

둘남이는 다시 일어난 화를 삭이느라 씨근덕거리며 제비를 띄우고 닻을 던지고 주낙을 풀었다.

여기는 해녀들이 물질하는 곳이었다. 바위틈에서 성게나 해삼을 잡고 물미역도 따고 문어도 잡는 데였다.

"시간 없어 야아!"

돌멩이를 매다는 둘남이를 보고 용호가 소리쳤다. 그는 일 자체의 바깥에서 성가시게 닦달하는 감독관 같은 표정이었다.

이곳엔 역시 고기가 없었다.

빈 낚시만 맥없이 올라오다가, 낚싯줄 끌어 올리는 팔목에 힘이 달린다 싶으면 엉뚱한 불가사리나 게집 지은 소라, 늙은 다시마나 쇠미역이었다. 우유통, 야쿠르트통, 스티로폼 덩어리도 달려 나왔다.

아무것도 기대하지 않고 있었지만 그들의 낯빛은 검푸르게 죽었다.

이날 그들이 잡은 고기는 크고 작은 가자미 다섯 마리와 돌삼치 몇 마리였다.

바다는 이미 파장처럼 비어 있고, 속도의 느낌이 닿지 않는 먼바다 끄트머리에 외항선이 그림같이 떠 있었다. 이제 갈매기들은 기다란 방파제와 항구 안의 물 위에 무리 지어 앉아 쉬었다. 새벽 낚시꾼들도 보이지 않고, 어판장의 아귀다툼도 한물가셨다. 신길호와 대놓고 고기를 받는 쩍쩍이는 목을 빼고 기다리다 욕을 해댔을 것이다.

나갈 때처럼, 신길호는 맨 나중에 갯가로 들어왔다. 애당초엔 펑퍼짐한 갯가일 뿐이었던 걸 방축을 쌓아 돋운 땅이 되었다. 무허가로 한 칸 방에 부엌 개미굴로 지어 200호쯤 사는 동네로 변했다. 그나마 처음에 터 잡은 사람이 대부분의 집을 차지하고 있어서, 그 주인은 세만 받아먹고 살았다.

둑을 쌓았어도 큰물만 나면 동네가 물에 잠겼다. 앞뒷집이 추녀를 맞대고 있어서 숨소리도 감출 수 없었다.

합판으로 지붕을 씌운 작업장에서 일하던 어부들이 신길호를 바라보았다. 이곳에 배를 대고 지내는 어부들에게서 산 고기를 받아 장사하는 횟집 주인이 지난 초여름에 지붕을 씌워주었다. 고깃값은 횟집에서 매겼다. 어부들은 고기 시세를 알 수도 없고 정하지도 못했다. 자기들은 죽도록 목숨 걸고 일해 장사꾼들 돈 벌게 한다는 걸 알고 있지만 그들은 이 형편을 바꿀 엄두도 못 냈다.

"야아! 니이 바닷고기 씨 말리구 오나아!"

문어 통바리 갔던 김가가 손나발을 대고 소리쳤다.

"아따 성님요오, 거어 상(相) 좀 보우와."

갈남에서 이곳에 남바리 와 서너 달째 지내고 있는 병식이가 끼어들었다.

용호는 볼이 잔뜩 부은 얼굴에 우락부락 눈을 부라리고 아무와도 눈을 맞추지 않으려 애쓰며 배에서 나왔다. 그는 철 지나서 싸둔 그물 더미에 주저앉아 장화를 벗어 던졌다. 고무 바지는 벗어서 고랑대(그물을 걸기 위해 가로지른 굵고 긴 막대)에 걸쳐 놓았다.

"씨이팔 화딱지 나는데 탄이나 캐러 갈까?"

용호가 속에 없는 말을 투덜거렸다.

"탄은 금방석에 앉아 캔답니까, 성이요."

병식이가 빈정거렸다.

둘남이는 배 설거지를 끝내고 함지를 들고 나왔다. 삶을 빨래를 불에 얹고 나온 김가 마누라 순옥이가 잽싸게 다가가서 함지를 들여다보았다.

"먹을라구 냉겼나아?"

"전부 이거라니!"

둘남이가 괜스레 얼굴을 붉히며 말했다. 그는 정말 창피했다.

"누가 술 좀 받아라아."

용호가 짐짓 거드름 피우는 말투로 말했다.

"야아, 돌삼치 맛 좋겠다."

병식이가 함지를 들여다보며 말했다.

"먹구 죽은 귀신은 화색이 좋다더라."

김가가 통바리 미끼로 냉동한 정어리를 토막 치며 말했다.

병식이가 돌삼치를 들고 수돗가로 갔다. 소주는 김가가 사기로 하였다. 순옥이가 문어 새끼 한 바가지를 떠다 둘남이네 빈 함지에 쏟아부었다.

"장사가 똥값 처줄라구 해서 그냥 가주왔데에."

순옥이가 말했다.

"볶아서 쐬주 안주나 해야겠다."

술 잘 먹는 둘남이가 말했다.

"길수야! 횟장 안 만들어 오구 뭐 하나아!"

용호가 호통을 쳤다. 둘남이는 안 보이게 주먹질을 해주고 함지를 이고 집으로 갔다. 그는 골목에서 자다가 부스스 일어난 꼬락서니의 딸 둘과 마주쳤다. 세 살짜리는 맨발에 아랫도리를 드러내놓고 있었다.

"지즈바야, 우째 넌 빤쓰 입는 걸 싫어하나아! 언니란 건 동상 옷두 못 입히구우!"

둘남이는 아이들 머리통을 차례로 쥐어박았다. 그래도 아이들은 노염도 타지 않고 제 어미 꽁무니를 따랐다.

춘옥이네 부엌 앞에서 동네 여자 여럿이 김칫거릴 다듬고 있었다. 둘남이는 괜히 몸이 굳었다.

여자들이 말이나 눈으로 인사를 건넸으나 둘남이는 억지로 웃어 보이고 말았다. 여자들은 다시 얘기하였다. 요새 아내들을 사로잡고 있는 텔레비전 연속극에 대해서였다. 그들은 남편과 아이들을 챙겨 보내고 대충 치우고 나서 하나둘 약속 없이 모인 거였다.

"저 여자가 배 탄다는 그 여잔가아?"

이사 온 지 얼마 안 되는 여자가 소리 낮춰 말했다.

"맞어. 배 타. 남자보다 더 억세. 일두 잘하구."

"어머. 옛날에 여잔 배 근처에두 얼씬 못 했잖아."

"지 사나하구 똑같애. 욕두 잘하구 술두 잘 먹어. 쌈은 또 얼마나 잘하는데. 같이 치구 받아. 생긴 게 좀 커? 씨름 선수가 저만하겠어?"

여자들이 소리 죽여 낄낄낄 웃었다.

둘남이는 깨진 연탄재로 난장판인 부엌과 발 디딜 틈 없는 방구석에 넌더리가 나서 부뚜막에 주저앉았다. 어미 눈치가 심상찮다고 느낀 딸 둘이 오빠 짓이라고, 묻지도 않은 걸 일러바쳤다. 둘남이는 부엌 바닥의 재부터 치웠다. 연탄불을 보고, 아침으로 먹는 점심 쌀을 씻고 엊저녁 설거지를 하였다. 가자미는 손질해 찌갯거리로 냄비에 담고 문어를 다듬으며 다리 한 짝을 베어물고 오래도록 씹었다. 달큰한 뒷맛이 목구멍으로 넘어가는 게 기쁘고 반가워서, 볕에 마냥 그을린 둘남이의 얼굴에 함박꽃이 피었다.

밥솥을 불에 올리고 둘남이는 방으로 들어갔다. 이불을 개켰다. 아이들 홑이불이 척척하게 젖어 있었다. 막내의 오줌 질퍽한 팬티가 도르르 말린 채 떨어졌다. 허구한 날 아이가 오줌을 싸지만 빨 틈이 없어서 말려 덮었다. 그래서 이불만 들썩이면 지린내가 코를 찔렀다.

아이 둘이 앞섶에 강냉이를 싸들고 들어왔다. 앞집 아줌마가 쳤다고 자랑하였다.

"낯빤대기 좀 씨처!"

둘남이가 역정을 내었다. 아이들은 들개처럼 주제꼴이 말이 아니었다. 제때 씻지도 않고 끼니도 찾아 먹지 못해 주접이 들어 있었다. 주접이 들어 있기로는 둘남이도 마찬가지건만 그는 자기 자신에 대해선 알지 못했다.

부엌에서 밥이 끓어 넘쳤다. 둘남이가 솥뚜껑을 열고 거품을 불어 삭였다. 이때 골목에서 용호의 거친 발소리가 났다. 둘남이는 겁이 더럭 났다. 밥이 뜸도 들지 않았는데 보채면 큰일이었다. 새벽부터 용호에 대해 화가 났던 건 이미 잊었다. 남편 기색 살피려고 부엌문으로 빼꼼이 내다보았다. 히죽이 웃어보려는 속셈이 있어서였다. 그러나 코앞에 온 용호는 다짜고짜 발길질을 하였다. 어깨를 걷어차인 둘남이가 으윽! 하며 뒤로 비칠 쓰러질 듯하다가 몸을 가누었다.

"서방 말을 개좆같이 아는 년은 본때를 보여줘야지……."

용호는 분을 못 이겨 말도 잇지 못하고 씨근거렸다.

공중 수도에서 김칫거리 씻어 들고 오던 춘옥이가 이 모습을 보곤 질겁했다.

"길수 아빠, 뭔지 몰라두 참아요, 참아. 살 맞대구 사는 처지에 뭔 칼끝에 피맺힌 원수졌나아? 앞집에 사는 나두 싸움 구경하기 지긋지긋하다구요오!"

춘옥이 부러 앙살을 떨었다. 하지만 지긋지긋한 건 사실이었다.

용호의 팔을 잡아당겨 부엌에서 떼어놓으려 하였다. 용호는 마지 못해 두어 발짝 물러섰다.

"길수 엄마, 어디 다친 데 없어?"

춘옥이 부엌을 들여다보며 친정 언니처럼 물었다. 그는 둘남이 보다 일곱 살, 용호보다 여섯 살이 더 많았다. 그런데도 화장한 얼 굴은 둘남이보다 젊게 보였다. 그는 이달 들어 용호네 낚시 찍는 일을 해서 하루에 천이백 원씩 벌었다. 한 바구니 찍는 데 육백 원 을 받았다. 오늘도 이웃 또래들이 집에서 허가 없이 머리 지지는 여자 불러다 파마하자는 걸 뿌리친 것도 둘남이네 일거리 하기 위 해서였다. 김칫거리 소금 뿌려 두고 작업장으로 나갈 참인데 난리 굿이 난 거였다.

"길수 아빠, 오늘 일 안 해? 왜 그러우?"

춘옥이가 이번엔 용호에게 가서 사근사근 물었다.

"저 우라질 년이 횟장 좀 맹글어 오라구 했더니…… 사나 말을 개코루 알아듣구…… 저런 년은 치도곤이 나야 말을 듣는다구, 저 년은!"

용호가 게거품을 물었다.

"난 또 뭔 큰일이나 났다구, 별것두 아닌 걸 가지구. 길수 엄마, 빨리 식초 쳐서 고추장 휘저어. 까짓것 욕먹을 거 있나아? 길수 아 빠 갑시다. 나두 돈 좀 벌게 해주구."

춘옥이는 용호의 등판을 떠다밀었다. 용호의 몸피로 보자면 춘 옥은 고목에 붙은 매미 꼴인데, 용호는 떠밀려갔다.

"에이, 개같은 놈!"

용호와 춘옥이 저만큼 갔을 때, 둘남이가 피를 토하듯 이렇게 내뱉고 부뚜막에 주저앉았다.

아이 둘이 벌레처럼 기어서 눈알 내놓고 부엌을 보았다. 아버지의 기세에 그만 기가 팍 죽어버린 어린 딸들이 방구석에 딱 붙어 숨죽이고 있다가 이제 조금 살아난 거였다.

둘째가 손가락 하나를 제 어미의 두툼한 등에 살짝 대어보았다. 둘남이는 그런 기척도 느끼지 못하였다. 아이들은 말없이 불안한 눈을 마주 보고는 다시 방구석에 가서 방 안에 흩어져 있는 강냉이를 한 알 집어넣었다. 그러나 씹지는 못했다.

둘남이는, 가난한 건 고사하고 빚까지 지고 있던 용호를 떠올렸다. 씨가 다른 여러 형제 속에서 엉망으로 자라난 남자였다. 웬만큼 생긴 청년과는 키나 몸이 어울리지 않아 혼사가 어렵던 둘남이를, 그의 어머니가 앞뒤 재지 않고 용호에게 준 까닭도 거기에 있었다. 딸만 내리 셋을 낳고 또 낳은 딸이어서 다음에 꼭 아들 낳으라고 이름도 둘남이라고 지어졌으나 다섯째도 딸이었다. 둘남이의 어머니는 다른 자식과는 달리 겨우 국민학교만 가르치고 황소같이 부리다가 나릿가 쌍놈한테 시집가 죽도록 매 맞고 사는 딸이여러 가지로 쓰려서, 딸 치운 지 칠 년이 넘도록 낱알이며 김장 채소, 양념을 줄줄이 대고 있었다. 배 산다고 목돈 대고 이자에 눌려 빚 보기 어렵다고 빚돈도 갚아주었다. 그런데도 타고난 성질이 그런지 포악한 건 그날이 그날이었다.

둘남이는 제 몸 전혀 돌보지 않고 일했다. 그가 남자 뺨치게 일을 잘해내는 건 먼 데까지 소문이 나 있었다. 만삭에도 배를 탔고 애 낳고 열흘이 못 되어 바다에 나갔다. 아이들은 어머니가 불어터질 것 같은 젖통을 부여잡고 달려올 때까지 울다가 지치고 또 울며 허기져 있었다. 아이 둘은 그렇게 컸다.

그물 일을 할 땐 남보다 서너 폭씩은 더 실었다. 부부가 둘이서 해내기엔 어림도 없는 일거리였다. 오줌 누는 시간도 아끼며 일했다. 손도 빠르고 발도 빨랐다. 하루에 네 시간 자면 실컷 자는 잠이라, 그물을 날리다가 서서도 잠깐 잠이 들기 일쑤였다. 그렇게 일한 폭이라, 부부 싸움 뒤에 사나흘씩 뒤집어쓰고 누워 지내도 이 동네에선 벌이가 제일 좋았다. 싸웠다면 뼈를 다치고 눈을 못 뜨게 멍들고 붓고 했다. 춘옥이가 뿌르르 달려왔다. 입을 싸게 놀리려고 부엌으로 들어서다가 흠칫 멈췄다. 부뚜막에 앉아 있는 둘남이가 꼭 저승사자 같은 느낌을 주었기 때문이었다. 검은 얼굴이 푸르스름해 보였고 입술은 타서 하얗게 꺼풀이 들고 일어난 모습이었다. 눈빛은 딴 세상을 더듬고 있는 게 분명했다.

춘옥은 몸을 떨고 마음을 추슬렀다.

"괜찮나아? 어디 아프나아?"

측은한 목소리로 말하며 둘남이의 앞에 쪼그리고 앉았다.

갑자기 둘남이가 바보처럼 킹킹 울기 시작했다.

"이 사람아! 울긴."

춘옥이가 떡두꺼비 같은 둘남이의 손을 잡았다. 손목이 춘옥의 발목보다 굵었다.

밥솥에서 빠작빠작 눋는 소리가 났다. 춘옥이 솥을 내려놓았다. 둘남이가 울면서 일어나 두꺼비집을 덮었다. 아이들이 문설주에 기대어서 부엌을 내다보았다. 어안이 벙벙한 얼굴들이었다.

"김 씨네서 초고추장 내다가 잘들 먹구 마시더구만."

춘옥이 혼잣말처럼 했다.

둘남이는 물꼬를 틔운 듯이 흐르는 눈물을 닦지도 않았다. 가끔 꺼이꺼이 느꼈다.

"길수 아빤 안 찍는대. 닐 게다빵(쓰레그물) 간다는데 뭘."

춘옥이 고자질처럼 말했다.

"그건 참말루 인간도 아니라구유우, 지깐 놈이 인간이라믄 그럴 순 없다구유우."

둘남이가 울면서 훌쩍이면서 말하였다. 춘옥은 둘남이의 감정을 헤아릴 수도 따라잡을 수도 없었다. 그러나 마냥 가만히 있거나 모르는 척 일어서 나갈 수도 없는 거였다.

"게다빵 하면 되나아? 바다 밑을 쑥밭 만드는 도적질이라면서?"

춘옥은, 둘남이가 용호를 인간 같지 않다고 하는 말이 게다빵에 걸린 거라고 생각하곤 이렇게 말하였다. 둘남이는 지금 게다빵은 귀에 들어오지도 않았다.

그사이 울음 끝이 사그라들었던 둘남이가 다시 *끄으윽끄으윽* 흐느껴 울기 시작했다. 둘째 딸이 드디어 겁을 낼 수 없어 으앙 울었다. 춘옥이 아이를 끌어안아 다독거렸다.

"…… 시집와서 난 그 흔해빠진 감기약 소화제 하나 안 사 먹었어, 저 개놈은 뭐라구 우리 엄니가 개소주를 안 달여줬나아, 꿀에 인삼 재워 안췄나아, …… 집에 오면 개놈은 다리 뻗구 눕지! 빗자루 한번 들었으면 내 손가락에 장을 지지겠다아! 애새끼 옷 한번 안 입혔다구우, 여자가 산후병 얻어봐. 평생 고질인데 누가 그걸 모르나아? 저것들 둘 낳구는 열흘 만에 배 탔어유……. 젖은 팅팅 불어 쿡쿡 쑤시구, 밤잠 자구 일어나면 전신만신이 부어 손이 쥐어지나 눈이 떠지나……. 그래도 그 개놈이 날 보구 쉬란 말 한마디 농담으루두 안 했다구우……. 태풍 불어 놀 때 그놈은 마실 댕기며 화투 치지, 술집 가지, 난 빗물 받어 이불 빨래하구 살았다구우……."

둘남이가 아이처럼 엉엉 목을 놓고 울기 시작했다.

춘옥은 까마득했다. 부부가 싸울 때 여자가 힘쓰고 욕 잘한다고 해도, 그래도 더 참혹하게 얻어맞는 건 여자고 험한 욕 듣는 것도 여자여서, 둘남이에게 쌓인 원망이 그런 거겠거니 했었는데, 저토록 뼈 시린 억울함이 차 있으리라곤 상상도 못했던 것이다. 작업장에서 살 깊은 삼치 회에 소주 두 잔 얻어 마시고 오면서, 둘남이에게 여러 가질 가르쳐줄 생각이었다. 용호는 게다빵 나간다고 일손을 놓고는 김가 처를 서방 앞에서 끌어안고 입을 맞추려 하지 않나, 춘옥을 연상의 여인 어쩌고 해가면서 함부로 놀던 거였다. 그때 문득 춘옥은 둘남이를 도와줘야겠다는 생각을 했다. 그가 남자를 도무지 모르는 맹물단지라고 판단했던 것이다. 그래서 사내

다루는 법, 특히 용호 같은 남자 구워삶는 방법을 가르쳐주려고
했다.

　그러나 지금, 춘옥은 자신이 생각하는 방법은 둘남이의 경우와
는 맞지 않는다는 느낌이 들었다. 남자를 다독거리고 추켜올리고
발바닥이라도 핥아주는 시늉을 하고, 몸치장 얼굴 단장 열심히 하
고, 남자 하는 일은 절대로 못한다고 꽉 못 박아두고…… 춘옥은
이런 얘길 해주려고 했었다. 둘남이는 한쪽 콧방울을 손가락으로
누르고 부엌 바닥에 코를 풀었다. 발바닥으로 가래 같은 코를 문질
렀다. 길수가 유치원 가방을 메고 부엌 문턱에 와 버티고 섰다. 한
순간에 심상치 않은 분위기를 깨달은 얼굴이었다. 씨이, 하면서 가
방을 방에 던졌다. 그게 큰딸의 머리에 맞고 떨어졌다. 큰딸이 기
다렸다는 듯이 아앙 울기 시작하였다. 벌써부터 울고 싶었던 아이
였다.

　"배고프지이?"

　둘남이 목이 메인 소리로 물었다.

　"씨이팔."

　길수가 욕하고 눈을 내리깔며 혀를 찼다.

　"저 새끼두 사내라구 날 부려먹을라구만 한다구."

　둘남이가 중얼거렸다. 춘옥이 여태 안고 있는 막내를 둘남이의
품에 안겨주고 밥상을 차렸다. 큰딸은 제풀에 울음을 그치고 방으
로 들어간 오빠와 무슨 얘길 지껄였다.

　"미안해유우."

둘남이가 손바닥으로 얼굴을 문지르며 말했다. 손가락 끝이 가뭄의 논바닥처럼 갈라져 있었다. 면장갑을 끼고 일을 하지만 짠물과 고기 가시, 불가사리 때문에 부드러운 게 남아날 수가 없었다.

"길수 엄마, 차암 딱해. 그러니 어쩌나?"

춘옥은 한숨을 쉬었다. 찬장을 뒤져 반찬을 올려서 알루미늄 상에 담아 방 안에 들여놓아 주었다.

"배고프겠어."

춘옥이가 말했다. 둘남이는 막내를 방에 들여보냈다. 아이는 어미 품에서 날갯짓 치며 나오는 병아리처럼 방 안으로 들어갔다.

"배때기 고픈 것두 모르겠어유우."

둘남이가 한숨을 내쉬었다.

춘옥이 무슨 생각에 잠기는 얼굴이더니 반짝 고개를 들었다.

"이거 봐, 길수 엄마. 교회 좀 나가보게나아. 사람이 어디 의지할데가 있어야잖나아. 전지전능하신 하나님이야 어디 사람을 배반하나아?"

"하나님이 나 대신 고기 잡아 줘유우?"

둘남이가 퉁명스레 내뱉었다.

저런 무식한 거.

춘옥은 속으로 혀를 찼다. 저렇게 앞뒤가 막혔으니 서방이 두들겨 팬다고 생각했다.

하나님이 배나 타는 쌍놈이냐? 고얀 것. 춘옥은 괘씸해서 얼굴에 침을 뱉어주고 싶었다. 두메산골에서 땅이나 파다가 나룻가로 시집와 배 타며 사내처럼 사는 게 뭘 알겠느냐. 벽창호 같으니라구.

춘옥은 새록새록 속이 상했다. 쌈 주고 뺨 맞은 기분이었다. 일어났다.

"내 정신 보게. 배차가 팍 죽었겠어."

춘옥이 소금에 절인 김칫거리 평계를 대었다.

"고마워유우."

"아니야. 이웃사촌이란 말 알지?"

춘옥은 부엌을 나섰다. 굴에서 빠져나온 것처럼 시원해서 기지개를 켰다.

둘남이는 울음을 그친 지 오래였으나 아직도 헉헉 느껴졌다. 아랫배가 탱탱한 게 아팠다. 오래전에 마려웠던 오줌을 참았던 게 생각났다. 공중변소는 한참 떨어진 데 있었다.

변소에 가 오줌을 누고 와서 방에 들어갔다. 막내가 밥상을 등지고 쓰러져 잤다. 길수는 제 키 한 배 반은 될 대막대기를 구해다 끝에 낚싯줄을 매다느라 정신이 없었다. 밥상은 난장판이었다.

"누가 니보구 고기 잡으라던!"

둘남이가 갑작스레 악을 썼다. 길수가 엉겁결에 당한 일이라 뜨악한 낯으로 어미를 보았다. 그러고는 꽁무니 빼듯 바깥으로 나갔다. 큰딸이 졸졸 따라 나갔다.

둘남이는 아이들이 커서 신세가 바뀔 거라는 희망을 꿈꾸어 볼 시간이 없어서 그걸 생각해보지는 않았지만, 그래도 가랑잎 같은 배에 목숨 걸고 허겁지겁 일에 묻혀 평생을 산다는 건 상상할 수 없는 일이었다.

잠든 아이를 바로 눕히고 아직 아랫도리를 드러내놓고 있는 아이의 속옷을 찾아 입혔다. 밥상에 흩어진 밥을 주워 허겁지겁 입에 넣었다. 바짝 마른 입술과 입천장에 밥알이 달라붙었다. 물을 마시고, 부엌에 나가 솥째 들고 와 밥을 먹었다. 숟갈을 놓자마자 몸뚱이가 무쇳덩이에 매달린 것처럼 무너져 내리는 느낌이었다. 배 속이 딱딱한 게 마땅치 않았다. 눈꺼풀이 내리덮였다.

억지로 일어나 상을 치웠다. 찬장 옆에 놓인 댓병 크기의 플라스틱 소주병에서 사발에다 술을 따라 물 마시듯 들이켰다. 눈앞에 무수한 별똥이 쏟아졌다. 입 안에 술기운이 감돌고 온몸으로 퍼지고 단맛이 혀에 남았다. 둘남이는 조금 더 따라서 마셨다. 술병을 막아 제자리에 두고 방 안으로 들어갔다. 막내딸을 알처럼 품에 감싸고 누웠다. 그리고 곧장 잠에 곯아떨어졌다.

…… 아주 깊은 산중이었다. 서쪽의 끝일지도 몰랐다. 사람을 스산하게 하는 붉은 노을이 퍼져 있었다. 노을은 산의 뒤에 병풍처럼 쳐 있고, 깊은 산은 이상하게도 벌판처럼 훤하게 느껴졌다. 둘남이는 혼자서 노을을 바라보고 서 있었다. 산굽이에서 크고 잘생긴 개가 나왔다. 너무 신기하고 신비해서 겁이 났지만 둘남이는 피하지 않았다…….

막내가 흔들어 깨우는 바람에 둘남이는 눈을 떴다. 아직 꿈의 느낌에 사로잡혀 있어서 어리둥절한 얼굴이었다.

"왜 그리나아 엄마아아!"

막내가 겁먹은 소리로 둘남이의 손을 흔들었다. 방 안이 어두컴컴하였다. 탁상시계를 들여다보았다. 일곱시가 조금 넘어 있었다. 그런데 어둡다니 이상도 하였다. 둘남이는 방문을 빼꼼히 열어보았다. 빗날이 듣고 있었다.

"가을날이 밴덕스럽기두……."

둘남이가 문을 닫으며 중얼거렸다. 입에서 술내가 풍풍 풍겼다. 얼굴이 부어 보였다.

"오빠 상구두 안 왔나아?"

딸에게 물었다. 아이가 고개를 끄덕거렸다. 어느 집에 들어가 컬러텔레비전을 보고 있을 거였다. 둘남이네 아이들은 하루 빨리 흑백텔레비전을 컬러로 바꾸자고 달달 볶았다. 둘남이는 온종일 들어오지 않는 용호도 궁금하고 괘씸하였다. 게다빵 그물은 오래전에 꿰매 놓은 게 있으니 할 일이 없었다. 술 퍼먹고 헛소리나 할 게 뻔하였다. 밤중이나 되어서 잠자려고 기어들어올 거였다. 둘남이는 천만 뜻밖에 횡재 같은 낮잠을 얻어 잤건만 기분은 여전히 떨떠름했다. 꾸다 만 꿈도 자꾸 되새겨졌다. 부엌에서 구시렁거리며 순옥이가 준 문어 새끼를 데치고 가자미 찌개를 끓였다. 용호 몫으로 떠둔 식은 밥 한 그릇과 밥 한 공기가 남아 있어 라면 끓여 보탤 요량으로 밥은 짓지 않았다.

아이들이 돌아왔다. 비를 피한다고 손으로 머리를 싸매고 와서 어미의 눈치를 살폈다. 아버지가 묵호집에서 화투 친다고 딸이 고

자질했다.

"해 빠지면 날래날래 들어와!"

둘남이가 대답 대신 이렇게 쏘아붙였다. 아이들이 머쓱해서 방 안으로 들어갔다. 벌써 텔레비전에서 소리가 났다. 저녁밥을 차려 아이들과 먹었다. 하나밖에 끓이지 않은 라면을 가지고 아이들이 다퉜다. 등때기를 한 차례씩 후려쳐서 가라앉혔다.

둘남이는 속이 그들먹해서 가자미 국물만 몇 모금 떠먹고 그만 두었다.

상을 치우고 나서 아홉시가 넘었다. 아이들의 퀴퀴한 내 나는 속 옷을 갈아입혀서 재웠다. 용호는 아직 돌아오지 않았다. 노름에 미 치면 첩년도 팔아먹는다더니 단단히 빠진 모양이었다. 점에 십 원 짜리 고스톱을 칠 거였다.

열시가 넘었다.

낮잠 잔 티를 내는지 정신이 말똥말똥하였다. 온갖 억울한 생각, 분한 기억만 떠올랐다. 아무래도 이렇게 독 쓰고 앉아 있다간 미쳐 버릴 것 같았다. 둘남이는 잠들고 싶었다. 그래야 내일 새벽에 일 어날 수 있었다. 게다빵 가는 건 다른 배들보다 한 시간은 일찍 나 가야 했다. 가래로 바닷속 모랫바닥부터 긁다 보면 남의 그물도 훑 쳐 올리게 되어서, 재수 없으면 잡혀 곤욕을 치르기 때문이다.

부엌에 나가 술병을 들고 들어왔다. 양은 밥그릇에 술을 따라 벌 컥벌컥 들이켰다.

이때 소리도 없이 방문이 열리며 용호가 삐죽 얼굴을 디밀었다.

"꼴 좋구나아, 지집년이 술을 물 마시듯 하구."

용호가 씹어뱉었다.

둘남이는 저도 모르게, 그릇에 남아 있는 술을 용호의 낯짝에 끼얹었다. 눈 깜짝할 사이에 일어난 일이었다. 용호는 잠깐 정신을 가누지 못하더니 곧 방 안으로 들어가 마구 아내를 때렸다. 둘남이가 입을 딱딱 벌리고 닿는 대로 깨물었다.

이때의 싸움은 말 한마디 하지 않아서 춘옥이네나 다른 이웃에서도 알지 못했다.

용호가 방을 두리번거리다가 부엌으로 나갔다. 벽에 연탄집게가 세워져 있었다. 용호는 그걸 집어서 아내에게 던졌다. 둘남이의 머리에 가서 맞고 떨어지는데, 그 순간 둘남이의 눈에 파아란 빛이 켜지는 게 용호에게 보였다. 순간 섬뜩해서 치를 떤 용호는 곧, 둘남이와 싸우는 것도 지겹디지겨워 피하는 기분으로 할머니집 구멍가게로 갔다. 전기구이 쥐포 한 마리를 뜯으며 소주 두 홉을 마셨다. 왼종일 빈속에 술을 마시다가 또다시 두 홉을 보태, 정신이 아주 갔다.

한 시간쯤 지나 그는 습관의 힘으로 집에 갔다. 둘남이는 앉았던 자리에서 그대로 쓰러져 잠들어 있고 아이들은 갈지 자로 누워 있었다. 용호는 불을 끄지 않고 자는 아내를 툴툴 욕하면서 아이들을 한쪽으로 몰아붙이고 빈자리를 틔워서 누웠다. 그는 금방 코를 골았다.

다음 날 아침이었다.

김 씨는 일 나가지 않는 용호가 궁금해 집으로 가보았다.

"긴 밤 놀았나아, 집구석이 상구두 밤중이잖나아?"

김가가 할랑하게 말하며 방문을 열었다. 그는 기겁을 하고 그 자리에 붙박였다. 방 안은 말끔히 치워져 있는데 황소 같은 둘남이의 쓰러진 몸이 써늘하게 보였던 것이다. 김가는 머리를 흔들고 정신을 차렸다. 방구석에서 길수가 쿨적쿨적 울고 있는 게 이제야 겨우 보였다.

"야아! 엄마가 왜서 이리나아?"

김가가 숨죽이며 물었다. 아이는 고개만 흔들었다. 김가는 몹시 망설여지는데도 또 다른 마음이 다급하게 보채서, 얼른 둘남이의 손을 만졌다. 써늘했다. 그러나 숨은 쉬고 있었다.

'생긴 값 한다더니 기어이 일을 쳤군.'

김가는 속으로 말했다.

"아버진!"

그가 물었다. 길수는 여전히 쿨쩍거리면서 힘겹게 머리를 들고 김가를 쳐다보았다. 잔뜩 겁에 질린 짐승 같은 낯빛이었다. 김가는 아이가 무슨 말을 하도록 기다렸다. 그러나 길수는 입술만 아래위로 일그적거리며 좀체 말을 하지 않았다.

"야아! 아버지 얼루 갔나아! 동상두 어디 갔나아? 니 엄마가 왜서…… 그냥 놔두면 죽는다아!"

김가가 자신도 잘 알지 못하는 상황에 급속도로 휘말리며, 벙어리 아이가 답답해 소리쳤다. 아이가, 도무지 아이스럽지 않은 울음소리로 으흐흐흐 하고 흐느껴 울기 시작했다.

길수가 눈을 떴을 때, 아버지는 세숫대야에 물을 떠다가 이불 한 자락을 말아쥐고 빨고 있었다. 길수는 눈 비비고 그쪽으로 가서 대야를 들여다보았다. 대야의 물이 빨겠다. 그래도 아이는 눈을 떴을 때 부모가 방에 있는 것만 좋아 다른 생각은 하지 못했었다. 길수는 혼자서 일어나 혼자 밥 먹고 혼자 유치원으로 가는 게 아직도 지겹기만 했던 것이다.

"아빠, 그게 뭐나아? 엄만 왜서 상구두 안 일어나나아?"

길수가 이렇게 말하며 제 어미 옆으로 바짝 다가서려 할 때, 비로소 길수의 존재를 깨달은 용호는 갑자기 무섭디무서운 낯으로 아들을 노려보았다. 그 서슬에 길수가 바짝 오그라붙었다. 아이는 저도 모르게 주춤주춤 뒤로 물러섰다. 다만, 도망치고 싶을 뿐인 듯이.

"니는 아무것도 모른다아! 누가 뭐라고 묻는 모른다고 해라아! 알았지!"

용호는 지금 그의 감정 중 악한 기운만이 승한, 그런 기운에 휩싸여 아무것도 느끼지 못하였다. 동짓달 생일의 일곱 살짜리 길수는 이후에도 오래도록 이 순간의 아버지의 위협에서 깨어나지 못했다.

김가는 정신 나간 듯이, 제 어미의 상태도 이해하지 못하고 그저 쿨쩍거리기만 하는 길수를 여러 번 다그쳐 용호가 아이들을 할머니 집에 데려다주러 갔다는 사실만 알아냈다.

'참말루 몹쓸 사람이다아. 우따 사람이 다 죽어가게 생겼는데……'

김가는 바깥으로 나가 사람들을 불러 모았다. 춘옥은 기겁을 했다. 심하게 싸우는 소릴 못 들었다고, 치고받으면 자기가 먼저 안다고 마구 떠들어대었다.

둘남이는 겨우 숨만 붙어 있었다. 그의 몸은 엄청나게 무거웠다. 찻길까지 나가는데도 리어카에 실어야 했다. 여자들은, 용호가 마침내 곰처럼 일만 한 아내를 죽였다고, 인상이 꼭 큰일 저지를 사람이었다고…… 속에 있던 말들을 토해냈다

그들이 길가에 왔을 때, 택시 한 대가 와서 섰다. 묵은 재처럼 뜬 얼굴의 용호가 내렸다. 사람들이 그에게 뭐라고 물었지만 그는 벙어리로 변해서 한마디도 대꾸하지 않았다.

병원에서 그들은 곧장 되돌아왔다.

읍내의 병원에서는 이미 죽은 사람이라고 했다. 그래도 그들은 가까운 시(市)의 큰 병원으로 가보았다. 결과는 마찬가지였다.

둘남이의 장례식날 경찰서에서 형사 둘이 나왔다. 이웃에 산다는 어떤 주민의 고발이 있었다는 거였다.

용호는 상해치사죄로 고발되었다. 둘남이의 친정 쪽에선 꼭 벌을 받게 해달라고, 그래야 딸의 원한이 삭는다고 형사에게 매달리다시피 했다.

용호는 연탄집게를 던진 사실을 자백했다. 그러나 아내를 죽일 생각은 없었다고 말했다. 그의 진실은 이것이 전부여서, 여기에다

보탤 것도 뺄 것도 없었다. 목이 말라 깨었을 때도 아내가 그 자리에 그대로 있지 않았느냐, 피를 흘렸는데 냄새가 나지 않더냐고 따져 물었으나, 그는 이런 부분에 대해선 감각이 마비된 듯했다.

그는 아내의 입장에서 아내를 생각해 본다거나, 아내를 다른 생명체로 인정한 경험이 전혀 없었던 것이다. 형사가 어처구니없어서, 도대체 아내를 사랑한 거냐고 지나치는 말로 내뱉었을 때 그는 그 말을 흘려들었다.

그가 사랑하지 않는 건 아내뿐이 아니었다. 그는 자기 자신조차 사랑하지 못해서, 송치된 이후에도 그저 자포자기 상태였다. 그는 태어나서 지금까지 한 번도 사랑을 받아 본 적이 없었다. 그는 가난한 어부의 아들로 태어났고, 아버지는 바다에서 죽었으며, 어머니는 그를 데리고 다른 어부와 살림을 차려 씨 다른 동생이 여럿이었고, 가난은 끝이 없어서 늘 싸우고 배를 곯아 다른 걱정을 해볼 틈도 없이 살았던 것이다. 그의 어머니는 일찍 체면과 염치를 잃고 사는 여자였다. 그는 아들의 불행에 대해서도 깊이 애틋해하지 않았다.

그러나 용호는 두어 달 후 건넛불로 돌아왔다. 어부들이 가엾은 아이 셋을 위해 눈물로 진정서를 여러 기관에 내었던 것이다.

용호는 아이들과 만났을 때, 비로소 아내가 이 세상에 없다는 자신의 현실을 조금씩 실감하는 낯빛이었다.

목숨앗이 1

"아따 김 씨가 안죽까정 안 깨났구만유."

시멘트 벽돌 짐을 지고 일어서던 인부가 밥함지 이고 들어서는 수미 엄마에게 말을 걸었다. 수미 엄마는 대답 대신 얼굴을 찡그렸다. 사람보고 인사로 웃는다는 얼굴에 주름이 더께더께 엉겨 있었다. 사층짜리 골조만 선 건물의 한쪽 뼈다귀 뒤에 서서 오줌을 누고 돌아선 인부가 수미 엄마의 밥함지를 내려주었다. 인부들이 사방에서 손을 털며 모여들었다.

"날이 찬데 안에서 잡쉬유."

수미 엄마가 인부들에게 말했다. 일 많을 땐 열다섯이나 되던 일꾼들이 이젠 겨우 일곱이었다. 인부들은 귀찮아 망설이다가 한 사람이, "사람이 밥 먹자고 사는데 편하게 먹읍시다." 해서 뿌연 비닐로 창과 문을 낸 사무실로 들어갔다. 수미 엄마는 밥통과 반찬들을 내려놓고, "좀 퍼서 잡쉬유. 장거리 밥 내가게유." 하고 빈

함지만 들고 일어섰다. 일일이 밥을 퍼주지 못해 미안해 죽겠다는 낯이었다.

"날래 가보슈!"

한 인부가 딱해서 혀를 차며 말했다. 수미 엄마는 뛰어서 집으로 왔다. 김 씨는 무릎 높이로 돋우어 비닐을 깔아 방으로 쓰는 데에 앉아서 풀어진 누런 눈을 멍하니 뜨고 담배를 태웠다.

"물두 안 담아놓구!"

수미 엄마는 쓸데없는 짜증이라는 걸 더 뼈저리게 알면서도 이렇게 소리 질렀다. 김 씨는 누러면서도 붉은 기가 도는 눈 말고는 술 먹은 티도 나지 않는 얼굴로 멍청히 앉아 있었다. 수미 엄마는 물통에 보릿물을 넣고 나무젓가락을 함지에 담고 나서려다가 생각났다는 듯이 바지를 입고 위에 보라와 초록이 얼룩덜룩 무늬진 웃저고리를 걸쳤다. 바지 주머니에 만 원짜리 두 장이 있었다. 선반에서 천 원짜리 한 장을 꺼내 주머니에 넣고 밥함지를 이었다.

"얏 년아! 언 놈 붙으러 가냐!"

멍청하던 김 씨가 꽤액꽤액 소리 질렀다.

"아이구우 시끄러워유우, 저기 인호 선생님임. 이 앞으로 맨날 지나다니는 여자 선생님 만나러 간댔잖우."

수미 엄마는 덩치 큰 남편 앞에 임을 인 머리를 바짝 붙였다.

"날래 올게, 저기 보릿물 넘나 봐유."

하고 투정하는 아이 달래듯 말했다.

"얏 년아! 십팔년아!"

김 씨는 함지를 이고 나가는 아내의 등 뒤에다 여전히 소리 질렀다.

장거리 공사장에선 점심이 늦었다고 인부 하나가 투덜대었다. 그는 가까이도 밥집이 수두룩한데 먼 데다 붙여서 늦은 점심 먹는다고 십장 듣게 소리 높여 떠들었다. 여긴 다섯 그릇이지만 주유소 옆에 사층짜리는 일이 커서 아무래도 그쪽부터 신경을 썼다. 거기에 시간 맞춰 대주다 보면 자연히 이쪽이 더뎌졌다. 그러잖아도 처음 시작하고 보름 이따 함바집을 바꿨다가 찬이 입에 맞지 않는다고 다시 수미네로 옮긴 터였다. 수미 엄마는 밥함지만 내려놓고 학교로 내달리려던 맘을 고쳐 먹고, 함지가로 둘러앉은 인부들에게 밥과 국을 떠주고 잠시 눈치 보았다.

"밥 잔뜩 있으니까유 더 떠서들 자셔유. 우리 막내가 자꾸만 학교를 가기 싫어해서 선생님 줌 찾아볼라구유."

수미 엄마는 두 손을 배 가운데쯤에서 맞잡아 부벼대며 느릿느릿 사정을 말하고 공사장을 나왔다. 길바닥 싸구려에서 천 원에 세 켤레짜리 양말을 두 켤레만 사서 분홍색에 우산 무늬 박은 가짜 상표 양말을 신고 한 켤레는 주머니에 넣었다. 종종걸음 쳐 학교로 가는데 낯익은 생선가게 여자와 야채가게 여자들이 요샌 왜 팔아주지 않느냐고 말을 걸었다. 장거리 끝의 골목에 세 들어 살다가 두어 달 전에, 버스 종점 놀이터 옆으로 이사를 간 거였다. 아이 셋이 다니는 학교가 멀어져서, 애들 걸음으로 사오십 분은 걸렸다. 그래서 그런지 막내아들 인호가 아침마다 학교 가기 싫어 강짜를 썼다. 아이 셋 중에 눈이 그 중 또랑거려 은근히 밥술 먹을 기대를 하건만 일학년부터 학교를 싫어하니 기가 막혔다. 아이가 숙제나 하는지 마는지 챙겨 볼 겨를도 없으나 며칠 전 아이 선생님과 집 앞에서 딱 맞부딪쳐서 피할 염도 못 내고 인사를 했다.

"인호가 숙제를 토옹 안 하네요."

눈가에 푸르스름한 점이 아이 주먹만큼이나 피어 있는 중년의 선생님이 도대체 나이답지 않은 앳된 목소리로 말했던 것이다.

"집이 이래서…… 제가 어미라구 낳아나 놨지…… 방이 없어서……."

수미 엄마는 아이가 숙제를 하지 않는 게 절대로 아이 탓이 아니라는 이유를 설명하려 했으나, 그 이유가 너무 여러 가지라서 어느 한 가지를 쏙 내놓기 어려워 입맛 병긋거리고 말았다. 아이를 학교에 맘 붙도록 하는 건 선생님에 달렸겠어서 수미 엄마는 봉투 들고 찾아가려는 거였다. 학교 후문 쪽에 늘어선 문방구 중 하나에 들어가 봉투 한 장 사면서,

"선생님한테 돈을 어터케 준대유. 차암 쑥스러워서 죽겠구만유."

하였다.

"돈이 없어 못 쥐야 걱정이지. …… 요새 선생들이 돈 받는 덴 다들 이골이 났을 테니 그런 걱정일랑 마슈."

새치가 희끗거리는 독사눈의 사내가 화난 목소리로 투덜거렸다.

"애 학교 첨 보내우? 다들 여기다 끼워주던데?"

주인 여자가 두툼한 여성잡지 한 권을 꺼내놓으며 말했다. 수미

엄마는 괜스레 부끄럽고 창피해져서 얼굴을 벌겋게 달구고 서서 요란한 젊은 여자의 얼굴이 박힌 여성잡지 겉장을 보기만 했다.

"여기다가 돈 봉투를 끼워주면 애덜이 다 책 주는지 알 거 아니우?"

문방구 몇 년 하는 사이에 이렇게 얼뜨고 촌스런 여자는 처음 보는 터라, 답답해서 책갈피에 돈 봉투 넣는 시늉을 하며 주인 여자가 말했다.

"이게 얼마나 하지유?"

주눅 든 목소리로 수미 엄마가 물었다.

"삼천백 원!"

여자가 수미 엄마를 빤히 쳐다보며 겁주는 말투로 말했다. 수미 엄마는 갑자기 발가락이 가려워서 꼭 끼인 비닐 구두 속의 발가락을 있는 힘을 다해 꼼지락대려 했으나 어림도 없었다.

"돈이 모지라니……."

힘없이 이렇게 중얼거리는데 주인 여자는 벌써 알고 책을 진열대 제자리에 놓으며 자기 남편에게 오학년 국기함 준비물이 왔느냐고 물었다. 수미 엄마는 켕기는 기분으로 문방구를 나섰다. 봉투에 만 원짜리 두 장을 집어넣어 반으로 접어들고 후문 앞까지 갔다. 공부 시간인지 학교가 조용한데 먼 데서 학생 아이의 맑은 소리가 들려왔다.

뭐라구…… 어떻게 하면서 돈을 내민대유…….

수미 엄마는 선생님 앞에 나서기가 아무래도 쑥스러워 결국 발길을 돌렸다. 찾아보고 인호 문제를 잘 부탁하긴 해야겠으나 돈을 더 들고 와 잡지를 사야 되겠다고 생각하였다. 어제 보도블록 깔던 패거리가 여남은 명 와서 점심과 참을 먹느라 생긴 돈이었다. 내일 새벽에 마장동에 가서 돼지머리도 사야 할 테니 돈을 홀랑 줘버리는 것이 무리이긴 하였다. 그러나 인호네 교실이 뻔히 보이는 데서 돌아서려니 발길이 뻐근했다. 장거리와 주유소 옆에서 빈 밥함지 챙겨서 집으로 왔다.

가게는 텅 비어 있고 연탄에 올려 둔 보릿물 주전자 뚜껑이 뒤집힌 채 반쯤 열렸으며 주전자 언저리로 보리 찌꺼기가 시커멓게 내뱉어져 있었다. 보릿물만 우리면 되는 걸 끓어 넘쳐 꽤 줄어버린 주전자를 내려놓았다. 고무 물통에서는 물이 줄줄 넘쳐 흐르고 있었다. 그걸 보자 수미 엄마는 화가 치솟았다. 언제부터 저렇게 넘쳤을까. 술 취하면 저런 것도 안 보이나. 밥장사하려면 지하수 있는 집을 얻어야지 이 꼴로 살며 한 달에 물값, 전기세로 십만 원을 낸다는 건 기가 막혔다. 개수 물통에 빈 그릇을 넣고 물비누를 풀었다. 연탄은 갈기가 어지빨랐으나 갈아서 구멍을 막고 양은솥에 국수물을 올려놓았다. 끓이는 건 가스 불에 올릴 요량을 하였다. 그러면서도 길가로 눈길을 돌렸다. 복덕방, 우유집, 이발소, 만홧가게……. 술 취하면 김 씨는 그런 집 문 앞에 해바라기하는 노인처럼 앉아 있기 일쑤였다. 한번 마시기 시작하면 이틀 사흘은 내리 술만 가지고 살았다. 곡기를 아주 끊는데 이상한 건 물도 찾지 않는 거였다. 그러고도 몸피는 장사 못지 않았다.

이발소집 영이 엄마가 우유 대리점으로 들어가다가 이쪽을 보고 싱긋 웃었다. 뭐라고 묻는데 오토바이가 지나가며 말소리를 갈아버렸다. 그래도 상관없는 인사말이므로 두 여자는 제각기 일을 보았다. 수미 엄마는 설거지도 급하고 국수도 사 와야겠고 꾸미도 만들어야겠고 배 속도 헛헛해서 어느 것부터 손을 댈지 모른 채 안으로 들어와 방바닥에 엉덩이를 댔다. 툭 쓰러지면 세상 모르게 잠이 들 것 같고 자꾸만 그렇게 하고 싶어졌다. 어젯밤에도 큰아들 오줌 누이느라 세 차례나 잠에서 깼던 것이다. 수미 엄마는 찬장에 소주가 한 병도 없는 걸 보았다. 어제 슈퍼마켓에서 사온 한 되들이 보해소주를 두 홉 진로병에 나눠 부어 뚜껑을 막아두면 술꾼들이 군말없이 마셨다. 그런데도 보해소주를 그냥 주면 군소리들을 하였다. 우선 그것부터 빈 병에 따랐다. 꼭 다섯 병이 나왔다. 병뚜껑 하나가 아무리 찾아도 보이지 않았다. 인호란 놈은 병뚜껑만 보면 들고 나가 돌멩이로 납작하게 찧어 딱지처럼 만들어서 따먹기 놀이를 하였다. 온 장마당을 휘젓고 다니며 그걸 주워다 주머니에 넣고 다녀 바지 주머니 성한 것이 없었다.

"막걸리 한 병만 주슈."

얼굴에 뿌연 먼지가 켜로 앉은 인상의 중늙은이가 들어서며 퉁명스레 말했다. 주머니에 단돈 천 원짜리 한 장 없을 주접이었다. 그는 수미 엄마가 막걸리 한 병에 김치 한 숟갈 넣은 그릇을 가져다주자, 미안하지만 국물 좀 달라고 말했다.

"그거 하나 팔아 봤자 백육십 원 남아유!"

수미 엄마가 속이 상해 소리쳤다. 뿌옇게 낡은 눈으로 그를 쳐다보는 사내가 추레하기 그지없어 보여,

"찾아봐유. 드릴 국물두 없어유."

했다.

사내는 입맛을 다시며 술을 마셨다. 그는 다섯 평이 좀 빠지는 방 안을 둘러보았다. 사인용 탁자를 둘씩 붙여 두 줄로 놓고, 출입문 왼쪽 벽에 붙여 두 평쯤 온돌 없는 방을 들였으나 벽도 없어서, 명색이 부엌, 술청, 살림방이 한 칸에 들어앉은 셈이었다. 살림살이는 시골에서 집 팔아 빚잔치 벌이고 나서 입은 옷에 몇 가지씩 더 보태고 수저 닷벌에 솥, 냄비 하나씩, 담요 한 장 말아 온 게 전부였다. 구로동에 사는 사촌 언니가 컬러텔레비전 들이면서 내놓은 흑백 수상기 하나와 귀가 맞지 않는 오층 서랍장 하나가 수미네 방 안살림 전부다. 함바집 시작하며 전자 자(전열(電熱)로 70℃ 전후로 보온하는 밥통) 마련했고 야뇨증 있는 큰아들 때문에 짤순이 하나 월부로 들여놓았다.

젖이 생긴 맏딸 수미가 술손님을 질색해서 천장에 줄 매어 치마 한 감으로 한쪽을 가렸다. 아이는 요새도 제발 방 따로 있는 집으로 이사 가자고 졸라댔다. 굶기지 않으니 잘사는 줄 아는 모양이라고 수미 엄마는 딸의 철딱서니 없는 걸 남처럼 흉보았다. 올 들어 부쩍 모양도 내고 머리끈이며 핀을 숱하게 사들였다. 여름방학엔 야영 간다고 배낭 사더니 얼마 전엔 그림 그리러 간다며 끈 하나 달린 어깨에 거는 가방을 또 샀다. 놀이터 건너편 순대국밥집은 내

외가 열심히 일해 마당 없는 서른일곱 평짜리 집까지 마련해놓았
지만 아들 둘이 중학교 다니다 말고 하나같이 가출을 해서 장사 손
을 놓고 맥 풀어져 지냈다. 수미 엄마는 그 속사정 알고 나서 더럭
겁이 났다. 이 고생에 자식마저 버리면 차라리 지금 죽는 게 옳았
다. 그래서 슬금슬금 애들 눈치 보는 형편이 되었다.

막걸리 한 병 시켜놓은 사내는 벌써 다 마셨건만 일어날 빛이
아니었다. 수미 엄마는 자꾸만 눈이 검실거려 봉지 커피를 하나 보
리 물에 타서 마셨다. 잠 쫓는 덴 그만이었다. 텔레비전 선전에도
나오지 않는 커피라고 어느 날 수미가 포장지 보고 말했다. 불량품
이라고 떠들거나 말거나 모르면 독약도 먹게 마련이었다.

양념장을 만들고 풋고추 동글동글 채치고, 호박나물을 볶았다.

씨이팔 국수나 삶아주면…… 수미 엄마가 시계를 보며 구시렁
구시렁 남편을 욕하는데 사내가 말을 걸었다.

"누가 대통령 되면 좋겠습니까?"

수미 엄마는 그 말이 귀에 박혔으나 왠지 속이 떫어서 콧소리만
내고 대답은 하지 않았다.

"아줌마는 누구 뽑아줄랍니까?"

처음 들어와 안주 동냥할 때보다 당당해진 말소리로 사내가 일
삼아 물었다.

"난 그런 거 몰라유. 대통령이 우리 같은 사람하구 무슨 상관이
래유!"

사내의 말 거는 꼴이 싫어 이렇게 내쏘아줬다. 성가시니 가달라

고 하고 싶으나 꼴에 손님이라고 차마 그럴 수는 없어서 눈총만 주었다.

사내는 뭐라고 더 말을 걸었다. 수미 엄마는 그릇을 씻느라 아무 말도 듣지 못했다.

연탄불 위에서 미지근해진 국수물을 가스 불에 올렸다. 벽시계를 힐끗 보고 물 묻은 손을 바지에 문지르고 잔돈푼 넣어두는 플라스틱 통에서 천 원짜리 두 장을 꺼내 국숫집으로 갔다. 수미 엄마가 나가자마자 사내가 그 통에 남아 있던 동전 천이백 원을 탈탈 털어 술값도 떼어먹고 뺑소니쳤다. 수미 엄마가 국수를 들고 돌아왔을 때 사내는 없고 김 씨가 맥주병을 샅에 끼고 돌부처처럼 앉아 있었다.

"정신 좀 차려봐유. 국수 삶어 양쪽에 참 내가야유. 장거리선 점심두 늦었다구 팅팅대던데."

쇠귀에 읽는 경이려니 하면서도 지껄여보았다. 김 씨가 있어서, 사내가 술값에 좀도둑질까지 해서 갔으리라곤 의심도 안 했다.

"얏 년아! 서방질하는 년아! 이 불화낭년아! 어디 가서 씹 팔구 왔냐, 얏 년아!"

김 씨는 소리소리 질렀다. 기가 막혀 남편을 쳐다보다가 아주 포기해버렸다. 저러다가도 술이 깨면 새색시처럼 말없이 일을 도왔다. 술 취해서 떠드는 말은 다 거짓이니 한 귀로 듣고 한 귀로 흘리라고 신신당부했다. 그러나 말처럼 한 귀로 듣고 한 귀로 새어지지가 않았다. 멋모르고 들어왔던 손님이 꽥꽥 소리 지르는 김 씨를

340

보면 도로 나갔다.

　처음 이사 가면 김 씨 주정에 이웃에선 수미 엄마를 이상하게 보았다. 그러나 한동안 김 씨 주사를 겪어보곤 나잇살 먹은 이들이,

　"김 씨, 수미 어머니 열녀문 세워줘야 되어. 아나?"

　하고 말하면, 김 씨는 그저 애늙은이 같은 얼굴에 씨익 웃음만 지었다. 김 씨를 아는 사람 중에 어느 누구도 그를 나쁘게 여기지 않았다. 그는 단 한 번도 남에게 불쾌한 말이나 기분 나쁘게 할 짓을 해본 적이 없었다. 이라크로 가기 전에 투전 패거리에 휩쓸려 빚을 지게 되었을 때도 그는 싫은 내색 않고 청산했으며, 집에 오는 손님한텐 외상술이라도 대접해서 보냈다.

　이 세상에 그로 인해 괴로움을 겪거나 속이 상한 사람은 그의 아내와 아이 셋뿐이었다.

　그가 바깥 사람들에게 인심 쓰고, 선량하기 그지없는 낯으로 술 취해 있을 때 그의 아내는 그가 진 술빚을 고스란히 떠맡게 되었던 것이다. 술 취한 아버지가 소란을 피우면 아이들은 잠도 잘 자지 못하고 혹시 괜한 매질이라도 당할까 겁내며 집 밖이 아니면 방 구석에 웅크리고 떨며 견뎠다. 견디는 것 이외의 다른 방법을 그들은 생각하지 못하였다. 그는 '아버지'이고 '가장'이었던 것이다. 아버지와 가장이라는 이름은 그들 가족의 먹고 자고 서로 엇물려 사는 삶 자체에 마치 공기 같은 자연력으로 존재하였다. 그래서 그의 아내는 남편의 무능력을 비판할 수 없었다. 그는 그저 그런 남자와 만난 자신의 팔자가 한스러울 뿐이었다. 아이들도 마찬가지였다.

수미 엄마는 끓는 물에 국수를 넣었다. 끓을 때 기다리고 서 있는 시간이 아까워 그릇에 김치를 퍼 담았다. 인호가 어깻죽지를 늘어뜨리고 들어왔다. 아이는 기어드는 목소리로 어엄마아, 하고 부르며 신발주머니와 책가방을 내려놓았다. 눈썹과 뺨에 허연 버짐이 몇 군데나 피어서 이사 온 뒤로 눈에 띄게 살이 내린 아이는 더더욱 초췌했다.

"배고푸지이!"

수미 엄마는 안쓰러워 이렇게 소리쳤다. 그 사이 국수가 치솟아 뚜껑을 밀어내며 쏟아졌다. 아이구머니나아! 수미 엄마는 가스 불을 끄고 찬물을 끼얹었고 흘러내린 국수 가락을 주워 대충 헹궈서 다시 솥에 넣었다. 가스 불도 약하게 줄였다. 지겨워. 아이구 지겨워. 그는 잠꼬대처럼 중얼거리며 솥뚜껑을 잡고 섰다.

"또 국수야아?"

인호가 엄마 곁에 와서 부은 소릴 냈다.

"밥 주랴? 새끼야 아무거나 처먹어!"

"누가 밥 달래, 자장면 먹구 싶은데."

"자장면 아버지보구 해달래여! 자장면 기술잔 거 몰러?"

수미 엄마는 남편 들으라고 일부러 목청을 돋우었다.

김 씨는 중국집 주방장 출신이었다. 그는 특히 자장면을 잘했다. 면을 잘 쳐냈다. 이라크에 간 것도 요리사 자격으로였다. 그가 술이 취하지 않으면 참은 언제나 자장면으로 해냈다. 인부들이 좋아했다.

아내와 아들이 자신을 빗대어 말씨름을 하건만 김 씨의 귀엔 전혀 들리지 않는다는 얼굴이었다.

"돈 백 원만."

인호가 어머니의 허리에 감겨들며 졸랐다.

"먼 돈이래! 백 원 벌자면 쌔가 빠져!"

어머니는 소리치며 끓는 국수 솥의 뚜껑을 내리고 개수 물통으로 나갔다. 주방이라곤 가스 불 하나에 장난감 같은 찬장 붙여놓은 게 전부여서 바깥으로 호수를 뽑아 물일은 바깥에서 하였다. 인호는 뜨거운 국수물 김에 싸인 어머니 뒤에 서서 몇 번 더 보챘다.

"에이 씨이팔. 가주가! 백 원만 가져어!"

어머니가 역정으로 대꾸하였다.

아이는 어머니의 역정은 지나가는 바람만도 못해서 금방 헤벌쭉한 낯으로 찬장 맨 위에 놓은 푸른색 둥근 플라스틱 통을 까치발해서 내렸다.

"한 푼두 없잖아!"

이번엔 인호가 역정을 냈다.

건진 국수를 쟁반에 받쳐 들고 들어온 수미 엄마가 의심 없는 얼굴로 통을 들여다보았다.

"얼래, 국수 사러 갈 때…… 여봐요, 당신이 돈 손댔수?"

"앗 년아!"

"동전이 여기 꽤 있었다니유. 천 원은 될 텐데……."

수미 엄마는 말하며 습관처럼 자신의 옷 주머니들을 뒤졌다. 양말 사고 남은 돈 삼백 원에서 봉투 사고 구십 원 받아 이백구십 원이 있었다. 국수를 몫 지어 그릇에 담으면서도 생각했다.

"아이구, 막걸리값 받았나유?"

손을 멈추고 남편에게 물었다.

"앗 년아!"

김 씨는 테이프 돌아가듯 소리쳤다.

"아이구 도둑놈!"

갑자기 생각이 떠올라 수미 엄마는 토해내듯 '도둑놈!'이라고 내뱉고 입을 다물었다. 욕하고 미워할 짬이 없어서였다. 대통령 어쩌고 하던 사내 얼굴이 대충 떠올랐으나 국수 불기 전에 공사장으로 가는 일이 더 급했다.

공사장 배달은 김 씨가 하였다. 두 군데 것을 한꺼번에 자전거에 싣고 배달하는 거였다. 그러나 그가 술에 빠져버리면 하나에서 열까지 수미 엄마 차지가 되었다. 이번에는 한 번에 다 담아 바깥에 내놓고 옆의 수선집 여자를 불러 도움을 받아 머리에 이고 국수 국물 한 통은 한 손에 들었다. 벌써부터 머리맡이 아프고 화끈거리더니 목뼈가 어그러지는지 마는지 정신이 없었다. 그래도 수미 엄마는 바지런히 걸었다. 뒤에서 미적미적 따라붙던 아이가 놀이터에서 떨어졌다. 놀이터 앞에 못 보던 솜과자 장수가 서서 분홍색 솜과자를 부풀려내고 있었다.

김 씨는 아내가 참을 이고 나간 다음에도 한동안 '년' 자 붙여 소리소리 질러댔다. 반 잔 남짓 남아 있는 맥주를 병나발로 마시고는 바닥에 고꾸라졌다. 술이 취하면 자주 저렇게 고꾸라져서 코를 골아대지만 진득하지가 못했다. 밤에도 그랬다. 쓰러져서 이제 자려니 여기면 한두 시간 안에 일어나 욕하고 사람을 쥐어뜯었다. 그래서 아이들도 아버지 옆에 눕지를 못해서, 어떤 날은 온 식구가 사나흘씩 선잠에 곯아 지냈다.

김 씨는 워낙 술을 좋아했다. 술이 몸에 받아 탈도 나지 않았다. 그렇지만 며칠을 술로 지내는 건 이라크에 나갔다 온 다음에 생긴 버릇이었다. 내리 술만 마실 뿐 아니라 듣기 민망한 욕을 하고 의처증 내는 것도 그곳에서 돌아온 후에 비롯되었다. 그런데 그것이 무슨 까닭에서인지 아무도 몰랐다. 그가 아내를 의심할 만한 일이라곤 티끌만큼도 일어나지 않았던 것이다.

그가 일 년 계약으로 이라크에 갈 때, 그저 한 삼 년은 눌러 있을 작정이었다. 아내와도 그렇게 입을 맞춰 쓸 만한 가게 달린 길갓집 하나 장만하기로 꿈을 세웠었다. 그는 이십만 원을 들여 요리사 자격증을 샀고 그거 두 배 되는 돈을 중개인에게 줘서 쉽게 나갈 수 있었다. 중동 바람이 한풀 꺾이려는 때였다. 그래도 한 달에 오육십만 원은 집에 보낼 수 있겠다고 하였다. 중동에 나갔다가 이름 모를 병에 걸려 오는 사람, 죽어서 알루미늄관에 짐으로 실려 오는 사람도 있다는 소문을 들었으나 그들 내외는 일하기 편한 요리사여서 그런 흉흉한 소문도 강 건너 불구경으로 들었던 것이다.

그랬는데 김 씨가 반년을 못 채우고 갑자기 돌아온 거였다. '자원 귀국'이라는 이유가 드러난 까탈의 전부였다. 아내의 놀라움과 실망은 어찌나 컸던지 다른 감정은 그만 마비되어서 남편에게 전후 사정을 물어보지도 못하였다. 무슨 법이라고 있다면서 해외근로자가 현지에서 반년을 못 넘기고 귀국하게 되면 왕복 비행기값을 토해내야 한다고 해서 다달이 받아 한 푼 손대지 않고 정기예금했던 돈을 고스란히 내놓고도 여전히 벙어리로 지냈던 것이다. 게다가 김 씨는 아주 넋이 나간 사람처럼 말을 잘 하지 않을 뿐 아니라 그저 자꾸 잠만 잤다.

수미 엄마의 놀라움과 실망도, 더디긴 했지만 차차로 가라앉고 삭았다. 대신 조금씩 속이 상하고 궁금해졌다. 동네잔치까지 치르고 떠났다가 생 병신으로 돌아온 남편이 남우세스러웠다. 그렇지만 아내는 드러내놓고 속상해하지를 못했다. 속을 누르고 눌렀다가 슬그머니 건들었다.

"여봐유, 거긴 어때유, 사람 못 살 데지유?"

"보름만 더 채우구 오지유. 그럼 오는 비행기삯만 물어줄 거 아니유."

"고생스러웠지유?"

이런저런 말로 얘기를 물어내려 애썼다. 그러나 김 씨는 아무 말도 하지 않았다. 그 대신 야릇한 버릇이 하나씩 돋기 시작했던 것이다. 술을 마시면 그는 손에 닿는 모든 것을 잡아 뜯었다. 아내를 눈앞에서 꼼짝도 못 하게 하였다. 그리고 얼토당토않은 욕지거리를 고래고래 질러댔다. 그의 눈에 띄는 남자는 무조건 아내와 붙어먹었다고 주장했다. 화투판에 끼여 날을 샜다.

아내는 처음엔 남편의 의처증에 화가 났지만 차츰 창피하게 느껴졌다. 그리고 꿈을 일구고 그것을 자랑하고 또 박살낸 것이 송두리째 알려진 고향에서 도망치고 싶어졌다. 친하게 지내는 사람들은 수미 아빠가 병이 든 것이니 정신병원에 데려가야 한다고 간곡히 귀띔했다.

그런데 술이 깨면 딴사람이 되었다. 김 씨는 아내에게 울면서 잘못을 빌고, 다 이해해달라고, 술 먹고 자기가 지껄이는 소리는 한마디도 마음에 두지를 말라고 신신당부하였다. 자신도 모르게 그렇게 된다는 거였다.

아내는 함께 취해보기도 했다. 술에 수면제를 타서 먹이기도 하였다. 술 끊는 약도 타 넣었다. 그러나 그 어느 것도 남편의 희한한 버릇을 도려내지 못했다.

고향 사람 중엔, 법 없어도 세상 살아갈 김 씨가 일곱 살이나 나이 어린 처를 두고 떠났다가, 그곳에서 돈도 잃고 아내도 잃은 얘기들을 듣고 정신이 돌아버렸을 거라고 수군거리는 축도 있었다.

하지만 어느 것도 확실한 것은 없었고 매번 눈물로 반성하는 김 씨의 술버릇은 전혀 고쳐지지 않았으며 또한 그는 자신의 귀국 원인을 밝히지 않았다. 아내는 그의 새로운 질곡에 지쳐서 남편의 조기 귀국 원인에 대한 궁금증은 이미 관심도 없었다.

아직까지도 그랬다. 김 씨는 나뭇가지를 휘어 채듯이 한쪽 팔을 있는 힘 다해 휘두르며 일어나 앉았다. 그는 풀어진 눈을 멍하니 뜨고 있었다.

"수미 엄마 없나아?"

이발소집 영이 엄마가 들여다보며 중얼거렸다. 서른이 조금 넘었는데 좁은 이마에 군주름이 굵게 잡히는 여자였다. 동네 주택이 깨끗하고 바로 옆에 장마당이 있어 이발소 차려 들어왔는데 겨우 입에 풀칠하기 바빠서 나날이 여기 뜰 궁리만 하며 사는 집이었다. 방방이 세놓아 먹고사는 동네에 가야 인총이 많아서 이발소도 되련만 주인 혼자도 단독 쓰며 사는 조용한 곳이라 영이네 이발소론 넘고 처졌다. 그는 수미네 건물이 팔렸다는데 그걸 아느냐고 물으러 왔다가 김 씨를 보고는 다람쥐처럼 몸을 감췄다. 이사 온 지 두어 달 되었는데 어떻게 할 것인지 궁금하였던 것이다. 맞은편 골목에 실내 포장마차가 났으나 후미져서 장사 되긴 틀렸다거나, 종점 위쪽 기사 식당 옆으로 보일러가게도 났다느니 하는 말을 두루 지껄이고 싶어서 길을 사이에 두고 엇비슷이 마주 선 이발소와 수미네 실비집 가운데서 팔짱 끼고 서성거렸다. 늘 자기 사는 팔자를 곰이 핀 듯 느끼다가 수미네 이사 온 후론 자신의 가난한 처지가 그래도 훨씬 편하게 여겨져, 수미네와 멀리 헤어지기 싫었다.

수미 엄마는 공사장에서 돌아오다가 인호 형제와 맞닥뜨려 호떡집엘 끌려 들어갔다. 아이들이 호떡을 먹고 꽈배기와 만두도 먹어서 순식간에 천사백 원을 썼다. 인호는 다시 놀이터에 떨어지고 인용이만 따라서 집으로 왔다. 수미 엄마는 실비집 안으로 들어서는 주인 남자보다 몇 발자국 뒤처져 들어갔다. 집주인 남자를 보자마자 김 씨는 얼른 일어나 안녕하시냐고 인사하였다. 무디고 게으르게 퍼져 있던 몸이 어찌 그리 가볍고 부드럽게 움직여지는지 놀라웠다.

"콜라 좀 사 와!"

임을 내려놓고 주인에게 인사한 아내에게 김 씨가 다짜고짜 소리쳤다.

"나? 나 그런 거 안 마셔. 이빨만 삭히는 그런 거 마셔봤자 손해야. 선전에 속지 말아요들!"

주인은 손을 내저으며 말했다. 쉰 안짝의 붉은 기 도는 낮의 사내가 수미 엄마에게 눈을 깜짝이며 말했다. 그래도 김 씨는 엉덩이를 달싹거리며 안절부절못했다. 그는 손님에게 무엇을 대접해야 마음이 놓였다. 그러나 그의 아내는 꼭 필요치도 않은 데다 돈을 들이기 싫어했다. 그렇게 쓰고 나면 당장 먹는 데 지장이 왔다.

"빨리 갔다 와!"

김 씨는 눈을 부라리는 것으론 성이 안 차 다시 소리쳤다.

주인 남자는 그들 내외의 뿌리 깊은 실랑이질은 전혀 낌새도 못 채고 방 안을 새삼스레 두리번거렸다. 낡은 옷 서랍과 아이들 참고서 두어 권, 때가 절어 제 색이 분간되지 않는 담요 두 장……. 그는 이렇게도 살 수 있는 형편이 곧장 이해되지 않아 오래도록 그런 것 놓여 있는 데를 바라보았다.

"요새 별일 없으십니까?"

아내가 콜라를 사러 나가자 비로소 마음이 놓인 김 씨가 다시 점잖게 말했다.

"별일이 좀 있어서 왔어. 서로 편리를 좀 봐야겠어. 사람 사는 게
다 뜻대로만은 안 되잖아……."

그는 이렇게 변죽을 단단히 다져놓고 집이 팔렸으니 김 씨네가
이사를 가야 되겠다고, 이걸 산 사람은 실비집은 안 하겠다더라고,
이제 이사 온 지 겨우 두어 달 되었다는 건 알지만 나도 참 딱하게
되었다고, 애당초엔 이렇게 빨리 집을 팔 생각이 없었다고, 그러니
속였다는 원망일랑 추호도 갖지 말아 달라고, 세상살이가 다 제 맘
같이는 되지 않는다고, 운이라는 게 따라줘야 한다고, 순리대로 사
는 게 좋다고……. 사족은, 그것이 아무리 길고 휘황찬란하여도 소
용이 없었다. 요컨대 이사를 가라는 거였다.

"그럼요, 사장님. 형편대로 해야지요. 이 근방에서 얻어봐야지
요."

김 씨는 선량한 것 이외엔 아무런 감정의 부스러기도 섞이지 않
은 목소리로 말했다. 주인은 사실, 주정뱅이 김 씨가 무지막지하게
까탈을 부릴까 은근히 걱정이었던 것이다. 계약위반이라고 생짜
로 드러누우면 큰 골치였다. 가난한 사람 다독거리는 덴 그저 돈이
그만이겠지만 돈보다도 귀찮기 그지없는 일이기 때문이었다.

김 씨는 연신 문턱께로 눈길을 주었다. 콜라 한 병 사러 골목 모
퉁이의 슈퍼마켓에 간 아내가 턱없이 늦어지는 까닭이었다.

김 씨의 선량한 마음 쏨쏨이에 본능적으로 감동해서 한동안 말
을 잊고 앉아 있던 주인이,

"김 씨네도 어서 빨리 형편이 피어야겠어. 애들은 크구. 큰 게 내

년에 중학교 들어간다지? 자넨 ……."

하고 진심으로 축원하는데 김 씨가 황망히 말을 잘랐다.

"사는 거야 뭐, 밥만 먹으면 살지요."

하고 새털보다 가볍게 말하였다. 어찌나 가벼운 말투인지 주인의 동정이 우스꽝스러워질 지경이었다. 말만 그런 게 아니라 김 씨의 표정엔 정말 근심 걱정이 한 오라기도 걸려 있지 않았다. 그런데 그의 아내는 일곱 살이나 어린데도 남편보다도 더 늙고 쇠약했고 표정은 한없이 지쳐 있었다.

"아저씨! 집을 팔면 어떡해유!"

이때 수미 엄마가 콜라 한 병 든 비닐봉지를 들고 들어오며 원망과 울음기 섞인 목소리로 말했다. 그의 뒤로 이발소 영이 엄마가 고개를 디밀었다. 수미 엄마는 콜라병을 방바닥에 굴려놓고 주인 앞에 바짝 다가앉았다. 온몸에서 화기(火氣)가 맵게 피어올랐다. 주인은 곤혹스런 낯으로 담배를 피워 물고 자리 뜰 궁리를 했다.

"아저씨, 이제 겨우 자리 잡아 가는데……."

수미 엄마는 기가 차서 말을 잘 이어대질 못했다. 김 씨는 아내를 언짢은 눈길로 바라보다가 일어나 유리잔에 콜라를 따라 주인 앞에 놓고 드시라고 말하였다. 술기운도 싹 가신 기색이었다.

"여기 와서 이런 거 다 새루 꾸몄다구유."

수미 엄마는 울음보가 터지기 직전이었다.

"…… 권리금."

수미 엄마가 이렇게 말하자 주인이 딱 가로막고 나섰다.

"그건 누가 이 가겔 인수할 때 내는 거지 나하구야 무슨 상관이 있어! 나두 남한테 해 끼치구는 살지 않는 사람이야!"

"그럼요, 사장님. 권리금은 저 사람이 잘못 말한 겁지요. 걱정 마십시오. 기한 내루 비워 드릴 테니……."

"그럼 그렇게 알구, 난 약속이 있어."

주인은 허겁지겁 일어나 나갔다. 그는 권리금이라는 것이 내심 걸렸던 것이다.

"바보, 멍충이, 이 인간아!"

수미 엄마가 미친 듯이 눈을 번득이며 남편에게 소리쳤다. 그러나 김 씨는 힐끗 쳐다보고 그만이었다.

"누구 좋으라구 그래! 누구 좋으라구!"

수미 엄마가 악을 썼다.

"앗 년아. 남한테 해롭게 하구 살면 쓰겠냐 이년아."

김 씨는 착 가라앉은 목소리로 묵직이 내뱉었다. 그는 게으르게 일어나 선반의 술을 내려 물컵에 꾸럭꾸럭 부어 마셨다.

수미 엄마의 악다구니가 길까지 퍼져서 영이 엄마가 부르르 들어왔다.

수미 엄마의 옆구리를 찌르고 팔을 잡아당겨 바깥으로 나갔다. 두 여자는 개수 물통 옆에 쭈그리고 앉았다.

"권리금 준대? 이사 비용은?"

영이 엄마가 음모를 꾸미듯 뜨거운 목소리로 물었다.

"저런 인간을…… 오갈 데 없는 노인네를 데려다 섬기면 표창이

나 받지……."

수미 엄마는 대답을 않고 이렇게 씹어뱉었다. 역겨움이 진득진득 묻어나는 말소리였다.

"남한테 해되는 짓 말라구?"

수미 엄마는 다시 이렇게 씹었다. 그러더니 벌떡 일어나 안으로 들어가려 하였다. 그걸 영이 엄마가 잡아챘다.

"그래! 나두 남이다아! 지 하나 사람 좋다는 소리 듣자구 처자식은 길거리루 나서야 쓰겠어! 나두 사람이야! 못 자면 졸립구, 굶으면 배고파, 이 개새끼야! 나두 술 취해서 세상 모르구 지낼 수 있다구우!"

"왜 이래 수미 엄마. 사람들 모여든다. 참어. 참어야지 별수 있어. 수미 엄마 고생하는 거 다들 알잖어."

영이 엄마는 수미 엄마의 꺼풀 일어선 입을 손으로 막으며 간절하게 달랬다.

"남이 알아준다구 고생이 줄어드나?"

기가 팍 죽어 울먹이며 이렇게 중얼거리다가 닭똥 같은 눈물을 떨구며 설거지 통에 손을 넣었다. 수세미에 물비누를 묻혀 그릇을 씻었다. 뭐라고 중얼중얼대었다. 그러다가 사발 하나를 확 내던졌다. 멜라민 그릇은 연탄 화덕에 부딪히고 떨어졌다.

영이 엄마가 비누에 닦인 그릇을 맹물로 헹구어줬다.

이사 갈 걱정도 같이 해줬다. 아이들 때문에 온돌방 붙은 데로 이사 가야 한다고 했다. 그러면서, 그래도 수미 아빠는 손찌검은 하지 않으니 얼마나 다행이냐고 말했다. 갈비 부러지고 팔 부러진 여자도 있고, 첩살림 차리는 남자도 있다고 하였다. 수미 엄마의 귀에는 그런 말들이 하나도 들어오지 않았다. 울컥 치솟아 마구 해대게 하던 화기도 꺾이고 이제 그의 수많은 감정들은 흐물흐물 녹아서 아무런 느낌도 느낄 수 없는, 희한한 상태에 이른 거였다.

"전화 받어! 수미야아! 전화 받으라구우!"

바로 옆에 붙은 수선집에서 미닫이 유리문을 빼꼼히 밀고 입만 내놓고 소리쳤다.

"수미야, 전화래. 얼른 가봐. 내가 마주 헹궈놀 테니."

영이 엄마가 수미 엄마의 팔을 잡아 일으켰다.

공사장에서 바쁘게 시킬 것이 있을 때 쓰자고 신세 지는 거였다. 그게 미안해서 돼지머리 삶을 때 귀나 내장을 썰어다 주고 감잣국이나 해장국도 공짜로 퍼 주며 지냈다.

전화는 주유소 옆 일터에서 온 거였다. 돼지고기 세 근 볶고 막걸리 두 되, 소주 세 병 가져오라는 것이었다. 오늘은 백반 한 그릇 못 팔았는데 고기를 볶아 오라니, 정육점에 현금 주고 고기 사다가 현장에서는 한 달이나 지나야 목돈을 받았다. 품삯 없는 심부름이었다.

수미 엄마는 이래저래 맥이 풀려서 굵은 삭정이 같은 손가락을 꺾으며 정육점으로 갔다. 전화 건 인부는 반 시간 안에 해오라고 다짐을 주었던 것이다.

"아까 큰소리 들리더라. 뭔 일 있었어?"

환갑 넘은 복덕방 아저씨가 지나가며 물었다.

"맨날 그렇지유. 아저씬 오늘 점심두 안 잡수러 오시구, 짬뽕 시켜 드셨어유?"

"아니야. 유세장에 갔었지. 오라니까……."

수미 엄마는 더 듣지 않고 그냥 비죽이 웃으며 가던 길로 걸음을 떼었다. 복덕방 아저씨는 먼저 대통령 때까지 공무원을 한 사람이었다. 어제 오후에도 어떤 중년 남자와 돼지머리 천 원어치 시켜놓고 무슨 선거에 대해서 얘기했다.

해가 짧아지기로 하더니 하루하루가 다르게 후딱 저물었다.

수미는 어머니가 파를 까라고 소리쳤으나 들은 척도 않고 머리를 감았다. 이가 셔츠에 기어 내려오는 걸 뒤에 앉은 아이가 소리쳐서 반 전체가 소동이 났었다는 거였다. 아이는 마치 이를 어머니가 만들어주기라도 한 것처럼 앙심 품은 소리로 화를 내었다.

현장에서 소주 두 잔 받아먹은 탓으로 수미 엄마는 속이 퍼졌다. 몸이 손가락 하나 까딱할 수 없게 늘어지기만 하였다. 딸이라고 수미가 돼지고기 볶은 국물에 김치 넣고 찬밥을 볶았다. 프라이팬째 놓고 아이들이 둘러앉아 저녁을 때웠다. 바깥에선 바람 휘몰아치는 소리가 들렸다. 수미 엄마는 그 소리에 겁이 났다. 큰아들 인용이는 텔레비전을 켜놓고, 빠져나간 손잡이 대신에 뻰찌로 채널을 돌렸다. 화면에 코가 닿도록 얼굴을 대고 보았다. 몸은 퉁퉁한데 상이 야무지지 못했다. 눈빛도 희미하였다. 거기다 아직도 밤에 오줌을 지렸다. 일고여덟 살 때까지도 어려서 그러려니 했더니 아주

병이었다. 이불에 싸면 제때 빨지도 못해서 지린내가 고약했고 밥
먹으러 오는 손님들한테 미안했다.

"엄마, 귤 많이 나왔어!"

갑자기 무슨 생각이 났는지 막내가 소리쳤다.

"밖에 불 꺼라. 장사두 안 되구."

수미 엄만 듣지 않고 아이들에게 말했다. 딸이 문밖의 등불을 껐
다. 잠든 것처럼 조용하던 김 씨가 팔을 휘저었다. 인호가 토끼 눈
을 뜨고 손가락 하나를 다문 입술 가운데에 세웠다.

"테레비 꺼어!"

수미 엄마가 인용이의 등판을 소리나지 않도록, 그러나 힘주어
때리며 낮은 소리로 말했다. 아이가 꿈트르르 움직이며 아쉬움을
감추지 못하고 텔레비전을 껐다.

"떠들면 우린 잠두 못 자."

수미가 개미 소리로 동생들에게 말했다.

"아빠, 나 잠이 온단 말이야아."

인호가 떠보려고 느릿느릿 말했다. 김 씨는 기다렸다는 듯이 팔
을 휘저으며 놈 자 년 자 붙여 마구 씨부렁거리기 시작했다.

수미 엄마는 아이들과 같이 식탁 위에 의자를 얹고 식탁을 벽에
바짝 붙여 바닥을 틔웠다. 김 씨가 술 취한 밤은 아이들과 함께 바
닥 잠 차지였다. 비닐 돗자리를 깔고 아이들에게 눈짓을 했다. 김
씨는 식구들에게 나가라고 욕했다.

"나가지! 혼자 편하게 얼마나 잘사나 보게."

수미 엄마가 목소리를 높였다.

아이들은 주르르 열 맞춰 길가로 나갔다. 수미 엄마는 나가는 시늉만 떨고 탁자 뒤 구석에 숨었다.

"…… 씨발년. 서방질 간 년!……."

김 씨는 욕하면서 일어났다. 그는 방 안을 둘러보고, 아무도 없는 걸 확인하자 탐욕스럽고 집요하게 수도꼭지가 제대로 잠겼는지, 가스의 안전밸브가 제대로 놓였는지 확인하였다. 그리고 곰처럼 문에 가서 틈으로 바깥을 내다보았다. 무엇을 보는지, 노리는지 한동안 그렇게 서 있다가 안에서 문을 걸어 잠갔다. 그리고 그는 자리에 올라가 담요를 펴서 깔고 다른 한 장은 덮고 누웠다. 그의 아내는 숨소리에 들킬세라 가슴 졸이며 남편이 이제 마음 편히 깊이 잠이 들기를 기다렸다. 가만히 숨어서 가슴을 졸이는 것도 큰일처럼 그의 진을 훑어내었다. 때가 끼어 진득한 머릿속과 어깻죽지에 땀이 솟았다. 갑자기 입 안에 군침이 돌고, 그는 목젖 울리는 소리 날까 삼키지를 못하였다. 김 씨는 숨을 몰아 한숨을 토해냈다. 이제 그는 잠이 드는 거였다…….

…… 토요일날, 양을 사러 함께 나가기로 한 변 씨가 배탈이 나서 김 씨 혼자 장거리로 갔다. 뼈는 고아 국물을 먹고 고기는 양념해서 구워 먹었다. 변 씨의 고향 사람이 자기 친구들한테 대접하기로 했다면서 한사코 졸라서 그날 김 씨 혼자서 나간 거였다. 김 씨보다 나이가 열 살이나 아래인 변 씨는 고기 양념장을 만들어두기

로 하였다. 몰래 담은 과일주가 두 독이나 되었다. 그곳에선 요리사는 특별계급이었다. 열병에 걸려 귀국한다거나 안전사고는 남의 나라 이야기였다.

김 씨는 가게 앞에서 내렸다. 식료품을 대는 집이었다. 그때 어떤 사내들이 그의 팔을 낚아채서 몇 발자국 떨어진 데 세워진 차에 태웠다. 너무 엉겁결에 당한 일이라 그는 자신이 어떻게 해야 할지 전혀 아무 생각도 떠오르지 않아, "난 죄 없어요. 살려 줘요!"라고 신음하듯 중얼거리기만 했다. 한 사내가 그에게 총을 들이대었다. 입과 목울대와 가슴과 또 머리에 총구를 도장 찍듯 대어보고는 눈을 부릅떴다. 눈에 야릇한 기운이 뜨겁게 흘러내렸다.

김 씨는 질렸다.

그는 숨을 죽였다가 크으으윽 하고 몰아쉴 뿐이었다.

네 명의 사내 중 셋은 검은 턱수염을 길렀다. 하나는 키가 김 씨만 하였고 나머지는 크고 체격도 좋았다. 시커먼 눈썹과 부리부리한 눈매는 모두 비슷했다.

얼마를 달렸을까.

사막에 아무것도 보이지 않았다.

그들은 사막의 어딘가에서 차를 세웠고 그를 끌고 걸어서 초지(草地)로 갔다.

그는 발가벗었다.

살갗 색깔이 다른 사내들도 그렇게 했다.

총이 김 씨를 지휘했다.

사내들이 차례로 욕정을 채우도록 총은 김 씨 곁에서 떠나지 않았다. 그들은 김 씨에게 여러 가지 몸짓을 시켰고 그들이 즐길 수 있는 방법을 다 써서 만족을 했다……

김 씨는 다음 날 새벽 네시쯤 본부로 돌아왔다. 사막을 어떻게 헤매서 본부를 찾아왔는지 그는 기억하지 못했다.

그는 앓기 시작했다.

그리고 벙어리가 되었고 주방에 들어가지 않았다.

그에게 무슨 일이 있었는지 아무도 알지 못했다.

지금도 마찬가지였다.

수미 엄마는 남편이 잠이 든 것을 확인했다. 고무줄이 끊어져 자꾸만 흘러내리는 속바지를 치맛단으로 여미며 살금살금 문턱으로 가서 소리나지 않게 고리쇠를 비틀었다. 몸에 문짝의 무게를 싣고 돌쩌귀 소리나지 않게 밀어서 빠져나갔다. 아이들은 만홧가게의 어두운 문짝 앞에 나란히 앉아서 희끄무레한 빛에 만화 그림을 보며 무슨 얘기를 하고 있었다.

"얼른 들어와. 조용조용해. 아빠 깨면 너덜은 잠 다 자는 거여! 인용인 오줌 누구. 제발 한꺼번에 다 좀 싸라 새끼야. 엄마두 좀 살자."

수미 엄마는 큰아들의 등을 정 표시로 한 대 쳤다. 아이는 자기 뜻이 아니라는, 억울하고 속상한 낯을 했다.

그들은 틈입자처럼 방 안으로 소리 없이 들어갔다. 아이들은 비닐 돗자리에 누웠다. 입은 옷 그대로였다. 새벽녘에 추워지면 아교처럼 엉겨 붙을 거였다. 시멘트 바닥에선 사정없이 냉기가 올라왔다.

아이들이 눕자, 수미 엄마는 가려운 몸뚱어리를 옷을 비벼 긁고는 남편 옆에 누웠다. 행여 깰세라 누워, 누웠다는 흉내만 내었으나 눈이 저절로 감겼다.

목숨앗이 2

인호와 인용이가 오징어 맛을 낸 백 원짜리 과자를 서로 더 먹으려고 싸움박질을 했다. 무슨 울화가 꽉 차서 그 기운으로 몸이 부풀어 있는 듯 보이는 인용은 화가 나면 미련하게 사람을 쳤다. 지금도 인호의 허벅지를 걷어차고 가슴을 쥐어박아 아이가 길길이 죽는 소릴 쳐댔다.

"새끼들아! 시끄러워! 쫓겨나기루 작정했냐아?"

수미 엄마가 아이들을 돌아보며 낮은 소리로 꾸짖었다. 꼴에 사내들이라구……. 수미 엄마는 죽은 남편 김 씨를 떠올렸다. 아이들이 세상 물정 모르고 주위 형편에도 캄캄할 때면 곧장 김 씨를 원망하게 되는 것이었다. 남한텐 사람 좋다는 소리도 들었지만 가족에겐 아무짝에도 쓸모 없는 가장이었다.

수미 엄마는 대문 앞에 섰다가 손목시계를 들여다보고는 이내 언덕진 담장을 끼고 차고 쪽으로 내려왔다. 물이끼 낀 바위 색깔의 알루미늄 문짝이 닫혀 있었다. 날은 눈 깜짝할 사이에 어두워졌다. 종합 정류장에 닿았을 때만 해도 초저녁이었다. 저녁 전에 돌아와 밥 장만하겠다고 떡 먹듯 내지르고 떠난 길이었다. 내일이 주인아 저씨 박 사장의 생일이 아닌가. 할머니는 오죽 화가 났으랴…… 아무리 남편이라도 첫번 가는 길인데 주과포는 놓아야 섭섭하지 않다고 만 원짜리 빳빳한 거 한 장을 내주지 않았었나……. 생각할 수록 민망하고 안달이 났다. 고속도로가 미어져서 이 지경이 된 것 이었다. 먼 일가의 야산 밭뙈기 한 귀퉁이를 동냥해서 묻은 남편 을 삼오 지내고 못 가본 게, 그사이 두어 번 장마가 갔으므로 아이 들 개학하기 전에 가보고 싶어서 길을 떠났던 것이다. 그런데 웬일 인지 큰아이 수미는 한사코 안 가겠다고 앙탈을 하였다. 숙제가 밀 렸다는 것이었다. 지금 차고 앞에 선 것은 혹시 수미가 쪽문을 따 줄까 싶어서였지만 텔레비전을 틀어놓으면 바깥에서 문을 떼간다 해도 알 수가 없었다. 수미 엄마는 서너 번 주먹질을 해보다가 맥 빠진 몸으로 돌아서서 다시 반들반들 옻칠한 나무 대문 앞에 섰다.

"엄마, 빨리 초인종 눌러!"

인호가 까치발을 하고 문틈으로 안을 들여다보며 답답해서 소 리쳤다. 아이는 어머니의 켕기는 마음을 알 수가 없었다.

수미 엄마는 한숨을 내뿜고 단추를 눌렀다. 손가락이 푸르르 떨 렸다. 이게 바로 남의 집 더부살이 신세로구나……. 그는 박 사장 네로 이사 온 후로 처음 이런 기분을 뼈아프게 느꼈다. 어렸을 때 마실에서 늦어 집안 어른한테 꾸중 들을까 문턱에서 조바심치던 것과는 질이 다르게 고약했다. 차라리 살이 내리게 일을 하는 게 배장 편한 거라고 생각했다. 방 한 칸 공짜로 쓰고 월급 삼십만 원 준대서 하나님 만났다고 뒤도 돌아보지 않고 온 것이었다.

인터폰으로 통성명을 끝내자 자동으로 문이 열렸다. 아이 둘은 해거름의 쥐들처럼 지하실 쪽으로 달려갔다. 수미 엄마는 송장 염하듯 대문을 꼼꼼이 닫고 불 밝은 일층 거실 묵직한 느낌의 유리 벽을 올려다보고 아이들 뒤를 따라갔다. 우윳빛 인조 비단 커튼 자락이 내려지며 할머니의 모습이 사라지던 게 그의 마음에 걸렸다.

지하실 곰팡내가 코를 찔렀다. 사내아이 둘은 벌써 텔레비전 앞에 넋을 빼고 있었으며 아랫목에 벌렁 나자빠져 있던 수미는 어미니가 들어오는 기척이 있자 낼름 이불을 끌어 얼굴까지 파묻었다.

얼레, 엠병할 년, 수미 엄마는 딸의 꼬라지가 괘씸해 속으로 욕하고선 맘이 급해 옷 갈아입고 황망히 위층으로 올라갔다.

"죽은 서방두 서방이라구 잡아끌던가?"

수미 엄마가 부엌에 가자 붙박이처럼 서 있던 할머니가 가라앉힌 화에 경멸을 깔고 말했다.

"아뉴. 풀 좀 뽑아주구 이내 돌아섰는데 고속도로가 지랄같이 꽉 차서 빠져야지유."

수미 엄마의 목소리가 턱없이 부풀어 있었다.

"저녁에 손님 치른대두, 아침에 미역국하구 찰밥을 떠놔야 해! 여기 팥 내놨어. 미역은 저거 당구구."

"저녁은 어쨌어유?"

수미 엄마는 할머니가 손가락질하는 데를 바라보고 나서 물었다.

"외식했어. 에미가 굶었으니 가서 물어보게나. 뭘 드실라나."

할머니가 말했다. 그는 삼 년째 자리 깔고 누운 며느리를 이렇게 비아냥거렸다.

"내일은 내 사촌 시누이가 올 거야. 파출부 하나 따로 붙여줄 게."

할머니가 덧붙였다. 수미 엄마는 자신이 대문 앞에서 끓인 속이 터무니없는 것이었음을 느끼며 밝은 얼굴로, "일이야 뭐 내가 혼자 하지유……." 하고 중얼거렸다.

할머니는 열시 넘도록 저녁을 굶고 있다는 며느리에게 수미 엄마를 가보라고 시켜놓고서도 거의 반 시간이나 그를 붙들고 일거리를 이것저것 내놓았다. 참깨는 볶아서 지난번에 사온 기름 짜개로 짤 것, 녹두는 불릴 것, 찹쌀을 섞을 것, 쌀뜨물에 마른 고사리를 담가놓을 것, 단술에 띄울 경단은 이래저래 만들 것, 갈비에 붙은 기름들을 잘 발라낼 것……. 사촌 시누이가 집안에서 입이 싸기로 소문난 여자니까 아무 말도 하지 말 것. 음식 솜씨야 좋지만 자기가 먼저 와서 거들겠다고 전화를 해왔기 때문에 부른다는 것, 내일 오는 파출부와도 집안일을 허투로 지껄이지 말 것, 큰 흉날 거 없지만 남의 입에 나가면 말이 된다는 것…….

할머니의 입단속 부분에서 수미 엄마는 기계처럼 대답만 "예, 예." 하였다. 이 집에 와서 지내기로 얘기 트던 날부터 입단속을 해대었던 것이다. 함바집 할 때 함지밥 이고 부자 골목 지나칠 때면 꼭 사람 살지 않는 희한한 굴속같이 생각되었는데 지금 그 굴속의 한곳에 들어와 보니 과연 희한하였다. 모든 걸 쉬쉬하면서 바깥 단속을 하는 것이었다. 담장 안팎만 단속하고 갈라놓는 것이 아니라 사람 사이도 그렇게 하는 것 같았다. 부자들은 가난뱅이와 다른 게 돈만 많아서가 아니라 살아가는 방법이나 사람 부대끼는 내력도 다른 것이었다.

수미 엄마는 아직도 뭔가 미심쩍어 고방을 뒤적이는 할머니를 두고 이층으로 올라갔다. 이층에 넓은 거실과 방이 두 칸인데 서른여덟 살짜리 젊은 내외가 따로따로 한 칸씩 차지하고 있었다. 할머니의 외동아들인 젊은 박 씨는 어떤 대학교 선생이었다. 골반이 남달리 작아서 배 갈라 아이를 낳은 며느리는 큰애로 지금 중2짜리 아들 낳고 내리 딸을 낳았는데 둘째는 황달이 심해 한 달 만에 죽었다. 그래서 고부간에 내림인지 외동아들만 길렀다.

젊은 박 씨의 방은 비어 있었다. 사람이 없을 땐 방문을 활짝 열어두었다. 넓은 방 안 두 벽엔 천장 높이까지 책이 쌓여 있고 한쪽에 책상과 텔레비전과 오디오와 워드프로세서가, 다른 한쪽에 침대가 놓여 있고 작은 냉장고도 있었다. 할머니는 자기 아들을 부를 때, 박 교수라거나 박사님이라고 했다.

수미 엄마는 닫힌 방문을 두드렸다. 노크하는 것보다 헛기침이 잘 되는데 환자가 노크를 하도록 가르쳤던 것이다.

"들어오세요."

안에서 며느리가 말했다. 차고 날카로운 목소리였다.

"여태 굶어서 어째유우."

수미 엄마가 문을 열고 어벌쩡 말하며 들어갔다. 오래도록 방 안에 갇혀 있어서 낯빛이 쌀죽 빛깔인 여자가 펼쳐 들었던 책을 소리나게 떨구고 수미 엄마를 바라보았다.

"잘 다녀왔어요? 장마에 상하지 않았어요?"

발치에 놓인 사기요강 뚜껑을 열어보는 수미 엄마에게 며느리가 물었다. 아침에 빈 요강과 물 주전자를 들여놓으며 남편 묘지에 간다고 말했던 것이다.

"남편이 보고 싶어요?"

요강부터 비우려는 수미 엄마의 치맛자락을 손 뻗어 잡아당기며 며느리가 물었다. 메마른 길바닥에서 밟히던 질경이가 비 맞고 우쭐우쭐 솟는 기색으로 며느리는 생기를 보였다. 자신보다 두 살이나 어린 여자지만 겉보기엔 십 년이나 늙어 보였는데, 왠지 거침없이 맘이 붙었다.

"속 쓰리지유. 밥 채려 올게유."

수미 엄마는 며느리의 마음을 모른 채 팔을 무릎에 짚고 엉거주춤 내려다보며 말했다.

"아냐, 수미 엄마. 앉아요. 이리 와요……. 왜 이렇게 늦었어요? 실컷 울었수? 눈물이 나요? 보고 싶어요?…… 속만 썩혔다구 했잖아……. 그래도 죽으면 그리워지나? 그리워질까 정말? 말해봐요."

며느리는 허기진 사람처럼 말했다. 수미 엄마는 환자답지 않은 완강한 힘에 끌려 한쪽 다리를 꺾어 세운 채 앉았다. 눈길을 여자의 머리맡, 쌓아둔 책에 두었다. 여자는 온종일 라디오를 듣거나 음악을 듣거나 책을 보거나 잠을 잤다. 이렇게두 사는 팔잔 어떤 팔잘까. 수미 엄마는 이 방에 들어올 때마다 신기하였고 여자의 삶이 그로서는 불가사의하여서 차라리 어지러웠다. 그런데도 며느리는 언제나 수미 엄마를 단비 맞듯 집요하게 반기고 잡아당겼다.

"울었어, 수미 엄마?"

마흔 다 된 여자가 꼭 서너 살짜리의 호기심으로 눈까지 빛내며 다그쳤다.

수미 엄마는 좀체 말귀를 못 알아듣는 얼굴이더니,

"눈물두 안 나대유."

하고 뚱한 소리로 내뱉었다. 며느리는 일만 하며 살아온 여자의 거칠고 그을린 얼굴을 바라보며 또 다른 얘기를 기다렸다. 질이 나쁜 파마약 탓으로 끝이 누렇게 바스라진 머리가 귀밑까지 자랐고 흘러내리는 앞머리는 딸의 파란색 핀으로 이마 끝에다 질끈 단을 질렀다.

"…… 사랑했을 거 아니에요……."

며느리가 그윽한 목소리로 읊조렸다. 잠시 멀뚱하던 수미 엄마가 갑자기 어깨를 움찔하며 픽 웃었다. 눈가에 굵은 주름이 잡혔다. 느닷없이 그는 몸이 근지러운 느낌이 들었던 것이다. 사랑이라니. 그게 무슨 말인가. 어쩌다 텔레비전에서 화장품 광고 나올 때 매미 탈바꿈한 껍질 같은 옷을 걸치고 벙 떠오르는 여자들을 볼 때의 밉살머리스러움이 느껴져 수미 엄마는 저도 모르게 입을 실룩거렸다.

"수미 엄마."

여자가 달착지근한 목소리로 불렀다. 그러나 수미 엄마에겐 몸 피가 근질거리게 들렸다.

"빨리 뭘 채려 와야지유."

그래서 몸을 뒤틀며 혼잣말을 했다.

"배고프지 않대두요. 난 알고 싶어, 사랑했는지……."

"아이구 차암, 사모님두. 우리 같은 게 언제 사랑 찾을 여가가 있 나유? 우수워 죽겠구만유."

수미 엄마는 다시 몸을 뒤틀었다.

"어머 수미 엄마. 사랑을 무슨 여가 가지구 하나? 마음으로 하는 거지. 가슴으로 한단 말이야. 그걸 몰라?"

여자는 발정기의 달뜬 목소리로 말했다. 수미 엄마는 도무지 알 아들을 수가 없었다. 다만 이 자리가 거북스럽고 여자가 팬스레 밉 살스럽기만 했다.

"낼이 할아버지 생일이라구 할 일이 태산이래유."

수미 엄마가 말하며 일어섰다.

"잠깐만!"

여자가 소리쳤다. 여자는 수미 엄마를 바라보는 표정인데 딱히 수미 엄마의 어디를 보는 것도 아니어서 꼭 몽유병자 같았다.

"…… 죽는 건…… 그건 배반인데……."

여자가 지껄였다.

수미 엄마는 요강을 들고 나왔다. 거칠게 들었는지 속에서 오줌이 출렁거렸다. 구역질이 치밀었다. 할머니가 집안일하라고 할 때, 환자 있다는 말을 아주 속인 것은 아니었으나 똥오줌 싼 요강까지 맡아야 할 줄은 몰랐다.

"더러운 년! 밥버러지!"

수미 엄마는 변기에 오줌을 쏟으며 욕하였다. 사람이 저렇게 살아두 밥이 들어가는데……. 수미 엄마는 요강을 씻으며 그림처럼 앓고 있는 여자를 떠올렸다. 디스크라는 게 어떤 병인지, 꾀병이 아니면 황병일 것이라고 수미 엄마는 혼자서 단정지었다.

수미 엄마가 요강을 들고 들어갔을 때 여자는 누워서 책을 읽고 있었다. 그는 수미 엄마가 쉬라고 인사하고 나갈 때도 읽고 있던 시집에서 눈을 떼지 않았다.

"방구석에서 뭘 했길래 이제 나왔나아!"

아무 생각 없이 부엌으로 들어서는데 할머니가 이렇게 말해서 수미 엄마가 깜짝 놀랐다.

"뭔 얘기가 그렇게 길었어, 대관절!"

할머니는 수미 엄마가 며느리와 얘기하는 걸 못마땅해했다. 낮이면 온종일 포목점에 나가 집을 비우면서도 며느리를 감시하려 들었다.

"애긴유, 요강 비웠어유."

"뭘 먹겠다나?"

"아니유."

"자빠져만 지내는데 입맛이 돌겠나?"

할머니가 씹어뱉었다.

수미 엄마는 그의 감정에 전혀 끼어들지 않으려 했다.

"들어가 쉬세유, 내가 알아서 해놀게유."

"또또 저 말버릇! 웃어른한테는 자신을 저라구 낮춰야 한대두! 내가 대접받자는 게 아니라 자네두 우리 식구의 얼굴을 해야 남한테 흉잡히지 않기 때문이야!"

할머니는 역정을 냈다. 그는 팔짱을 끼고 혀를 차며 왔다 갔다 했다. 수미 엄마는 미역부터 물에 담갔다. 아침쌀을 씻어내고 쌀뜨물에 마른 고사리를 불렸다. 가게 가서 일이천 원 주고 삶아 파는 고사리를 사면 좋으련만 이렇게 일 만들며 사는 집안이 이상해서, 수미 엄마는 또 할머니에게 참견하고 싶어졌다.

"난 자네 사정이 딱하구 자네가 맘에 들어서 오래도록 같이 살 작정이네. 그래서 자꾸만 싫은 소릴 하는 거야. 며느리라는 거 드나 나나 저거 하나인 게 '고급병' 들어 저 지경이라……. 나한테 배워 나가면 어디 가서도 사람대접 받을 걸세. 일제 때 군수 지낸 우리 친정아버님은 친일파 소리도 안 들었어……."

수미 엄마는 참깨를 씻었다. 쭉정이가 하얗게 떴다. 손가락 끝으로 물을 쳐서 가라앉혔다.

"…… 그놈의 빨갱이 놈들 때문에 맨손으루 피난 나와 갖은 고생하구…… 포목 장사 되었지만…… 그래두 사람이 근본은 지키며 살게 마련이야. 우리 아들 서울대학 교수구 박사야!…… 나이 어린 사람이 귀염받을라면 그저 알아두 모른 체! 어른한테 물어야 해. 자꾸 물어. 어른을 치켜세우는 거야. 이거 쉽지 않아? 쉬운 거 하라구. 그럼 대접받아요!"

할머니는 자기 얘기에 신명이 올라 있었다.

수미 엄마는 허기증이 나서 머리가 어찔하였다. 점심도 변변히 먹지 못한 것이었다. 그는 배에서 나는 쪼르륵 소릴 들으며 마찬가지일 아이들을 떠올렸다. 일손에서 맥이 풀렸다. 손끝에 걸리는 게 하나같이 먹을 것이면서 정작 배를 곯고 있다는 게 화가 났다. 할머니는 하인 잘 다뤘다는 자신의 어머니를 회상하고 있었다. 수미 엄마는 갑자기 도끼눈을 떴다. 그는 일손을 놓았다. 그리고 말없이 지하실로 내려갔다.

"일하다 말구……."

할머니가 어처구니없이 중얼거렸다.

"일꾼두 먹어야 힘을 쓰지유!"

수미 엄마가 당돌하게 소리쳤다.

"제 버릇 개 주나. 함바집이나 하던 것이……."

할머니가 혼잣말을 했다. 그는 옳은 사람 만나고, 또한 사람을 옳게 만들기도 어려운 세상이라고 못마땅한 모든 감정을 애매한 세상에 덮어씌웠다. 그리고 그는 귀찮아져서 손자 방으로 들어가 아이의 등을 토닥거려주고 나왔다. 지방 출장 중인 아들은 내일 저녁에나 돌아올 것이었다. 그는 아들이 은밀히 첩을 두기를 기대하였다. 그러나 그런 기미가 보이지 않아서 늘 초조했다. 그는 현관과 거실 문을 다시 한 번 단속하고 안방으로 들어갔다. 그는 자리에 누워 도끼눈을 뜨던 수미 엄마를 떠올렸다. 사람 되라고 주인어른이 타이르는 중에 말없이 자리를 뜬 행위가 명치끝에 쇳돌로 박히는 것이었다.

사람이란 같을 수 없는 거였다. 한날한시에 난 손가락도 길고 짧은 게 있는데, 사람도 귀하고 천하게 타고나는 법. 하루아침에 주인과 하인이 뒤바뀌고 남자와 여자가 위아래 없이 같아지고 시아버지와 며느리가 한자리에 마주 앉는 건 빨갱이들 짓이었다. 그는 옛날을 추억했다. 그립고 그리운 시절이었다. 그리움이 사무칠수록 허망이 커졌다. 그는 이런 허망을 자식과 손자와 불어나는 돈으로 달래었다. 이십 년쯤 전에 밑져야 본전이지 하고 사둔 광명시의 야산과 논밭은 돈더미가 되어 있었다.

인호와 인용은 옷을 입은 채 잠들어 있었다. 텔레비전을 보고 있던 수미는 어머니가 들어오자 아까처럼 다시 이불을 뒤집어쓰고 홀랑 돌아누웠다. 수미의 그런 태도가 까닭 모르게 수미 엄마의 성깔을 잡아채었다. 속눈썹이 짙고 늘 물기가 어리는 그의 눈에 파리한 빛이 비쳤다. 그는 방문턱에 신문지가 절반쯤 벗겨져 있는 밥상을 보았다. 일 분도 넘게 그것을 쏘아보고 있는 그의 마음은 딸과 그 밖의 뒤엉킨 화로 터질 지경이었다. 어느 것부터 화를 내야 할지 그 자신도 갈피를 잡지 못하고 다문 입과 코로 한숨만 뿜어냈다.

"지집년이…… 누나라는 게……."

그는 겨우 이렇게 뇌까리듯 말하였다. 수미는 홑이불에 몸을 숨기고 숨소리도 내지 않았다.

"야덜, 밥 안 먹었지?"

수미 엄마가 화를 낼 기운도 없어서 지친 말투로 물었다. 그의 화는 늘 이렇게 사그라져서 이젠 습관이 되어 있었다. 화를 내면 더 피곤해서 귀찮기만 했다.

"밥 먹구 재우지!"

"나두 안 먹었어 왜!"

"누가 먹지 말랬어야?"

수미 엄마가 소리쳤다.

딸이 이불 속에서 콧방귀를 뀌며 알아들을 수 없게 구시렁거렸다. 수미 엄마는 상을 내가려고 허리를 굽히는데 엉덩이가 방바닥에 붙으려고 용을 썼다. 엉덩이에 다른 마음이 있는 것 같았다. 그러나 이제 앉았다간 호랑이가 잡아가도 모르게 곯아떨어질 것 같아 생살 찢는 힘을 내어 방 밖으로 나왔다. 부엌은 따로 없이 문턱에 싱크대 한쪽과 찬장 따위를 놓고 주차장의 수돗물을 썼다. 아침에 아이들 점심밥을 싸줘야 해서 밥티가 말라붙은 그릇을 씻고 찬장에 하얀 곰이 핀 짠 무를 고춧가루와 화학조미료와 설탕 좀 넣어 무쳐 놓았다. 거기다 계란 한 개씩 부쳐서 반찬으로 싸 주었다. 아이들은 반찬 투정을 하지 않았다. 뭐가 먹고 싶다는 빛이지 맛이 없다는 말을 할 줄 몰랐다. 그런데 그는 주인 아들의 도시락 반찬을 매일 만들어야 했다. 이 집에 처음 와서 얼마 동안은 아이들이 오늘 저녁엔 무얼 만들었어? 하고 물었다. 인호는 어머니의 옷에 코를 대고 쿵쿵거리며 불고기지? 닭고기다! 하며 소리쳤다.

"그렇게 냄새가 좋아야? 그럼 나두 부자가 되얄 거 아녀!"

수미 엄마가 강아지 같은 아들을 벌레 떼듯 내치며 역정을 냈다. 부자가 되라면 아이들은 이상하게도 기가 죽었다. 수미 엄마는 그것이 싫었다. 저희들 아버지같이 사람 구실, 사내 구실 제대로 못하고 갑자기 죽어버리면……. 그런 피가 내림을 했다면……. 그는 겁이 나고 맥이 풀렸다. 그는 희망을 가지고 싶었다. 목숨이 붙어 있다는 사실 하나만으로는 희망이 생겨나지 않았다.

김 씨가 변소에 가서 쓰러져 병원에도 가기 전에 숨을 거둔 다음, 그는 두어 달이나 일손을 놓고 지냈었다. 맥이 빠져서 아무것도 하고 싶지가 않았다. 아득바득하던 힘이 야릇하게 빠져나간 것이었다. 그러던 그에게 다시 일을 시작하게 한 것은 마침내 눈앞에 뚜렷하게 보이게 된, 아비 없는 세 아이들이었다. 일하지 않으면 새끼 셋이 오르르 흩어질 것이었다. 게다가 밀린 밥값 받으러 공사장에 가면 벌써 햇과부 넘보는 사내들의 눈치가 발에 채였다.

아침쌀을 씻어 솥에 넣은 다음 방 안을 들여다보았다. 수미는 눈만 틔우고 텔레비전을 보았다.

중학이나 마치구 공장에 들어가든 말든……. 수미 엄마는 불쑥 지겨운 느낌으로 딸을 보는 순간 이런 생각을 하였다.

"애덜 비켈랑 비켜줘여!"

딸에게 소리쳤다.

"싫어!"

딸이 기다렸다는 듯이 대들었다.

"테레비 끄구! 공부한다구 산소두 안 가더니…… 죽으믄 다 그만이여. 새끼가 무슨 소용? 화장해서 싹 없어져 뿌리는 게 상책이여."

수미 엄마는 때가 끼어 애당초의 색깔은 짐작도 할 수 없는 베개를 꺼내 아들 둘을 제대로 눕히며 지껄였다. 주인집에서 온종일 쉬지 않고 일하다 오면 겨우 입에 풀칠하기 바빠 빨래까진 손도 못 쓰게 되었다. 주인 할머니는 수미네의 방 안에 와선 코를 틀어막고 고개를 내둘렀다. 꾀 부리지 않고 일하는 여자가 제 자식과 한 칸뿐인 방을 넝마간으로 만들고 사는 속을 이해할 수 없는 것이었다.

"테레비가 밥 준댜!"

수미 엄마가 소리쳤다.

수미가 물에서 튀어오르는 물고기처럼 일어나 도발적으로 텔레비전을 껐다. 그런 딸을 어머니는 자기도 모르게 주먹 쥐어 등짝을 후려갈겼다.

"왜 때려! 씨이."

딸이 대들었다. 그리고 어머니를 노려보았다. 적개심과 경멸이 일렁이는 눈빛이었다. 순간 수미 엄마는 뒤로 물러서고 싶었다. 아주 낯선 느낌이 솟구치며 온몸에 진저리가 파도처럼 밀려 나갔다. 그는 딸의 부푼 가슴과 바짓가랑이를 터지게 채운 살 오른 다리를 새삼스럽게 바라보았다. 자기가 낳아서 지금까지 기르고 있으며,

자기가 돌보지 않으면 '뭐가 될지 모를' '어린 자식'을 그는 처음으로 낯선 감정으로 바라본 것이었다. 그는 두려워졌다. 그는 잠시 악물었던 입을 풀고,

"뭔 일 있었지?"

하고 전혀 생각지도 않았던 말을 물었다. 그렇게 물어놓고도 그는 묻는 말뜻을 스스로도 이해하지 못했다.

딸이 쏘는 눈빛이 맥없이 풀리는가 하더니 입술을 일그러뜨리며 눈물을 떨구었다. 수미 엄마는 눈을 흘겼다. 그리고 그는 아무 말없이 위층으로 올라갔다. 부엌 바닥과 싱크대 위, 고방과 다용도실에도 수미 엄마의 손이 가야만 해결될 일들이 태산 같았다. 아침되기 전까지 해놓아야 잇대어 일할 수 있는 일거리들이었다.

참깨는 살찐 서캐같이 냄비 속에서 튀었다. 그게 왜 울지? 수미 엄마는 딸을 떠올렸다. 미역을 빨아 참기름에 볶아서 사골 국물에 끓였다. 한달에 이십만 원씩 저축이다. 일 년이면 이백사십만 원…… 신랑이 벌어놓고 죽은 오백만 원에…… 수미 엄마는 자기가 번 돈을 꼭 남편이 벌어놓았다고 믿었다……. 목돈 천만 원이 될 때까지만 식모살이 하자……. 장거리에 순대국밥집을 차리면 새끼들 가르치고…… 몸뗑이에 병만 들지 않으면……. 그는 아직 끓지도 않은 미역을 꺼내 제대로 씹지도 않고 삼켰다. 켄터키 치킨집두 괜찮아. 가스 불 위에 팥이 끓어 올랐다. 그는 얼른 불을 줄이고 냄비 뚜껑을 열었다가 닫았다. 끓어 넘친 국물을 행주질하였다. 이웃 공장에서 월급날이면 단체 주문을 해가지. 생맥주 잠깐씩 마

시는 손님들이라 술주정꾼 염려도 없구…… 천만 원만 쥐면…… 그때까지만……. 돈이 새끼를 친다 하더라도 이 년은 있어야 했다. 그 사이에 돈값은 얼마나 떨어지고 음식점 시세는 얼마나 될지 …… 사글세 면하는 게 소원이었는데…….

수미 엄마는 결국 사글셋방에서 세상을 버린 김 씨를 떠올렸다. 그리고 이어서 자신의 남의 집살이가 그와 같이 헤어날 수 없을 것 같은 예감이 들었다. 그는 눈앞이 깜깜하고 아찔해서 냉장고에 몸을 기대고 눈을 감았다. 가슴이 죄어들고 숨이 잘 쉬어지지 않아 그는 주먹손으로 제 가슴을 치고 문질렀다.

사람이 이렇게 살 수는 없는 거였다. 그는 하루에도 몇 번씩 지하실에서 위층으로 오르내리며 너무 다른 환경에 마음이 휘둘렸다. 처음엔 난생처음 디뎌보고 만져보는 값비싼 것들 속에 살고 있는 자신의 처지가 황홀하여 뭐가 뭔지 알 수 없는 흥분에 떠서 살았다. 그는 그저 좋았다. 거실의 융단의 먼지를 빨아들이는 기계로 청소하고 꽃병의 물을 갈고 난초에 분무하고 새우를 튀기고 밥을 먹어도 좋을 새뽀얀 사기 변기와 세면대를 청소하는 것도 좋았다. 이 집에서 가장 먼저 일어나 뜰로 나가서 어둠이 숨어 있는 듯한 잔디를 바라보는 것도 수미 엄마에게 놀라운 경험이었다. 그러나 이런 놀라움은 한 달도 가지 않아서 다 사그라졌다. 그에겐 황홀한 모든 것이 고된 일거리일 뿐이었다. 청소하지 않아도 쉽사리 추악해지지 않는 재래식 변소가 그는 차라리 그리웠다.

참기름과 고기와 시골에서 사온 질 좋은 쌀을 아까운 줄 모르게 두 손으로 주무르면서, 계단만 내려오게 되면, 아니 문 하나만 지나면 그와 전혀 다른 환경에 놓이는 처지가 그의 신경으로선 감당해내기가 힘들었다.

시장에 나가면 낯익은 장사꾼들이, 부잣집에 들어가더니 얼굴이 훤해졌다고 인사를 했다. 처음 얼마 동안은 부잣집 구경만 해두 좋더라고 대꾸하였으나 그는 차차 그런 인사가 구역질이 났다. 주인집의 부유함과 자기 자신의 삶은 아무 상관이 없다는 걸 어렴풋이 터득하게 된 것이었다. 집이 크고 뜰이 넓고 먹는 음식이 다채롭고 까다로우면 그만큼 해야 하는 일이 고되고 짜증스러울 뿐이었다. 그는 처음 약속한 대로 한 달에 삼십만 원을 받는, 그런 값의 일하는 사람이었고 차고와 보일러실 옆의 부엌 없는 창고방에서 아이 셋과 사는 가난뱅이인 것이었다. 죽을 때까지 허리병으로 누워 지내도 먹고사는 걱정이 도대체 무엇인지도 모를 주인집 며느리와는 핏빛마저 다를지 몰랐다. 그러나 이런 구실도 고단하나 그보다 사람의 진을 빼는 것은, 수미 엄마가 하는 일의 대부분이 스스로 생각해서 해야 하는 것이 아니면서도 일을 시키는 사람의 마음을 눈치 봐야 하는 바로 그 점이었다. 아직도 빨랫거리를 마음대로 다루지 못하였다. 함께 물에 넣어야 할 것과 함께 넣지 말아야 할 것이 있어서 늘 할머니로부터 지시받았고 화분의 물도 줘야 하는 것과 물속에 담가놓았다 빼야 하는 것도 있었다. 수미 엄마는 열심히 알아서 하고 싶었다. 그러나 할머니는 수미 엄마의 뜻은 전혀 필요 없었다. 다만 순박한 일손만 월 삼십만 원에 산 것이었다.

수미 엄마는 녹두를 벅벅 문질러 껍질을 헹궈내었다. 고사리도 삶았다. 참기름을 짰다. 이제 밤에 해둬야 할 일이 거의 끝난 것이었다. 그는 배를 싱크대 모서리에 박듯이 대고 마구 땡기는 등가죽을 주먹으로 쳤다. 그러다가 그는 등 뒤의 느낌이 이상해 돌아보았다. 그는 하마터면 소리를 지를 뻔하였다. 부엌 문턱에 뽀얗고 말갛게 생긴 얼굴 하나가 서 있는 것이었다. 수미 엄마는 입을 떡 벌린 채 아무 말도 하지 못하였다.

"아줌마, 아직 일하세요?"

중학교 이학년짜리 승구였다. 눈을 내리깔고 나직이 말했다.

"목 말라서?"

수미 엄마는 놀란 자신을 부끄러워하며 겸연쩍은 목소리로 물었다.

"예."

승구는 여전히 수미 엄마의 눈을 피했다. 수미 엄마는 냉장고에 넣은 약수를 꺼내 주었다. 물잔을 주고받는 두 사람의 손의 살색이 하늘과 땅처럼 달랐다. 승구는 물을 마시고 인사도 없이 제 방으로 갔다. 수미 엄마는 부엌 바닥에 떨어진 부스럭지들을 훔치면서 승구의 인상을 생각해보았다. 한마디로 잘생겼는데 그 잘생긴 것이 무슨 약품 처리해서 잘 기른 과일 같다고, 그렇게 생각을 마무리했다. 그런데 여태 공부했을까? 부자두 공부를 해야 하나?

수미 엄마는 이런 생각들을 들쑥날쑥하면서 끝냈다. 곧 네시가 될 것이었다. 눈 붙였다 이내 떠야 했다. 잠잘 수 있는 짧은 시간이 차라리 얄미웠다. 그는 그래도 아이들 곁에 가고 싶었다. 부엌문을 걸고 바깥으로 나왔다. 걸린 부엌문은 일찌감치 할머니가 일어나 열어놓았다. 그러니까 밤일이 끝나 부엌을 나오면 이른 아침이 될 때까지 주인집으로 들어갈 수가 없었다. 한울타리, 한지붕 밑인 것은 다만 밖에서 볼 때뿐이었다.

할머니는 사촌 시누이가 온 다음에야 동대문으로 나갔다. 두어 시쯤 돌아오겠다고 하였다. 사십 줄의 사촌 시누이는 할머니가 나가자 곧장 태도가 달라져서 몸놀림이 달랑대고 설치고 떴다. 그는 집 안팎을 돌아다니며 혼자서 이것저것 지껄였다.

하루 부른 파출부는 수미 엄마와 쉽사리 속마음을 텄다.

"이런 집은 빛 좋은 개살구야. 우리네같이 몸품 팔아먹고 사는 사람한테 집 크고 너른 게 무슨 소용 있어? 일만 많지! 계단 오르내리기도 무릎뼈가 삭겠다!"

파출부는 자기 일도 아니면서 눈까지 험악하게 뜨고 내뱉었다. 수미 엄마는 파출부의 기세에 눌려 아무 말도 하지 못했다. 그는 부자한테 앙심 품을 사연이라도 있는 듯 보였다.

"알게 모르게 남의 밥그릇 채가지 않구 어떻게 남다른 부자가 되겠나. 내 말이 글러? 애기 엄만 세상 물정을 모르는구만."

파출부는 멀뚱한 수미 엄마를 보고 비웃는 말투로 말했다.

"나 같은 년은 한날한시도 공짜 밥 먹어보지 않고 살았두 아직 집 한 칸 장만 못 했는데, 누구 손모가진 금테 둘렀대?"

수미 엄마는 침 튀기는 파출부의 팔을 툭 쳤다. 사촌 시누이가 다가왔던 것이다.

"수미 엄마라구 그랬나아?"

사촌 시누이가 물었다.

"예."

"어때? 살 만해?"

"살 만하구 말구가 어디 있나유?"

수미 엄마는 지친 목소리로 말했다.

"아니 뭐…… 우리 올케가 성깔이 보통이 아니거든……. 외며느리가 저 지경이 되었으니 ……."

"저 지경이라니요?"

파출부가 사촌 시누이 쪽으로 홱 돌아앉으며 물었다. 사촌 시누이가 파출부를 경멸하는 듯한 실눈을 뜨고 바라보았다.

"털어서 먼지 안 나면 사람두 아니라네."

사촌 시누이가 갑자기 싸늘하게 말했다. 그의 싸늘함은 자신과 두 여자 사이에 도저히 무너뜨릴 수 없는 벽을 만들었다. 파출부는 입을 빼물고 붉은 고추 배를 갈라 씨를 털어냈다. 사촌 시누이는 음식거리들을 뒤적거리고 둘러보면서,

"요새 누가 이런 걸 먹나? 맛깔스런 거 몇 가지 삼빡하게 차려내면 되는 걸……. 돈 있으면 뭘 해? 동대문 포목 장사지!"

사촌 시누이는 녹두 그릇을 들쳐 보며 흉보았다.

"못다 먹으면 우리 같은 사람 좀 싸 주세요. 잔뜩잔뜩 해서."

파출부가 능쳤다.

사촌 시누이는 거기엔 대꾸도 하지 않고 다섯 가지 냉채니 해삼 탕이니 하면서 혼잣말을 하였다. 그는 고방에 들어가 이것저것 들 춰보았다.

"며느리가 어째서?"

파출부가 소리 죽여 수미 엄마에게 물었다.

"누가 미역국을 먹겠다구……. 아주 들어가 미역을 감겠구 만……."

사촌 시누이가 목청 높여 말했다.

"환자래유."

궁금해서 얼굴을 바짝 들이대는 파출부에게 수미 엄마가 속삭 였다. 파출부가 한동안 고개를 끄덕거렸다. 수미 엄마는 낮은 소리 로 재빠르게 집안 내력을 말했다.

시찰을 끝낸 사촌 시누이가 부엌으로 들어왔다.

"승구 엄만 몇 시에나 일어나나?"

사촌 시누이가 물었다.

"대중 없어유."

"대관절……. 무슨 재미루 살까? 내외가 딴 방 쓰지?"

사촌 시누이가 나이답잖게, 늘어진 눈꺼풀 사이로 반들거리는 눈알을 굴리며 물었다.

"앓는 재미두 있을걸요?"

파출부가 끼어들었다.

"맨날 책 들구 있대유."

수미 엄마가 말했다.

"꼼짝을 못 하나?"

"누워만 지내데유. 그런데 허릿병이라믄서 어트케 요강을 쓰지요?"

"스트레스성! 신경성!"

사촌 시누이가 토막 쳐서 말했다. 그리고 그는 사뭇 뜨는 여자들의 일손을 닦달해서 일을 시켰다. 갈고 썰고 데치고 볶고 지져 냈다. 사촌 시누이는 입이 싸고 몸짓이 날랜 것만큼 음식도 잘 다루었다. 그러면서도 입은 여전히 닫지 않고 귀 참견도 잊지 않았다. 무허가 떠돌이 치과 의사라는 파출부 남편의 무책임한 태도에 대해서도 한마디 했다.

"남편이 돈벌이를 안 하지? 그럼 아내두 몰라라 하구 같이 나자빠져 있어야 하는 거야!"

그가 말했다.

"그 중간에 새끼들은 굶어 죽구요?"

파출부가 말했다.

"새끼들이 누구 건데. 남편 새끼 아니야?"

사촌 시누이가 앙칼지게 뱉었다.

"아이구, 뭔 말씀을 그렇게 하세요? 왜 남편 새낍니까? 난 그렇게 못 해요!"

파출부가 소리쳤다.

"그거 봐. 남편 길 못 들이는 것두 여자 성품 탓이라구. 그게 다

제 팔자 드세게 만드는 거야. 별수 없어. 남자 등골 빼먹는 재주 가진 여잔 다 손톱에 물감 칠하구 잘 살아요. 그게 진짜 여자지!"

"어이구, 입은 삐뚤어져두 말은 바로 하랬다구……. 그게 어."

"다…… 갈보지……."

파출부는 골이 나서 말을 잘 잇지 못하였다. 사촌 시누이가 파출부를 매서움과 두려움이 섞인 눈으로 바라보았다.

그들은 한동안 말없이 일만 하였다. 수미 엄마는 남편이라는 게 참 묘하다고 생각하였다. 술 퍼마시고 노름빚 처지고 할 땐 차라리 어디 가서 뒤지기라도 하라고 욕했는데, 막상 하루아침에 과부가 되고 나니까 자신의 신세가 죽지 부러진 새처럼 처량하게 느껴지는 것이었다. 게다가 남편 살았어도 돈벌이 책임이 노상 자신한테 지워졌었건만 남편이 없어지자 그 짐이 덜어지는 게 아니라 더 무겁게 느껴졌다. 눈에 보이는 사정을 따져보면 짐일 뿐인 남편이 하나 없어져서 도리어 형편이 피어야 했다. 그러나 그렇지가 않았다. 눈에 보이지 않게 주눅 들게 하는 '무엇'이 수미 엄마의 안팎에 있었다. 그것이 무엇일까. 그는 궁금하였다. 궁금할 뿐 아니라 지겹고 분했다. 그 '무엇'이 남편에 대한 그리움이나 혼자된 외로움은 결코 아니었다.

화려한 음식을 장만하면서, 정작 부엌 일꾼들은 찬밥덩이를 미역국에 말아서 상도 없이 김치쪽 얹어 떠먹었다. 오후 두시 좀 넘어 윤 기사에게 과일을 들려 들어온 할머니는 일이 굼떴다고 성화를 부렸다.

"그저 여자들은 수다 부리는 아가리가 탈이야!"

"벌써 시작이군, 사람을 볶아서 진을 빼야 직성이 풀리지."

사촌 시누이가 해파리를 썰고 나서 일부러 칼등으로 도마를 소리나게 치며 말했다.

손님은 여섯시쯤부터 오기 시작했다.

며느리는 수미 엄마에게 문을 안으로 잠그라고 부탁했다. 그는 어제 희한하게 달뜬 목소리로 사랑에 대해 묻던 것과는 아주 딴판인 어두컴컴한 낯빛으로 말을 하지 않았다.

"수미 엄마, 나를 잊어줘요."

며느리는 이렇게 말했는데, 수미 엄마는 그 말의 뜻을 이해하지 못하였다. 수미 엄마는 이 나이 되도록 그런 투의 말을 들어본 적이 없었다. 그의 생활에서는 그런 말이 생겨날 수 없기 때문이었다.

"난, 사람이 싫어."

며느리가 배타적으로, 뜬구름같이 말했다.

수미 엄마는 여자의 당부대로 해주었다. 며느리는 가끔 그랬던 것이다.

할머니 할아버지는 모시로 차려입고 손님을 맞았다.

파출부는 여섯시가 되자 일당 칠천 원을 받아들고 가버렸다. 사촌 시누이는 음식을 접시에 담았고 수미 엄마는 발바닥에 불이 나게 움직였다.

여덟시가 좀 지나서 그늘진 잔디밭에 상을 차렸다.

인호가 부엌 쪽에 와서 혀를 낼름거리며 무슨 말인가를 하려고 애타게 눈을 굴렸다.

속이 출출해서 저럴 텐데.

수미 엄마는 이렇게 아이 속을 꿰뚫으면서도 아이와 말할 틈도, 떡 한 조각 집어 줄 짬도 나지 않았다. 잔디밭으로 불 피운 숯을 옮기는 윤 씨에게,

"우리 인호 뒤곁에 있지유?"

했더니 그가,

"뭘 좀 싸다 주지 그래."

했다.

그러나 음식 접시를 나르고 갈비를 굽고 잔심부름을 하느라 아이와 눈 한 번 맞춰보지 못했다. 갈비 냄새는 거침없이 사방으로 흩어졌다. 온종일 음식 속에 묻혀 지낸 수미 엄마의 창자는 정작 비어서 꼬르륵 소릴 냈고 허리가 휘었다. 앞치마 끈을 풀어 옥죄었다. 갈비짝 하나 입에 넣고 싶은 충동이 솟구쳤으나 손님들 빤히 보는 앞에서 차마 그렇게 할 수가 없었다. 연기가 바람 따라 얼굴을 덮씌우면 그는 기다렸다는 듯이 손을 훼훼 휘둘렀다. 손님들은 무슨 말끝에 손뼉을 치고 웃어댔다. 갈비를 굽는 중에도 떨어진 음식을 더 내다 주는 심부름을 했다.

"젊은 엄마가 일 잘하게 생겼네."

어떤 부인이 냉채 접시를 내려놓는 수미 엄마를 쳐다보며 품평하였다. 수미 엄마의 얼굴이 달아올랐다. 그는 갑자기 땅속으로 꺼

져 들고 싶은 충동을 느꼈다. 희뿌연 얼굴에 이목구비 뚜렷한 중년 부인의 너그러운 칭찬이 수미 엄마를 마침내 그들과 자신은 씨종자가 다른 인간이라는 생각을 갖게 하였다. 왜 그런 생각이 들었는지 그로서는 알 수가 없었다.

이들 손님의 유쾌한 잔디밭에서의 저녁 식사는 열시가 조금 넘어서 끝났고 그들이 돌아갔을 때는 거의 열한시가 되었다. 수미 엄마는 빈 그릇을 대충 부엌에 모아놓았다. 일 거들던 사촌 시누이는 고등학교 삼학년짜리가 돌아오기 전에 가야 한다며 음식들 싸들고 아홉시도 못 되어 떠나고 없었다.

"오늘 수고 많았네."

할머니가 그릇을 옮기는 수미 엄마를 보고 주인답게 말했다.

"뭘유."

그러나 목청이 곱지 못하였다.

"대강 하구 자게. 성질이 깔끔하니 그렇게 못 하겠지? 그냥 뒤. 내일 해."

할머니가 말했다. 수미 엄마는 그런 말은 들리지도 않았다. 남은 음식 좀 아이들에게 갖다 먹이라는 소리 나오길 기다릴 뿐이었다. 하지만 헛 기대였다.

"차암, 승구가 안 보이네? 이 애가 저녁 먹었나?"

할머니는 깜박 잊고 있던 손자를 챙겼다.

수미 엄마는 대답 대신 할머니의 얼굴을 뻥 뚫어진 얼굴로 쳐다보다가 무엇에 잡아당기듯이 지하실로 내려갔다. 할머니는 우선 모시옷을 갈아입으러 자신의 방으로 들어갔다.

지하실 층계는 어둡고 밑에서는 습하고 틉틉한 내가 올라왔다. 지하실의 어딘가에서 강아지가 우는 듯한 소리가 들렸다. 수미 엄마는 혀를 깨물고 우는 듯한 강아지 울음소리에 문득 발을 멈췄다. 까닭 없이 피가 아래로 내몰리는 것이었다. 잠깐 어지럼증을 삭이듯 서 있다가 그치지 않는 그 소리를 따라 그는 구름처럼 내려갔다. 방 안에서 텔레비전 소리가 들렸다.

이것들이 아직 자지 않구……. 수미 엄마는 곧장 강아지는 잊고 이런 생각을 하였다. 그러나 곧 그 소리에 다시 정신이 팔렸다.

어떤 예감, 생명이 갖는 정확한 예감 능력 같은 것이 수미 엄마를 그냥, 방문 앞을 지나치게 하였다. 그는 보일러실 쪽으로 걸어갔다. 그는 숨을 잘 쉬지 못했다.

보일러실 문은 닫혀 있었다. 그는 판자에 귀를 붙였다. 수미 엄마는 순간적으로 문짝을 열어젖혔다.

아!

순간, 어둠 속에서, 그보다 더 시커먼 물체가 소리와 움직임을 멈추는 것이 수미 엄마의 눈을 꽉 채웠다.

"이놈!"

어디서 그런 우렁찬 목소리가 터져 나왔을까.

"이놈아!"

수미 엄마는 어떤 확신도 없이 이렇게 부르짖었다. 그리고 그는 부시럭거리는 물체와, 이제 울음을 터뜨리며,

"엄마아……."

하는 딸의 목소리를 향해 폭탄처럼 달려들었다.

"이놈!"

그는 다짜고짜 잡아끌었다. 물체는 저항 없이 달려왔다. 그리고 불빛에 그것을 끌어냈다.

그러나 정작 불빛에 그것을 끌어내놓고, 수미 엄마는 얼어붙었다. 수미는 서리 맞은 푸성귀 꼬락서니로 방 안으로 들어가서 쿨적쿨적 울었다.

문득, 어젯밤의, 이불을 뒤집어쓰며 눈길을 피하던 수미의 모습을 떠올린 수미 엄마는, 마침내 모든 것을 깨달은 사람처럼 다시 살아나 자기보다 덩치 큰 승구를 끌고 층계를 오르기 시작하였다. 부엌을 지나 거실로 갔다. 승구는 뻗대기 시작하였다.

"아줌마! 이거 놔요! 놓으란 말이야!"

아이가 당당하게 소리쳤다. 갑자기 열린 방 안과 화장실로부터 할머니와 할아버지가 뛰쳐나왔다.

"이거 놔요!"

승구가 짐승처럼 소리쳤다.

"이 여자가 미쳤나?"

좀체 말이 없는 할아버지가 싸늘하게 한마디 했다. 할머니는 질린 얼굴로 수미 엄마의 손을 잡아당겼다. 얼굴 근육이 마구 푸들거렸다.

"놔!"

할머니가 소리쳤다. 그리고 수미 엄마의 팔을 잡아 뜯었다. 그러나 한 몸뚱이같이 붙어서 좀체 떨어지지가 않았다. 할머니가 살점을 꼬집었다. 수미 엄마가 이빨을 악물고 짐승처럼 으르렁거렸다. 눈에서 붉은빛을 내뿜었다. 꼭 호랑이 같았다. 승구는 빠져나가려고 버둥댔다.

"놓구 말해! 사람이 쌍스럽게……."

할머니가 얼르고 뺨도 쳤다.

"쌍스럽게에? 퉤!"

갑자기 수미 엄마가 할머니의 얼굴에 침을 뱉었다.

"아니 이런 못돼 빠진 년이 어디다가! 아이구머니나……."

할머니는 옷자락을 끌어 침부터 닦으며 신음하듯 말했다.

"이 더러운 새끼들아. 이놈이 우리 딸을 짓밟았어! 눈깔 들구 똑바로 봐라."

수미 엄마가 발을 구르며 꽥꽥거렸다.

"미쳤어. 미쳤어."

할머니가 눈을 뒤집으며 뒷걸음치며 중얼거렸다.

이층에서 젊은 주인 남자가 내려왔다. 이제 세 사람이 완력으로 수미 엄마를 떼어놓았다. 승구의 옷이 찢어졌다. 승구는 쥐새끼처럼 제 방으로 들어갔다. 세 사람은 게거품 물고 쌍욕과 악담을 해대는 수미 엄마를 질질 끌어다 부엌 바깥으로 내갔다.

"아주 지하실로 내려다 놓자. 소란 피울라."

할아버지가 말했다.

그들은 악쓰는 추악한 짐승 한 마리를 계단 아래로 끌어내리기
시작했다.

초판 머리말(1988년 11월)

가면을 벗고

나는 여성으로 태어났으나, 그렇게 태어난 것이 내 삶에 어떤 의미가 있는지 알지 못했다. 어머니라는 여자와 아버지라는 남자는, 그들의 첫 자식인 나를 사랑했고 나는 그들의 사랑을 받는 '사람으로만' 자라나면 됐다.

사람으로만 자라던 나는 어머니와 아버지의 서로 다른 역할을 눈치채게 됐다.

여자인 어머니는 쉬지 않고 일했는데, 그런데도 자기 남편의 가족들보다 지위가 낮았다. 심지어는 그가 낳은 자식인 나보다도 나쁜 대우를 받았다. 남자인 아버지는 집안의 왕이었다. 그의 기분에 따라 집안 식구들이 우왕좌왕했다. 그는 집안의 책임을 몽땅 짊어지고 있는 것 같았지만 실상 생활에서 책임져야 할 일—사람 사는 데 책임질 일이라는 것은 먹고 자식 교육시키며 재산을 지키는 것이 전부인데, 재산상의 불이익이 왔을 경우 그 영향은 가족 구성원 모두에게 씌워지는 것이라 가장인 아버지가 자신의 권위로 책임질 수가 없었다. 그러면서도 그는 가족 중 누구보다도 가족에게 피해 주는 일을 많이 저질렀다.

어쨌든 가정에서의 왕인 아버지는 나를 자신의 아내보다 더 예뻐했다. 내가 아버지와 대립하는 세력으로 자라나기 이전에는, 나는 그의 동반자였다.

어머니라는 여자와 한패가 되는 것은 인생이 이루 말할 수 없는 '지옥살이'가 될 터여서, 나는 사람들을 부리고 억누르는 가장인 아버지를 선택했다.

바로 이러한 선택, 나의 생존 방식이 수십 년 동안 내 삶을 뒤틀어 놓게 되었다. 여성이었으되 내 의식은 '아버지 남성화'되었기 때문이다.

여성의 몸으로서 의식구조가 자신의 물적 기반과 적대적일 때, 이렇게 비틀린 시각으로 남성을 보고 가정을 보고 세상을 보았을 때, 그 인생이 얼마나 참혹한 질곡일 것인가는 굶주리면 훔치거나 죽어야 하는 이치와 똑같았다.

그러나 생명은 그 자체에, 생명력을 뒤트는 힘에 대해 버티고자 하는 힘을 내게 되어 있어서, 이 두 개의 힘과 갈등이 곧 내 삶이 되었다.

나는 이미 유년기에 왕의 권위, 그 공포에 휩싸여 거리낌 없이 버렸던 '어머니 여자'를 찾기로 했다. 그리고 그의 생존 방식을 선택했다. 임신과 입덧과 진통과 출산과 수유와 육아 경험은 내게서

'아버지 남성화'의 가면을 벗겨내는 놀라운 작용을 했다.

가면이 벗겨져 나가자 잘못 보았던 것, 보이지 않던 것이 '여자 사람'의 눈에 똑바로 보이기 시작했다. 그것은 유년기의 나에게 공포와 배반, 자기기만의 사슬을 걸게 한 '왕'의 표상들이었다. 그리고 부끄럽게도 내가 잘못 보았던 아버지와 '남성'의 본질에 맞닥뜨릴 수 있게 됐다.

이러한 수모와 환멸의 삶을 지치도록 살아오면서 이제 겨우 '여자 사람'이 된 소설가가 해야 할 일은 무엇일까.

여기에 실린 열두 편의 소설은 바로 이런 시각과 관점에서 시작됐다.

비록 나이 마흔에 여자 사람이 되었다곤 하여도 갓 퇴원한 장기 입원 환자 같아서 소설이 실하지 못하다. 그리고 단편이라는 토막진 틀에 '무엇'을 제대로 보여준다는 것은 작가의 재능과 더불어 무리한 일이었다. 그래서 겨우 우리 여성들의 각각의 삶의 현장, 그 답답하고 지겨운 실체만 '드러내'는 데 그친 것을 안타깝고 부끄럽게 생각한다.

칠순을 바라보는 나의 어머니. 양키의 땅에 가서 노동하여 번 돈을 딸의 소설 취재에 보태시는 어머니껜 내 생명을 드린다 한들 어찌 은혜를 갚을 수 있으리. 그는 "여자도 인간이다!" 하고 끝없이 부르짖음으로써 나에게 가면을 벗을 힘을 불어넣지 않았던가.

이 글은 무수히 많은 여성의 도움으로 쓰였다. 소설가라는 이유만으로 참혹한 현실에 틈입하도록 허락해준 여러 계층의 여성에게 감사드린다. 도와주신 여성들에게 희망과 용기를 갖게 하는 글로 다시 만날 것을 약속한다.

이천만 여성 만세!

새로운 미풍양속 사회를 위해

남자 소설가 선배 두 분과 만났다. 우리는 '개혁'에 대해 얘기했는데, 두 분이 군대 내의 여러 가지 비리를 말했다. 나는 준장과 소장이 어떻게 다른지, 사단과 군단이 무엇인지 모르기 때문에 병영 생활의 질서와 정서에 대해 전혀 이해하지 못했다. 그래서 두 분이 재밌어하건만 나는 지루하고 시간이 아까웠다.

두 분과 헤어져 돌아오는 길에, 나는 너무도 하찮지만 아주 중요한 사실 하나를 깨달았다. 내가 남자 선배들의 군대 정서와 생활을 이해하지 못하듯 남자들도 나의 '여성에 관한 이야기'를 이해하지 못하리라는 사실이다.

예를 들자면, 남자와 여자가 함께 경험할 수밖에 없는 생애 최초의 성관계에 대해 남자는 '동정을 떼었다'로, 여자는 '처녀성을 잃었다'로 표현하는 모순에 가득 찬 평가를 생각해보자. 이런 평가에 대해 남자는 무감각하고 여성은 저항하기 시작한다. 남자들은 여성이 왜 분노하고 저항하는지 이해하지 못한다. 정서가 다르기 때문이다.

남학생과 한 교실에서 공부하는 고등학교 이학년짜리 내 딸은 남학생들과 놀면 재밌지만 문득 '벽'을 느끼게 된다고 말했다. 그 벽의 내용은 물론 '남성우월주의'다. 예전의 많은 여성은, 아니 우리 이전의 세대는 바로 그 벽—남성우월주의에 살포시 여자의 생을 의지하도록, 그렇게 의지하는 여러 가지 우아하고 고상한 품성을 교육받았다. 남성들이 아직도 포기하지 않으려고 애쓰는 그 '여성성'이란 바로 남성우월주의에 의지하는 여성의 삶의 자세인 것이다. 이런 현상을 누구는 '역사적 유전인자'라고 표현했다.

지난 팔십 년대 후반기, 우리 국민이 모든 부문에서 각성의 봇물을 터뜨리고 역사의 전면으로 나서던 눈물 나는 시기에 『절반의 실패』는 태어났다.

'떼다'와 '잃다'가 화합 불가능의 이물질인 채 한 이불 속에 있어야 하고, 남성우월주의가 벽으로 견고히 자리 잡고 있는 한, 『절반의 실패』는 살아 있어야 한다는 생각 때문에 이 책을 다시 펴낸다.

쉼표 하나 만들지 못하고 써 내려간 여성 작가로서의 분노와, 삶에 대한 근본적인 애정에 독자 여러분의 따뜻한 이해를 바란다.

남자와 여자가 서로의 차이를 차별하지 않는, 새로운 미풍양속을 우리 함께 만들어보자. 활기찬 질서, 새로운 정서를 예감하는 것만으로도 가슴이 벅차오른다.

절반의 실패

2020년 7월 30일 초판 1쇄 펴냄
2020년 12월 1일 2쇄 펴냄

지은이	이경자
펴낸이	김성규
책임편집	unlook
디자인	이보나
일러스트	이아리
펴낸곳	걷는사람
주소	서울 마포구 월드컵로16길 51 서교자이빌 304호
전화	02 323 2602
팩스	02 323 2603
등록	2016년 11월 18일 제25100-2016-000083호

ISBN   979-11-89128-79-1 03810